# 原発文学史・論

絶望的な「核（原発）」状況に抗して

黒古一夫
Kuroko, Kazuo

社会評論社

# 原発文学史・論

絶望的な「核（原発）」状況に抗して

## 目次

## 第二部　フクシマ以後

# 序章　核時代を生き抜くためには

## 〈1〉フクシマから七年

二〇一一年三月一一日の東日本大震災にともなって起こった福島第一原子力発電所の大事故――以後、原発を抱える現代世界にアポリア（難問）として存在することになったという意味で「フクシマ」とカタカナ書きする――から七年、ＩＡＥＡ（国際原子力機関）が「レベル７」と認定したこの原発のシビア・アクシデントに対して、この国の現代文学の書き手たちは、どのように対応してきたのか。

この問いは、かつて大江健三郎が「文学の役割は――人間が歴史的な生きものである以上、当然に――過去と未来をふくみこんだ同時代と、そこに生きる人間のモデルをつくり出すことです」（「戦後文学から新しい文化の理論を通過して」八六年）と言った意味での「文学の役割」を、現代の文学者たちはフクシマ以後どのように意識し、表現（創作）活動に関わってきたか、ということの謂いでもある。

例えば、フクシマからおよそ一〇ヶ月後、一一ヶ月後に刊行された二つのアンソロジー『いまこそ私は原発に反対します。』（日本ペンクラブ編　二〇一二年一月　平凡社刊）と『それでも三月は、また』（同年二月　講談社刊）に作品を寄せた作家・詩人・批評家たちのうち、何人がその後もフクシマに関わる作品を持続的に発表し続けてきたか、ということがある。確かに、福島に住む作家の玄侑宗久や詩人の和合亮一、若松丈太郎、フクシマ以前から「核」存在について発言してきた批評家の川村湊、あるいは先頃（二〇一六年二月一八日）亡くなった作家の津島佑子、さらには『それでも三月は、また』に作品を寄せていた作家の多和田葉子、池澤夏樹、古川日出男、などのように、この七年間に様々にフクシマに関わる作品を発表し、また原発に関する発言を行ってきた文学者も存在する。さらに言えば、後に詳述するが、二〇一六年には桐野夏生がフクシマが何をもたらしたかをテーマに『バラカ』を刊行し、フクシマが依然として「収束」していないことを実作で示したように、少なくない数の現代文学者たちがフクシマ直後と変わらず「原発」や「フクシマ」に関心を示し続ける、ということも確かにある。

しかし、フクシマが起こった直後は、それまで一九五〇年代半ばから精力的に原発建設を推進してきた保守政権とその周辺――保守党の政治家及び経済産業省を中心とする官僚や電力会社、原子力学者といったいわゆる「原子力ムラ」の住人たち――も、「原発ゼロを目指す」と言わずにはいられなかったほどに、この国社会全体が「反原発」で一色になっていたにもかかわらず、七年あまり経った今日では、一部の革新政党が「原発ゼロ」を党是としているものの、社会全体は「原発ゼロ」の言葉などあたかも無かったかのような様相を呈しているのは何故か、という問題に直面している。換言すれば、現代文学の書き手たちは、果たしてそのような現実に対して自らの武器である「言葉」によって総体として反撃してきただろうか、という疑問を抱かざるを得ないということである。

それは、各地の停止中の原発がフクシマ以前の「原子力安全・保安院」に代わる「原子力規制委員会」という元原子力ムラの住民たちの組織によって、「新基準に適合している」といった「お墨付き」を与えられ、相次いで再稼働し（現在九州電力川内原発他五基が再稼働中）、さらに「四〇年ルール」（四〇年経った原発は廃炉にするという取り決め）を破って老朽原発の二〇年運転延長が認められるようになっている現実を、どう考えるかということに繋がっている。またこの原発再稼働・老朽原発の運転延長は、財界と一体となった保守政権が何の裏付けもない「世界一安全な原発」を謳い文句に開発途上国へ原発を輸出しようとしているような動きと連動しているが、このことに対して本質的な意味で「生命《いのち》」の問題と取り組んできた現代の文学者たちは、果たして「言葉＝表現」によって有効な問題提起や異議申し立てを行ってきたか、ということでもある。

なおこのことについて「政治的に過ぎるのではないか」との誹りを覚悟で言えば、鉱山におけるガス爆発を避けるために、坑内にガス発生を人間よりも先に告知するカナリアが持ち込まれたかつての事例を喩えに、文学の役割は「炭鉱のカナリアと同じだ」と喝破したアメリカの作家カート・ボネガット・JRに倣って、フクシマを経験したこの国の作家や詩人たちは果たして「現代のカナリア」たるべき自覚を持って創作活動を行ってきたのか、ということもある。というのも、「原発安全神話を捏造してきたのは誰か！」という帯文を付した佐高信の『原発文化人50人斬り』（二〇一一年六月　毎日新聞社刊）や、土井淑平の『原子力マフィア』（同年一二月　編集工房朔刊）で批判されている吉本隆明をはじめとする荻野アンナ、豊田有恒、夢枕獏、小松左京、鈴木光司、橋田壽賀子といった文学者、梅原猛、中沢新一、西尾幹二、茂木健一郎、大宅映子、山折哲雄といった思想家・評論家（文化人）たちをはじめとする多くの文学者、文化人が、フクシマ後に何らかの「変化」――原発賛成から反原発へ、といったような――を見せたかということになれば、現実的には多くの文学者・文化人が「沈黙」して時間の過ぎていくのを待っているかのように見えるからである。

この文学者・文化人による「原発推進」「安全神話への寄与」に関して、これが現代日本の現実かと思わないわけではないが、やはりなと思ったのは、保守政権が「原発ゼロ」を放棄して将来のエネルギー構成における原発の比率を「二〇～二二パーセント」としたことを受けて、フクシマ以前は広告費を湯水の如く使って核廃棄物の最終処分場探しを行ってきた電気事業連合会（原発を持たない沖縄電力を含む東京電力などの一〇電力会社で組織されている）が、それまで自粛していたテレビや新聞・雑誌などのメディアへの広告に、「知」を売り物にしてきたタレントの石坂浩二や元経産省官僚で現在は慶応大学経済学部教授の岸博幸などを動員して再登場してきたからである。電力会社（電事連）や政府は、国民の大半が「再稼働反対」を意思表示している現実を無視して（侮って）、再び原発の「安全神話」を振りまき始めたということなのだろうが、気になるのは国民もかつてのようにそのような状況を是認しているかのように見えることである。

フクシマから七年、五基の原発が稼働しているだけで、他の原発からの電力供給がなくとも「電力不足」は起こらないにもかかわらず、また最終処分場が決まっていないままで原発を稼働させることのリスクを放置しているのは何故か、という疑問が消えない。さらに言えば、莫大な税金と何十年という時間を注ぎ込みながら、いまだ一度もきちんとした形では稼働していない「夢の高速増殖炉・もんじゅ」が象徴する「核燃料サイクル」の破綻が明らかになっているにもかかわらず、またぞろ文化人や学者を動員して原発の「安全神話」＝再稼働・老朽原発の運転延長を目論む政府・原発業界とは、どのような存在なのかということもある。これらのことから見えてくるのは、将来のことなど知ったことかといったようなニヒリズムと、「金儲け」第一主義が微妙に絡み合った、これからの社会はどうあるべきかといったビジョンを欠いた、「利那主義」が大手を揮っている現代社会の姿である。

そんなフクシマから七年以上が経った現代社会において、ヒロシマ・ナガサキを基点として始まった「核時代」において書き継がれてきた原発文学は、フクシマを経験することによってどのように変わったのか、あるいは変わらなかったのか。言葉を換えれば、ヒロシマ・ナガサキを経験した日本が、何故「原子力の平和利用」という美名の下で原発建設を進めてきたのか、そしてフクシマを経験したにもかかわらず、何故原発の再稼働や老朽原発の運転延長を急ぐのか、といった根本的な問題が未だ解決していない。これまで書かれたフクシマ（原発）に関わる文学は、果たしてその原発容認の「真の理由」を明らかにするようなものであったのか。本書において、原発・フクシマを主題にした文学の歴史を顧み、そしてそのような原発を主題とした作品群が果たして「反原発」の力になりえているのかを考えようとした理由は、以上である。

## 〈2〉ポピュリズム（大衆迎合主義）の果てに

では、何故そのような考えを持つに至ったのか。それは、現代の文学者や思想家・文化人の原発への対応が、原発を容認する「真の理由」からずれており、また彼らには現代社会において文学者や思想家が「炭鉱のカナリア」と同じような役割を持っていることの自覚が希薄なのではないか、と考えているからである。そのことを象徴しているのが、すでに拙著『文学者の「核・フクシマ論」――吉本隆明・大江健三郎・村上春樹』（一三年三月　彩流社刊）及び『村上春樹批判』（一五年四月　アーツアンドクラフツ刊）で指摘したように、フクシマが起こった後の村上春樹と吉本隆明の言説である。現代社会に大きな影響力を発揮してきた村上春樹と吉本隆明の原発に関する言説は、「炭鉱のカナリア」論との関係から見た場合、私にはフクシマや原発に関して「容認」とも思える発言してきた文学者や思想家の言説・作品（著書）を「基底」で支えるものになっているのではないか、と思えてならない。

それは、現今の文学者や文化人のフクシマ（原発）に対する様々な言説に見え隠れする「フクシマは想定外の事故だった。日本の科学技術を持ってすれば、今後は二度とフクシマのような過酷事故は起こらないだろう」とか、「安全さえ保証されるならば、エネルギー源としての原発は容認せざるを得ない」といった思想＝「安全神話」の大本に、村上春樹と吉本隆明のフクシマに対する言説が存在している、と思われるからである。また、吉本隆明と村上春樹のフクシマへの発言は、原発が存続し続けてきた「真の理由」、それは核兵器の原料となるプルトニウムの確保ということになるが、そのことを隠蔽するものだったのではないかということもある。

そこでまず、村上春樹がフクシマ直後に「カタルーニャ国際賞」授賞式（二〇一一年六月）において語ったスピーチ「非現実的な夢想家として」（俗に言う「反核スピーチ」）について簡単におさらいしておこう。周知のように、村上春樹はこのスピーチの前半で東日本大震災に遭遇した日本人は仏教から来た世界観である「無常観」によって全ての困難を克服し、「精神を再編成し、復興に向けて立ち上がっていくでしょう」と、ある意味常識的な見解を述べた後、フクシマ＝核問題について次のような言葉を発した。

> 我々日本人は核に対する「ノー」を叫び続けるべきであった。それが僕の意見です。
>
> 我々は技術力を結集し、持てる英知を結集し、社会資本を注ぎ込み、原子力発電に代わる有効なエネルギー開発を、国家レベルで追求すべきだったのです。たとえ世界中が「原子力ほど効率の良いエネルギーはない。それを使わない日本人は馬鹿だ」とあざ笑ったとしても、我々は原爆体験によって植え付けられた、核に対するアレルギーを、妥協することなく持ち続けるべきだった。核を使わないエネルギーの開発を、日本の戦後の歩みの、中心命題に据えるべきだったのです。
>
> それは広島と長崎で亡くなった多くの犠牲者に対する、我々の集合的責任の取り方になったはずです。日本に

はそのような骨太の倫理と規範が、そして社会的メッセージが必要だった。

この一見誰もが認めざるを得ないような村上春樹の「核」問題に関する発言には、二重の意味で「無知」から生まれた「言葉の詐術」が含まれていた、と私は考えている。別な言い方をすれば、以下に述べるように、この「反核スピーチ」に現れた村上春樹のフクシマ（原発）に関する言説は、どこか他人行儀な「無責任」極まりないものだったということである。私が村上春樹のフクシマ＝核問題に対する言説を、「言葉の詐術」あるいは「無責任な言説」なのではないかという理由の第一は、ヒロシマ・ナガサキ以後、つまり戦後の冷戦構造下においてアメリカへの従属を余儀なくされた日本の「核政策」の歴史が全く省みられていないと思うからである。つまり、村上春樹の「フクシマ＝核問題」論は、日本の保守政治家や財界人がヒロシマ・ナガサキの悲惨で苛烈な現実を直視することなく、冷戦構造下においてソ連との核開発競争にのめり込んだアメリカの核（原子力）政策を進んで受け入れ（アメリカの「核の傘」に存在することに安住して）、その結果「原子力の平和利用＝原発」の建設を日本経済復興から高度経済成長の起爆剤ないしは原動力にしてきた歴史を完全に捨象している、ということである。当然、ある時期から「原子力の平和利用＝原発」建設・稼働の秘められた目標（真の理由）として、日本（自衛隊）の「核武装化」に必要なプルトニウムの確保が加わったことなど、この村上春樹の「反核スピーチ」から全く窺い知ることができない。

そしてもう一つの「詐術」、それは「核を使わないエネルギーの開発を、日本の戦後の歩みの、中心課題にすべきだったのです。それは広島と長崎で亡くなった多くの犠牲者に対する、我々の集合的責任の取り方になったはずです。日本にはそのような骨太の倫理と規範が、そして社会的メッセージが必要だった」という言葉に全て表れている。村上春樹のこの言葉には、ヒロシマ・ナガサキの苛烈な経験の直後から「反核＝原爆反対」に立ち上がった被爆地の人々が示した「骨太の倫理と規範」や、一九五四年三月一日に行われたアメリカによるビキニ環礁での水爆実験を契機に全国的に展開された原水爆禁止運動が発し続けた「社会的メッセージ」＝反核の意思などが、あたかも全くなかったかの如くにされている、と言うことができる。さらに、この二つめの「詐術」について言えば、それはこのような「誤ったメッセージ」を世界的に多くの読者を持つ作家が国際賞の授賞式において送ったことの意味＝影響について、村上春樹自身が全く自覚していないように見えることである。

何故なら、たとえばヒロシマ・ナガサキ以降の日本の「反核」運動――「核への『ノー』を叫び続け」てきた歴史――における「反原発」運動だけを取り上げても、「我々日本人」はアメリカのスリーマイル島（ＴＭＩ）原発の事故が起こる前後（ＴＭＩの事故は、一九七九年三月二八日に発生）から本格的に「反原発」運動に取り組んできたという事実が存在するからである。フクシマが起こるまで、日本人は「核（原発）」について沈黙していたわけでも、また日本人の全てが原発を歓迎してきたわけではないのである。このことについて「事実」に基づいて具体的に言えば、ＴＭＩの事故が起こる少し前の一九七八年三月には『反原発事典Ｉ――「反」原子力発電・篇』（反原発事典編集委員会編　現代書館刊）が、またＴＭＩ事故と同じ年の四月にはその続編『反原発事典Ⅱ――「反」原子力文明・篇』（同　同）が、各地の反原発運動の報告や反原発科学者及び市民運動家の論考、運動現場の写真、などを収録して刊行されていたのである。この『反原発事典Ｉ』の巻末には、原発推進派の書籍と並んで「反原発」を訴える書籍が数多く紹介されている。それらを見れば、原発推進派の本も反原発派の本も一九七〇年代の半ばから盛んに刊行され始めていたことがわかる。反原発の言説、つまり社会（世界）に向けて「核への『ノー』を叫び続け」ることは、一九七〇年代の半ばから本格化していたのであって、フクシマが起こる以前から何十年もの間「ノーモア・ヒロシマ・ナガサキ」と共に叫び続けられてきたということである。

村上春樹がそのことを知らなかったことと、彼が「デタッチメント（社会的無関心）」を小説のテーマとしてきたことで多くの読者を得てきたということとは、もちろん無関係ではない。しかし、それはまた同時に作家自身がヒロシマ・ナガサキや戦後の核状況について、「不勉強＝無知」を国際的に暴露することでもあったこと、このことも指摘しておかなければならない。例えば、「文学」に関わる世界に限定したとしても、一九七六年には原発の技術者を主人公の一人として登場させ、「反原発」の思想を底意に潜めた大江健三郎の『ピンチランナー調書』が刊行されている。また、ヒロシマの惨劇の中で誕生した生命の奇跡を謳った『生ましめんかな』の詩人で被爆者の栗原貞子が先の『反原発事典Ⅱ』（一九七九年四月刊）で、「原爆と原発は二体にして一体の鬼子――原爆体験から」というエッセイを寄せ、反原発の思想を鮮明にするということもあった。

また、文学者の原発への関心ということであれば、現在は原発再稼働を自民党と共に推進している公明党と深い関係のある創価学会系の総合雑誌「潮」の一九七八年十一月号が、戦後派作家を代表する野間宏の責任編集で「特別企画　原子力発電の死角」と称して一一四頁に及ぶ特集を行っていた。野間宏は、その「一九七八年九月二十一日」の日付のある「緒言」で次のように書いていた。

原子力発電の問題は、じつに重要である。原子力発電は人工核分裂による発電であって、これが未来を開く唯一の新しいエネルギーであり、そこに危険そのものはない、安全性は確保されていると一方的に喧伝され、強行されている。

しかし、それが決して安全でないばかりか、じつに危険きわまりないものであることが、ここにとりあげられた原子力発電所で働く下請けでの人々の被曝の記録、また、すでに被曝で亡くなった方の奥さん方、遺族の記録、ドキュメントによって明るみに出されている。

これは、私が予想していた以上に衝撃的な記録であり、私は暗い光のただなかに閉じ込められなければならなかった。しかし当事者の手で書かれた記録と、ドキュメント（井伏鱒二氏推薦）の出現は、じつに貴重である。エネルギー問題は、同時に環境問題であり、公害問題である根元を忘れるとき、その簡単な解決策の実行は、一国を真に危ういところに追い込み、もはや引き返すことの出来ない死地へと追いやることにもなりかねない。

この特集において、それぞれ立場を異にする優れた自然科学者、医学者、法学者、哲学者、技術者、文学者が全力をつくして、国家と大企業によって巧みにおおいかくされている不気味でじつに恐ろしい日本の原子力発電の全体に出来る限りせまり、日本の直面している、じつにきびしい危機の姿を引き出すことが出来たのではないかと私は考える。

少し長い引用になったが、かつて「原子力を平和的に利用することによって、人類の無限の発展をひらく」（「人類の立場」五五年）と書いていた野間宏が、それから二〇年余り、引用のような「反原発」の文章を書くようになったこと、それはつまり原子力の平和利用＝原発の危険性が一般的に問題になってきていたことを意味する。そしてまた、それは野間宏の「変化」が象徴するように、フクシマ後の村上春樹の「無責任」な発言などとは違って、この時期には原発へいかに対応するかが「知識人（文学者）の責任」の問題にもなってきていたことを意味するようにもなっていたのである。なお、この特集に後に詳述する井上光晴の『プルトニウムの秋』が掲載され、同時にこの「潮」の特集のほぼ一年後に刊行され大きな話題となった堀江邦夫の『原発ジプシー』（七九年一〇月　現代書館刊）と同じような、「原発労働」における「被曝」について八名の証言が載っていることの先駆性も、また記憶されるべきである。

　これら「潮」の記事を見ると、現在では自民と共に原発推進派として「原発再稼働」を推進している公明党＝創価学会が、一九七八年当時は「反原発」派の急先鋒であったことがわかり、これには歴史のパラドクスを感じざるを得ない。

　さらに、具体的には後の各章で詳述するが、ＴＭＩの事故直後には原発労働者（下請け労働や非正規労働）の過酷な現実を綴った先の堀江邦夫のルポルタージュ（体験記）『原発ジプシー』の他、森川信の『原子炉被曝日記』（同年一一月　技術と人間刊）が刊行されるということがあった。また、それらのルポルタージュ刊行と同じ年の七月には、「被爆者差別」をテーマとした原爆文学の傑作『黒い雨』（六六年）の作者井伏鱒二の序文「無常の風」を付した松本直治の『原発死――一人息子を奪われた父親の手記』（潮出版刊）が、そして原発を一種の病理的社会現象として捉えた西山明の『原発症候群――アトミック・インフェルノ』（八二年八月　批評社刊）が刊行されるということもあった。さらに、先に記した『反原発事典Ｉ』の巻末に付された「どんな本が出ているか――目録＋書評再録」一覧を見ると、一九七〇年代の半ばから田原総一朗の『原子力戦争』（七六年　筑摩書房）をはじめとして、数多くの「反原発」及び「原発推進」の書籍が刊行され続け、この時期になって原発が社会的問題になっていたことがわかる。

　また、チェルノブイリ原発の事故が起こった一九八六年四月以降は、都立大学（現首都大学東京）の助教授を辞し、仲間と共に「原子力資料情報室」を立ち上げた高木仁三郎の『チェルノブイリ――最後の警告』（八六年　七つ森書館刊）を筆頭に、それ以前と比べて何倍ものチェルノブイリ原発の事故や「反原発」関連の書物が刊行され、「反原発」の論考も数多く発表されてきた。そのことを幾らかでも知っていれば、村上春樹のように、「我々日本人」は決して「核に対する『ノー』を叫び続け」てこなかった、などとは口が裂けても言えないのではないか。その意味で、ヒロシマ・ナガサキ以降「我々日本人」が「反核＝反原水爆・反原発」を叫んでこなかったというのは、間違いなくその言葉を発した人間の「無知」と「傲岸」を証するものに他ならなかったと言わねばならない。

もちろん、村上春樹の「我々日本人は核に対する『ノー』を叫び続けるべきだった」という言葉（意見）は、フクシマが起こる以前の、つまりこの狭い地震列島に「五四基」もの原発を建設し、さらに将来は一〇〇基近い原発を建設しようと計画していた為政者（権力者）の「エネルギー思想」を、当然のこととして受けとめていた大衆＝国民の無意識の意識を斟酌し（汲み取り）、代弁したものという見方も成り立つ。つまり言い方を換えれば、「我々日本人は核に対する『ノー』を叫んでこなかった」という言葉（認識）は、ただ単にフクシマ以前の日本社会の在り方を公約数的に言ったものであって、何ら批判されるような言説ではない、という村上春樹を擁護するような考え方が成り立つであろうということである。それは、この国の「原子力の平和利用＝原発」がいかに以上のようなポピュリズム（大衆意識）に支えられたものであったかを物語るものだったのである。例えば、村上春樹の作品を一貫して高く評価してきた批評家の加藤典洋などが、先の「非現実的な夢想家として」に絡めて、村上春樹の書き下ろしたエッセイ「ウオークマンを悪く言うわけじゃないですが」（一九九七年）の次のような言葉を、「先見性があった」と持ち上げていたところにそれはよく現れていた。

反核運動ももちろんそれは大事だろう。フランス・ワインの不買運動も結構。でも技術的に原子力を廃絶できるシステムを作りあげることに成功すれば、日本という国家の重みが現実的に、歴史的にがらっと大きく違ってくるはずだ。「いろいろあったけど、日本はその時代やっぱりひとつ地球、人類のために役に立つ大きなことをしたんだな」ということになる。それはまた唯一の被爆国としての日本の、国家的な悲願になりうるはずだ。（傍点原文）

この村上春樹のエッセイは、一九九五年九月にフランスが仏領ポリネシア・ファンガタウファ環礁で行った水爆実験に抗議して、大江健三郎がその年の一〇月予定されていた文学シンポジウムへの欠席を決め、日本国内で「フランス・ワインの不買運動」などが起こったことを踏まえ、書かれたものと推測される。しかし、この引用に見られるような「エネルギー論」は、先に挙げた『反原発事典Ⅰ・Ⅱ』や当時から本格化した「反原発」の論陣の随所に見られたもので、ほとんどの反原発の言説が前提としてきた「常識」に属するものであり、当時の為政者たちは鼻から「技術的に原子力を廃絶できるシステムを作り上げること」など考えてこなかった酷薄な現実を踏まえていない。さらに言えば、村上春樹の「反原発論」は、この「ウオークマンを悪く言うわけじゃないですが」にしても、また「非現実的な夢想家として」にしても、繰り返すが、日本がこの狭い地震列島に原発を増設し続けてきた「裏の理由」として、原発の使用済み核燃料（高濃度核廃棄物）を再処理することで生成されるプルトニウムを確保し、そのことで世界に対して「潜在的核保有国」としての地位を守るという保守党政権の変わらぬ野望を無視したところに立論されたものであった。村上春樹の「反核」言説は、「核大国」に準じる国際的地位を確保するという、原発の導入が検討され始めた一九五〇年代からずっと続く保守政権と財界の「野望」について、全く考えを及ぼしていないところにその特徴があったということである。

いずれにしても、若者を中心に多くの読者を持つ村上春樹の「反核」論＝エネルギー論は、暗黙の裡に原発を容認してきた大多数の国民の目線とほとんど変わらないものであった。したがって、村上春樹の「反核スピーチ」は結果的にヒロシマ・ナガサキの犠牲者（被爆者）を中心とする途切れることのなかった反核運動（原水禁運動）や、一九七〇年代の半ばから盛んになった反原発運動（言説）の存在を捨象した（無きが如くに扱った）パフォーマンスに過ぎなかったのである。言うならば、ノーベル文学賞候補に何度もなり、多くの文学賞を国内外で受賞した村上春樹の「反核」言説は、原発に対して幾らかの疑念を持っていても、フクシマ以前には権力や原子力ムラの住人たち（学者や官僚、電力会社）が主張する「安全神話」を信じ、現実の「快適さ」に安住し原発を「容認」してきた多くの人たちに対して、結果的に「免罪符」を与えることになってしまったということである。

さらに続けて言えば、「我々日本人は核に対する『ノー』を叫び続けるべきであった」と自省的な言葉を発した村上春樹は、何故その後の創作活動において「核に対する『ノー』を叫び続ける」思想を盛り込んだ作品を書かなかったのか、ということがある。この事実は、村上春樹の「反核・反原発」思想がいかに浅薄なもので、そうであるが故に無意識裡に原発を容認してきた国民＝大衆に「安堵」を与えている、という批判も可能にする。具体的には、「東日本大震災・フクシマ」後に、村上春樹は『色彩を持たない多崎つくると、彼の巡礼の年』（二〇一三年四月刊）と短編集『女のいない男たち』（二〇一四年四月）、『騎士団長殺し』（上下　二〇一七年三月刊）を出版するが、その三作の内容から「核」や「原発」の影すら見出すことができない。これは、後に詳述するが、『ヒロシマ・ノート』（六五年）以前からヒロシマ・ナガサキに関心を持ち続け、『ピンチランナー調書』（七六年）や『治療塔』（九〇年）など「原発」が重要な役割を果たしている作品を書き、フクシマ後にあっても『晩年様式集《イン・レイト・スタイル》』（二〇一三年一〇月刊）で自らの反原発運動への関わりを書いた大江健三郎との決定的な違いである。

もちろん、村上春樹も、村上春樹文学の擁護者が「村上春樹の反原発の姿勢はずっと一貫している」と主張するように、「反核スピーチ」以後原発について全く発言していないわけではない。しかし、例えば村上春樹が読者からの質問に答えた『村上さんのところ』（二〇一五年七月刊）の中の「僕自身は『何がなんでも核発（原発のこと――引用者注）をなくせ』とごりごりに主張しているわけではありません。もしそれが国民注視のもとに注意深く安全に運転されるなら、過渡的にある程度存在しても仕方ないと思っているんです」によく現れているように、村上春樹の現今の「フクシマ＝原発」認識は未だに故郷に帰還できないフクシマの避難民（被曝者）が何万人もいる現実を直視したものではない、と言っても過言ではない。

しかし、引用のような村上春樹の原発に関する「常識」的な言説が、いかに多くの国民に「免罪符」を与え、結果的に「無責任」な言動を誘発するようになってしまっていることについては、明確に指摘しておく必要があるのではないか。つまり、この引用に現れた村上春樹の「原発論」は、一九五〇年代に武谷三男が提唱した「原子力の平和利用三原則」――「自主・公開・民主」――を踏襲（基底に）したものと言ってもよく、スリーマイル島、チェルノブイリ、フクシマを経験した者が言うようなことではない。村上春樹の言説からは、高濃度放射性廃棄物の処分場の問題や、原発から出る使用済み核燃料を再処理してプルトニウムを取り出す真の理由、つまり「潜在的核保有国」として世界に自己ＰＲし、最終的には自衛隊を「核武装化」するという保守政権と財界の野望を全く等閑視するものであり、その点で彼の考えは「常識」でしかないという批判以上に、多くの問題を孕んだものになっていたということである。

## 〈3〉「科学神話」信奉者が何をもたらしたか？

村上春樹と同じように、フクシマ以前はもちろん以後も「後ろめたさ」を感じながら、それでも「利害」や「しがらみ」から原発の存在・再稼働を容認せざるを得なかった人たちに「免罪符」を与えた文学者がいる。そのような文学者のうち、その影響力の大きさにおいて群を抜いていたのが吉本隆明であった。吉本の「フクシマ」論に対する批判は、すでに先に記した『文学者の「核・フクシマ」論』で詳しく展開したが、吉本の「フクシマ＝原発や核」に対する言説がいかに大衆＝国民の中の原発容認派に「免罪符」を与えるものであったか、その言説の歴史を簡単に辿っておくのも、本書執筆のモチーフやその全体像を鑑みれば、決して無駄ではないだろう。

そもそも吉本の原発容認の言説は、一九八〇年代初頭の「文学者の反核運動」(正式には一九八二年に起こった「核戦争の危機を訴える文学者の声明」署名運動)を批判することから始まったものである。吉本の原発容認発言は、当初、当時のソ連が東ヨーロッパに配備した核兵器搭載の巡航ミサイルSS20に対抗する形で、NATO軍（アメリカ軍）がドイツなど西側諸国にパーシングⅡ巡航ミサイルを配備したことに「核戦争」の危機を感じた文学者たちが、大衆を巻き込んで世界的な規模で反核運動を展開したこと端を発するものであった。その吉本の言説は、当時「真の社会主義国」実現の可能性を見せていたポーランドの「連帯」を潰すためにソ連が仕組んだものだ、と批判することにも深く関係していた――その後の歴史は、ポーランドの「連帯」が「真の社会主義」を実現するものではなく、一九九一年一二月のソ連解体が象徴するような「既存の社会主義」の崩壊を予感させるものでしかなかったことを明らかにしている――。

ソ連型の社会主義をスターリン主義として退け、自らを「真の共産主義」実現を目指す詩人・思想家であるとして、吉本は一九七〇年前後の「政治の季節」に青年時代を送った者にとってカリスマ的存在であった。そのような吉本にしてみれば、「民主化」運動の様相を呈していたポーランドの「連帯」に敵対するようないかなる反核運動も認めるわけにはいかなったのだろう。何故「核戦争の危機を訴える文学者の声明」運動が、ソ連の策動によって作り出されたと考えたのか、また何故その反核運動がポーランドの「連帯」潰しに加担するものであると思ったのか、その論拠がどこにあったのかは不明だが、自分こそ「真のマルクス主義者」と思い込んでいた吉本にしてみれば、どんな些細なことでもソ連やソ連型社会主義を利するように見える運動（反核運動）を認めることはできなかったのだろう。だからなのか、以下のような今では「お伽噺話」か「冗談」としか思えないような現実を無視した「科学神話」を振りかざして、文学者の反核運動を批判したのである。

自然科学的な「本質」からいえば、科学が「核」エネルギィを解放したということは、即自的に「核」エネルギィの統御（可能性）を獲得したと同義である。また物質の起源である宇宙の構造の解明に一歩を進めたことを意味している。これが「核」エネルギィにたいする「本質」的な認識である。すべての「核」エネルギィの政治的・倫理的な課題の基礎にこの認識がなければ、「核」廃棄物汚染の問題をめぐる政治闘争は、倫理的反動（敗北主義）に陥るほかないのだ。（中略）「核」廃棄放射能物質が「終末」生成物だなどというたわけ果てた迷妄が、科学の世界をまかり通れるはずがないのだ。宇宙はあらゆる種類と段階の放射性物質と、物質構成の素粒子である放射線とに充ち満ちている。半衰期（半減期――黒古注）がどんな長かろうと短かろうと、放射性物質の宇宙廃棄（還元）は、原理的にまったく自在なのだ。この基本的な認識は、「核」エネルギィの解放が、物質の起源である宇宙構造の解明の一歩前進と同義をなすものだという本質論なしにはやってこない。（「反核」運動の思想批判　番外編）八二年一〇月）

吉本の一連の「文学者の反核運動」批判が、一九八六年四月に発生したチェルノブイリ原発の事故以前のものであったことを差し引いても、現実にチェルノブイリに続いてフクシマでも「レベル7」の最悪な原発事故が起こったことを考えれば、この「科学（理論）」に精通しているかのような吉本の「核エネルギー論」が、いかに「エセ科学論」

に基づいたものであったかが分かるだろう。例えば、吉本は「宇宙はあらゆる種類と段階の放射性物質と、物質構成の素粒子である放射線とに充ち満ちている」から、「放射性物質の宇宙廃棄（還元）は、原理的にまったく自在なのだ」と言っているが、吉本は地球上（宇宙）に存在する「自然放射能」と、例えば核分裂（原発）によって生み出される自然界には存在しないプルトニウムも同じ放射性物質として同一視している点で、決定的に間違っている。この吉本の「エセ科学論」については、土井淑平が『反核・反原発・エコロジー――吉本隆明の政治思想批判』（八六年批評社刊）の中で徹底的に批判しているので、細かいことはそちらに譲るとして、吉本の一九八二年に発せられた「核エネルギー論」＝原発論は、『「反核」異論』（八二年一二月　深夜叢書社刊）として一冊にまとめられ、前記した土井淑平をはじめ多くの人によって批判されたにもかかわらず、未だに一部の熱狂的な吉本ファンに支持され続けている――吉本の死後、二〇一五年一月、フクシマ後に発せられた吉本の原発容認論を集めた『「反原発」異論』（論創社刊）が刊行されていることからも、そのことはよくわかる――。しかし、どんな「まともな批判」にも正面から応えることをせず、論点をずらした自説を繰り返し述べるという論争術（？）に長けた吉本は、数多の「反原発論」や吉本批判に対して「まともに反批判」を行うことなく、「戦後思想の巨人」などと言う褒め言葉に囲まれて、現実から遠ざかっていった。

因みに、土井の論考の徹底性に較べて、私の吉本批判は「文学者」に特化した分だけ不十分なものであったが、当時『「反核」異論』の中で何度も批判されていたということもあって、私も「反・反核の思想的構造――文学者の言説から」（現在『原爆文学論――核時代と想像力』九三年七月　彩流社刊に収録）と題して二回にわたって吉本批判を展開した。吉本の「反・反原発論」に対する私の批判は、何よりも「半衰期がどんな長かろうと短かろうと、放射性物質の宇宙廃棄（還元）は、原理的にまったく自在なのだ」というＳＦ的（荒唐無稽）な考え方に対する批判を中心としたものであった。「原理的」には可能だとしても、高濃度放射能廃棄物の「宇宙廃棄（還元）」――さしずめ原発から大量に排出される「死の灰」や使用済み核燃料をロケットに搭載して宇宙空間に廃棄するということなのだろう――など、その膨大な経済負担と技術的困難性を考えただけでも絶対不可能である。

さらに言えば、先の土井が吉本の「反・反原発論」に至る根源的思想の欠陥（問題点）について次のように批判している点に、吉本が展開する「反核（反原発）」批判の欺瞞性があるのではないだろうか。土井は、先の著書の「序科学技術神話の崩壊」の中で、「（吉本は）いわゆる『政治的動物』（ゾーオン・ポリティコン）に対する根深い不信というか、一切の政治からの隠遁と自閉を人々に促す非政治的な政治思想を核心に持っていた」に続いて、次のように書いていた。

本書が明らかにするように、『「反核」異論』において露呈した吉本の高度資本主義とテクノロジーへの体制迎合的な拝跪の姿勢は、近年ますます病膏肓で、原発の技術には「自然史的な必然性」があるとか「科学技術は無限に発達していく」といった発言から、最近では、さらに、「資本主義の制度が、歴史の無意識が産んだ最高の制度」であり、「高度資本主義で大衆が解放されている以上」「高度資本主義社会は、基本的には永続革命の問題しか残っていない」とまで言い切るほどになっている。この高度資本主義への無残な拝跪は、吉本の内部ではヘーゲルもどきの歴史観で正当化されているのであろうが、げんにあるものの正当化の役割を持つこの歴史観は、ヘーゲルの思弁的歴史哲学や弁証法がそうであったように、つまるところ資本主義体制の「政治的自己正当化」に奉仕する「高貴な嘘」にほかならない。

要するに、吉本の「反・反原発論」は「科学技術は無限に発達していく」という「科学神話」に基づき、原発の存在こそ「反人間的存在」の極致と考える人々を「異端」として退け、と同時に「一切の政治からの隠遁と自閉を人々に促す非政治的な政治思想を核心に持っていた」というのである。そして、土井の論理を一般化すれば、吉本の「科学技術神話」は原発容認派には「安心」を与え、反原発に消極的な人々に対しては「科学は発達するのだから、原発（放射能）が無害化されるまで待つしかない」という「あきらめ」にも似た「免罪符」を与える役割を果たすものになった、ということである。

また、さらに言うならば、吉本の「核」言説が問題なのは、一九八六年のチェルノブイリ原発の事故及びフクシマを経験したにもかかわらず、相変わらず「科学神話」、つまり土井が言うところの「高貴な嘘」を垂れ流し続けたことである。フクシマ後にあっても、吉本はおよそ三〇年前と変わらない「科学神話」を荘厳に託宣することで、とりあえず今の生活が大事とばかりに、無意識裏に「政治からの隠遁と自閉」状況を受け入れていた人々（文学者を含む）に、再び「免罪符」を与えたのである。例えば、次のような「進歩史観」に基づく相変わらずの「科学技術神話」への闇雲な拝跪が、それまで原発を容認・推進してきた勢力——それは財界に後押しされた保守政権であり、原子力ムラに巣くう御用学者、官僚、電力会社、一部のマスメディアであるわけだが——をいかに喜ばせ、また意志的・惰性的な原発容認派に「安堵」を与えてきたか。昨今の原子力規制委員会を隠れ蓑に、加速する原発再稼働や老朽原発の運転延長、開発途上国への原発輸出の動きを見ていると、吉本の初期の文学論や政治・思想論に影響を受けることで今日の自分を築いてきた者として、何ともやりきれない思いを抱かざるを得ない。

文明の発達というのは常に危険との共存だったということを忘れてはなりません。科学技術というのは失敗してもまた挑戦する、そして改善していく、その繰り返しです。危険が現れる度に防御策を講じるというイタチごっこです。その中で、辛うじて上手く使うことができるまでに作り上げたものが「原子力」だと言えます。それが人間の文明の姿であり形でもある。

だとすれば、我々が今すべきは、原発を止めてしまうことではなく、完璧に近いほどの放射線に対する防御策を改めて講じることです。新型の原子炉を開発する資金と同じぐらいの金をかけて、放射線を防ぐ技術を開発するしかない。それでもまた新たな危険が出てきたら更なる防御策を考え完璧に近づけていく、その繰り返ししかない。（「吉本隆明　2時間インタビュー「『反原発』で猿になる！」『週刊新潮』二〇一二年一月五・一二日合併号）

これが「戦後最大の知の巨人」と称された詩人・思想家の原発論かと思うと、何とも言いようのない「哀しみ」に似た感情が沸き上がるが、このスリーマイル島の原発事故も、また今なお多くの放射能障碍者を生み出しているチェルノブイリ原発の事故も、さらにはいつ終息するかもわからないチェルノブイリと同じ「レベル7」の大爆発を越したフクシマも、あたかも存在しなかったかのような物言いには、『文学者の「核・フクシマ論」』でも指摘したことだが、二つの大きな問題がある。一つは、多くの犠牲者（死者や被曝者）を出したスリーマイル島やチェルノブイリ、フクシマのような大きな原発事故が起こっても、「危険が現れる度に防御策を講じ」て「辛うじて上手く使うことができるまでに作り上げたものが『原子力』」なのだから、「我々が今すべきは、原発を止めてしまうことではなく、完璧に近いほどの放射線に対する防御策を改めて講じること」以外にない、と相変わらずの「科学技術神話」への信仰を語り、原発容認・推進派に加担していることである。

フクシマが起こってすぐ、事故に対応した原発内での作業体験を綴った山岡俊介の『福島第一原発潜入記』（二〇一一年一〇月　双葉社刊）や鈴木智彦の『ヤクザと原発――福島第一潜入記』（同年一二月　文藝春秋刊）、あるいは時間を置いて書かれた寺尾紗穂の『原発労働者』（講談社現代新書　二〇一五年六月）や日野行介（毎日新聞特別報道グループ）の『原発棄民――フクシマ5年後の真実』（二〇一六年二月　毎日新聞社刊）、更には何度か版を代えて刊行されてきた写真家樋口健二の『闇に消される原発被爆者』（最新版　二〇一一年七月　八月書館刊）などを読めば、「現代科学の粋」を集めて建設されたとされる原発（技術）がいかに「未完成」な技術によって成り、ずさんな管理と複雑な構造によって支えられた、決して吉本が期待を込めて語った「完璧」にはほど遠い建造物であり装置であることがわかる。なお、引用のようなこの吉本の「科学神話」には、フクシマで酷い目にあった「被曝者（原発事故の避難民）」の存在はもちろん、ヒロシマ・ナガサキから続く「核被害者＝被爆者」の存在が完全に抜け落ちている。それにまた、何の根拠もなく「日本の原発は世界一安全」というデマゴギーを振りまいて、原発再稼働や老朽原発の運転延長、原発輸出に血道を上げる保守政権の強力な応援団になるだろうことへの一片の危惧や疑いもなく、非人間的な極致を行くものだということもある。

二つめは、吉本だけでなく村上春樹などにも共通しているのだが、原発の稼働を専ら「エネルギー（電力）問題」「科学の問題」に矮小化していて、原発建設・稼働の「隠された（真）の意図」を隠蔽する役割を果たしていることである。つまり、〈2〉でも触れたように、保守権力が「核の平和利用＝原発」の建設を計画したその時から一貫して保持してきた「自衛隊の核武装化・潜在的核保有国」への意思について、全く顧慮していないということである。繰り返すが、時の権力が原発を廃絶できなかった（しなかった）のは、高濃度放射性廃棄物である使用済み核燃料を再処理して得られる核兵器の原料プルトニウムを確保する、という「隠された目的」があったからに他ならなかった。にもかかわらず、「科学は無限に発達する」と信じきっていた吉本は、そのことに全く気づいていなかったということである。あるいは、気づかないふりをしていたのかも知れないが、いずれにしろ、原発の設置・稼働の「真の意味」について、吉本は無知あるいは無知を装う狡猾漢と言われても仕方がなかったのである。

なお、吉本の原発擁護論＝科学神話への批判は、吉本がフクシマ後、しきりに一九八〇年代と変わらぬ「原発擁護」の言説を連発していた二〇一一年八月に刊行された山本義隆――一九六〇年代末の東大闘争時の全共闘議長で、二〇〇三年『磁力と重力の発見』（全三巻　みすず書房刊）で毎日出版文化賞、大佛次郎賞などを受賞。東大理学部物理学科大学院博士課程中退――の『福島の原発事故をめぐって――いくつか学び考えたこと』（みすず書房刊）中の、ジュール・ヴェルヌのSF小説『動く人工島』（一八九五年刊）の結語に書かれていた「科学技術には『人間に許された限界』がある」を証明した出来事の一つがフクシマだったという論理を対置すれば、より明瞭になると言えるだろう。山本のこの書は、物理学の徒として真摯にフクシマと向き合った結果を綴ったもので、日本の原発政策は「原発ファシズム」としか言えない状況にあり、一刻も早く原発依存社会から脱却すべきだと提言しているもので、蒙を啓かれること大である。

## 〈4〉吉本・村上発言と「原発文学」

しかし、フクシマが起こってすぐ、「毎日新聞」「日本経済新聞」が相次いで吉本の「原発擁護」のコメントを求め、それが当の新聞やネットを介してメディアに拡散し、またその「原発擁護」論を集大成する形で『週刊新潮』が長時間インタビューを行ったこと――これらの吉本のインタビュー記事は、後に先に記した『「反原発」異論』（二〇一四年一二月　論創社刊）としてまとめられる――は、吉本が「戦後最大の知の巨人」などと言われるほどの影響力の大きさを考えると、先の特に若い人に絶大な人気のある村上春樹の「核」への発言とともに、看過できないものがある。

例えば、村上春樹の作品を一貫して高く評価してきた加藤典洋が「原発については、僕は吉本隆明さんの考えに納得させられてきた人間です。科学を進めて起こってくる問題には、さらに科学を進めることで克服していくしかないという考え方です」（「未来からの不意打ち」二〇一一年六月）と書いたことが証すように、吉本の「科学神話」に基づいた原発に関する言説は、多くの人に大きな影響を与えていたのである。あるいは、リベラルな発言で知られてきた立花隆や寺島実郎（共に、経産省の「エネルギー政策賢人会議」のメンバー）といった人たちまでもが、「（フクシマが）原子力という〝パンドラの箱〟を開けてしまった以上（中略）覚悟と根性をもって〝箱〟の前に踏みとどまり、原子力をより安全なものにすべく取り組むことが、現代に生きる我々にとっての責任の取り方ではないだろうか」（寺島）とか、「（フクシマのようなことは）現代の最先端の原発（いま第三世代まできている）では決して起こりえない」（立花）と言い、あたかもフクシマは「想定外」で日本の原発技術は「世界最高水準にある」から「安全・安心」なのだと断言しているが、このような物言いの大本は吉本の「科学技術神話」に負うところが多いと考えられる。小型原発を動力として一万馬力の力で空を飛ぶ『鉄腕アトム』（手塚治虫原作　一九五一年〜）で育った世代の「科学神話」が、並大抵のものではないことを寺島や立花の言説は証してもいるのである。

また、村上春樹の「我々日本人は核に対する『ノー』を叫び続けるべきであった」という発言も、繰り返すが、ヒロシマ・ナガサキ以降の日本の反核運動（原水爆禁止運動・反原発運動）があたかも無かったかのような「誤ったメッセージ」を世界に発信するものであった。と同時に、本来ならフクシマはヒロシマ・ナガサキとの連続性において考えるべきなのに、この二つの「核被害」を切断し、ヒロシマ・ナガサキに対して「何も対応してこなかった」文学者を含む日本人全体へ「免罪符」を与える結果になり、特に自国の「歴史」に疎い若い人たちに「悪しき影響」を与えることになったのではないかと考えることもできる。私は、先に記した拙著『村上春樹批判』でも村上春樹の「原発・フクシマ」論について批判してきたが、更に〈2〉でも触れた『村上さんのところ』（二〇一五年七月　新潮社刊）で言及している四ヶ所の「原発」（フクシマ）論について、改めてその一つ一つを整理して、いかに村上春樹の「原発・フクシマ」論がいい加減なものであるかを指摘したいと思う。

一つ目は、「誰も責任を取らない日本」という意見に対して、「福島の原発事故であれだけの人々が故郷を追われ、生活をむちゃくちゃにされて、その責任は誰がとったんだというと、誰も取ってないんです。じゃあ誰にも責任がないのか？　ということになります。（中略）どうすればいいんでしょうね、ほんとに。」と答えている。フクシマに対して誰も「責任を取らない」事実に対して、本音とはいえ、「どうすればいいんでしょうね、ほんとに。」としか答えない（答えられない）人気作家は、「反核スピーチ」後、フクシマや核状況についてどのように考えてきたのか、思考停止をしていたとしか思われない

二つ目は、「ウオークマンを悪く言うわけじゃないですが」と「反核スピーチ」についての質問に対して、「原発（核発電所）に対する僕の個人の考えは、当時から今まで一貫してまったく変化していません。僕に言わせていただければ、あれは本来『原子力発電所』ではなく『核発電所』です。**nuclear** = 核、**atomic power** = 原子力です。ですから **nuclear plant** は当然『核発電所』と呼ばれるべきなのです。そういう名称の微妙な言い換えからして、危険性を国民の目からなんとかそらせようとする国の意図が、最初から見えているようです。（中略）これから『原子力発電所』ではなく、『核発電所』と呼びませんか？　その方が、それに反対する人々の主張もより明確になると思うのですが。」と答えている。原発を「核発電所」と呼び替えることは、確かに問題を明確にするという利点もあるが、原子力発電所（原発）という言い方には「歴史」があり、その歴史を考慮しない限り言い方を換えただけでは、原発問題は何も進展しない。

三つ目は、原発事故による死者と交通事故死とを較べて「原発NO！に疑問を持っている」という意見に対して、「原発（核発電所）を認めるか認めないかというのは、国家の基幹と人間性の尊厳に関わる包括的な問題なのです。基本的に単発性の交通事故とは少し話が違います。そして福島の悲劇は、核発の再稼働を止めなければ、またどこかで起こりかねない構造的な状況なのです。（中略）それからちなみに、『年間の交通事故死者５０００人に較べれば、福島の事故なんてたいしたことないじゃないか』というのは政府や電力会社の息のかかった『御用学者』あるいは『御用文化人』の愛用する常套句です。比べるべきではないものを比べる数字のトリックであり、論理のすり替えです。」と答えているが、この点に関しては「全くその通り」と言うしかない。

四つ目は、フクシマ以後長野県のど田舎では「水力発電」をフル稼働していて、水力発電所の下流水域で「生態系が狂っている」――このような読者の認識は、現実的には「錯誤」としか言いようがないのだが――という意見に

対して、〈2〉でも一部引用したのだが、「おっしゃっていることはとてもよくわかります。ただ単純に原発（核発）を止めて、自然エネルギーだけにしろといっても、そんなに簡単に目標が達成できるものではありませんね。（中略）僕自身は『何がなんでも核発をなくせ』とごりごりに主張しているわけではありません。もしそれが国民注視のもとに注意深く安全に運営されるなら、過渡的にある程度存在しても仕方ないとは思っているんです。しかし実際にはまったくそうではないから、国や電力会社の言うことなんてとても信用できたものではないし、今のこのような状況下で再稼働はもってのほかだと考えているのです。」と答えている。

以上、長々と村上春樹の「反核スピーチ」以後の「原発」や「フクシマ」に関する発言を引用してきたが、これらの「解答＝言葉」から明らかなことは、村上春樹の原発理解が「反核スピーチ」で示したフクシマ以前の反原発論や運動に対する認識から変わっておらず、そのほとんどが「無知」を土台とする「常識」の範囲を出ないものだということである。特に、四番目の意見（考え方）は、〈2〉でも指摘したように、原発容認・再稼働賛成派を喜ばせる論理そのものである。この『村上さんのところ』に収録されている原発論を見て、メディアや村上春樹を擁護してきた批評家などが鬼の首を取ったかのように、村上春樹は「反核スピーチ」時と変わらず反原発の立場を堅持しているかのような言説を振りまいているが、その論理には今なお故郷を追われた一六万人もの避難者（被曝者・被災者）が存在していないことを、もう一度確認する必要がある。さらに言えば、村上春樹の反原発論には、またフクシマの「被害者（被曝者）」が一九四五年のヒロシマ・ナガサキの「核被害者（被爆者）」に繋がるものとの認識も決定的に欠如しており、決して高く評価できるようなものではない。

なお、上記の村上春樹の「常識」としか位置付けられない「四つの解答」に、原発反対の集会やデモに参加しない（と想像される）村上春樹の読者たちや、原発に対して「沈黙」し続けている文学者を含む多くの人々は「ほっと胸をなで下ろした（安堵した）」のではないか。何故なら、村上春樹の「四つの解答」に示された原発論は、原発の再稼働には国民の「六〇パーセント以上」が反対を表明しながら、その国民が原発の再稼働や老朽原発の運転延長、原発輸出を強力に推し進めている保守政権を「四〇〜五〇パーセント」の割合で支持するこの社会の「ねじれ＝矛盾」現象を肯定しているところに成り立っているからである。さらに言えば、村上春樹の原発に関する言説は、「現状維持」を至上のものとする人々の在り方をまさに代弁するものに他ならなかったのである。

そのようなことを考えて、私はフクシマ以前に書かれた原発小説やフクシマ後に陸続と発表された原発文学を、その内容に沿って文学史的な観点から検討する必要があるのではないか、と思っている。それは、文学の役割が「生き方のモデルを提出すること」（大江健三郎）であり、文学者には「炭鉱のカナリア」と同じ役割があると考える者の責務なのではないか、と思うからである。つまり、これまでに書かれた原発文学は真に「核と人間は共存できない」という世界像を実現するものになっているか、ということでもある。第一章の「大江健三郎の『反核』思想」から終章の「乱反射する『言葉』――フクシマに抗する様々な表現」まで、原発に関する表現（作品）をできるだけ多く集め、「第一部　フクシマ以前」――井上光晴の『西海原子力発電所』（八六年）や水上勉の『故郷』（九七年）、東野圭吾の『天空の蜂』（九五年）、堀江邦夫の『原発ジプシー』（七九年）、等々を論じた――と、「第二部　フクシマ以後」――多和田葉子の『献灯使』（二〇一四年）をはじめ、津島佑子の『ヤマネコ・ドーム』（二〇一六年）や池澤夏樹の『アトミック・ボックス』（二〇一四年）、玄侑宗久の『光の山』（二〇一三年）、北野慶の『亡国記』（二〇一五年）、桐野夏生の『バラカ』（二〇一六年）、黒川創の『岩場の上から』（二〇一七年）、若松丈太郎の『福島核災棄民』（二〇一二年）、などを対象とした――に別けて通史的に論じたいと思ったのも、これまでにこのような「原発文学史」も、またまとまった「原発文学論」もなかったからである。

# 第一部

# フクシマ以前

# 第一章

## 「核と人類は共存できない」
## 大江健三郎の「反核」

### 〈1〉その軌跡

ノーベル文学賞作家大江健三郎の思想的基盤が「平和と民主主義」の戦後思想にあり、作家として出発した当時の初期作品には、芥川賞を受賞した『飼育』（五八年）や最初の長編『芽むしり仔撃ち』（同）が如実に物語るように、幼少年時の戦争体験が深く刻印されていた。例えば、『芽むしり仔撃ち』の次のような部分は、従来大江が東大仏文科の卒業研究（卒業論文）の対象として選んだJ・P・サルトルの実存主義思想（哲学）からの影響、つまり「閉じこめられた状況下における自由の可能性」、あるいは「監禁状態からいかに脱出するか」というような問題との関連で論じられることが多かったが、実は先のアジア太平洋戦争に掣肘されて成った作品だったのではないか、ということも考えられるのである。

人殺しの時代だった。永い洪水のように戦争が集団的な狂気を、人間の情念の襞ひだ、躰のあらゆる隅ずみ、森、街路、空に氾濫させていた。僕らの収容されていた古めかしい煉瓦造りの建物、その中庭さえ、突然空から降りてきた兵隊、飛行機の半透明な胴体のなかで猥雑な形に尻をつき出した若い金髪の兵隊があわてふためいた機銃掃射をしたり、朝早く作業のために整列して門を出ようとすると、悪意にみちた有刺鉄線のからむ門の外側に餓死したばかりの女がよりかかっていて、たちまち引率の教官の鼻先へ倒れてきたりした。殆どの夜、時には真昼まで空爆による火災が町をおおう空を明るませあるいは黒っぽく煙で汚した。

ここから透けて見えるのは、大江にとっての「戦争」が南京大虐殺事件や三光作戦を思いのままに行った中国大陸やアジア・太平洋諸国への侵攻（侵略）、あるいは真珠湾攻撃やシンガポール攻略戦の勝利を祝った初期の太平洋戦争ではなく、地方の感化院（教護院）まで空襲が及んできた「敗戦」間際のものであったことである。大江が「平和と民主主義」を実現しようと悪戦苦闘していた戦後思想を自らの創作の根底に据えようとしてきたのも、そこに敗戦間際に体験した「戦争」とは真逆のものを見たからであった、と言っていいだろう。

なお、大江の戦争（戦時下）体験をいかに忌避すべきもの・憎むべきものと捉えていたかは、次の「軍国主義教育」について語るエッセイが如実に伝えている。

大瀬国民学校のひにくれ者の生徒だったぼくは毎朝、校長から平手ではなく、拳で殴られていた。左手をほおにささえ、逆のほおを力まかせになぐるのだ。今もなお、ぼくの歯はそのためにゆがんでいる。

校長は、奉安殿礼拝のさいに、ぼくが不まじめであったといってなぐるのだ。奉安殿は、近隣まれにみるりっぱさで、校長自慢のものであった。日曜の夕暮れに、ぼくは玉砂利をふんでのぞきにいったが、金色につやのある木の台と紙箱と、天皇陛下、皇后陛下の写真が見えたのみであった。

そこで、ぼくは毎朝の礼拝にまじめになることができず、そこで校長に歯のゆがむほどなぐられた。（傍点原文「奉安殿と養雛温室」一九六〇年）

「国民学校」は、一九三五年生まれの大江が一年生に入学する一九四一（昭和一六）年四月一日発令された国民学校令によって、「皇国ノ道ニ則リテ初等普通教育ヲ施シ国民ノ基礎的錬成ヲ為スヲ以テ目的トス」（第一条）とされ、一八八六（明治一九）年四月制定の小学校令に基づく「尋常小学校」に代わって設置されたものである。この国民学校が発足した年の一二月八日に太平洋戦争が始まったことを考えると、四国の山奥（愛媛県喜多郡大瀬村・現内子町）で育った大江の「人殺しの時代＝戦争」へのこだわりが奈辺にあったたか、自ずと判るだろう。

大江の「戦争」へのこだわり、それはまた「敗戦日本」を象徴するヒロシマ・ナガサキの「惨劇＝被害」に直結するものであった。大江が意識的にヒロシマ・ナガサキと向き合うようになるのは、土門拳の写真集『ヒロシマ』（五八年　研光社刊）を見たことからであったが、その時の「衝撃」について、大江は「土門拳のヒロシマ」（六〇年）の中で、次のように書いていた。

ぼくはここで、土門拳の『ヒロシマ』がいかに現代的かを語りたい。戦争体験の芸術的具体化という問題でいつまでも足ぶみをつづけている日本の文学者を、土門拳がいかにみごとに凌駕したかを語りたい。そして、土門拳の『ヒロシマ』が真に日本人の名において、現代日本人の名においてなされた一九五九年の日本の現実の記録であるとともに**戦争**の記録であるゆえんのものを語りたい。それは、ぼくの《作家の眼》が土門拳の《写真家の眼》によっていかに広い光景のまえにみちびかれたかを語ることであるからである。

端的にいえば、土門拳の『ヒロシマ』のすべての現代的意義は、従来の原爆をめぐる写真集が一九四五年八月六日、原爆投下の日の報道写真的な性格をもち、焦点がこの日にむかってあてられていたのとちがい、今日のヒロシマ、一九五九年のヒロシマにおける、原爆と人間の戦いを現在形でえがくことにすべての目的があることだ。

土門拳は一九五九年に日本人がいかに原爆と戦っているかを描きだす。それは死せる原爆の世界をではなく、生きて原爆と戦っている人間を描きだす点で、徹底して人間的であり芸術の本質に正面からたちむかうものだ。

（ゴチック原文）

大江はここで、「十四年前に死んだヒロシマの犠牲者たちは既にわれわれに無縁な、なにものでもない非存在にすぎない。（中略）われわれにとって最も重要な関心は生きているわれわれの群衆の中のみにある」として、広島の平和公園に建つ「安らかに眠って下さい。過ちは繰り返しませぬから」という碑文は、「抒情的で厭らしい書体で書いた記念碑のよそよそしい無益な感じ」であると批判した。そして、ヒロシマ・ナガサキへの自分の関心は専ら「芸術＝表現」にあるだけだとも言っていた。広島平和記念公園の慰霊碑に刻まれた碑文に対するこの容赦ない批判は、土門拳の写真集『ヒロシマ』に対するオマージュ（讃辞）から三年後の一九六三年（とその翌年）、雑誌の「世界」に依頼され原水爆禁止世界大会を取材するために訪れた広島において体験した様々な出来事を綴った『ヒロシマ・ノート』（六五年刊）の、次のような「プロローグ　広島へ……」の言葉といかに違ったものであったか。土門拳の『ヒロシマ』についての文章が、「若い」新進気鋭の作家大江健三郎の「気負い」（「傲慢さ」と言っていいかも知れない）が直に出ているものだとすれば、『ヒロシマ・ノート』の文章は大江本来の「謙虚」で敬すべき人物や出来事に出遭ったときに見せる真摯な態度に貫かれたものになっていた。

僕は広島の、まさに広島の人間らしい人々の生き方と思想とに深い印象をうけていた。僕は直接かれらに勇気づけられたし、逆に、いま僕自身が、ガラス箱のなかの自分の息子との相関においておちこみつつある一種の神経症の種子、頽廃の根を、深奥からえぐりだされる痛みの感覚をもあじわっていた。そして僕は、広島とこれらに真に広島的なる人々をヤスリとして、自分自身の内部の硬度を点検してみたいとねがいはじめていたのである。僕は戦後の民主主義時代に中等教育をうけ、大学ではフランス現代文学を中心に語学と文学の勉強をし、そして仕事をはじめたばかりの小説家としては、日本およびアメリカの戦後文学の影のもとに活動している、そういう短い内部の歴史をもつ人間であった。僕は、そうした自分が所持しているはずの自分自身の感覚とモラルと思想とを、すべて単一に広島のヤスリにかけ、広島のレンズをとおして再検討することを望んだのであった。

ここで「注記」的にこの「プロローグ」が書かれた事情について説明しておけば、大江は一年目の広島訪問の約二ヶ月前（一九六三年六月）、頭蓋骨欠損という「異常」を持った長男（光）の誕生を迎えていた。「ガラス箱の自分の息子との相関」というのは、医師によって手術の成功率三〇パーセントという厳しい状況を告げられたままの広島訪問だったということである。また、「真に広島的なる人々」というのは、治療方法が定かでない「原爆病」の患者と献身的に向き合い続けていた広島原爆病院院長重藤文夫やそこで働く医師・看護師、そして「原爆病」や「謂われのない被爆者差別」によって苦しめられていた被爆者のことを指していた。

なお、この「プロローグ」の結論とも言っていい「自分自身の感覚とモラルと思想とを、すべて単一に広島のヤスリにかけ、広島のレンズをとおして再検討することを望んだ」という言葉の意図するところは、『ヒロシマ・ノート』の内容及び障害を持って生まれた子供との関係で苦しむ若い父親の姿を描いた『個人的な体験』（六四年）を読めば、はっきりする。『ヒロシマ・ノート』以後明確になった大江文学に底流する「二つの主題」――「障害児（者）との共生」及び「核状況下の世界における人間の生き方」を追求する――を大江は二度の広島訪問で自覚し、その自覚に基づいて創作を続けることになったのである。大江の「核意識」の変遷というコンセプトで『ヒロシマ・ノート』に顕在する大江の「決意」を推理すれば、それは「反核」の思想が以後大江の内部に定着するようになったということだろう。

ただし、この時点の「反核」に、「反原発」は含まれていなかった。

当時（一九五〇年代末から六〇年代の前半にかけて）は、アメリカの核戦略に追随する日本の政治家（例えば、正力松太郎や中曽根康弘たち）やそれに同調する原子力科学者らによって、「被爆地日本における原子力の平和利用＝原発の建設」が声高に叫ばれていた時代で、多くの人が「原発＝核の平和利用」と「核兵器＝原水爆」とは別なものだと考える傾向にあった。つまり、一九六三年夏の広島訪問から始まり『核時代の森の隠遁者』（六八年）や『洪水はわが魂に及び』（七三年）を経て、『ピンチランナー調書』（七六年）で初めて「原発」の問題と正対するまで、大江もまた「核」という言葉の中に「核の平和利用＝原発」を含ませていなかったということである。

その意味では、フクシマ以後「反原発」運動により一層力を注ぐようになった大江を批判する時によく持ち出される、次のような「核の平和利用＝原発容認」の言説（「文学とはなにか？（2）――客観性の問題をめぐって」六七年七月　講演集『核時代の想像力』七〇年刊所収）も、時代の只中に生きる作家らしい仕方のない「フライング（勇み足）」だった、と考えるのが自然である。

核エネルギーを開発することにぼくは不賛成ではありません。わが国でもじつは核エネルギーは現に開発されています。日本人が核アレルギーで萎縮している、と主張する連中は意識してそのことに触れないけれども、東海村では核エネルギーが開発されていますし、東海村で開発された電力はいま町を流れています。それにぼくは反対しません。しかし、なぜぼくが自民党の核開発の主張に疑問を抱き、警戒心をもっているかといいますと、それは核兵器と核エネルギーとをすっかり切りはなしたかたちで開発することが現におこなわれているのかというとそうではない。今後はますます核兵器と結びつけたかたちで核エネルギーの開発がおこなわれるであろうという具体的、現実的な危惧をぼくが抱くからであります。（中略）核エネルギーの開発が核兵器の製造に結びつくことは、日本の産業界に置いて絶対にありえない、ということを確実に見きわめたうえで、それを繰りかえしたしかめつつ核エネルギーを開発してゆくのでなければならない。

要するに、「核兵器の製造」と結び付かない「核エネルギーの開発」ならば容認してもいいということなのだが、このような認識は大江が尊敬してやまない戦後派文学者の一人野間宏が、「序章」でも触れたことだが、大江のこの引用に見られる言説より一〇年ほど前の「水爆と人間──新しい人間の結びつき」（五四年）というエッセイの中で、「このようなとき（原水爆禁止運動が盛り上がりを見せている時──黒古注）、世界最初の原子力発電所がソヴェトで完成されたということは、この人類の立場にこの上ない希望と力をあたえたのだ。（中略）同じ原子力であるが、一方は人類を滅亡にみちびき、一方は人類の無限の発展に通じる。この矛盾のなかをつらぬいていま私たちは自分の生きる道を見出して行かなければならない」と書いたメンタリティに通じる、当時としては一般的なものだったということになるだろう。

この「原発容認」発言から五年、大江は「反原発」の思想を前面に打ち出した長編『ピンチランナー調書』（七六年）を発表する。この作品には、使用済み核燃料の再処理工場から発電所への輸送の途中、核物質を積んだ輸送トラックが得体の知れない「ブリキマン」を名乗る連中に襲われ、その時トラックからこぼれた液体によって火傷を負った元原発の技術者が登場する。また、反原発運動のリーダー「義人」も物語を構成する主要な人物として登場し、各地で開かれている反原発集会も、この物語の中では重要な役割を果たしている。時代の動向に敏感で、なおかつ常に自己の思想点検を怠らない大江らしく、一九七〇年前後の「政治の季節」（学生叛乱・全共闘運動）を経ることで一九七〇年代半ばから盛んになった「反原発運動」や反原発の言説を参考に、かつて「東海村では核エネルギーが開発されていますし、東海村で開発された電力はいま町を流れています。それにぼくは反対しません」と発言したことの訂正を、この『ピンチランナー調書』で行ったのである。

いずれにしろ、『ピンチランナー調書』以後の大江の「反核」には、「反核兵器」と「反原発」の意味が含まれようになったのである。このことは、『ピンチランナー調書』と同時期に、大江が「自己否定」を基本とする「文学の言葉」に対して、他者に受け入れられることを前提とした「自己許容」に満ちた言葉の例として、（原子力発言についての）「広告の言葉」があると言い、次のように書いたことによく現れている。

> そのもっとも端的に今日の状況に根ざしている実例は、政府や電力会社が最近つづけさまに打ち出している原子力発電の宣伝広告である。この場合、許容されねばならぬものとしてそのようにあるままに呈示されるのは、一個の人間ではなく、原子力発電という人間支配の一構造であるけれども。原子力発電が人間支配の一構造である、という言葉に説明を附すならば、僕はそれが人間生活にあたえるものの規模の大きさ（ついには原子力発電によって厖大な量の電力を補給されていた都市生活が、その突然の電力供給の停止によってパニックをおこすほどにも原子力発電に大きく依存することになろうが、われわれはいまそれよりほかにない唯一のものとして原子力発電を選ぶことから始めるのではない）、またそれが放射能汚染や温排水をつうじての海洋の温度のバランスの破壊による、人間への死の根源となりうる可能性の大きさを考えることによって、それを人間支配の一構造とみなす。
>
> この原子力発電のための広告に参加する、わが国の文筆業者たちの宣伝文は、そのようにある原子力発電を全面的に許容することへの情熱において、非常なものである。（傍点原文「諷刺、哄笑の想像力」七六年）

原水爆＝核兵器とは異なる「もう一つの核＝原発」が「人間支配の一構造である」という言葉にこそ、大江の「反核」思想がいよいよ確信を得たものになった証がある、と言うことができる。

## 〈2〉描き出された近未来図――『治療塔』・『治療塔惑星』と「反核」

大江の数ある作品の中では珍しい「近未来SF」と名打った長編『治療塔』（原題『再会、あるいはラスト・ピース』九〇年五月刊）と、その続編『治療塔惑星』（九一年一一月刊）について、これまではそのほとんどが「SF」論として論じられてきた。例えば、笠井潔は「海燕」の「新刊播読」（『終焉の終り――1991文学的考察』九二年刊所収）の「SFと最後の小説」（九二年二月）において、あるいは高橋源一郎の「朝日新聞」の文芸時評を集めた『文学じゃないかもしれない症候群』（九二年八月刊）の「起源のSFとSFの起源」において、さらには比較的新しい「『治療塔』『治療塔惑星』論――SFとしての是非――」（白鳥克弥『大江健三郎研究Ⅱ』〇九年刊所収）などにおいてである。つまり、この二つの「近未来SF」が大江の「反核」思想の流れという観点から論じられることは、管見の範囲ではあるが、ほとんどなかった。それは、大江健三郎の文学を「反核」という観点から論じられることが少なかったということも意味していたが、SF小説としての『治療塔』と『治療塔惑星』は、例えば高橋源一郎の次のような『治療塔惑星』の読み方＝評価に代表されるものだったからである。

　文学はいつも自分の周辺に、自分によく似たものを生んできた。それが「パラ文学」（文学に準じるものという意味での「準文学」。この準（パラ）文学は、高橋によれば「文学」と「弁証法的な他者」という関係にあり、文学が自己充足的なシステムとして存在するには、自ら追いやった夢や野望やものの考え方を一身に背負ってくれる「パラ文学」を必要とするのだという――黒古注）だ。かつては小説自身がそうだった。そして、小説（若しくは「純」文学）が文学の中心に位置するようになると、SFやミステリーがその役目を背負った。（中略）
『治療塔惑星』は、文学に対してはSFとして振る舞う。だから、文学にとって「弁証法的な他者」なのだ。

それだけではない。『治療塔惑星』は『自己充足的なシステムとして存在する』ようになったＳＦの「弁証法的な他者」でもあるのだ。ふたつの、自らの起源を忘れ、自閉した空間の中で貧しい再生産にいそしむシステム。そのそれぞれに対して、豊かな批判として対峙すること。『治療塔惑星』の奇妙な性質は、そこからやって来るようにぼくには思えるのだ。

ここには、「科学神話＝科学万能論」に彩られた現代社会に対して大江が抱いている「危機感」を読み取ろうとする意思など欠片もない。先に記した笠井の評も、白鳥の研究も高橋と同工異曲である。「近未来ＳＦ」という角書きの「ＳＦ」という言葉に引きずられ過ぎた結果なのか、「方法論」的にしか『治療塔』とその続編である『治療塔惑星』にアプローチしていない（論じていない）のである。

では、大江がこの時代に抱いていた「危機感」とは何であったのか。それは、この二つの「近未来ＳＦ」がどのような時代状況を背景として描かれているかを見れば歴然とする。物語は、二一世紀半ば、さしもの「緑の惑星」地球も、相次ぐ核戦争（核兵器を使用した局地戦）や原発の爆発事故によって放射能に汚染され、人間が住み続ける環境にはほど遠い状況に陥り、加えてエイズも地球全体に蔓延し、このままでは早晩「人類絶滅」の時を迎えるのではないか、と誰もが思うような時を舞台にしている。言うならば、この「近未来ＳＦ」は、「放射能に汚染された」地球に人類は生き続けることができるのか、という問いを内包した物語だということである。

さらに、物語は放射能に汚染された地球を「脱出して火星に移住し、そこでの生活を一〇年経験した後、再び地球へ帰還」した「選ばれし」人々と、地球に残されながら「エコロジカルな生活」を送りながら必死に生き続けようとする人々との「戦い」という形で展開している。このことは、この時期、大江の「反核」思想が「科学」に対抗するにはもう一度「自然の摂理＝エコロジー」に基づいた生活を再建するしかない、という思想によって支えられるようになってきていたことを意味していた、と言っていいだろう。このことは、『治療塔』と『治療塔惑星』が刊行される前後に、ヒロシマの四五年後を取材した『ヒロシマの「生命の木」』（九一年）と講演集『人生の習慣《ハビット》』（九二年）を刊行していることからも分かる。『ヒロシマの「生命の木」』は、『治療塔』を刊行した同じ年の八月三日に放映されたＮＨＫテレビの「世界はヒロシマを覚えているか」――大江が世界各国の「核」に関する発言を行っている科学者や哲学者、作家たちを訪ね歩いて行ったインタビューを映像化したもの――を単行本化したもので、『人生の習慣』は一九八七年から九一年にかけて行った一一回の講演を集めたものである。大江は、この二著の中で繰り返し「ヒロシマ・ナガサキ」のことや「核軍縮」のことに触れている。例えば、『ヒロシマの「生命の木」』の、一九八三年に「核の冬」問題を提唱した宇宙物理学者カール・セーガンとの対話をまとめた「八章　日本はこの課題について特別な、道徳的に梃子入れをできる立場にいて、それを生かしていないということです」の中で、大江は改めてセーガン博士に「核の冬」について次のように語らせていた。

われわれが「核の冬」についての研究レポートを発表した時、多くの人びとが驚きました。地球の気候が核戦争の後に発生する煙や埃にあれほど敏感であるということはわれわれにも驚きでしたが、その最たるものは、百の都市が燃えるだけで世界的な「核の冬」が訪れる、という発見でした。百の重油処理工場が燃えても「核の冬」は訪れます。しかもアメリカとソヴィエトは六万近い数の核兵器を所有しているのです。

Ａ国がＢ国に核攻撃をしかけて、Ｂ国が報復もなにもしなかったとする。しかし核攻撃による煙は一週間か二週間のうちに地球を半周して、Ａ国にいたる。気候によって、報復がなされるわけです。

こうした事実があきらかになったことで、核戦略や抑止論、核戦争を勝つことができるのか、というような議論はまったく変わるはずでした。しかしその事実を人びとが受け入れるまでにかなり抵抗があったのです。いまやそれらの抵抗もおおむね解消し、「核の冬」の考え方はゴルバチョフの演説にもあきらかだったようにソヴィエトの軍拡への態度を変化させたと思います。「核の冬」の考え方にもっとも抵抗したのはアメリカ人でした……

チェルノブイリ原発の事故、そしてフクシマが起こって、今や「核」の問題はもっぱら「核兵器なき世界」と「原発」の問題に絞られたような感すらあるが、セーガン博士が例としている重油処理工場への核攻撃の代わりに、北朝鮮や中国の「脅威」を持ち出す保守政府や自衛隊が懸念を示す核兵器による原発への攻撃を考えれば、「核の冬」は依然として核状況を語る際のキーワードということになる。『治療塔』の「放射能汚染で生き続けることが困難になった地球」という設定は、まさに「核の冬」が実際に起こるであろうことを前提として書かれた近未来SFだったのである。大江にとって、「核の冬」がいかに大きな問題であったか、『人生の習慣』の冒頭に置かれた「信仰を持たない者の祈り」（八七年）の中で、次のようにいっていることからも容易に理解できる。

いま核兵器が爆発してしまえば、世界中が冬の気候になって、生物も植物も動物も生きることはできない。根本的な環境の破壊というものが行われると科学者は警告しています。それを「核の冬」というふうに呼んでいるわけです。「核の冬」という脅威があって、それに対して私たちは「生命の春」が季節がめぐるごとに訪れてくるようにと念願している。それは、私たちが祈っている、というふうにいってもいいと思うんです。そのことを私は祈りたい。

私たち宗教を持たない人間、信仰を持たない人間にも祈るということはある。「生命の春」のために「核の冬」を拒むという願い、あるいは祈りは、もちろんキリスト教徒の方によって持たれているに違いない。あるいはイスラムの人に持たれているに違いない。仏教の人に持たれているにちがいない。そうすれば私は、本当に祈りというものをよく知っている、それになれている、それを意識化している、そういう信仰を持っている人たちの共同に私たち信仰を持っていない人間が加わっていくということが大切だと思うのです。それが「核の冬」をふせいで「生命の春」ということを希望するための、いちばん根本的な行動じゃないかと思います。

先にも書いたように、『治療塔』と『治療塔惑星』が科学の先端を動員した「火星＝新しい地球」への移住と、そのような科学万能主義に果敢に挑む「エコロジカル」な生き方を選んだ「地球に残された」人々との戦いを軸に展開することの意味が、この「信仰を持たない者の祈り」でも明らかにされている、と考えられる。大江の「反核」への思いが大江文学の基軸の一つになっていると言う所以である。

## 〈3〉『定義集』へ

では、『治療塔』、『治療塔惑星』以後の大江の「反核」思想、特に「原子力の平和利用＝原発」批判はどのような作品においてよく現れていたか。

大江は、ノーベル文学賞受賞前後に発表した『燃えあがる緑の木』三部作（第一部『「救い主」が殴られるまで』九三年一一月、第二部『揺れ動く（ヴァシレーション）』九四年一一月、第三部『大いなる日に』九五年三月）を「最後の小説」と言明し、「休筆」期間に入るが、自ら「敗北主義」に陥っていたというその「休筆」期間を経て小説の執筆を再開した最初の長編『宙返り』（九九年六月）において、新興宗教団体による「原発テロ」計画を作品の重要なプロットとして設定した。周知のように、原発が人間の存在を阻害する危険なエネルギー供給源といわれる理由の一つに、テロを想定せずに建設されたものだということがある。『宙返り』を書いていた頃の大江の原発に対する考えは、以下の文章によく現れている。

> さて、九月に東海村《とうかいむら》の核燃料加工会社ＪＣＯで起こった事故は、奇蹟的といわれた繁栄から深い不況にいたるこの歳月の、日本経済の基本構造にひそんでいた貧困をあきらかにしました。たとえば現場の労働者が、かれらの生きるにあたいする自由をどのように犠牲にしてきたかを、それは一挙に示すものでした。またそれは、さらに大きい課題として、私らみなに日本の原子力発電の現在と将来について考えなおすことを呼びかけています。
>
> 私は、東海村でありうる事故の具体例について、最初に小説に書いた人間ではないかと思いますが——それは一九七六年の『ピンチランナー調書』という小説です——、今年の『宙返り』という小説も、意図して原発の事故を起そうとするテロ・グループとして、ある信仰集団を描いています。小説家の想像にすぎない、といわれることは承知で、私は次の世紀の最初の四分の一に、この国で起りうる大きい原発事故のことを考えずにはいられません。（ルビ原文　傍点黒古「懐徳堂から東海村まで」）

傍点部の言葉は、二〇一一年三月一一日に起こったフクシマを思い起こし、「不幸」なことだが、大江の「予言」が見事に当たってしまったことの証左になる。このJCO核燃料加工工場の事故からフクシマ＝原発事故を「予言」した大江の原発に対する冷徹な観察眼と批判精神は、第三章で詳述する林京子や栗原貞子のような被爆作家・詩人は別として、この時代の文学者の中では稀有なものであったと言っていいだろう。

なお、フクシマが起こってようやく一般的に問題視されるようになった「原発テロ」の危険性についてだが、ミステリーの世界では早くから取り上げられていた主題であった。これまた第四章で詳述するが、高村薫の『神の火』（九一年）や東野圭吾の『天空の蜂』（九五年）、高嶋哲夫の『スピカ』（九九年　現題『原発占拠』）は、その代表的な作品である。これらの作品は、管見の限りとしか言えないが、反原発を訴える人たちの間でもこれまでほとんど問題視されてこなかった「原発テロ」の可能性こそ、原発の脆弱性＝「科学万能主義」の盲点なのではないか、と警鐘を鳴らすものであった。その意味で、大江が四年半の休筆期間を経て執筆を再開した『宙返り』において、「原発テロ」の問題を作品の重要なファクターとして取り入れたということは、大江健三郎の文学総体を考えた場合、見落とすことのできない事柄の一つと言える。

以上見てきたように、二〇代の後半から今日まで一貫して「核」に関わる諸問題を人間の生存（生命）に関わる重要な事柄として、ヒロシマ・ナガサキを基点として「核」の全体に関心を払い続け、その上で表現＝作品の主題にもしてきた大江健三郎であるが、「3・11」の東日本大震災と同時に起こったフクシマについて、具体的にはどのような思いを抱いたのだろうか。特に、八〇年代に入って本格化した反原発運動と意識的に伴走してきたと思われる大江のことを考えると、おそらく、刻々と深刻な事態が進行しつつあったフクシマの現実を知って、まず自らの「無力」を痛感したのではないだろうか。と同時に、多くの人たちによる「反核＝反原発」の訴えを無視して、「経済＝金儲け」を最優先させてきた政界・財界・官僚・原子力御用学者、つまり「原子力ムラ」に対して言い知れぬ「怒り」も感じたはずである。齢七〇の半ばに達していた大江のフクシマに関わっての「絶望」と「怒り」は、想像を遥かに超えるものだったと思われる。

というのも、これまでになく、大江は明らかに現実政治（リアル・ポリティックス）そのものである「反原発」運動へコミットしており、その大江の関わり方は尋常ならざるものと思われたからである。例えば、一七万人が集まったとされる二〇一二年七月一六日の「さようなら原発集会」におけるスピーチにおいて、大江は「私らは侮辱の中に生きている。政府のもくろみを打ち倒さなければならないし、それは確実に打ち倒しうる。原発の恐怖と侮辱の外に出て自由に生きることを皆さんを前にして心から信じる。しっかりやり続けましょう」といった主旨の発言を行い、フクシマ以降私たちがどのような政治的・倫理的状況の中で生きているかを訴え、反原発運動の「正義」が自分たちの手の内にあることを主張した。この集会での大江の発言は、大江が現在どのような切迫感を抱いて反原発に向かっているかが如実に伝わってくるものであった。

周知のように、この「私らは侮辱の中に生きている」というフレーズは、大江が尊敬してやまない戦中から戦後にかけて現代文学の最前線を駆け抜けた中野重治の、最初期の短編『春さきの風』（一九二八年八月「戦旗」掲載）から借用したものである。引用を多用することで自分の主張を強化する傾向の強い大江とは言え、何故八〇年以上前に書かれた小説の「わたしらは侮辱の中に生きている」というフレーズを、反原発集会におけるスピーチで使ったのか。ここにこそ、反原発運動にコミットする大江の執心（真意）が隠れていた。

中野重治の『春さきの風』は、よく知られているように、社会主義者・労働運動の活動家約一六〇〇人を一斉に検挙するという戦前の革命運動（労働運動）に対する大弾圧であった一九二八年の「3・15事件」に関わって書かれた作品で、人間としての「正統＝正当」な行為に対する権力の暴力を一労働者の妻の目を通して告発するものであった。そして、この短編『春さきの風』の最後に置かれた「わたしらは侮辱のなかに生きています」というフレーズは、まさにプロレタリア文学運動——それは「革命運動」であると同時に「人間解放」運動でもあった——の最前線にいた中野重治の心底からの叫びを表したものであり、同時に「理不尽」な権力の在り方に対する作家の根源からの「怒り」を表明するものでもあった。大江がこの短編のテーマをよく現している「わたしらは侮辱のなかに生きています」を、反原発集会のスピーチで使ったことの理由（大江の真意）は、まさにそこにあったと言わねばならない。

大江は、この反原発集会に先立って、自らも代表の一人である「さようなら原発一〇〇〇万人アクション」の署名約七六〇万人分を他の代表らと一緒に政府に届けたが、その翌日（二〇一二年六月一六日）に、民主党野田政権は大飯原発の「再稼働」を認めるという、何とも言いようがない「国民の声」を無視する政治的判断があり、そのような状況を十分に承知したうえで、固い決意を持って「わたしらは侮辱のなかに生きています」というフレーズを使ったのである。つまり、民主党政権が大飯原発の再稼働を認め、さらには経済界の要請に応えて開発途上国への「原発輸出」を断行しようとしたことからも分かるように、「脱原発・反原発」という国民（市民）の願いをいとも簡単に踏みにじった民主党政権（とその後に続く安倍自公政権）へ、大江は怒りを込めて「わたしらは侮辱のなかに生きています」という言葉を対置したのである。

形式的には世論に押されて「脱原発」を掲げたが、実は自分たちの真意が「原発容認・推進」にあることを明らかにした強権（民主党政権、及び衆院選の勝利を受けて「原発容認・推進」や「原発輸出」を公言しているネオ・ナショナリストたちによる権力と言っていい安倍自公政権）に対して、大江が「侮辱の中に生きている」と声を大にして言わざるを得なかったのは、まさに強権が「反原発」を願う国民の意向を欺くものだという大江の深い認識があったからに他ならない。

ところが、そのような大江の「わたしらは侮辱のなかに生きています」という言葉には、実はもう一つの意味を込めていたのではないか、と思われる節がある。大江は、「朝日新聞」に二〇〇六年四月から月一回連載していた「定義集」を一冊にまとめた『定義集』（二〇一二年七月刊）の「これからも沖縄で続くこと」（二〇一〇年六月）という文章で、「侮辱」という言葉について次のように書いていた。

> 私は日米共同声明前後の鳩山首相のテレビ映像を見るたび、この人のいっていることは昨年十一月十三日、米国大統領への Trust me ! の退屈な続編だと思いました。加えて、自分の言葉を守れなかったこと、それ以上に沖縄の皆様方を結果的に傷つけてしまうことになったことにおわびを申しあげるという表現に、悪しきセンチメンタリズムを感じました。
>
> Trust me ! 以来、前首相のやってみせたすべては、沖縄の皆様方を傷つけてしまうことじゃなかった。その現場で、

沖縄の島民を侮辱することでした。侮辱への、正当に人間的な対応は怒りです。（・点原文、、点黒古）

この部分は、戦後も六〇年以上が過ぎ、先のアジア太平洋戦争の記憶（反省）も「風化」を超えて「（戦争など）なかった」かのように、社会のあらゆる面で戦争を「肯定する」右翼的・ファシズム的（国粋主義的）な傾向が強くなってきた状況を背景として、大江の『沖縄ノート』（七〇年七月　岩波新書）の「集団自決」に関わる記述が、沖縄慶良間諸島で「集団自決」を強制した守備隊長と遺族らによって、「間違っている」として二〇〇五年八月大阪地裁に訴えられ、裁判になったことを踏まえての発言である。

所謂「沖縄『集団自決』裁判」といわれるこの裁判は、それから二〇一一年四月まで約六年間、大阪高裁、最高裁と続き、結果的には大江側（『沖縄ノート』の版元岩波書店も著者の大江と共に被告とされていた）の「全面勝訴」で終結したが、大江はこの「沖縄『集団自決』裁判」を自分たちは元より先の沖縄戦で多くの犠牲者を出した沖縄（人）に対する「侮辱」と受けとめていたのである。換言すれば、住民に「集団自決」を強制したアジア太平洋戦争末期の沖縄戦の根っこには、江戸時代における薩摩藩による植民地化に始まり、明治新政府による「琉球処分」（一八七九・明治一一年）によって本格化＝体質化した本土（日本《ヤマトゥ》）人による「沖縄差別」があった、と大江は考えていたということである。そして、それはまた現在までも続く日本（人）による沖縄（人）に対する「侮辱」として顕現している、と大江は受けとめていたということでもある。

ここには、大江の独特といってもいい「倫理」意識が働いていた。つまり、沖縄人ならずとも「生きること」「生きたいという思い」を心底に日々を過ごしていたはずの住民（民衆・市民）が、強権者（この場合、日本軍）の「強制」がなければ絶対「集団自決」などするはずがない、という現実的な「確信」――それは必然的にそのような確信を持った人間の「倫理」へと転化する――が大江にはあったということである。そうであるが故に、大江は現今の「反民主主義」的動向を象徴する「沖縄『集団自決』裁判」を正面から自分の問題として受けとめ戦ったのである。

そのような大江の沖縄への認識を前提とするならば、引用にある「侮辱への、正当な人間的対応は怒りです」という言葉は、まさに「歴史」をねじ曲げても強権（国家）の正当性を主張し、人々の生活（現実）からますます乖離しつつある国家に身をすり寄せる者たちの論理・倫理に対する、大江の断固たる戦闘宣言でもあった。「対等・平等」を基本とする「国民主権」を基底として、「平和主義」を唱え、基本的人権の尊重を謳った戦後民主主義（日本国憲法に象徴される）の「申し子」を自認する大江は、かつて「強権に確執をかもす志」（六一年）というエッセイの中で、「六〇年安保闘争」を一市民として闘った経験を踏まえて、次のように発言したことがあった。

ぼく個人にかぎっていえば、ぼくは強権に確執をかもす志が、ぼくにとって現実生活にも文学にも最も重要であると、実感をこめてさとったということができると思う。文学に置いて、抵抗精神、反逆精神がもっとも苛烈なモティーフになっているのは、おそらく現代のアメリカ黒人文学であろうが、ぼくは去年の五、六月をさかいにして、たとえばリチャード・ライトからの刺激のうけかたがことなってきたのを感じる。

ぼくはニュース映画でみた絶望的に勇敢な学生や電車にたちむかった悲しみに憤激した若い父親のイメージを頭にうかべるたびに、自分の文学的関心のもっとも本質的なモティーフは、強権に確執をかもす志だと考えるのである。ぼくは小説の形で、あるいは戯曲の形でそれを具体化し、それを現実にあらしめねばならない。ぼくの現実生活にとってそれはすでに文学的野心だというべきかもしれない。

ここで言う「抵抗精神・反逆精神」は、『定義集』の中の言葉で代替すれば「批判精神・批評精神」ということになる。ならば、大江の確かな「批判精神・批評精神」に裏打ちされたフクシマに関する発言は、『いまこそ私は原発に反対します。』（日本ペンクラブ編　二〇一二年三月刊）に集まった文学者たちとか、「我々日本人は核に対する『ノー』を叫び続けるべきであった」と、それこそ長い間原水禁運動や反原発運動に関わってきた人たちを「侮蔑」する発言をした村上春樹のように、決して「にわか仕立て」のものではなかったということを、改めて確認する必要がある。大江の「反核（反核兵器・反原発）」思想は、先述してきたように、土門拳の写真集『ヒロシマ』と衝撃的な出会いをしてから今日まで一貫しており――すでに触れているが、大江はある時期（六〇年代後半）まで原発を容認する発言をしていたが、そのような原発認識が間違いであったと分かると、すぐに「反原発」の思想がいかに正当的なものであるかを理解し、小説は元よりのエッセイや評論でも「反原発」の発言を繰り返すようになった。つまり、大江は原発が反人間の極北にある存在だとの確かな認識を持つようになったということである——、その意味で大江は希有な現代文学者であると言わねばならない。

繰り返すが、大江はフクシマが全く収束していないにもかかわらず、野田民主党政権が経済界の要請を受けて「大飯原発再稼働」を認めてしまったことに対して、「わたしらは侮辱のなかに生きています」と言ったのである。そして、この原発再稼働に対する大江の気持ちの中には、これまで一貫してこの国の強権（政権）がヒロシマ・ナガサキの体験を蔑ろにする「核」政策を取り続け、その揚げ句にフクシマを引き起こしてしまったことへの押さえきれない「憤怒」と、そのような状況を変えることができなかった自分たちの「不甲斐なさ」によってもたらされた「悲しみ」が存在していたのである。

## 〈4〉『定義集』から『晩年様式集《イン・レイト・スタイル》』へ

大江は、フクシマが起こってから様々なメディアを通じて「反原発」発言を行ってきたが、ここでは新しい「反原発」言説のいくつかが収録されている『定義集』の中の言葉を手懸かりに、大江の一過性ではない「反核＝反原発」論の根源性＝本質性を考えてみたいと思う。

大江が『定義集』の中で、最初に「3・11（東日本大震災）」によって起こったフクシマについて触れているのは、四月一九日の「現地の外から耳を欹《そばだ》てて」である。その中で、三月一五日にフランスのル・モンド紙のインタビューに、「いま東日本を覆いつつある福島原発からの放射能の脅威が、日本人にとってアメリカの核抑止への絶対的な信頼（それと原発の安全性への確信とはつながっていないでしょうか？）を打ち壊すなら、広島・長崎の死者たちを裏切るまいとした、戦後すぐの日本人の信条の回復をもたらすことはありえる。その期待を持ちます」と応じたと報告したあと、長男と病院へ行った時のことも交えて、次のように書いた。

誰もが見ていたはずのテレビ広告、みんなでがんばろう日本！　の呼び掛けとは別の、もっと個人の深みに根ざしている、しかもこの国・この国びとの「喪」の感情、それに重なっている色濃い不安、そしてよく自制している静けさ。

以前より言葉少なくなりましたが、周りの空気には敏感な長男が落ち着き、私も先生（渡辺一夫――黒古注）の日記の希望を表す強い言葉に共感して行ったのでした。《負けてはならない。さう思ふ。己の精神・思想を生きつくすのだ。（中略）封建的なもの、狂信的なもの、排外主義は、皆敗ける。自然の、人類の理法は必ず勝つ。Vive l'humanite》私の訳なら、人間らしさ万歳。

私はあの憂わしく沈黙した待合コーナーの人たちを思うたび、フクシマを生き延びた日本人が、現在の五十四基に十四基以上の原発を加えようとする勢力に、市民規模の抵抗をおこす日を考えます。


フクシマがチェルノブイリ原発の事故と同じ「レベル７」に達する深刻かつ大規模な事故であったと判明するのは、この「現地の外から耳を欹てて」が朝日新聞に掲載されるちょうど一週間前の、フクシマが起こってから一ヶ月後の四月一二日である。すでに高木仁三郎の『チェルノブイリ　最後の警告』（八六年）などを読み、「レベル７」の原発事故がどれ程のものか知っていた大江にとって、フクシマが「レベル７」の事故であったと知ることは、渡辺一夫の「封建的なもの、狂信的なもの、排外主義は、皆敗ける。自然、人類の理法は必ず勝つ」に促されてであるかも知れないが、自分もその内の一人となって「市民規模の抵抗をおこす」ことの決意表明は、決して蔑ろにしていいことではなかったのである。

その後の大江は、よく知られるように、「３・11」（東日本大震災とフクシマ）の衝撃をモチーフとして、「核」に関わってきた今までの自分の生き方を問い直す長編小説『晩年様式集《イン・レイト・スタイル》』を書き続けながら、反・脱原発の署名運動や反原発集会などにコミットメントしていくようになる。このような大江の作家としての在り方は、再三再四繰り返すが、村上春樹の「我々日本人は核に対する『ノー』を叫び続けるべきだった」というような、およそ他人事としか思えないような発言とは本質的に異なっていた、と言わねばならない。

さらに、「3・11フクシマ」以降の大江の『定義集』に見る言説で重要だと思うのは、二〇一二年一月の「私らに倫理的な根拠がある」である。大江は、『世界』（二〇一一年五月号）の宮田光雄（東北大学名誉教授）の「いま人間であること」から、「電力消費の問題一つとってみても、いわゆる豊かさを追い求めるのではなく、たとえ貧しくなろうとも、日常生活の不便さを忍んでも、人間らしく生きるとはどういうことか、真に生きることの意味を、いまこそ深く問いつづけなければなりません。そのことなくしては、〈いま人間であること〉そのものが成り立たなくなっているのです」を引きながら、次のように書いた。

> 3・11で私らの直面したのはまさに「倫理的根拠」に立つ課題であり、世論でそれはいまこそ経済的、政治的根拠の上位に置かれているが、一年たたぬうちに、実業界、政界の先導により、十数万の避難者たちはそのままに、倫理的根拠という言葉の方が消滅していないか？　そう私は惧れたのです。それまでに、ドイツの報告書（「ドイツにおけるエネルギー転換――未来のための共同事業」ドイツ倫理委員会作成――黒古注）は私らにも届き、教育してくれているだろうか？

二〇一二年一二月の総選挙で、「二〇三〇年代には原発ゼロ」を掲げた民主党政権から「原発再稼働・新増設」を容認し、「原発輸出」も積極的に進めようとする自公政権に代わって、大江の引用に見るような「予言（予測）」は残念ながら当たってしまった。

しかし、「世界」（二〇一二年一月号）に載った「原発利用に倫理的根拠はない――ドイツ『倫理委員会』の報告書より」が、「環境や経済や社会と適合する度合いを考慮しながら、原発の能力をリスクの低いエネルギーで置き換えうる程度に応じて、原発の利用をできるだけはやく終結させるべきである」としていたのを受けて、大江は「私ら市民の運動において、それが（原発の利用を終結させること――黒古注）未来に向けての人間の生の、つまり倫理的なおもとにすえられることを熱望します」（傍点原文）と書いたのである。作家として出発してからデモクラシーとユマニスム（ヒューマニズム・人間主義）を思想と表現（創作）の中核に据えてきた大江らしい言い方だが、これらの言葉からは、原発が人類と共存できない科学の産物であり、反人間性の極致に存在するもの、と言い続けてきた者の「絶望」的なとも言える「怒り」が伝わってくる。

とは言え、ここで注記しておかなければいけないのは、「反原発」とか「脱原発」とか言うと、この国の論壇や文壇、マスコミの一部からは、必ず「左翼」とか「反体制・反権力」の言動、「平和主義者」の戯れ言、というような批判・揶揄が飛び交い、大江はそのような「左翼」的言動の「親玉・リーダー」であるかの如く言われるということがある。しかし、大江の「反原発」論は、『定義集』を注意深く読めば分かるように、批判者が言うような「政治」を前面に押し出したものではなく、文学者としてできる限りリアル・ポリティックスの世界＝政治的言語から遠いところに立ち、人間の「倫理」的問題として捉えようとするところに成立したものであった。大江の「反核」は、あくまでも「人間の生命」、あるいは「人類の未来」に関わる問題として浮上しているものであり、「倫理的」なものだったということである。そこに大江「反核」思想の特徴があったのである。先に触れたことだが、二〇一二年七月一六日の「さようなら原発集会」で、大江が「私らは侮辱の中に生きている」と言ったのも、「原発再稼働」という反人間の極致を地で行くまさにリアル・ポリティックスの世界が、「反原発・脱原発」という人間的な叫びを踏みにじったからであり、この「私らは侮辱の中に生きている」という言葉ほど大江の立場（思想）を如実に表しているものはなかったのである。

大江は、今からちょうど四七年前、『ヒロシマ・ノート』の「エピローグ　広島から」の末尾に次のように書いたが、「広島」を「フクシマ」に、「被爆者」を「被曝者」に置き換えれば、それはまさに大江の「フクシマ論」になる。そのように大江は、「持続の志」を持ち続けてきたのである。少し長くなるが、大江の「反核」思想が村上春樹のように付け焼き刃的ではないことの証なので、該当箇所を引く。

しかし、放射能によって細胞を破壊され、それが遺伝子を左右するとき、明日の人類は、すでに人間でない、なにか異様なものでありうるはずである。それこそが、もっとも暗黒な、もっとも恐ろしい世界の終焉の光景ではないか。そして広島で二十年前におこなわれたのは、現実に、われわれの文明が、もう人類と呼ぶことのできないまでに血と細胞の荒廃した種族によってしか継承されない、真の世界の終焉の最初の兆候であるかもしれないところの、絶対的な恐怖に満ちた大殺戮だったのである。広島の暗闇にひそむ、もっとも恐ろしい巨大なものとは、すなわちその可能性にほかならないだろう。僕は原爆資料館でオオイヌノフグリやハコベの葉を見て心底おびやかされたことをもまた、五年前にはじめて広島を訪れた時の文章に書いた。原爆後の広島の土に芽生えた、あの愛らしい二種の越年生草本にもたらされた、じつに本質的な破壊の印象は、いまもなお僕を圧迫する。あのように荒廃したものを、十分に恢復させることは、もう決してできない。もし人間の血と細胞があのように荒廃するなら、それはすなわち世界の終焉であろう。われわれがこの世界の終焉の光景への正当な想像力をもつ時、金井論説委員（金井利博・中国新聞論説委員『核権力』七〇年六月　三省堂刊の著書を持つ——黒古注）のいわゆる《被爆者の同志》たることは、すでに任意の選択ではない。われわれには《被爆者の同志》であるよりほかに、正気の人間としての生き様がない。（「エピローグ　広島から……」）

なお、『定義集』には、村上春樹の「我々日本人は核に対する『ノー』を叫び続けてこなかった」（所謂「反核スピーチ」）とする認識がいかに間違ったものであるかを示す、一つのエピソードが書き込まれている。村上春樹の「反核スピーチ」に溯ること五年、大江が南フランスのエク＝サン＝プロヴァンスで開かれた「本の祭り」に呼ばれて出かけたとき、北朝鮮の核実験のニュースが入り、その北朝鮮の核実験に対抗して日本も核武装すべきだという論陣を張る人物に関わって、フランスの青年から「日本人はこれまで核の問題について議論することがなかったのですか」と問われ、大江は次のように答えたというのである。

——そういうことはありません（と私は答えました）。とくに広島・長崎の被爆者が体験を語り続けてきた。それがどうして、核の問題でないだろう。その積み重ねのなかで、被爆者たちは、被害者としてのみでなく、アジア全体を巻き込んだ戦争の加害者としても、過去と将来を語るようになった。それが核廃絶をもとめる日本人の運動を性格づけている。

核を保有する側からいえば、冷戦の時代に、核抑止は果たして有効化という議論は、おそらく世界の戦後史においてなにより精密に行われた。日本人も国内で、また国際的にそれに参加している。そして、ソヴィエト崩壊の前に、すべての議論は、現実に使用されない兵器という核兵器認識に到達していた。それへの無知あるいは意識しての忘却が、きみのいう日本の右派の核抑止論の再利用に向かわせている。その行く先は決まっているが。（「日本人が議論するということ」）

この引用でもわかるように、大江の「反核」思想は、何よりも「核」が戦争抑止の役割を担うと考える者、あるいは「核（核兵器）」をこの地上でもう一度使用しようとする者（勢力）＝核保有国・核武装論者に対して、徹底して「人間＝生命」存在を対置させ、「人間＝生命」の側に理があると主張するところにその特徴があった。フクシマが起こったとき、先にも引いたが、いち早く被害者に思いを馳せ、ル・モンド誌のインタビューに次のように応えたのも、大江の「反核」思想を知る者にとっては、納得のいくことであった。

いま東日本を覆いつつある福島原発からの放射能の脅威が、日本人にとってのアメリカの核抑止への絶対的な信頼（それと原発の安全性への確信とはつながっていないでしょうか？）を打ち壊すなら、広島・長崎の死者たちを裏切るまいとした、戦後すぐの日本人の信条の回復をもたらすことはありうる。その期待を持ちます。

繰り返すが、残念ながら先の衆議院選（二〇一二年一二月及び一四年一二月、二〇一七年九月）で示された「民意（現実）」は、大江の思惑とは乖離した、原発の新増設を認め、再稼働を次々と画策する自民党（とそれに同調する公明党）に圧倒的な勝利をもたらす結果となった。しかし、この選挙で確実に「反原発・脱原発」派が一定の政治勢力として存在することもわかった。その意味では、いたずらに「絶望」する必要もないのかも知れない。大江は、『定義集』の中で、魯迅について二個所の文章で触れている（「不明不暗の『虚妄』のうちに」〇九年二月、「魯迅の『人をだます言葉』」一一年二月）が、大江もその中で書いている「絶望の虚妄なるは、希望の虚妄なるに相同じい」の言葉は、まさに「反核」の意思を貫き通してきた大江にこそ、相応しい言葉と言えるだろう。

なお、大江健三郎は月一回の連載であった『定義集』の後半と重なるように先にも記したように『晩年様式集《イン・レイト・スタイル》』（「群像」二〇一二年一月号＝二〇一三年八月号、一二年五月号、一三年二月号、五月号休載　二〇一三年一〇月刊）を書き継いでいたが、この「公に開かれた私」、言い換えれば「事実（履歴的な事実を含む）」と「表現（フィクション）」とが綯《な》い交ぜになった方法によって、「フクシマ」を主題としたこの小説は、「反原発」運動に関わる「私」＝大江健三郎を語り手として展開する長編になった。より具体的な言い方をすれば、小説は「私」の「3・11フクシマ」体験及び「反核」思想と、大江がこれまでの作品で書いてきた自分たちの姿は「一面的」であるとしてその「不満」を書き綴った「三人の女たち（大江の妹と奥さん、娘）による別な話」とが、交互に綴られる形で進行する。第一章「余震の続くなかで」は、以下のような文章を含むフクシマ体験の諸相を記述することから始まる。

　これまで書いた細部を確かめようと、あらためて簡易日記を開くと、私が「三・一一後」東日本大震災を報道するテレビの前に座りきりで他になにもしなかった、と書いたことも妥当でないのが分かる。私は「三・一一後」に起った事柄に、自分が関わりうるかぎり幾つもの行為を、それなりに行おうとしている。しかしあの日から百日ほどについて具体的に思い返そうとすると、はっきり実感があるのはテレビの前に座っていたということだけなのである。

　私は三・一一の三日後パリから寄せられた、ファックスを通じての永いインタビュー申し込みに、ファックスで答えている。（中略）

　日常生活では、その間に福島原発から洩れた放射性セシウムの報道が飲料水パニックを引き起したので、私も家族のためにスーパーへ自転車で駆けつけて、行列していたことがわかる。（中略）そのひとつに、NHKテレビ特集のために予定されていたスケジュールの書き込みが、鉛筆で消されている。それは年の初めから準備していた企画だ。ビキニ環礁の水爆実験に被曝した生存者との、復元された第五福竜丸の上での対話。十九歳の春、東京大学に入って初めて教室に出た日、校門脇に集まった学生のなかに立って、この事件の報告集会の呼びかけを聞いた。

フクシマの大事故を目の当たりにして改めて原発事故の苛酷さを再認識し、併せて「核と人類と共存できない」ことを深く思う人々によって大規模に展開されるようになった反原発運動への参加に関して、大江は次のように記した。終章の「私は生き直すことができない。しかし私らは生き直すことができる」に、二〇一三年六月二日に開催された「原発ゼロをめざす中央集会」で行った大江のスピーチが、ドイツの新聞記者がまとめたものとして記載されている。長くなるが、現在における大江の「反核・反原発」の考えが示されていると思うので、全文引く。

五月三十日の新聞に「原発ゼロ」をめざす自分らの考え方が、全面広告で示されていました。福島原発事故が終わっていないこと。地下貯水槽からの大量の汚染水漏れ、汚染された地域の序戦が進まぬこと。そして日本中が被災地になる危険を、それは確実に要約していました。「原発ゼロ」を、いま決断し直し、実行することの必要を、自他に思い知らせるものでありました。

同じ日の新聞に、電力四社が、原発八基の再稼働を申請する、と報道されていました。さらにその隣の記事には、原発輸出を急ぐ安倍首相の「日印原子力協定」へまさに乗り出して行く写真がありました。「核不拡散条約」に加盟していない、核保有国インドに対してであります。

これは広島・長崎への裏切りです。原発再稼働の申請が、福島の原発事故で苦しむ人々への裏切りであるように。さらに、「原発ゼロ」を実現するほかないと、日本各地で集まり、声をあげ、デモ行進する者らへの裏切りであるように。そしてそれはまた「原発ゼロ」への意志を圧倒的に現し続けている、各種の世論調査への侮辱であります。

なぜ、それが許されうるのか？　なぜ、私らはそれを現政権に許しているのか？　フクシマ三・一一の悲惨を踏まえて、私らが「原発ゼロ」より他に選択はありえぬとした時から、二年しかたっていないのであります。あれらの日々の新聞を読み直してください。

三・一一後、すぐにドイツは「原発利用に倫理的根拠はない」として、国の方向転換を始めました。わが国でいま、「倫理的」「モラル」という言葉はあまり使われませんが、ドイツの政治家たちは、次の世代が生き延びることを妨げない・かれらが生きてゆける環境をなくさないことが、人間の根本の倫理だ、と定義しています。この国の政権が、その行動の根拠に、政治的、経済的なものしか置いていないのと対比してください。

もう老年の私の思い出すことですが、生まれて初めての大きい危機と面と向かったのは、一九四五年の敗戦においてです。四国の山村まで米軍のジープが来ました。食糧難も、生活の困難も、母子家庭の十歳の私にはよくわかっていました。それが二年後、新しい憲法が施行されて、村は沸き立つようであったのです。

私は「すべて国民は、個人として尊重される」という第十三条に、自分の行き方を教えられた気持でした。あれから六十六年、それを原理として生きてきた、と思います。

もう残された日々は短いのですが、次の世代が生き延びうる世界を残す、そのことを倫理的根拠としてやってゆくつもりです。それを自覚し直すために、「原発ゼロ」へのデモに加わります。しっかり歩きましょう。

ここには、大江の「反核」思想・「反原発」思想の全てが集約されている、と言っていいだろう。そして、この長編『晩年様式集』には、最後には「私」＝大江がこれまでの軌跡を振り返った長い詩「形見の歌」が置かれている。その中の最終章のタイトルにもなっているフレーズ「私は生き直すことができない。しかし／私らは生き直すことができる。」の傍点「ら」に注目し、なおかつ最終章の何カ所かに出てくる「希望」という言葉の含意に思いをめぐらすならば、大江の反原発運動への関わりは今生きている人々との「精神の共同性」あるいは「精神のリレー」を前提としたものだということが分かる。繰り返すが、先にも書いたように中国が世界に誇る近代作家魯迅はかつて「絶望の虚妄なるは、希望の虚妄なるに相同じい」（「野草」）と言ったが、晩年に至ったノーベル文学賞作家大江健三郎が「反原発」運動との関わりに置いて「希望」を語ることの意味を、私たちはあらためて考える必要があるだろう。

# 第二章

# 井上光晴の挑戦

## 『手の家』・『地の群れ』から『西海原子力発電所』・『輸送』まで

### 〈1〉「被爆者差別」を問う

周知のように、井上光晴は野間宏、梅崎春生、椎名麟三、武田泰淳、中村真一郎らの第一次戦後派作家に少し遅れて、戦後すぐの革命党（日本共産党）内部の「矛盾」――職業革命家の「追いつめられた生活」と革命運動との乖離――を描いた『書かれざる一章』（一九五〇年）で出発した第二次戦後派作家を代表する作家である。その井上光晴が初めて「核＝ヒロシマ・ナガサキ」の被害者＝被爆者について触れたのは、最初の長編『虚構のクレーン』（一九六〇年）においてである。井上自身は被爆体験を持たないが、長崎に原爆が投下された当時、長崎港沖の島の炭鉱（崎戸炭鉱）で働いており、敗戦後瓦礫の街と化した長崎市内（浦上地区）を歩きまわった経験から、後に詳しく見るように自分の作品内に「ナガサキ」を取り入れることになった、と考えられる。

『虚構のクレーン』における「ナガサキ」は、空襲がより激しくなった敗戦間際の東京から故郷の長崎に戻る途中に知り合った女子学生が原爆に遭遇したのではないか、と主人公が心配する「日記」の中に登場する。

〈八月十日〉

長崎にも新型爆弾が落ちたそうですね。昨日ラジオでいったらしいですが、誰もがソ連の対日宣戦布告に気をとられていたのでしらなかったです。心配しています。

〈八月十一日〉

（中略）

（追記）、三菱造船所が新型爆弾でメチャメチャにやられたなどというデマがとんでいます。運炭事務所の係員がしっているというのできにいきましたが不在でした。広島に落ちた新型爆弾の解説が新聞にでていますが、非常に心配です。

〈八月十二日〉

長崎の新型爆弾の被害は僅少と新聞にでていたので安心しました。実の所本当に心配していたのです。今日は一日中、坑内でも坑外でも新型爆弾の話ばかりでした。マッチ箱一つで地球が爆発するのだとか、（後略）

〈八月十三日〉

原子爆弾で長崎全滅と誰も話し合っています。（中略）

「爆心から半径八キロ」というのが被害範囲だそうですが、爆心地がはっきりわからないのでじりじりしています。長崎駅が中心なら浦上も当然その範囲にはいるわけですが、無事のことを心から祈っています。電報打てないのでよけいいらいらしています。

好意を持った女性の安否を気にする主人公の心情がよく表れているが、井上光晴はこの『虚構のクレーン』とほぼ同時期に「被爆者差別」を扱った短編『手の家』（六〇年六月）を書いており、そこからは井上光晴が「ヒロシマ・ナガサキ」問題、つまり「核」と人間の関係を考えるその基底に「被爆者差別」の問題が存在する、といち早く気づいていたことがわかる。『手の家』には、次のようなプロローグが付されている。

「長崎のピカドンでやられた家の娘は年頃になっても嫁にいかれんよ。長崎から移ってきた孤児や、人々のことをみんなとまらん部落のもん、とまらん部落のもんとよんどるけんねえ。とまらんとは血のとまらんことたい。

あそこの部落のものはエタと同じじゃというて、みんな嫁にもいけん」(長崎県西彼杵郡××村の女の話)

井上光晴は、日本社会に根強く残っている「部落」差別と被爆者差別の問題をリンクさせることで、いかなる「差別」も民主的な人間関係、つまり個人が「対等・平等」であることを基本とする関係に反する人間の在り様から生じたものである、と喝破していたのである。井上光晴は、『手の家』に続いて本格的に「被爆者差別」の問題を扱った長編『地の群れ』(六三年)を書くが、そこでは被爆者差別、部落差別に加えて「朝鮮人=他民族差別」が小説の中で大きな割合を占めることになる。このような『地の群れ』の設定から、井上光晴の戦後社会の在り様に対する考え方、つまり当時社会の表層に浮上していなかった広島や長崎における「被爆者差別」の問題が、実は日本社会全体における「差別」意識や社会構造と深く関係している、との認識に基づいてこの長編が書かれたことがわかる。

小説のテーマに「被爆者差別」の問題を取り上げた作品としては、井伏鱒二の『黒い雨』(一九六五年に『姪の結婚』と題して連載を開始するが、連載途中で『黒い雨』に改題　六六年刊)が有名であるが、井上光晴が井伏の『黒い雨』より二年も早く『手の家』に引き続いて長編『地の群れ』(六三年)を発表していることについては、これまであまり指摘されてこなかった。七〇年代の初めに相次いで刊行された「井上光晴論」――高野斗志美の『井上光晴論』(七二年三月)、ゆりはじめの『井上光晴の世界』(同年八月)、北村耕の『井上光晴論』(七三年三月)――のいずれも、『地の群れ』に触れている部分はあっても、この長編を被爆者の「差別問題」という観点からは論じていない。また不思議なことに、同じ時期に話題となった井伏鱒二の『黒い雨』と比較することなど到底考え及ばなかったようで、誰もが全く言及していない。井上光晴自身は、この長編を書いている時点で、日本読書新聞の「残暑面談」というインタビュー欄(六三年四月一日号　インタビュアー定村忠士)に次のように応えていたにもかかわらず、である。

――ぼくは原爆について書く以上〝助けてくれ〟という小説は絶対に書くまいと思った。「地の群れ」は、原爆について、誰が誰を追求し誰が誰をなぐさめるか、その日本独自の発想を問うているつもりです。原爆の被爆者と周囲の人びと、その間にある加害者と被害者の関係を追求すること、双方が戦後をどのように生きてきたかを摘発すること、いってみれば〝原爆〟を戦後思想としてとらえる試みだと思っています。原爆投下ということとたとえばアメリカの黒人弾圧あるいは日本の部落問題は同質の問題です。差別は人間が作る。そして幕末、明治にさかのぼるまでもなく、差別は現に生産されています。

ぼくの小説のなかで被爆者の群れが、海塔新田という所に部落を作っていることになっている。評論家は何かモデルがあって、それを描いているようにいっているけど、じつはそんな部落は現実にはないんですよ。(中略)ぼくはあの海塔新田を描くことによって原爆というものの未来を撃ったつもりです。――

以上のような井上光晴の「ナガサキ＝核」把握が、一九六三年という時代を考えるといかに画期的なものであったかは、日本における原爆＝核問題の歴史を繙けば歴然とするが、では何故井上光晴は「被爆者差別」を中心にヒロシマ・ナガサキの原爆被害について取り組もうとしたのだろうかということは、別な問題として残る。

周知のように、原民喜の『夏の花』(四七年)や大田洋子の『屍の街』(四八年)、あるいは正田篠枝の歌集『さんげ』(四七年)、栗原貞子の詩『うましめんかな』(詩歌集『黒い卵』四六年刊　所収)などによって本格的に始まった「原爆文学」は、作家や詩人、歌人自らの原爆体験を基に「書き残さなければならない」(原民喜『夏の花』)という使命感を心底に秘めて書かれたという歴史を持つ。死者約二一万人(広島一四万人、長崎七万人)とそれ以上の被爆者を生み、そして都市機能を完全に破壊し尽くした大量破壊兵器の原爆、それはまさに人間存在を否定する「最終兵器」であり、そうであるが故にその未曾有の被爆体験は、文学者ならずとも誰もが「書き残さなければならない」と思う出来事であった。前記した文学作品の他に、広島・長崎及び被爆者が生きる各地で夥しい数の「手記」や「体験記」が書かれたのも、「被爆」体験がそれまで自分が経験したことのないものであり、またその体験が「冷戦」という「熱戦＝実際の戦争」とは異なる世界構造の始まりを意味するものだったからにほかならなかった。と同時に、そのような手記や記録が数多く書かれたのも、日本の未来(戦後社会)もその「原爆」に規定されたものになるだろう、と多くの被爆者や周辺の人々が直感したからではなかったか、と思われる。

その意味で、戦後の在り様を如実に反映していた「革命党派＝日本共産党」の「暗部」を撃った『書かれざる一章』

で小説家としてデビューした井上光晴が、占領軍（アメリカ）に支配され、戦後日本の「暗部」と化していた原爆（被爆者）の問題を問う『手の家』や『地の群れ』を書き、「原爆＝戦後思想の未来」を撃とうとしたのは、必然であったと言える。井上光晴が「原爆というものの未来を撃つ」と言ったのも、原爆＝核こそ人間の未来を閉ざすものとの認識があったからだと思われる。井上光晴は、ヒロシマ・ナガサキから二〇年経った終戦（敗戦）記念日の一九六五年八月一五日に、「西日本新聞」に「被爆者を差別する立場」というエッセイを書くが、その中で井上は様々な状況下に置かれた被爆者について紹介した後、次のようなことを自分は言いたいのだと書いた。

> わたしは被害者の中から特異な例だけを選びだしているのではない。わたしは被害者をそこまで追い込んでいる日本の現実を責めたいのだ。被害者の現実を自分自身の問題としてどこまでも問いつめたいのである。
> 被害者たちの心をはっきりと自分の内部にうけとめること。被害者を真《ママ》に連帯して生きる道の、それが第一歩である。はっきりいえば原子爆弾はたんに広島と長崎に落ちたのではなく、日本人全体の頭上に、世界人類に落下したのだ。われわれは力をつくして、被害者の肉体的、精神的苦痛を徹底的に回復しなければならない。原水爆禁止運動はそこに根拠をおく。原爆を保有する思想を絶対に許さぬ戦いはそこからしか出発できないのだ。

ここから見えてくるのは、ヒロシマ・ナガサキの被害者（被爆者）に対しては徹底的に寄り添うという井上光晴の決意であり、原爆＝核の存在が人間の未来にとって存在すること自体が許されない障害物だとする井上光晴の硬い意思（反核思想）である。

### 〈2〉『プルトニウムの秋』

井上光晴は、「『明日』の現場」（『小説の書き方』八八年所収）と題する講演の中で、ナガサキが起こる前日の長崎市の様子を描いた『明日――一九四五年八月八日・長崎』（八二年）を書くことになった経緯を、次のように記している。

> 『地の群れ』を書いたあと、原爆を主題にした小説を準備していたのですが、なかなかうまくいかない。ストーリィや舞台はあれこれ浮ぶんだが、『地の群れ』を越える地点に到達できない。
> そうした夏の或る日、長崎には年に二、三度行って、滞在するんだけれどもどうしても衝撃力のあるテーマをつかむことができませんでした。そうこうするうちに、二十年も経ってしまったんですね。おれもだいぶ衰弱したな、と思いながら、浦上川の畔を下流から上流までずっと歩いて行きました。（中略）そのうちふっと物干し台の洗い物に目が止まった。下着とかランニングシャツとか干してあってひらひらしているんですね。その瞬間、ぼくの頭の中にさっと閃光が走りました。「そうか。原子爆弾が落ちる前もこんなふうに物干し台があったんだ」。もちろん、昔といまとでは建物の建て方も違うでしょうが、音のない響きのようなものが耳奥に流れました。「そうか、原子爆弾が落ちる前の日、八月八日にも、同じ下着が干されていたんだ」

自分たちが今生きている時が「八月五日・広島」であり、「八月八日・長崎」というのは、まさに原爆＝核が常時私たちの現在と未来を脅かしているということを意味しており、そこにこそ「核」の本質が存在するということに他ならない。井上光晴は、『明日』の「あとがき」に「一九四五年八月八日の長崎は、一九八二年の今日、一九八R年八月八日の『明日』にそのまま通じるという言い方はむしろ蛇足となろう」と書いたが、これは私たちの日常（生活）と未来が、核兵器の開発に成功した一九四五年七月一六日（アメリカ・ニューメキシコ州アラモゴードの砂漠地帯で核実験が最初に成功した日）以来、常に「核の脅威」にさらされることになったことの確認でもあった。

この『明日』の「あとがき」から見えてくるのは、井上光晴という第二次戦後派作家が先のアジア太平洋戦争が終わったとき、長崎市内ではなくそこからかなり離れた離島の崎戸炭鉱に働いていたことも理由の一つなのかも知れないが、「八月九日」以降、ずっと「核」に関心を寄せ続け、構想が決まると、その都度それを作品化してきたのではないか、ということである。

核＝原子力の「平和利用」ということで喧伝されてきた原発の危険性と真正面から向き合った『プルトニウムの秋』（七八年一一月）を書いたのも、核（原発）が人間の未来を阻害し、閉ざすものであるとして、ヒロシマ・ナガサキ以来ずっと関心を寄せ続けてきた結果だったのではないか、と思われる。この作品は、「序章」でも触れたように戦後派作家の野間宏が責任編集した「潮」（七八年一一月号）の特集「原子力発電の死角」に寄稿したもので、戯曲の形を取っている。因みに、この特集を責任編集した野間宏は、これも「序章」で触れたことだが、かつては情報不足あるいは冷戦構造に足を引っぱられてということもあって、「世界最初の原子力発電所がソヴィエトで完成されたということは、この人類の立場にこの上ない希望と力をあたえた」（「水爆と人間――新しい人間の結びつき」五四年）というようなことも言っていた戦後派作家である。しかし、この時代になると反原発の言論をリードする文学者にその姿を変えていた。以下の文章は、「原子力発電の死角」と同じ年の四月に松山地裁から判決が出た日本で最初の原発訴訟である「伊方原発設置許可処分取消」に関わって野間が書いたものである。

ごく最近W・E・パーキンスの「核融合の技術的限界」と題する論文が発表された。（「サイエンス」一九七八年三月）それによるとウイスコンシン大学で研究されているUWMAX方式による核融合は経済コストの上でもまた技術的にも限界があるというものであって、非常に重大な論である。ぜひともこれについて科学者方と討論しなければならないが、私は将来のエネルギー問題の解決は、原子力発電によるものではなく、太陽輻射、太陽エネルギー、それも植物の葉緑素が光合成によって変換する太陽エネルギーと生物ガスを中心とすることによってすすめられるべきであると考えている。なかでも葉緑素が変換する太陽エネルギーを用いることが実現するならば、熱汚染の問題にももっとも近づくことが可能となると考えられる。生と死をまったく新しい立場に立って、新しい眼で見ることの出来るところへと全力をつくして歩み出て行きたいものである。（「判決に潜む危険性」「朝日新聞」七八年五月一八日号）

実験段階ではあったが、二〇〇五年に福井工業大学が「葉緑素で太陽光発電に成功」という発表を行ったことを考えると、価格（経済）の動向にまで目を配っていた戦後派作家野間宏の先見性に驚くが、それとは別に、一九七〇年代の終わり近くになって「原発の危険性」が本格的に論議され、社会問題化したことについては記憶（記録）しておく必要がある。何故なら、原発の安全性・問題性が本格的に論議されるようになったのは、「3・11フクシマ」が起こってからというような勘違い（誤解）や無知が世の中に罷り通っているように思えるからである。本書で繰り返し触れていることだが、村上春樹がフクシマが起こった直後の六月に、カタルーニャ国際賞（スペイン）の受賞スピーチで、東日本大震災とフクシマについて言及し、一九四五年八月六日・九日から始まった日本の反核（原水禁）運動や七〇年代の半ばから本格化した反原発運動の歴史を無視して、「我々日本人は核に対する『ノー』を叫び続けるべきであった」などと言ったのは、まさにその典型的な例である。ヒロシマ・ナガサキを経験した日本の文学者や思想家は、村上春樹が言うよりずっと前に原発の危険性・反人間性について言及していたのである。

さて、「原子力発電所の死角」という問題意識を共有して書かれた井上光晴の『プルトニウムの秋』であるが、この一幕劇は原発で働く技師が妻の理解を得られぬまま、環境調査の系列会社に転出しようとして妻と激しく言い交わす「会話（口論）」の中に、環境（放射能）汚染の問題、劣悪な条件で働く原発労働者の問題、使用済み核燃料の再処理問題、地域を金で支配する電力（原発）会社の問題、理論と現実とのズレやひずみの問題、などが挿入される構造になっている。つまり、この短い『プルトニウムの秋』には、例えば『反原発事典Ｉ』（七八年四月　反原発事典編集委員会編）などで指摘されている原発の問題点が全て書き込まれていると言ってよく、日本社会に広がりつつあった「反原発」運動や言説に対する文学者のいち早い対応という側面も持っていた。

そしてさらに言うならば、この戯曲が世界で最初の「炉心溶融（メルトダウン）事故」（レベル５）となったスリーマイル島の原発事故が起きた一九七九年三月二八日の「前年」に書かれている、ということである。これは、井上光晴という作家の「予言者」的在り方を意味すると同時に、実際上の「効果」は微々たるものであったかも知れないが、『プルトニウムの秋』という戯曲が他のどの現代作家の作品よりも早くに原発の問題点を明らかにするものだったことを意味していた。その意味で、「序章」で言及したアメリカの作家カート・ヴォネガットが唱えた「炭鉱のカナリア」理論を井上光晴は実践していた、と考えてもよいのである。

## 〈3〉『西海原子力発電所』

井上光晴は、「原爆＝核」が私たちの「未来」を閉ざすものであるとの認識の下で、原爆で破壊された浦上天主堂の庭に転がっていたマリア像の首を目撃して以来ずっと、「核＝原水爆・原発」の動向に関心を払い続けてきた稀有な非被爆作家である。彼がどのように「核」存在に関心を払い続けてきたか、先の『明日』が集英社文庫になった際の「あとがき」の「追記」された文にその一端が示されている。

『明日』を単行本で刊行した後、多くの読者から最終章で産まれた子どもの生死を問う手紙をいただいた。長崎に原子爆弾の投下された日、一九四五年八月九日午前四時一七分に出生した赤子の運命はどうなったのか、それをはっきり知りたいというのである。

しかし、作者に答えられる言葉はない。子供を生んだばかりの母親が、産褥をただちに離れたとは考えられず、私はただかすかな奇跡を祈るばかりだ。

九州西域の原子力発電所を主題にした小説を書き進めていく途中、チェルノブイリ原発の事故が伝えられ、私のペンは全く動かなくなった。

アメリカ原子力学会より発行された『核燃料と廃棄物』の中には、核物質を輸送する項目があり、「輸送のスケジュールには、輸送中の燃料補給と食事の時以外の停止を含めてはならない。いかなる停止の時でも、少なくとも一人は、その輸送車を監視するため輸送車を離れてはならない」などという文字がつらなる。

「テロ」と「盗み」にそなえて、対処する方法を微にいり細にわたって解説しているのだ。

うたがいもなく〝今〟この現在、人間の立っている場所がそこには明示されている。

一九八六年六月　追記

この「追記」部分には、先に記した井上光晴の「予言者」的在り方とも関連するのであるが、井上光晴がいかに「核」について関心を持ち続けてきたかが示されている。チェルノブイリ原発の事故と重なることになった、戦後文学史において初めて原発の存在が小説のテーマとなった『西海原子力発電所』（一九八六年九月三〇日刊　初出「文学界」同年七月号・八月号）と、その続編とも言うべき『輸送』（八九年二月刊　初出「文学界」八八年三月号、七月号、一〇月号）について、少々煩瑣になるが、この二作の刊行（執筆）時期の問題と絡めて記しておく。『西海原子力発電所』の刊行は、チェルノブイリ原発が起こった年の九月であるが、先の「追記」にあるように、井上光晴は事故が起こったとき、ちょうどこの長編を執筆中であった。その時の心境と原発についての思いを、「現実が小説をのりこえる——『西海原子力発電所』の創作現場から」（「文学時標」創刊号　八六年十一月一〇日号）の中で、井上光晴は運転開始時に訪れた玄海原発や東海、女川、福島第一、敦賀などの原発における展示館で、様々なケースを想定して原発の安全性を強調していることに疑問を呈し、例えば「現在の原子力発電所は安全といえるでしょうか」という見学者の質問に対して、次のような回答が用意されていることを記し、その回答が『西海原子力発電所』を書くきっかけになったと書いている。

〈原子力発電所は、潜在的な危険性が大きいだけに、その安全対策は、他に例を見ないほど慎重な態度で行われています。しかし、潜在的な危険性があるからといって、直ちに危険だということではありません。潜在的な危険を現実の危険に結びつけないようにしさえすれば、それは危険ではないからです。……〉

このいいまわしこそがストーリィであり、主題となろう。原子力発電所を素材にしたフィクションをと、あれこれ考えていてなかなか定まらなかった構成が、私の中で一挙に形となってあらわれたのはその一瞬であった。

そこで着手したのが『西海原子力発電所』ということになるが、せっかくの構想（構成）もチェルノブイリ原発の事故によって変更を余儀なくされる。「現実が小説をのりこえ」てしまったからである。同じ文章の中で、井上光晴はその経緯について次のように書く。

だからどうだというのか。あれこれの事故があったが、心配はいらないという「回答」によって、現在と未来の安全は確保されるとでもいうつもりか。

『西海原子力発電所』の構想はこうして設定され、創作ノートの後半は、原子炉爆発によって飛散した放射能が、仮定地域の「波戸町」と「唐津市」を被う青白い恐怖の情景を幾重にも連ねていた。

そこにはもちろんかなりの時日を要したのだが、ほぼ七割方進行していた実作の過程で、チェルノブイリ原発の衝撃的な事故に接したのである。

まるで二五年後のフクシマを想定したような文章であるが、それはそれとして、井上光晴がチェルノブイリ原発の事故に遭遇して、執筆中の『西海原子力発電所』の「後半の部分は準備していたものとはまったく質の違うストーリィとなった」と書き、「しかし私は滅入らず、さらに原子力発電所の『明日』を追及するつもりだ。核物質を輸送する車は『今日』も人間の住む何処かを走っているのだから」と結語した。言うまでもなく、この結語には井上光晴の「核(反核)」への思いが詰まっているが、『西海原子力発電所』を読むと、原発がいかに原発を誘致した地域=共同体と人間関係を破壊するものであるかが、よくわかる。また、作中にナガサキの被爆者はもちろん、ヒロシマの被爆者や胎内被爆者、被爆直後に被爆地を歩きまわった二次被爆者も登場し、ヒロシマ・ナガサキ(原水爆)と原発が地続きであることが、明確に示されている。

井上光晴は『西海原子力発電所』で、チェルノブイリ原発の事故のようなことが起こらなくとも、原発の存在そのものがいかに人間の「普通(当たり前)」の在り方に反するものであるか、既発表の戯曲『プルトニウムの秋』の全部やアメリカ原子力協会が発行した『核燃料と廃棄物』からいくつかの項目を抜粋して載せたり、一九七八年に発行された『反原発事典』内の論文なども作中に取り入れ、あの手この手を使って主張する。そのやり方は、例えば『西海原子力発電所』も収録されている『日本原発小説集』(柿谷浩一編　解説川村湊　二〇一一年一〇月　水声社刊)収録のSF作家豊田有恒の『隣りの風車』(八五年作)に比べれば、いかにも真摯と言わねばならない。

ここで『隣りの風車』について少し書いておけば、この短編作品は、「一九八四年の大オイル・パニック」を経て、何故か「企業＝悪、政府＝悪、巨大技術＝悪という考えが常識化してしまった」日本で、今や水力発電も石炭・石油を原料とする火力発電も、そして原発も全て廃止されてしまい、人々は辛うじて各戸が自前で設置した風力発電によるエネルギーに頼るしかない生活を強いられている、という設定になっている。そんな海辺に造られた団地に起こった「巨大風車」を巡る住民同士の争い、多分作者の豊田は資源の乏しい日本では「原発」をエネルギー源の中心に据えなければ、人々の生活も産業も、社会そのものも成り立たなくなると言いたかったのだろう。しかし、そのような見解とは別に、豊田がこの小説に先立つ一九八〇年一〇月に刊行した『原発の挑戦――足で調べた全15ヵ所の現状と問題点』（祥伝社刊）と併せ読むと、豊田の主張がいかに井上光晴の「核（原発）」論と異なっていたかがわかる。

豊田が「足で調べた」原発は、建設予定地も含めて泊（北海道・予定地）、下北（現大間、青森・予定地）、女川（宮城・建設中）、福島第一（福島・稼働中）、東海（茨城・稼働中）、浜岡（静岡・稼働中）、柏崎・刈羽（新潟・建設中）、能登（現志賀、石川・予定地）、敦賀（福井・稼働中）、美浜（同・稼働中）、大飯（同・稼働中）、高浜（同・稼働中）、島根（島根・稼働中）、伊方（愛媛・稼働中）、玄海（佐賀・稼働中）、川内（鹿児島・建設中）の計一六ヶ所（サブタイトルが「15ヵ所」になっている理由は不明）、「まえがき」や「〝原発危険神話〟の嘘――誤解と偏見を解く」などを読むとわかるのだが、豊田はこの「原発探訪記」を各省庁からの天下り（出向）が幹部となっている「（日本）原子力文化振興財団」（現日本原子力文化財団）発行の「原子力文化」に連載している。当然、案内役（「原子力文化」の記者）を連れた「顎足付き」（取材費や宿泊費、交通費付き）である――私は、豊田がこの本を出版した後、集英社から多額の取材費を得て「インドの原発」を取材するため、担当編集者とヴァラナシィ（ベナレス）の最高級ホテルに宿泊していた時、偶然だったが豊田に会っている。豊田はこの時の取材を基に『核ジャック１９８８』（八八年集英社刊）を書いている――。豊田は、「原発に籠絡された」と思われたくないから、「原子力文化」連載の原稿料を半分にして欲しいと申し入れたと書いているが、「原子力文化」の原稿料が高額であることは、原発推進の旗振り役を行ってきた「原発文化人」を批判している佐高信や土井淑平が夙に指摘してきたことである。

なお、豊田有恒の『原発の挑戦』（「原子力文化」への連載）に関しては、連載や刊行がスリーマイル島原発の事故が起こった直後であり、『反原発事典Ⅰ』が刊行されるなど日本における反原発運動が本格化したことへの、原発推進派（政府や電力会社、原子力ムラの住人たち）の反撥・巻き返しに利用されたのではないか、という疑いを免れないことを明記しておきたい。佐高信がその著『原発文化人50人斬り』（二〇一一年六月刊）で明らかにしているが、吉本隆明をはじめとして多くの文学者や文化人・タレントなどが「原子力文化」に寄稿（登場）していたことを指摘している。SF作家豊田有恒の「原子力文化」への起用は、まさに科学立国日本の原発が「世界一安全」であることをPRするためには、うってつけだったのではないだろうか。

その意味で、『日本原発小説集』に「解説」を書いている反原発派を自認する川村湊の、次のような『隣りの風車』評価には、いささか疑問を抱かざるを得ない。川村は、この短編に出てくる「着工したものの、折からの自然エネルギーで立往生してしまった、巨大な原子力発電所の廃墟（コンクリートの原子炉格納棟は、ほぼ完成して、その脇にタービン建屋もできているが、原子炉を運びこむまでは至らずに、計画は中断されたまま）」と、反原発派のカリスマ高木仁三郎の書いた〝廃墟となった原発〟とを同一視して、次のように書いていた。

豊田有恒の「隣りの風車」は、こうした光景が実現してはならないという意味において、原発の廃墟を描いたのだ。反原発派の非科学的で、感情的な反対運動によって原発建設が挫折し、運転開始が不可能となり、建物は虚しくその廃墟としての残骸を荒野に晒している。その結果、その後始末を、いったい誰が責任をもって担うのか。しかし、それはそのまま、原発推進派の人々に投げ返すべき設問である。人も住めないような広大な荒野と化した敷地を、いったい誰が作り上げたのか。「隣りの風車」を少しだけ位相転換して読めば、こうした原発の廃墟を前に、互いに〝風車〟（使用済み燃料や放射性廃棄物）を相手の責任において押し付け合う、脱原発後の責任の押し付け合い、なすりつけ合いのようにも読むことができるのだ。（中略）

いずれにしても、小説（文学）というものは不思議なものだ。反「反原発」的ともいえる豊田有恒の作品も、その作品の位相を少しだけずらすことによって、それは反原発や脱原発の近未来を透視するものとなり、原子力発電の問題が、誰がエネルギーを支配し、誰がその一番大きいパイを手にするかという生存競争の問題になるということを、「隣りの風車」は、如実に示しているのである。

長い引用になったが、それは川村が「建設計画を中断した原発」と「稼働を止めて廃炉となった原発」を混同するという「誤読」を犯しているると思うからである。川村の「誤読」は、「廃墟と化した原発の敷地」の処理も、また「使用済み（核）燃料や放射性廃棄物」の処理も、一義的には国策として原発建設を推進してきた国と、その国策に便乗して「利益」を貪ってきた電力会社、及びその周辺で我欲を満足させてきた「原子力ムラ」の住人が担うのは当然なのに、脱原発後にその処理を巡って「責任の押し付け合い・なすりつけ合い」が起こる可能性を、豊田の『隣りの風車』は示唆している、と読んだ点にある。私は、豊田の『隣りの風車』が意図したものは、科学の何たるかも知らない反原発派によって未来のエネルギー源である原発が否定される「愚かさ」を戒める意図をもって書かれたものだったと思っている。言わずもがなのことだが、原発（廃炉）に関する費用の一端は、これまでずっと原発を容認してきた国民の「責任」でもあるから、反対派推進派を問わず負担しなければならないのである。

## 〈4〉『輸送』

先に〈3〉でやや詳しく述べたように、『西海原子力発電所』を執筆中にチェルノブイリ原発の事故について知ることになった井上光晴は、「原発を爆発させる」という当初の構想を急遽変更して、原発が存在することによって共同体や人々の暮らしが破壊される現実を描いたが、爆発（事故）によってであれ、システムの不具合によってであれ、「放射能」が「管理＝制御」できなくなった場合、いかに人々の暮らしを破壊するか、その現実をシミレーションするかのように、『西海原子力発電所』の二年後に、『輸送』を書く。その間の経緯について、井上光晴は単行本『輸送』の「あとがき」に、次のように書いた。

小説『西海原子力発電所』（文藝春秋）の執筆中、チェルノブイリ原発の爆発に直面して、私は急遽テーマを改変したが、今になって思えば、構想した通り、西海原子力発電所の原子炉事故によってこの上もなく汚染されて行く町や港を克明に描写すればよかったのである。

創作『輸送』は、その悔恨を踏まえて書いた、核使用済み燃料の輸送にまつわる小説である。核廃棄物の輸送は、今われわれの生存する地点で絶え間なく行われており、キャスク（核廃棄物容器）に万一の事故があれば、間違いなくチェルノブイリを再現することになろう。

『輸送』は、原発を稼働する限り定期的に原子炉から取り出し処理しなければならない高濃度に放射能汚染された「使用済み核燃料」と、原発の原料である濃縮ウランの加工工場から原発までの運搬（輸送）を問題視した、フクシマ以前はもちろん以後も書かれたことのない小説である。物語は、原発（西海原子力発電所）のある町で生活する人々の「日常生活」の描写から始まって、「西海原子力発電所」から出る使用済み核燃料を積出港の「福元新港」まで運ぶトレーナーが、体調に異変を越した運転手の運転ミスで海中に転落したことから始まる。破損したキャスク（核燃料運搬用容器）から漏れ出た放射能は、長崎、佐賀、福岡の海岸付近の部落や離島を汚染し、パニックに襲われた老人施設や部落から異常行動に走る人や自殺する人が出てくる、というように展開する。

二月十五日の午前五時、凍った大気をヘッドライトの白い光線で裂きながら、陣将治の運転するトレーラーは発進した。西海原子力発電所で発生した使用済み燃料のキャスクを福元新港の積み出し岸壁まで輸送するのだ。所要時間は約二時間二十分、早過ぎる朝の疾走は、無論道路事情とキャスクの輸送自体を隠密裡に運ぶためであった。そこからキャスクはさらに特別の輸送船に積み替えられ、北海道の北方、宗谷丘陵の原野に設営された放射性廃棄物処分場へ送られるのである。

井上光晴が使用済み核燃料の「輸送」について早くから関心を寄せていたことは、前記した集英社文庫版『明日』

の「あとがき」でも、また『西海原子力発電所』の中でもアメリカ原子力学会発行の『核燃料と廃棄物』について言及し、その中でこの書には「輸送のスケジュールには、輸送中の燃料補給と食事の時以外の停止を含めてはならない。いかなる停止の時でも、少なくとも一人はその輸送者を監視するため輸送車から離れてはならない」とか、「路上輸送の場合、少なくとも一人の交代要員の運転手と一人の護送者がその輸送車に伴走するか、あるいは一人の交代要員の運転手がその輸送車に同乗し、二人の護送者が伴走しなければならない」などの注意事項が書き込まれている、と記していることからもわかる。核政策に関してほとんどアメリカの言いなりになってきた日本の使用済み核燃料の輸送が、『核燃料と廃棄物』の注意事項を踏襲したものであることは、明白である。

日本の原発における使用済み核燃料の輸送を独占的に請け負っている原燃輸送株式会社は、「（その重量が一〇〇トンにもなる使用済み核燃料を収納したキャスクを）安全かつ効率的に輸送するため、全国の原子力発電所から再処理工場のある近くの港まで専用運搬船により海上輸送しています」と言っているのだが、原発から船積み港まで、あるいは陸揚げ港から再処理工場（茨城県東海村や青森県六ヶ所村、フランスやイギリス）までの間の「陸上輸送」については、何の注釈もない。しかし、反原発派の拠点原子力資料情報室によると、フクシマが起こる以前は全国五四基の原発から出る使用済み核燃料は、井上光晴が『西海原子力発電所』や『輸送』で描き出しているように、一般国道や県道、あるいは高速道路を使って船積み港までトレーラーで輸送されていたのである。もちろん、使用済み核燃料を積んだトレーラーはパトカーに先導されているとは言え、国道や高速道路を一般車両と一緒に走っているのである。もしトレーラーがひっくり返るような大事故が起こったら、積み荷のキャスクは本当に破損しないのか。技術に「一〇〇％完璧（安全）」が無いことを考えれば、私たちの生活の「すぐ横」に危険極まりない放射性物質が存在することの恐怖を、あらためて認識し直す必要があるのではないか。

一九七九年一〇月に、長谷川和彦監督によって東海村の原子力研究所から「液体プルトニウム」を盗んで原発を作り、「プロ野球中継を最後まで行え」などと日本国家を脅迫する中学校教師を主人公とした『太陽を盗んだ男』という映画が公開され大評判になった。この映画は、原発の燃料や原発方排出する放射性物質の「管理」が日本ではいかに杜撰であるか、を明らかにしたのである。井上光晴の『輸送』は、まさにそのような核物質のずさんな管理を踏まえて書かれたものであった。

その意味で、井上光晴の『輸送』は、以上のような「死に至るような危険」が私たちの生活のすぐ横に存在することに対する私たちへの警告でもあった、と言っても過言ではなかった。井上光晴の『地の群れ』（『手の家』）に始まって『輸送』に至る「核」に関わる文学は、その「予言性」と「先駆性」を踏まえれば、フクシマを経験した現在、検討するに価する価値のある文学の一つなのではないか、と思わざるを得ない。

# 第三章

# 被爆者たちの「反原発」

## ヒロシマ・ナガサキと原発

### 〈1〉「原子力の平和利用」とヒロシマ・ナガサキ

連合軍（アメリカ）による日本占領が終わった一九五二年四月二八日（サンフランシスコ平和条約が発効した日）から一年八ヶ月後の一九五三年一二月八日、広島・長崎への原爆投下を命じたトルーマン大統領の後を継いだ第三四代アメリカ大統領アイゼンハワーは、国連総会において、「原子力を平和に」（Atoms for Peace）という演説を行った。このアイゼンハワー大統領の国連演説は、ソ連が原爆実験の成功（一九四九年八月）に引き続き、五三年八月には水爆実験も成功させ、いよいよ米ソによる核軍拡競争が開始されようとしていた直後に行われたものだが、核兵器以外にほとんど利用価値の無かったウランや使用済み核燃料の再処理によって生み出されるプルトニウムといった放射性物質の「平和利用」を、何故アメリカ大統領が行ったのか。市民科学者高木仁三郎は、このことについて生前最後の著作となった『原子力神話からの解放——日本を滅ぼす九つの呪縛』（カッパブックス　二〇〇〇年八月刊）の「第２章『原子力は無限のエネルギー源』という神話」の中で、次のように書いていた。

アイゼンハワーの国連演説の一部だけ引用してみます。

「合衆国はみなさんの前で——つまり全世界を前にして——恐ろしいアトムのジレンマの解決を助け、人類の奇跡の産物が人類の死に仕えることのないよう、人類の生に奉仕する道を見出すよう誠心誠意の努力を果たすと誓う」（R・カーチス、E・ホーガン著、高木仁三郎他訳『原子力　その神話と現実』紀伊國屋書店、一九八一より引用）

ここで原子力を「人類の奇跡の産物」と表現していますが、これは原子力の「神話化」であるとか、湯川秀樹さんの詩にも出てくる現代の「錬金術」といった言葉に通じるものだと思います。そうした「奇跡の産物」を平和のために使うんだという宣言です。

このときの時代背景を考えると、核の平和利用、商業利用というのは積極的なものとして打ち出したものではなくて、むしろ水爆開発まで行き着いた米ソの核競争というなかにあって、いわば米ソ共同で核を管理しようという呼びかけだと思います。もうこれ以上ほかの国に核兵器が拡散しないように、その後の核非拡散条約のもとになるような体制づくりを、この演説でアイゼンハワーは提案しています。

アイゼンハワーの演説は、まさに核大国の「エゴ」を剥き出しにしたものと言っていいが、その「核大国のエゴ」は、このアイゼンハワーの演説から約一年後、アメリカの下院議員シドニー・イェーツによって提出された、次のような日本の「原子力の平和利用」に関する「決議案」をアメリカ議会（上下院）が議決したことによく表れている。

1．アメリカ政府は日本政府と協力し、日本における産業用電力増産のために発電用原子炉に着手すべきである。
2．広島が世界最初の原爆の洗礼を受けた土地であることに鑑み、アメリカ政府は同地を原子力平和利用の中心とするよう助力を与えるべきである。（有馬哲夫『原発と原爆――「日・米・英」核武装の暗闘』文春新書二〇一二年八月刊）

アイゼンハワー大統領の国連演説からイェーツ下院議員による被爆地広島における原発建設の提案まで、これが「冷戦」という世界構造を反映した「政治」がもたらしたものであることは、先の高木仁三郎が指摘したとおりである。

このようなアメリカの「提案」を率先して受け入れようとしたのが、周知の改進党（当時）の代議士中曽根康弘であり、読売新聞の社主であり代議士でもあった正力松太郎である。彼らは、先のアジア太平洋戦争の「敗北処理の失敗」、つまり「国体の護持」に固執してポツダム宣言の受諾を遅らせたことがヒロシマ・ナガサキの惨劇をもたらしたと十分知っていながら――中曽根に至っては、敗戦間際の江田島で主計大尉として任務に就いていた時、ヒロシマのキノコ雲を目撃すると同時に、満身創痍で江田島に避難してきた被爆者にも接していた――、「民主国家」アメリカに追随することで「戦後日本」を建設できると考え、アイゼンハワー大統領の「原子力の平和利用」提案に乗ったのである。あるいは、中曽根や正力は、ヒロシマ・ナガサキによって「核の威力」を十分に知っていたが故に、当面は「原子力の平和利用」という形でヒロシマ・ナガサキによって生まれた国民の「核アレルギー」を少しずつ緩和し、そしていつかはアメリカの「核の傘」から脱し、「原子力の平和利用＝原発」から生じるプルトニウムを使った原爆で「核武装」し、日本を戦前と同じような「自立」した帝国主義国家へと変えていこうとしていたのではないか、とも考えられる。もちろん、「日本の核武装」というのは、彼らにとって遠い将来の願望ではあったが、中曽根や正力が描いた「核の未来図」の中に、その後神話化した「原子力は無限のエネルギー源」などという考えが介在する余地はほとんど無かった、と言っていいのではないか。

ただ、「原子力の平和利用＝未来のエネルギー」という考え方は、ヒロシマ・ナガサキによる悲惨な出来事が全体的に明らかになって直ぐ、例えば「近代文学」派の批評家荒正人が「原子核エネルギィ（火）」（「新生活」一九四六年八月号）において、次のように言ったように、決して真新しいものではなかった。

では、原子核エネルギィの発見、創造はどんな意味をもってくるのであろうか。わたくしはそれを星の人工とよびたい。『旧約』の義人ヨブは、エホバから、汝は星の世界をいかんともすることができぬであろう、ときめつけられ、神の摂理のまえにひれふしてしまったが、こんにち人類は、星のエネルギィをも獲得したのである。この無限大のエネルギィもいつかは工業化されるであろう。かくして、人類の胸を――『旧約』の記者を、空想的社会主義者を、科学的社会主義者を掠めていった、あの終局の希望も実現されるであろう。それは、各人がその力量に従って働き、各人がその必要に応じて享ける、というユートピアである。
スリーマイル島、チェルノブイリ、フクシマを経験した今、このような荒正人の言説は文字通り「夢物語＝ユートピア」に過ぎないものであったと片付けることもできる。しかし、ヒロシマで被爆した子どもたちの文章を集めた『原爆の子——広島の少年少女のうったえ』（五一年一〇月刊）に「解説」を書いている編者の長田新もまた、アメリカを始めインドやオーストラリアの科学者たちが唱える「原子力の平和利用」について紹介した後、被爆体験を持つ少年少女たちの「未来」に向けた様々なメッセージを列挙し、次のように締めくくっていたのである。

広島の廃墟の死灰の中から生れ出た此等の平和のフェニックス（不死鳥）は、その細い喉を振わせて、世界の隅々にまで訴えている。このフェニックスは原子砂漠に萌え出た木々の若芽のように、道徳の力の勝利を確信し、人類の未来に対する明るい期待に若々しい胸をふくらませ、原子力が持つ「偉大な善をもたらす」道——原子力の平和利用に力強い期待をかけている。広島の街々に原子エネルギーを動力とする灯火が輝き、電車が走り、工場の機械が廻転し、そして世界最初の原子力による船が、広島港から平和な瀬戸内海へと出て行くことを、実際広島こそ平和的条件における原子力時代の誕生地でなくてはならない。

何故このような「核」に対する楽観主義（オポチュニズム）が横行していたのか、今となっては「謎」としか言えないが、その理由として一つだけ考えられるのは、ヒロシマ・ナガサキの惨劇があまりにも酷かったが故に、「ヒロシマ・ナガサキの出来事＝悪」という戦後の風潮を打ち消すことに躍起になっていたアメリカの意向を汲んで、世の中の全体で「原子力の平和利用＝善」が強調されなければならなかったのではないか、ということである。あるいは、戦後の「平和と民主主義」社会では、「戦争＝絶対悪」という観点から、「平和」という冠がつけば原子力＝核であろうと何であろうと、「善」と看做すような風潮があったとも考えられる。
なお、先のイェーツ下院議員の「広島に原発を建設すべし」という提案が新聞で報道されるや否や、直ちに原水爆禁止広島協議会常任委員会は、次のような声明を発したが、このこともまた記憶されなければならない。

1．原子力発電所装置の中心となる原子炉は、原爆製造用に転化される懸念がある。

2．原子炉から生じる放射性物質（原子核燃料を燃焼させて残った灰）の人体に与える影響・治療面の完全な実験が行なわれていないため重大な懸念がある。

3．平和利用であっても、原子力発電所の運営に関してアメリカの制約を受けることになる。

4．さらに、もし戦争が起こった場合には広島が最初の目標になることも予想される。

5．原爆を落とした罪の償いとして広島に原子力発電所を設置するということもいわれているが、われわれは何よりも原子病に悩む数万の広島市民の治療、生活両面にわたる完全な補償を行なうことを要望する。（森滝市郎『核絶対否定の歩み』九四年　渓水社刊 より）

この被爆者の立場に立った原水禁広島協議会の声明は、しごく真っ当なものであったが、中でも当時から「原子力の平和利用」があくまでも「政治＝戦争」との関連で考えられていたこと、これは記憶されるべきことである。何故なら、先のアイゼンハワー大統領の「原子力を平和に」という提案が、ソ連の水爆実験の成功（核軍拡競争の激化）を最大の理由（背景）として行われたことを考えれば、原子力の平和利用＝原発建設が「政治」との関連において議論されたのは間違いないからである。

周知のように、日本における原水爆禁止運動は、ソ連の水爆実験（一九五三年八月一二日）に次いで、アメリカがビキニ環礁において行った水爆実験（五四年三月一日）で日本の漁船（第五福竜丸）が被曝したのをきっかけに一大国民運動となった。しかし、何度も引用することになって恐縮だが、当時の反核運動＝原水禁運動がどのような「政治」の只中で行われたかを明らかにするため、原水禁運動にいち早く賛意を表明した戦後派作家の野間宏の「原子力の平和利用＝原発」論を紹介する。野間は、次のような今では考えられないような「見解」を述べていたが、これは当時「原発＝核の平和利用」がいかに楽観的に捉えられ、原水禁運動もその限界を露呈していたか、を如実に表していた。

ソヴィエトに於いて発電所が完成し、はじめて送電を開始したのは、一九五四年六月二七日のことである。この六月二七日はビキニの水爆実験の日一九五四年三月一日、第五福竜丸の無電長久保山愛吉さんが死の灰にふれてなくなった日、九月二三日とともに忘れることのできない日である。しかしこの日は三月一日、九月二三日とは全く逆に、人間の立場に光と無限の力をもたらした日である。原子力はこの日はっきりと人類を破滅にみちびくものではなく、人類に無限の幸福をもたらせるものとしてみとめられたといえる。もちろん現在にあってはなお原子力の光は原子力の闇をつき破るほど力強いということはできない。しかしすでにその光をかぎりなく大きくすることができるという希望は、多くの人々のうちに動きだしている。同じ原子力であるが、一方は人類を破滅にみちびき、他方は人類を限りなく進歩させる力をもたらす。（「人類の立場」「世界」五五年一月号）

この良心的、進歩的と言われた野間宏の「核」認識から見えてくるのは、当時の「原子力の平和利用」論の根本がヒロシマ・ナガサキの悲劇を相殺する論理によって構築されていた、ということである。その意味では、サンフランシスコ平和条約（講和条約）が結ばれて以降も「占領時代」と変わらず日本を支配していたアメリカ（軍）の下で、ヒロシマ・ナガサキ（原爆被害）の実態が「軍事機密」として隠され（タブー視され）、また原発の問題性が詳らかになっていなかった当時の状況を考えると、荒正人や長田新、野間宏の言動は「仕方がない」ものであったと言っていいかもしれない。野間たちの他にも、例えば『原子力と文学』（五五年八月）において、「原子力の解放そのものは、もしそれが平和的に利用されるなら、人類の富は急激に増大し日本の場合にもこの狭い国土や貧弱な資源の制約は急速に打破される――こういう素晴らしい可能性を持っている」と言い切った編者の小田切秀雄、更には第一章で詳説したが、「核時代への想像力」（六八年五月）という講演において、「核兵器の悲惨」を強く認識した上でという留保を付けながら、「核開発は必要だということについてぼくはまったく賛成です」と断言した大江健三郎まで、多くの文学者が「原子力の平和利用」に未来社会の可能性を見ていたのである。

このような一九七〇年代半ばまでの文学者や思想家の「核」認識を見ると、ヒロシマ・ナガサキの被害者（被爆者）が「原子力の平和利用」について、その問題性に思いをめぐらせることができなかったのは当然であった、と言わねばならない。

## 〈2〉栗原貞子の「先駆性」

そんなヒロシマや被爆者の状況を象徴するのが、日本に原発を導入することが決定した「日米原子力協定」の締結（一九五五年一一月一五日）を受けて「原子力基本法・原子力委員会設置法」（一二月一九日）が公布され、その翌年の二月に衆参両院で原水爆禁止要望決議案が提出されるという核に関する一連の「政治」的動きと連動して、その年の五月二七日から六月一七日まで、前年に開館した広島原爆資料館でアメリカが全世界で展開してきた「原子力平和利用博覧会」（アメリカ文化センター、広島県、広島市、広島大学、中国新聞社共催）の開催である――広島以前には二六ヶ国で開催され、日本では東京、名古屋、京都、大阪の会場で一〇〇万人近い人々を動員していた――。その「原子力平和利用博覧会」の最終日に会場を訪れた「生ましめんかな」（四六年）の被爆詩人栗原貞子は、この博覧会について次のような言葉を書き記していた（「原子力平和利用博覧会を見て」）。

雨あがりのむし暑い会場には原子力の説明図、原子炉の装置、平和利用などについての展示がされ、大衆の理解などおかまいなく、場内の各装置について、各説明者が、てんでに喋ってやかましく、観覧者は押し流されるように場内をぞろぞろ歩いていた。私は眼前のそうした説明図や平和利用の展示を見ながら、その将来のすばらしさよりも、十一年前のはるかに残忍な破壊力をこの眼で見、更に一層残酷な大虐殺のための実験が、現在もなおつづけられていることを思うとき、何故か愚弄されているような感じが深くなるばかりだった。

……先般アメリカの原子科学者たちが、純粋にアカデミィの立場から、無計画な原子力の平和利用は、戦争利用以上に危険であることを発表した。放射能の廃棄物の処理問題とともに、平和利用にせよ、戦争利用にせよ、いつ不測の破壊力が人類を破滅させるかわからないような不安に駆られるのである。(「ひろば」一九五六年八月『核時代を生きる』八二年刊所収)

被爆者として、ヒロシマが引き起こした惨状とそこから立ち上がってきた人々の生活を見つめてきた詩人は、「残忍な破壊力」を持つ原水爆や「残酷な大虐殺」を意図した核実験に対して心底からの拒絶(反対)を表明すると同時に、「原子力の平和利用」に対してもまた胡散臭さを感じていたのである。このような「核」に対する栗原貞子の敏感さ、言い方を換えれば「文学」内部に閉じこもるのではなく、常に社会や人間の在り方との関係で表現を考えてきた詩人の感性は、他の被爆体験を持つ文学者、例えば原民喜や大田洋子からは余り感じられないものであった。栗原貞子の核に対する「敏感」な反応は、次のような文章にもよく現れている。

二十五年後の今日、原子力の平和利用は、現実のものとなり、中国地方でも山陰の島根につづいて、被爆地ヒロシマの瀬戸内海へ原子力発電所を建設する計画がすすめられている。しかし二十五年前、大量虐殺の後で描かれたバラ色の原子力ユートピアは、自前の核武装という悪い夢をはらんで、私たちを逆算的に、原子野の現実にひきずりこんで行く。

それとともに、日常的にも原子炉を冷却したあとで放出される熱水や、そのなかに含まれている放射能で狭い内海が汚染され、ケロイド状の魚が泳ぐことなど思うと、被爆者たちの血のなかを、死の灰が馳けめぐる思いがするのではないだろうか。(「逆ユートピアの悪夢の中で」七〇年八月)

『反原発事典I』に付された「反原発略年表」や原発関係書物の紹介などを見ると、一九七〇年代は敦賀原発(七〇年三月)や美浜原発(同年一一月)の営業運転開始や原子力船「むつ」の出港―放射線漏れの事故(七四年九月)があり、そのような原発事故の頻発を受けて一九七七年一〇月には反原発運動側が「反原子力の日」を新たに設けるということもあり、「原子力の平和利用＝原発」を巡って推進側、反対側が攻防を繰り広げていた時代であったことがわかる。栗原貞子の「逆ユートピアの夢」は、そのような時代を先取りした形で書かれたものであった。また、栗原貞子は、「慰霊碑に迫る黒い影――核安保と原爆慰霊碑――」（一九七〇年三月）の中で、「逆ユートピアの夢」を書いた同じ年の旧紀元節（建国記念日）に広島で「原爆慰霊碑の碑文を正す会」が結成され、その会の中心を担う保守派の人たちが、あの有名な碑文「安らかに眠って下さい。過ちは繰り返しませんから」は、原爆投下の責任追及を戦争責任にすり替えた屈辱的なものだから碑文を書き換えろと要求していたことについて触れ、このようなヒロシマ・ナガサキに対する保守派の対応と「原子力の平和利用」論は、表裏一体の関係にある、と指摘していた。

そんな栗原貞子が本格的に「反原発＝原子力の平和利用」論を展開したのは、『反原発事典Ⅱ』（七九年四月刊）に求められて書いた「原爆体験から――原爆と原発は二体にして一体の鬼子」においてである。「戦後を三十四年さかのぼると、そこにはヒロシマ・ナガサキの黒く焼けただれた原子野に八月の烈日に照りつけられた黒い焼死体が渦まいて異臭を放っている」の一文から始まるこの文章は、被爆直後から書き継がれてきた原爆文学の歴史や占領下において唱えられた「原子力ユートピア」について紹介した後、「原発（原子力の平和利用）翼賛科学者」を批判し、これからの社会は「核文明から非核文明へ」転換すべきだとして、次のような結論を提示していた。

ヒロシマ・ナガサキの被爆者は、全ての外国人被爆者（広島で被爆したアメリカ人捕虜、アジアからの留学生、長崎で被爆したイギリス、オランダなどの捕虜、両市の在日中国人・朝鮮人、そしてビキニ諸島近辺の原住民、さらにはネバタやセミパラチンスクの核実験場近辺の住人、等々――黒古注）と連帯し、世界の反核・反原発運動と結んで、死の核文明を終わらせ、自然に順応した生きのびるための非核文明にたちかえり、新たな道筋をつくりだしていかねばならない。核を頂点とする近代科学文明は資源を濫費して、厖大な人工物質をつくり、有害物質をたれながし、有害物質の廃棄物の山を積んで、人間がジワジワと犯され始めている。

たとえ核戦争がなくても、ある日突然、原発の大事故が起こり、一地方が全滅するという脅威のうちに生きている。（中略）

核実験や人工衛星、原子炉衛星、原発などによる人工の放射能が流れる空の下、人類はすでに体内に人工の放射能を持つヒバクシャとして生きている。核文明から非核文明への転換が行われない以上、人類は生きのびることは出来ない。

以上のように「原爆と原発」の関係について書いた栗原貞子が、これとは別に同じ文章の中で自民党が核兵器に対して一九七八年三月に発した統一見解について、次のように記している。栗原貞子がこのような早い時期にフクシマを経験したにもかかわらず原発再稼働や老朽原発の運転延長を急ぐ自公政権の根っこ（本音）に、「日本の核武装化」への目論見があるのではないかと見抜いていたことの先見性は、記憶されていいだろう。

——政府は従来から自衛のために必要最小限度をこえぬ兵力を保有することは、憲法第九条第二項によっても禁止されておらず、その範囲にとどまるものである限り核兵器、通常兵器を問わずそれを保有することは禁止していないとの解釈をとっている。

その解釈は、非核三原則、原子力基本法、核兵器不拡散条約とは別問題である。——と核兵器について現行の法律、条約に拘束されないことを言明した。

こうして唯一の被爆国は名実ともになくなり、日本が加害国になろうとしている時、原発が国策として強行推進されていることの理由も、日本の核武装のための布石であることを浮彫にさせた。

栗原貞子の詩に「原発」が本格的に登場するのも、この「原爆体験から」を書いた頃からである。『栗原貞子全詩編』（二〇〇五年七月　土曜美術社出版販売刊）には、以下の「十一篇」が収録されている。

1．魚語（七九年四月作）

2．燃えるヒロシマ・ナガサキ・ハリスバーグ——スリーマイル——（同）

3．黄金の核（『反核詩集　核時代の童話』〈詩集刊行の会　八二年三月刊〉）所収

4．若狭（八二年一一月作）
5．女たちの悪魔祓いのうた――女たちは二十一世紀を――（『反核詩画集　青い光が閃くその前に』〈詩集刊行の会　八六年四月刊〉所収）
6．新しい被曝者はどれだけつくられるだろう（八七年六月作）
7．枯れ木のてっぺんの白い鳥――チェルノブイリ以後（八九年八月作）
8．反核　こどもＳＯＮＧ（九〇年七月作）
9．ヒロシマの道標（九四年一月作）
10．ヒロシマからのメッセージ――豊かな海といのちを売るまい――（九四年六月作）
11．歴史の残像（九五年八月作）

「原発＝原子力の平和利用」の問題点について早くから気付きながら、それが「詩」作品へと昇華されるまでには時間がかかっている。戦時下に歌人として出発し、アナーキストの夫との生活を経ることで「反体制」の思想を手に入れ、人口に膾炙した「生ましめんかな」の詩を書いた栗原貞子。この「生ましめんかな」の詩が象徴するように、「抒情＝感性」と「理念＝反核」が綯い交ぜになった作品を、栗原貞子は数多く書いてきた。彼女の「原発＝原子力の平和利用」に触れた作品の特徴は、何よりもヒロシマ・ナガサキの悲惨と「原発＝原子力の平和利用」の問題点とが共に人間存在を否定するものとして捉えられている点にある。言い方を換えれば、栗原貞子の「原発＝原子力の平和利用」に触れた作品は、「核」存在の非・反人間性を徹底的に訴えるところにその特徴があったということである。さらに言えば、ヒロシマ・ナガサキの悲劇をもたらしたものと「原発＝原子力の平和利用」を推進する勢力とが、同じ「権力＝国家」の側に存在するものとして「告発」される、そこに栗原貞子の反原発詩の特徴があったということである。

例えば、チェルノブイリ原発の事故を受けて書かれた「新しい被曝者はどれだけつくられるだろう」は、「高層建築は林立しているのに／人間不在のゴースト・タウン。／原子力発電所だけが白い煙に包まれ／そのまわりで　防護服も着用せず／消火作業している作業員が／影絵のように動いている。」の詩句で始まり、次のような連で終わる作品である。

チェルノブイリは出血し、
血にむせているというのに
ヒロシマ・ナガサキは今も
癌死が続いているのに、
原発の被曝者　核実験の被曝者
核兵器工場の被曝者
核戦争はなくとも
新しい被爆者は　これから
どれだけつくられるのだろう

ここには、「核」の被害者（被爆／被曝者）はヒロシマ・ナガサキの被爆者だけでなく、チェルノブイリの被曝者をはじめとして全地球的規模で存在するという確かな認識と、そうであるが故に被爆者であり原水禁運動の指導者でもあった森滝市郎の、「核と人類は共存できない」（＝「核絶対否定」の思想）を引き継ぐ思想がここにはある。それは、栗原貞子の「反原発」（反核）作品が徹頭徹尾「人間（生命）」の側に立って、原発＝核の平和利用を推進する権力（原子力ムラ）を告発するものだったということでもある。

## 〈3〉林京子――「八月九日の語り部」の「反（脱）原発」

周知のように、林京子は一五歳の誕生日を目前に控えた一九四五年八月九日、長崎高等女学校三年生の時、学徒動員中の爆心から一・四キロ離れた三菱兵器大橋工場で被曝し、四〇歳の時にその被爆体験を基にした『祭りの場』

（七五年）で群像新人文学賞と芥川賞をダブル受賞して文壇にデビューした。以後、被爆体験＝戦争被害者として生きてきた自分と、少女期の一四年間を過ごした上海体験＝先のアジア・太平洋戦争における「加害者」としての自分（日本人）を凝視することで作品を紡ぎ出し、一九八三年『上海』で女流文学賞を、一九八四年『三界の家』で川端康成賞を、一九九〇年『やすらかに今はねむり給え』で谷崎潤一郎賞を、一九九五年ラジオドラマ『フォアグラと公僕』で芸術作品賞を、二〇〇〇年『長い時間をかけた人間の経験』で野間文芸賞を、二〇〇五年『林京子全集』（全八巻）に結実した業績が評価されて朝日賞を受賞するなど、主な文学賞を総なめしてきた。

では、何故林京子の文学はそのように高く評価されてきたのか。その理由として考えられるのは、まず第一に一九四五年八月六日・九日のヒロシマ・ナガサキ以来書き継がれてきた「被爆体験」を重視する「原爆文学」と一線を画していたからである。その林京子文学の特異性については、すでに拙著『林京子論——ナガサキ・上海・アメリカ』（二〇〇七年六月　日本図書センター刊）の中で詳細に考察しているので、細かい点についてはそちらに譲るとして、ここで簡単にその文学的特徴について言えば、「八月九日」＝ナガサキの被爆体験を基点に、その体験の前後、つまり一四年間に及ぶ上海体験＝戦時下体験と「戦後」の時空を被爆者として生きてきたその日常（生活と心理）を、社会や世界の動向と切り離さずに描き出した点にある、と言っていいだろう。つまり、戦時下に幼少女時代を過ごした上海で体験した「加害者」としての生活と、被害者（被爆者）としての生を強いられた「戦後」の生活を真摯に見つめ、そこから核被害（被爆・被曝）の問題を考え、人間の生き方を追求してきた点に、林京子文学の特徴があったということである。

繰り返すことになるが、林京子の文学は、「女は、八月九日の語り部でありたいと願っている」（『無きが如き』八一年）という被爆者としての覚悟、そして「私個人の生活としては、あの時代がもっとも幸福で輝いていたときでした」（「八月九日からトリニティまで」二〇〇一年一一月）という上海時代の「喜ばしい」思い出と、その「喜び」とは裏腹の「侵略者である私たち日本人」（「いまこの時代に」二〇〇三年七月）という歴史認識が綯い交ぜになって林京子文学は成り立っていた、ということである。それ故に、林京子の被爆体験を基にした作品にしても、同人誌「文藝首都」の仲間であった中上健次に「お涙頂戴式の作品」などと見当違いの評価をされたのとは真逆な、被爆者の現実生活が時代の状況や「政治」と密接な関係にあることを明らかにしつつ、「戦争」における「加害」と「被害」の両面性をも冷徹に凝視した批判精神が横溢したものになっていたのである。

とは言え、そのような林京子の在り方は、「唯一」の戦争被爆国でありながら、占領期が終わっても同盟国アメリカの「核の傘」の下にいることを選び、かつまたアメリカの要請を受け入れて早くから「原子力の平和利用（原発）」、すなわち「潜在的核保有国」への道を歩み始めた戦後日本に対する「絶望」を内包するものであった。また、それは当然のことだが、常に「ナガサキの体験とは何であったのか」「核はなぜ存在するのか」といった問いと格闘するものであった。別な言い方をすれば、「被爆者の現実」を描き続けてきた林京子の文学は、「絶望」との戦いの軌跡でもあり、「核」をめぐってその存在を真摯に問い続けた結果でもあったと言っていいだろう。

その意味で、ナガサキの被爆体験を基にした作品の「最終章」と言っていい『希望』（〇四年七月）と『幸せの日々』（〇五年一月）は、林京子文学の到達点を示す作品として位置付けられる。「――北の大地に鯉のぼりが泳いだ。／諒と貴子のはじめての赤ん坊を祝う鯉のぼりである。／貴子の胸で眠っていた赤ん坊が矢車の音に驚いて泣き出した。――」のプロローグで始まる『希望』は、このプロローグの言葉が物語の内容を全て語るように、被爆二世であるが故に結婚をためらっていた若い女性が、恋人の理解と深い愛情を得て結婚に踏み切り、「希望」を持って未来に向かって歩いていく、という物語である。林京子は、『希望』の約八ヶ月前に「被爆六〇周年」を記念して刊行された写真集『ノーモア　ヒロシマ・ナガサキ』（〇五年三月　日本図書センター刊）に、「若い人たちへ」と称する次のようなメッセージを寄せていた。

昭和20年――1945年の8月9日から今日まで、私は被爆者として生きてきました。（中略）あれから半世紀以上。その間、私が恐れながら生きてきたことは、原爆症の再発です。（中略）

被爆者の結婚も、新しい生命の誕生も、祝福されないものでした。産まれてくる子どもの障害を恐れて、産まないことを結婚の条件にしたクラスメートもいます。流産を繰り返した友人、入退院の末に30代、40代の若さで逝った友人もたくさんいます。（中略）

穢《けが》れのない、輝いている美しい目をもっている若いあなたたち、日本には永久に戦争を放棄する、と明確に記した平和憲法があります。その澄んだ目で、透明な思考で、大事に、大事に平和憲法を守ってください。あなた自身のために。産まれてくる新しい生命のために。お願いします。

このメッセージに込められた切なる願い（希望）こそ、『希望』を貫く戦後六〇年を生きてきた被爆者林京子の思い＝主題の全てであった、と言っていい。「絶望」から「希望」へ、それはおのれを苦しめてきた「被爆・原爆」の原点である「トリニティ・サイト」（アメリカ・ニューメキシコ州アラモゴード郊外の砂漠地帯）を訪れることによって得られた、「世界で最初の被爆者は、この大地であり砂漠地帯に生きるガラガラヘビなどの生物＝自然であり、そのような自然と人間及び人間社会を破壊する〈核〉は絶対に許せない」という確信を得た結果でもあった。このような林京子の得心は、手に入れた「平穏な日々」にあって、「別れた夫」へ変わらぬ思いがあることを明らかにした『幸せな日々』（二〇〇五年一月作）にもよく現れている。『幸せな日々』の主人公は、古い別荘地の近くに建てた家でのんびりした「平穏な日々」を送っているが、ある時、結婚して直ぐに建てた海沿いの町の谷間の家に引っ越したとき、何故か後に別れることになる夫の葬儀の日を仮想し、「希望」について考えたことを思い出す。

さて、我が家が建ち上がった晴れがましい日に、わたしはなぜ二十年後の、老境にある信高（夫——黒古注）の葬儀の日を仮想していたのか。胸を病んでいた信高の寿命を、六十五、六歳とわたしは計算していた。死を待つ薄情からではない。大事に人生を育んできた相手の、安らかな旅立ち。信高と生きる日も希望なら、完全な死の遂行も、希望だったのです。

この『幸せな日日』と先の『希望』とを林京子の漏れ伝わってくる「私生活」を重ね合わせてその意味を探るならば、日々「死」を恐れながら、それでも「希望」を抱いて生きてきた被爆者である「わたし」（＝林京子）と「別れた夫」がいたからこそ被爆二世の息子が存在し、そして被爆二世に新たな生命（被爆三世）が授かったことを単純に「喜び」

とする『希望』を書くに至ったということになる。

ただ、そのように「被爆者の生活」を「希望」で締めくくった林京子であったが、トリニティ・サイトを訪れるために、アメリカに到着した一九九九年九月二九日の翌々日（アメリカ時間一〇月一日）の夜に、茨城県東海村の核燃料加工工場ＪＣＯで九月三〇日に起こった臨界事故を知る。その時は、「どの程度の事故なのか、とても気になります」しか書けなかったが、帰国して程なくＪＣＯ工場がある茨城県東海村を「群像」の編集者と共に訪れる――短編のタイトルとなった「収穫」は、彼の地の特産物であるサツマイモの収穫を指している。因みに、関東地方に出回っている乾燥芋は、ほとんど茨城県産である――。この時の取材について、林京子は島村輝のインタビューに答えた『被爆を生きて――作品と生涯を語る』（岩波ブックレット　二〇一一年七月刊）の中で、次のように言っている。少し長くなるが、核被害を受けた人間（農夫）の生き方について触れているので、引く。

東海村に編集者の石坂さんと行ったんです。私たちが行ったときは、もう沈静化していました。でも町は、深閑としている。

畑の上に立派なサツマイモがごろごろと転がっていました。施設（ＪＣＯ核燃料加工工場――黒古注）と道一つ隔てた裏に農家があって、七〇歳ぐらいのご老人がイモ畑に続いた庭で犬とひなたぼっこをしていらした。（中略）その方になぜ逃げないのですか、と聞いたのです。全員退去の地区ですから。そうしたら、逃げたってしょうがないだろう、どこにいたって同じならここにいる、とおっしゃった。息子さんが避難した後も、犬と一緒に残っていたんですね。

畑の上に転がっているサツマイモは食べられないのですか、とも聞きました。せっかく一年がかりで育てたイモが畑に転がっている、土に縁のない私が見ても非常に無残な感じがしましたから。

事故の前に収穫していたイモは大丈夫だったけど、土の中のイモは食べられなくなってしまったそうです。しかし、収穫期のイモを暗い土の中に放っているわけにはいかないから、可哀想だから掘り出した、そうおっしゃったのです。

臨界事故から避難に至るまでの話を聞きながら、私は庶民は決してばかではない、ということをあらためて思いました。ただ残念なのは、私たち庶民は考える前にあきらめてしまうんですね。

世界で初めて核実験が行われたトリニティ・サイトを訪問することで、「世界で最初の被爆者は、この大地＝自然であり、そこに生息するガラガラヘビなどの生物である」とあらためて思い至った林京子であるが故に、被曝地東海村で「怒り」と「虚しさ」を内に秘めてサツマイモが放置された畑を眺めている農夫に接し、「庶民は決してばかではない」と改めて認識したのだろう。この認識は、別な角度から考えれば、被爆者として長い間「核と人類（地球上の全生物）とは共存できない」と思ってきたことを再確認することでもあった。それに加えて、『収穫』は、「原発＝原子力の平和利用」に関してそれまで禁欲的であった（発言を控えてきた）林京子が、JCOの臨界事故をきっかけに「原発」や核燃料の製造も被爆者としては許容できない「核」そのものであると明らかにした作品でもあったこと、このことも書き添えておかなければならない。何故なら、『収穫』は林京子が徹底して「反核（反原発）」の立場に立っていることを改めて明らかにした作品だったからである。

この原発への発言を控えていたことについて、林京子はフクシマが起こった年の夏に行われた私との対談「若い人たちへの希望——ナガサキからフクシマへ」（黒古一夫編『ヒロシマ・ナガサキからフクシマへ——「核」時代を考える』二〇一一年一二月　勉誠出版刊に所収）の中で、次のように言っていた。

ニュースを見ましたとき、報道される内容があまりにも幼稚なので唖然としました。「被爆国の人は常識で知っていること」と考えていた内容ばかりが報道されていて、国民がそれを知らなかったという事実に、まず絶望しました。私はこれまで小説の中で、原発のことには全く触れませんでした。それは私の基本姿勢なのです。原子爆弾とそれから原発はイコールだということは既成の事実だと考えていたのです。私は被爆者という立場で八月九日を書く。原発反対というと政治色がついてしまうので、そこに触れないように意識して書いてきました。初めに申しますが、経済、政治、思想などとは全く別ということです。「核と人の命」、「存在と核」は明確に隔絶した問題です。これが、私がこれまで書いてきた姿勢なんです。ですから、原子爆弾の怖さを書いていけば、私たちが生きてきた道を書いていけば、当然、原爆＝原発として考えられるだろうと。同じ核物質ですからね。被爆国なので、原爆、核に対するその程度の知識は持っているだろうと。ところが、そこまで広がるものを、ほとんどの人が持っていなかった。いくら平和利用といわれたって、「核燃料棒」ですから。

林京子は、フクシマが起こって初めて日本人の多くが「核の怖さ」も、「原爆＝原発」という事実も知らなかった現実があったことを知り、愕然としたという。官民挙げての「安全神話」の普及によって、ヒロシマ・ナガサキの事実も、また原発がヒロシマ・ナガサキを引き起こした「核（放射性物質）＝ウランやプルトニウム（ＭＯＸ燃料）」を使用していることも、全て現実とは異なって「安全神話」の内部に召喚されている現実を知って、「絶望」の度を深めざるを得なかったのかも知れない。しかし、林京子は友人から送ってもらった『大地』のノーベル文学賞作家パール・バックが「反原水爆」の思いを込めて書いた『神の火を制御せよ』（邦訳二〇〇七年七月　径書房刊）を、「読んでいくうちに、（原発問題を主題とした小説を）書きたい、という痛烈な欲望が湧き上がり」、そして「本の最終ページに〝二〇一二年〇月〇日、福島以後の心情を作品に書き上げる日まで読むことを封印する〟と走り書きし」、そして『再びルイへ。』（「群像」二〇一三年四月号）を書くことに専念する。

この「フクシマ」に触発されて書かれた六五枚弱の小説『再びルイへ。』には、被爆者として生きてきた戦後や何年も前から気になっていた「内部被曝」のこと、あるいは幼少女期を過ごした上海のこと及び戦火が激しくなってそこから母と三人の姉妹と共に長崎に逃げ帰ってきた時のこと、またトリニティ・サイトを訪れたときのこと、さらには共にナガサキで被曝した友人たちの現在の生き様のこと、等々、林京子の八二年間の生涯が「核」に関わる思いと共に綴られている。あたかも、「最後の小説」であるかの如くに、である。そして、そのような多岐にわたる作品内容を底部で支えていたのは、自分たち被爆者の「長い時間をかけた経験」が生かされず、危惧していた原発事故が起こってしまったことへの「絶望」と背中合わせの「激しい怒り」に他ならなかった。その林京子の「絶望」と「怒り」のいくつかを、以下抜き出す。

①　〝ニュースでベルトダウンといっていた〟と早耳の達人が教えてくれました。ベルトダウンならズボンが落ちるだけで済む。メルトダウンは起こしてはならない原発事故です。わたしは昭和二〇年八月九日、学徒動員中に原子爆弾の攻撃を受けていますので、原子力発電所で燃えている火と、原子爆弾の閃光がなによってエネルギーを得ているか、最低限の理屈は知っています。母国日本は、広島と長崎にウラン２３５爆弾、プルトニウム２３９爆弾と二度にわたる原子爆弾攻撃を受けている。世界で唯一の――現在まで――被爆国です。核時代のとば口に立たされた国民として、他国の人たちより原子爆弾や原子力発電についても、敏感であっていいはずです。

②　期待は裏切られました。国を代表する政治家、原子力発電に関わる専門家、企業家たちの、人と核物質への認識の浅さ。軽さ。報告される原発事故の実態の把握も、発表される見解も、まことにおそまつ。知能だけは確かに高い彼らは、含みのある日本語を巧みにあやつって、官民ともに私たち国民の目潰しにかかる。（中略）

自然界の大地震、大津波に責任をかぶせて「想定外」という新しい概念を造り上げ、放出される大量の放射能さえ「直ちに健康に影響ない」と。庶民はそれほど愚かではありません。（中略）

原子炉の爆発事故が、人が巨大化させてしまった科学を、人が制御できなくなった結果の惨事であるのも、わたしたちは知っている。天災ではない。予測すべきだった事故なのです。（傍点原文）

③　わたしたち被爆者、「ヒバクシャ」という二〇世紀に創られた新しい人種を、これで終わりにしたいと願って体験を語り、綴り、生きてきました。にもかかわらずこの二一世紀に、さらなる被爆者を産み出してしまった。被爆国であるわたしたちの国が。（中略）

そんなある日、放射能が人体に与える影響について説明する役人の口から、「内部被曝」という言葉が出ました。

ルイ。私はテレビに映る役人の顔を凝視しました。知っていたのだ、彼らは――。核が人体に及ぼす「内部被曝」の事実を。

④　翌一二日、一三日、福島第一原子力発電所の爆発事故。平和利用ともてはやされて出発した原子力発電は、原子炉の核燃料棒熔解と同時に崩壊をはじめる。最悪の事故です。発電所から二〇キロ以内の居住者は避難指示。大津波の恐怖をうわまわる早さで広がったのが、放射性物質の危険性。「内部被曝」の問題です。多くの人にとって、耳新しい言葉でしょう。「内部被曝」こそが被爆者たちが六十数年、向き合ってきた核と人、核物質と命の問題。「内部の敵」なのです。（中略）

これでも六日九日の被爆と「内部被曝」は無関係と言い切れるのか。原子力発電所の事故で、「内部被曝」の危険性を隠しきれなくなった、せっぱ詰まった「内部被曝」の発言です。（中略）

発病を繰り返して逝った友人、被爆者たちの死因は、被爆に起因した「原爆症」。被爆者たちには常識です。「原爆症」と認められれば友人たちも、遭遇した人生の出来ごとを甘受して去っていけたでしょう。

否定を繰り返してきた側にある人たちの口からいま聞かされた「内部被曝」の言葉は、被爆に勝る打撃でした。国はわたしたちを裏切った。そしていままた、福島原発の事故でみせた命に対する軽々な言葉。責任の所在さえ明らかにしない。

他にも引用すべき個所はいくつかあるが、上記の引用でも明らかなのは、核兵器（原水爆）と原発＝核の平和利用とは異なるのだという権力者（政府）や同調者（電力会社や原子力学者など原子力ムラの住人たち）の物言い、及びそれらの発言を鵜呑みにすることによって「核」に対する真摯な思考を怠ってきた国民への静かな「抗議＝怒り」である。そして、そのような「怒り」を心底で支えていたのは、「内部被曝」を軸に「核」存在について考えれば、必然的にヒロシマ・ナガサキとフクシマの被害者（被爆者・被曝民）は「同類」という考えが導き出される、という揺るぎない信念である。

なお、林京子がフクシマに関して一番大きな問題と考えている「内部被曝」についてであるが、ヒロシマ・ナガサキの「被爆者」については一部を除いて等閑視されてきたが、原子力の平和利用＝原発の労働現場では早くから問題視されてきた。「序章」で紹介した雑誌「潮」一九七八年一一月号の野間宏責任編集「特別企画　原子力発電の死角」

に登場する「原発被曝者七人」の証言及び大阪大学医学部皮膚科医師田代実の「労働条件と被曝の実態――医師から見た放射線」には、原発労働者にとって「内部被曝」が大きな問題であることが、明確に記されている。田代は件の文章で、次のように書いていた。

外部被曝は、厳重にモニターすればある程度チェックできるが、息から吸い込んだり、口から食べた放射性物質が体内に入った場合の内部被曝については測定器で検出することはきわめて困難であるが故に除去が困難で、長時間内臓が被曝をうけ発ガンの危険が高いと考えられる。（中略）

以上のべたように原発内での作業に被曝は不可避であり、現在の原発労働者の被曝を前提にしてしか成り立ち得ないものである。さらに、しばしば指摘されているように、正規職員にくらべ下請け孫請け労働者の被曝線量がはるかに高い。

ここに注記されている「下請け孫請け労働者」の現場を経験したことをルポルタージュした堀江邦夫の『原発ジプシー』（七九年）や森江信の『原子炉被曝日記』（同）に、更には樋口健二の『闇に消される原発被曝者』（八一年）にも、「内部被曝」という言葉は、当たり前のように使われている。確かに存在した原発労働現場における「内部被曝」について無視し続け、国民に隠し続けてきたのは、原発建設を推進してきた政府・電力会社と原子力ムラの住人たちだったというわけである。

そして、林京子の「内部被曝」に関する考え方が具体的にどこから導かれたものであるかについて更に言えば、それは被爆者として「八月九日」以来ずっと「核と命」との関係、もっと有り体に言ってしまえばおのれと被爆者の「生死」の行方を凝視し続け、その上で「核」についての思考を深めてきた結果に他ならなかった。林京子の「原爆文学」が「類例を見ないもの」であるのも、フクシマ（原発事故）に関してもヒロシマ・ナガサキの出来事に対するのと同じように、その生命凝視の姿勢が変わらぬものだったからである。

なお、林京子の最後の小説にもなった『再びルイへ。』は、先にも書いたようにフクシマへ正面から向き合った結果生まれた作品であるが、作中で何度か「ルイへ」と呼びかけられる「ルイ」について、この「ルイ」は「人類」の「ルイ」であり、私たち人間の全体を指し、その上で私たちに「核＝核兵器・原発」の反人間性を訴えているのではないか、と私は考えている。

# 第四章

## ルポルタージュ文学・他の収穫

『日本の原発地帯』・『原発ジプシー』・『原発死』・『闇に消される原発被曝者』、等々

### 〈1〉高度経済成長と「安全神話」――『日本の原発地帯』（鎌田慧）・『蘇鉄のある風景』（竹本賢三）・『故郷』（水上勉）

フクシマから七年が過ぎたにもかかわらず、未だに原発事故を防ぐ確かな手立ても不明なまま、漏れ続ける放射能汚染水の処理や事故の後始末（主に廃炉費用）にどのくらいの費用（資本と税金）を注ぎ込めばいいのか、皆目見当がつかない状態にありながら、国内各地の原発再稼働・老朽原発の運転延長を急ぐ政府と電力業界（経済界）の在り方を考える時、この国の「未来」はどのように設計され得るのだろうか。多くの識者が語るように、地震王国日本にあってフクシマ級の原発事故が起こる確率は非常に高い。そして、そのような原発＝フクシマを巡る状況を「今が良ければ」といったような高度経済成長神話（金権主義）にからめとられたような国民の刹那主義、このような私たちの態度は「未来」に対して本質的に無責任だと言っていい。しかし、何故このようなニヒリズムの蔓延としか思えない情況をこの国の人々は放置して安閑としていられるのだろうか。

理由はいくつか考えられる。まず第一に挙げなければならないのは、原発は科学技術の粋を集めて建設されたものだから、「原理的には」安全が保証されており、「反（脱）原発」などと言うのは科学の何たるかを知らない「原始主義者」である、というような風潮が未だに有効な原発擁護論として通用しているということがある。すでに序章で指摘したきたことだが、このような言説は六〇年代後半から七〇年代前半の「政治の季節」を経験した団塊の世代＝全

共闘世代を中心にした多くの人に大きな影響を与えてきた吉本隆明と彼のエピゴーネン（同調者）が、反体制的な装いの下で撒き散らしてきたものである。しかし、この吉本が牽引してきた「原発擁護論」は、原発事故（フクシマ）からの避難者（被曝者を含む）を捨象して、もっぱら「科学論」で処理できるとしている点で、決定的な問題点を持っていた。その意味で、フクシマが起こってもなお、原発の「安全神話」は健在だったと言わねばならない。

なお、序章でも触れた吉本隆明の「原発は科学技術の粋を集めたものだから、原発の問題は科学によってしか解決できない」という科学神話が、いかに「原発擁護論」に寄与してきたか、このことについて別な角度（日本の資本主義経済という側面）から簡潔に述べておきたい。それは、一九六〇年代の半ばから本格化した高度経済成長がさらに「高度」に進展するという「高度資本主義論」の提唱者吉本隆明に従って、日本社会の中核を占めてきた「団塊の世代」が科学神話によって支えられた「成長神話」こそ「豊か」な未来を保障するものだ、とかたくなに思い続けてきたことと深く関係するからである。言い方を換えれば、一九六〇年代から七〇年代にかけて団塊の世代を中心に文化、思想、経済、政治などの各分野において大きな影響を与え続けてきた吉本が、最期まで「反（脱）原発」論・運動に対して異議を唱えてきたことは、高度経済成長の「おこぼれ」でいい思いをしてきた世代に「安心」感を与え、そうであったが故にフクシマを経験した現在でも、「夢よ、もう一度」と願い続け、そのような人々の「儚い思い」が原発の再稼働や老朽原発の運転延長を推進する応援団になっているということを意味していたからである。

例えば、フクシマが起こった二〇一一年の八月五日付け日本経済新聞のインタビューで、「事故によって原発廃絶論が出ているが」との記者の問いに対する次のような吉本の言は、まさに現在進行中の原発再稼働・老朽原発の運転延長を支える「科学神話」を支持するところに立脚した論理に他ならなかった。ここに示されていた吉本の「原発擁護論」は、吉本（理論）信奉者にとって、一種の「ご託宣」でもあった。

原発をやめる、という選択は考えられない。原子力の問題は、原理的には人間の皮膚や硬い物質を透過する放射線を産業利用するまでに科学が発達を遂げてしまった、という点にある（1）。燃料としては桁違いにコストが安いが（2）、そのかわり、使い方を間違えると大変な危険を伴う。しかし、発達してしまった科学を、後戻りさせるという選択はあり得ない。それは人類をやめろ、というのと同じです（3）。だから危険な場所まで科学を発達させたことを人類の知恵が生みだした原罪（4）と考えて、科学者と現場スタッフの知恵を集め、お金をかけて完璧な防御装置をつくる以外に方法はない（5）。今回のように危険を知らせない、とか安全面で不注意があるというのは論外です（6）。（括弧内の数字は、黒古が便宜的に付けた）

しかし、序章と重なる部分があるが、この吉本の「ご託宣」に関していくつかの疑問を呈しておく。引用の文末番号に従ってその疑問を明らかにすれば、（1）について、果たして原水爆や原発は「人間の皮膚や硬い物質を透過する放射線を産業利用するまでに科学が発達を遂げ」たものと言って是認してしまっていいものであるかどうか。この資本制社会下における「産業利用」が即「利潤追求」に結び付き、そのため「放射線の完全管理」が不可能な「核」を弄ぶ、言い方を換えればその「核」はヒロシマ・ナガサキをもたらした核兵器となり、一九七九年のアメリカ・スリーマイル島、一九八六年のソ連・チェルノブイリ、二〇一一年の日本・フクシマの原発事故となって、人間社会における「脅威」となったのである。

（2）に関しては、使用済み核燃料の処理（再処理）や最終処分場の問題、廃炉費用のことなどを考え、また大島堅一の『原発のコスト――エネルギー転換への視点』（岩波新書　二〇一一年一二月）を参照すれば、原発から供給されるエネルギーは「桁違いにコストが安い」などと口が裂けても言えないはずである。

（3）に関しては、確かに「発達してしまった科学を、後戻りさせる」ことは出来ないかも知れないが、それが「人類をやめる」とはどう考えても結び付かない。

（4）については、確かに「原罪」と言うべきことかも知れないが、核兵器を廃絶し、原子力の平和利用＝原発をやめるということは、世界の枠組みや人間の生き方を変えれば可能である。それ故、吉本の核＝原罪論は、根拠なき妄言に他ならないとしか言えない。

（5）に関しては、いくらお金を掛けても「完璧な防御装置」など造れないというのが原発であるということを、私たちはもう一度確認する必要がある。

（6）の「今回のように危険を知らせない、とか安全面で不注意があるというのは論外です」と言って、フクシマが人的ミスで起こったような言い方になっているが、実際は巨大地震と大津波という「自然の力」とそのような「自然の力」に正しく対応できなかった――完全な対応策（マニュアル）は不可能――電力会社の「ミス」によって原発が機能不全に陥り、その結果爆発したのである。これらの「事実」を基にした「反論」に応えることのできない吉本の言説は、結果的にデマゴギーを振りまくことになってしまっている。

繰り返すが、かように「科学原理主義」めいた言説を振りまいて、何事にも変革を望まない現状維持派に「安心」感を与え続けてきた吉本の言説こそ、原発の再稼働や老朽原発の運転延長を側面から応援するものだったということである。それほどに吉本の原発に関する言説は「原発容認」の世論形成に影響を与えてきたということでもある。しかし、先の引用に見られるような科学に関して素人の私でさえ簡単にその不備を指摘できるほどに「いい加減」な原発擁護論は、「大衆の原像」を組み込まない変革思想はみな観念論だと言って退けてきた吉本隆明の自立思想＝革命思想が、「核（原水爆・原発）」へ向かった途端に破綻を来したということでもあった。

何故なら、一九七〇年代後半からその輪郭を明確にしてきた主に科学者による反原発思想――それを象徴するのが、先に記した二冊の『反原発事典』（「シリーズⅠ『反』原子力発電・篇」七八年刊と「シリーズⅡ『反』原子力文明・篇」七九年刊　共に現代書館刊）である――に対して、吉本隆明は反・反核（原発）論の最初の集成である『「反核」異論』（八三年）でも先の『「反原発」異論』でも、『反原発事典』に論考を寄せている水戸巌、槌田敦、高木仁三郎、市川定夫ら科学者の言説にほとんど反論していない（反論できなかった）――。つまり、精緻な科学論や実証に基づく高木仁三郎ら科学者の反原発論に、吉本隆明の自立思想に基づく観念的なエセ科学論は対抗できなかったということになる。

というように、「序章」に引き続いて本章でも吉本批判を展開したのは、前記した二冊の『反原発事典』などと同時並行的に調査と執筆が進められてきたと思われる鎌田慧の『日本の原発地帯』（八二年　潮出版社刊）というルポルタージュが、その徹底した「調査」と「実証」によって、吉本隆明らの「科学神話」＝原発容認・擁護派の言説に対する「反論」になっている、と思えたからである。鎌田は、「原発先進地」福井県の若狭・敦賀地方、「金権発電所」

と言われる愛媛県の伊方原発、東の「原発銀座」と呼ばれる福島県の太平洋側（浜通り地方）、後に日本最大の原発となる「柏崎刈羽原子力発電所」（新潟）、政治家の思惑によって建設が進められた島根原発、そして巨額の資金を投入しても未だ稼働しない使用済み核燃料の再処理工場が存在する青森県六ヶ所村（下北半島）を訪れ、何ヶ月にもわたって調査し（鎌田は、今でも各地の原発を踏査し続け、反原発集会などに参加している）、何故「過疎地」と言われる地域に原発が建設されるのか、その理由を現地の人へのインタビューや残された「資料」（文献や記録）などを使って明らかにしていたのである。鎌田は、『日本の原発地帯』の「あとがき」で自分が経験したことの一部を次のように書いている。

敦賀半島の白木部落で目撃した光景は、いまなおわたしの記憶に鮮明である。そこは波静かな美浜の入江に影を落とす三基の原発を左手にみて山にはいり、険阻な峠のした、日本海が岩を噛む浜辺に孤立した十五戸ほどの部落だが、岬の突端の、横に長い小屋の天井から、何杯かの小舟がロープで吊されていた。陸にひきあげられ、天井の梁からぶら下げられた漁船は、港を！　と訴えているようだった。胸を衝かれる光景だった。

ひとびとは、港をつくってもらうことを条件に、まだ技術も確立せず、プルトニウムを原料とするもっとも危険な高速増殖炉の建設に同意した。行政から切り捨てられたものほど、行政の力に期待するようになる。たとえ、差しだされた手が悪魔のそれであったとしても、それにすがらざるをえない。政治の貧困が、政治の強権をひきだすのだ。

これは、二〇一六年秋に廃炉が決まった高速増殖炉「もんじゅ」がどのような「行政から切り捨てられた」地域に建設されたかを、そこで生活する人々の「苦渋の決断」に理解を示しつつ、原発を受け入れる側の心の内を活写したものである。「政治の貧困が、政治の強権をひきだすのだ」という鎌田の言葉と、「原理的な思考」などといった科学神話＝観念論を振りかざして原発を容認し続けた吉本隆明の言説を比べてみれば、最終的には制御不能な原子力（核）という人間存在を否定するものに立ち向かう論理として、どちらが有効か、火を見るより明らかである。

同じ「あとがき」の中で、鎌田は何故人間存在の障碍となる原発がこの日本に次々と建設されるのかについて、次のように書いた。

とにかく、原発はカネである。カネをバラまいて原発が建設される。地元のひとたちを説得する武器はそれしかない。原発がバラまくカネは、住民を退廃させ、地方自治を破壊する。建設されたあと、大量に送りこまれた下請け、日雇い労働者たちの健康と将来を確実に破壊し、被曝者量産工場と化す。原発は、コンピュータによって、というよりも、暴力団が手配する〝人夫〟によって維持されているのである。

周知のように、戦時下の一九三九年に定められた「国家総動員法」によって、北は北海道から南は九州（沖縄を除く）までそれまで各地に存在した中小の電力会社は、「九つ」の電力会社に統合され、戦後もその「九電力」体制は現在まで強固な結束を保ち続け、さらには保守政権と強く結び付くことで、莫大な利益を手にしてきたという現実がある。原発は、その「九電力」体制が政治に守られて「甘い汁」を吸い続けるために「国策」として建設されてきたという面を持ち、まさに保守政治を維持するための装置でもあった。「原発はカネである」との鎌田の言葉は、いくら原発の建設・維持にカネがかかったとしても、その「カネ」は「電気料金＝公共料金」という形で消費者（国民）から収奪することが可能な仕組みを政府が作っているために、「無尽蔵に」湧いてくるものとして、「事故の危険」などまったく顧慮することなく建設を可能にしてきた。「原発はカネである」は、まさに原発問題の本質を衝いたものだったのである。

また鎌田は、本文の中で福島県をはじめ取材したどの地方（過疎地）でも、原発建設の受け入れと引き換えに人々（漁民）が生活＝生業を支えてきた漁業（権）を放棄して、「法外のカネ」を手にせざるを得なかった実状を、苦渋の決断を迫られた漁民に寄り添いながら伝えている。と同時に、「漁業権の放棄」が人々のその地で暮らしてきた歴史や伝統、つまり文化を喪失させるものであり、抹殺するものでもあることを伝えている。さらに言えば、鎌田の筆はそのような原発建設にともなう歴史や伝統といった文化の抹殺が、共同体（原発受け入れ地）の破壊であり、また自然（環境）の破壊であることにも及んでいる。

鎌田慧の「原発はカネである」という言葉に集約される「経済効果」を真の狙い（目的）とする原発建設が、いかに共同体＝原発建設地を荒廃させ、人心を狂わせるかに焦点を当てた小説群が、竹本賢三の『原発小説集　蘇鉄のある風景』（二〇一一年一一月　新日本出版社刊）である。ここに収められた七編の短編は、いずれも「民主文学」に掲載されたもので、『M湾付近』（七六年一〇月号）、『一念寺』（七八年二月号）、『八目鰻』（八四年五月号）、『狸の背中』（同年一一月号）、『梅干屋』（八五年九月号）、『蘇鉄のある風景』（八六年八月号）、『植物人間』（八七年一一月号）、とその掲載時期を見れば分かるように、これらの作品は高度経済成長の進展と共に日本各地（海辺の僻地・過疎地）に次々と原発の建設が計画されていた時期に生まれた作品である。

作者は、「しんぶん赤旗」の記者として一九六〇年代半ばから紀伊半島（和歌山県）の原発建設候補地や福井県（若狭・敦賀）の原発地帯を取材し、その経験を基に上記のような短編を書いたと言っている。当時の日本共産党は、現在の「原発絶対反対」とは違って、武谷三男の「平和利用三原則（自主・公開・民主）」が厳守されれば容認するという立場であったことを考えると、その内容がほとんど鎌田の『日本の原発地帯』と重なるような、「原発はカネである」の言葉が象徴する保証金や漁業権の放棄（電力会社への売却）によって、共同体やそこに暮らす人々の心、あるいは自然が破壊されることに対して「異議申し立て」を行っている点に、作者の先見性（先駆性）が感じることができる。その意味で、この『蘇鉄のある風景』は鎌田の原発ルポで明らかにした「原発（開発）をめぐる闇」を小説化した最初の作品集と言っていいかも知れない。ただ、この『蘇鉄のある風景』に収録された八〇年代半ばの時代を背景とした作品と同時期に、「原発の闇」については野坂昭如が『乱舞骨灰鬼胎草』（八三年）を書き、水上勉が『金槌の話』（八二年）や『亀の話』（八六年）などを書いていることも、また記憶されてしかるべきだろう。

特に、水上勉の場合、「生まれ在所」の若狭地方に一九六七年に日本原子力発電所敦賀一号機と関西電力美浜一号機の建設が始まって以降、廃炉が決まった新型転換炉「ふげん」や高速増殖炉「もんじゅ」を含めて一五基の原発が密集し、「原発銀座」などと言われている状況に対して、その小説やエッセイで政府や電力会社に「ノー」を突き続けてきた歴史については、特記していいのではないだろうか。「生まれ在所」の若狭が原発銀座と化すことによって、長い歴史と共に築き上げてきた「自然」と「人心」及び共同体（村）が荒廃してしまったことに、水上勉は静かに「嘆き」「怒って」きたのである。

長編の『故郷』（一九九七年刊）は、その「原発銀座」となってしまった故郷・若狭地方に対する水上勉の思い（嘆き）を集成したもの、と言える。物語は、原発が林立するようになってしまった故郷を、渡米してニューヨークの日本料理屋を任されるほどに成功した夫婦が訪れ、死ぬときは日本でと思い、故郷に「終の棲家」となる場所を探そうとする話と、若狭出身の母とアメリカ人とのハーフである若い女性が、父と離婚した後日本に帰った母親を探す話を巧みに交差させながら展開する。そして、通奏低音のように物語に鳴り響いているのは、故郷の若狭地方が原発建設を容認してきたことは、将来にわたって「正しい」選択だったのかという問いである。言い方を換えれば、物語の骨格を担っている思想は「反原発」、ということになる。例えば、水上勉は主人公夫妻の息子（ニューヨーク在住）の口を借りて、「反原発」の理由を次のように述べる。

息子らが親たちの若狭移住に反対する理由は、原発が十一も密集する母の故郷に批判的だからである。とりわけて、スリーマイル島で起きた恐怖の事故以後は、若狭の里にいる祖母のことを心配するようになった。当然のことだった。孫たちは、これまでに三、四度夏休みに帰国して、故郷の海岸で泳いでもいた。小学校時代にきた時と比べて数年後の変わりようは、原発のある岬をめぐる海岸だけでなく、国道筋のドライブインや、町屋の建物にも現れていた。美浜へゆけば原発ドームはいつも見られた。反対の大飯、高浜へゆけば、四基の原発は稼働、あとは四基が建設中だった。謙吉はアメリカでも見られない原子力発電所の密集情況を尋常でない国柄だと批判するのである。

なお、没後一三年経って、『故郷』を根幹となっていた「反原発」の言説（エッセイ）を集めて刊行された『若狭がたり——わが「原発」選抄』（二〇一七年三月　アーツアンドクラフツ刊）は、フクシマを予感させる水上勉の原発を許容してきたこの国への思い（静かな怒り）が詰まったものである。その水上勉の「怒り」は、フクシマを経験していないにもかかわらず、チェルノブイリの原発事故から若狭地方における原発事故を幻視し、もし日本でチェルノブイリ級の原発事故が起こったら大変なことになる、と警告を発しているところによく表れている。この原発事故への「警告」という一点を考えただけでも、この書がフクシマから七年が経ち、あたかもフクシマがなかったかの如く停止していた原発の再稼働や老朽原発の運転延長を急ぎ、開発途上国へ原発を輸出しようとしている政府や官僚、原子力産業に対する痛烈な批判になっている、と言うこともできる。

しかし、どのように原発の「危険性」や「非人間性」を声高に叫んだとしても、二〇一一年三月一一日のフクシマが起こるまで（否、二〇万人を超える避難者（被曝者）を生みだしたフクシマが起こってもなお）、原発がもたらす「カネ」のことが忘れられず、先の吉本隆明の言説のような「安全神話」や「原発の経済効果」などといった幻想としか思われないエセ科学論に惑わされる（あるいは惑わされているフリをしている）国民が存在するのも現実である。また、小選挙制という政治のからくりによってそれらの人々の「支持」を得たとする政権によって、原発の再稼働が推進されているのも現実である。それ故、そんな現実に対して、先に記した『反原発事典Ⅰ・Ⅱ』や鎌田のルポルタージュが警鐘を鳴らし続けてきたことの意味も大きい、と言わねばならない。

## 〈2〉最初の衝撃――『原発ジプシー』・『原子炉被曝日記』

これまでにも繰り返し書いてきたように、原発の「危険性」や「反人間性」については、一九七〇年代の半ば以降、科学者やヒロシマ・ナガサキに関心を持ち続けてきた文学者、あるいは鎌田慧のようなこの社会の底辺で呻吟する人たちに関心を寄せてきたノンフィクション（ルポルタージュ）作家たちによって、折ある毎に指摘・告発されてきた。しかし、そんな「危険」な原発が実際どのような形で運転・管理されてきたのかの現実については、長い間ほとんど知られてこなかった。元々「繁栄」から見捨てられてきたような辺鄙な過疎地に建設され、またどのように管理しようが人体に有害な放射能（放射線）を微量だが放出し続ける原発について、一般的にその内部事情についての関心が薄かったということもある。為政者や電力会社及び原子力ムラの人々が、故意に原発の実態を隠蔽し続けてきた結果でもあるのだが、「民主・自主・公開」が原則である原子力の研究・開発・利用に関して定めた「原子力基本法」（一九五五年一二月一九日制定）が形式的であり、原発の実態を国民の前に明らかにするものではなかったことも、原発の存在を「異空間」に押し込めるかのような状況をつくり出してきた、とも言える。

私は、一九八〇年代の中ごろ、故あって東海村の原発を訪れたことがあるが、その時原発に併設されている「PR館」において、あまりに「安全・安心」と「原子力による明るい未来」が強調されていたことに違和感を覚えたことを記憶している。当時すでに読んでいた広瀬隆の『東京に原発を！』（一九八一年刊）の影響を受けていたからなのか、そんなに「安全」ならば何故電力を大量に消費する大都会の近くに原発を作らないのか、こんな太平洋に近い辺鄙な場所に原発を作るのは、絶対に「危険」だからに違いない、何か隠しているのではないか、といった感想と疑念をその時抱いたのである。

そんな原発に関わる「隠蔽体質」を打ち破って、原発の運転がどのような行われ、そこで働く人々はいかなる待遇の下に置かれているのかを明らかにしたのが、フリー・ジャーナリスト堀江邦夫の『原発ジプシー』（一九七九年一〇月　現代書館刊）である。「原発の〈素顔〉が霞んで見えることへのいらだち」から「原発で働いてみよう」と思った堀江は、胸に湧出する「いらだち」について、「序」にあたる「原発へ」の中で次のように書いている。

たとえば、原発に関する情報。情報化社会を反映してか、原発の情報も厖大な量にのぼっている。その大半は、政府や電力会社・関係団体など、いわゆる原発「推進側」からの情報だ。新聞・雑誌・テレビなどのマスコミを利用したものから、パンフレットやポスターの類まで、その媒体も多種多様だ。いずれも、原発の「安全性」や「必要性」を提唱している点で共通している。

その一方で、まったく逆の、つまり原発の「危険性」・「不用性」についての情報も、推進側のそれとは量的にはまったく比較にならないが、私たちに伝わってくる。

そのなかには、「うわさ」という〝媒体〟を通して流れてくるものもある。A原発では被ばく者が続出している。

B原発周辺には「奇形児」が生まれている。C原発では、重大な事故が発生したらしい等々……。

すでに「序章」に書いたことが、一九七〇年代の後半になると「最先端技術」の集合体である原発の危険性について、多くの科学者や思想家、文学者らが警告を発するようになっていた。と同時に、放射能に汚染された原子炉建屋内や原発の敷地内で働く下層労働者――電力会社の社員や技術者は、基本的に放射線量の高い場所で仕事をすることはない。放射能に被曝するような「危険な場所」は、現在では「協力会社」と言われる下請け、孫請け、第三次、第四次請けなどの会社に臨時に雇用された労働者によって作業が担われている――の「被曝」＝核被害の問題がクローズアップされてくるようになった。堀江邦夫は、原発労働に従事していると、「A原発では被ばく者が続出している。B原発周辺には『奇形児』が生まれている。C原発では、重大な事故が発生した」らしいというような「噂」が流れてくると記しているが、例えば序章で紹介した「潮」一九七八年一一月号の「特別企画」（野間宏責任編集）に寄せた「被曝労働者」の「証言」を読めば、原発で働く下請け・孫請け・第三次・第四次……会社の労働者たちが「安全」とは名ばかりの放射能にまみれた現場で、苛酷な原発労働を強いられている現実を知ることができる。

下請け・孫請け・第三次・第四次……の会社での非正規原発労働者がどのくらい苛酷な原発労働を強いられているか、関西電力の美浜原発の定期検査に現場の下層労働者として働いた経験を持つ堀江邦夫は、その労働の一端を次のように記している。

> 水に濡らしたキム・タオル（紙製のタオル――黒古注）で、パイプの表面に付着した放射性物質（もちろん目には見えないが）を拭き取る。これが「除染」作業だ。
> 「あっと、堀江さん！　タオルはどんどん新しいのと取り替えてよ。それじゃないと、放射能があっちこっちに広がってしまう……」
> いつまでも同じタオルを使って拭き掃除をしていた私に、鈴木さんはこう注意してきた。パイプの表面に付着した放射性物質を取り除かなくてはならないのに、逆に、汚れたタオルを使用していたために汚染を拡大してし

まったのだ。

「ちょっと拭いたら、（使用したキム・タオルは）この赤いビニール袋に捨てちゃって、新しいやつをどんどん使ってよ」（中略）

放管（放射線管理者――同）がサーベイ・メーターで、除染を終えたパイプの検査を始める。再除染が必要なのは、二、三本しかなかった。これらもキム・タオルで幾度か拭いただけでパス。（一一月一一日（土）美浜原発）

堀江邦夫は、一九七八年九月二九日から一二月二八日まで関西電力美浜原発で、また翌年一月六日から三月一五日まで東京電力福島第一原発で、さらには三月二二日から四月一九日まで日本原子力発電敦賀原発で、文字通り「ジプシー」のごとく、原発の下層（下請け・非正規）労働者として上記引用のような労働を経験する。

この『原発ジプシー』を読んでいると、現代科学の粋（最高水準）を集めて建設され、また管理運営されているとされる原発の運転が、実はアナログとしか言えない雑巾やハンマー、ヤスリなどを使う手工業的な作業による「炉内掃除」や「除染」などによって支えられている事実＝落差に驚かされる。そしてまた、多くの現場作業員（下請け労働者）の「被曝」という犠牲の上に原発の「安全神話」が成り立っていることも、実感として伝わってくる。その意味では、序章にも書いたことだが、吉本隆明が一九八〇年代初頭に文学者の反核運動が起こった際に、いかにも訳知り顔に発した「自然科学的な『本質』からいえば、科学が『核』エネルギーを解放したということは、即時的に『核』エネルギーの統御（可能性）を獲得したと同義である。また物質の起源である宇宙の構造の解明に一歩進めたことを意味している。これが『核』エネルギーに対する『本質』的な認識である」という言葉が、いかに原発や放射能の現場（現実）を知らない空理空論であったかが分かる。その意味で、もう世迷い言としか思われない原発の現場を無視した吉本のフクシマ以後の言説（空理空論）を集めた『「反原発」異論』（二〇一五年一月刊）を、未だに後生大事とばかりに信奉している人たちが存在することが、私には理解できない。

何故か？　それは政府や電力会社、あるいは原子力ムラの住人（原子力学者や官僚たち）によって喧伝されてきた原発の「安全（神話）」が、いかなる原発（現場）労働によって支えられてきたか、その現実がどれほどの「酷薄さ」

をともなったものであるかについて、堀江邦夫のルポルタージュ（体験日記）は、次のように書いているからである。

> 七七年三月、福島一号機で給水ノズルと制御棒駆動水戻りノズルにヒビ割れ発見。この時期にGE社のアメリカ人延べ一一八人、黒人労働者も延べ六〇人が動員されている。（中略）
>
> 黒人労働者は、福島原発だけでなく、敦賀原発でも働いている。六七年から六九年にかけて約一五〇人、七七年四月から五月に約六〇人――七八年二月、衆議院予算委員会で草野威議員が明らかにした数字だ。これらの黒人労働者は、いずれも高汚染エリアで劣悪な労働をしているという話を私は耳にしていた。この疑問を「また、来たのか」といった男にぶつけてきた。
>
> 「わしは少し前まで。東芝の下請の『××工業』という会社で働いていた。そこでのおもな仕事は炉心部で、制御棒の調整や点検。線量が高いんで、働いている時間は一日に一〇分から一五分。それでも一〇〇（ミリレム）ちかく浴びるんだよ」
>
> その彼の働いていた会社に、黒人労働者が「ちょくちょく顔を出していた」という。（傍点黒古「二月二三日（金）福島第一原発」）

後に終章でも触れるが、フクシマ後に刊行された鈴木智彦の『ヤクザと原発』（二〇一一年一二月）には、過酷な原発労働に従事してきたのは黒人など「外国人」だけでなく、「ヤクザ（暴力団）」も深く関係してきたことが記されている。原発から供給される電力（エネルギー）によって「快適」な生活を享受している都会の人々や政府・原子力ムラの住人たちの誰が、その電力源の原発で黒人（外国人）労働者やヤクザ、あるいは「日雇い」と言われる最下層労働者が高線量の放射能を浴びながら働いている現実をどれほどに知っているか。堀江は自らの体験を踏まえて、原発がどのような「労働」によって支えられているか、「あとがき」において、次のように書く。

> 現在、わが国の第一次産業全体が兼業化の波をかぶり、第二次産業の労働力供給源とさえなってしまっている。

原発の下請労働者には地元の農民や漁民、そして私自身が体験したような、原発から原発へと渡り歩く〝原発ジプシー〟と呼ばれる流浪の民が多いということから考えても、社会の深層部で構造的な変化が起こっていることは明らかだ。社会的に生み出された下請労働力を積極的に取り込み、利用し終えると「棄民」化するという構図は、原発だけでなくコンビナート等もまた同様のものをもっている。だが、原発とコンビナートとは決定的な相違点が一つある。それは、原発が吐き出す「棄民」は、放射線をたっぷり浴びた「被ばく者」となっていることだ。原発内の労働者が、作業量ではなく、放射線を浴びることがノルマになっているという事実からすれば、労働者を「被ばく者」とすることは、むしろ前提条件でさえあるのだ。こうしてみてくると、原発には、他の産業とは比較にならぬほど露骨に資本や国家権力の「論理」が投影されているように私には思えてならない。（傍点同）

最先端科学を集約して建設された原発で働く下層（下請）労働者が、「被ばく者」となって「棄民」化させられていく、このような酷薄な現実の上に築かれる近代文明とは何であるのか。堀江邦夫のルポルタージュ『原発ジプシー』が私たちに投げかける問いは、まさに私たちの生き方の根幹に突き刺さる。

なお、「最初の衝撃」と言っていい堀江の『原発ジプシー』とほぼ同じテーマ、つまり下層（下請け・孫請け）労働者の苛酷な原発労働の体験を、堀江と同じように「日記体」で綴った森江信のルポルタージュ『原子炉被曝日誌』（七九年）もまた、この時期いよいよ原発の存在そのものに問題があることを明るみに出したものとして、原発文学史に記されるべき価値を持った書籍であった。森江は、一九七六年四月四日から大卒で就職した「B社」の新人研修を兼ねた現場作業員として福島第一原発で二ヶ月間働き、その後二ヶ月ほど銀座の一角にある本社での勤務を経て、一一月二四日からやはり二ヶ月間（翌一九七七年二月一日まで）中部電力浜岡原発で放射線管理者（通称「放管員」）として働く。そしてその後は再び福島第一原発へ「応援要員」として勤務し、九月二四日から一一月一七日まで再び浜岡原発で働き、その間「労働組合結成活動」などを行うが、失敗して軽い結核に罹るという苛烈な体験を持っている。『原子炉被曝日記』は、原発労働者としての二年弱の経験を、原発労働の細かい作業過程や苛烈な被曝作業体験などと共に記したものである。

掘江邦夫の『原発ジプシー』にしろ、森江信の『原子炉被曝日記』にしろ、この二著は第二部で触れることになっているフクシマ後に刊行された先の『ヤクザと原発』や日野行介の『原発棄民』（二〇一六年二月　毎日新聞社刊）など、原発労働の酷薄さを綴った数々の書籍の先駆をなすものである。

## 〈3〉『闇に消される原発被曝者』

堀江邦夫は、『原発ジプシー』の「あとがき」で「原発が吐き出す『棄民』は、放射線をたっぷり浴びた『被ばく者』となっていることだ。原発内の労働者が、作業量ではなく、放射線を浴びることがノルマになっているという事実からすれば、労働者を『被ばく者』とすることは、むしろ前提条件でさえあるのだ」と書いたが、原発の被曝労働者がどのような状況下に置かれていたかの一端を、一九七七年三月一七日、当時社会党の代議士であった楢崎弥之助が「原発関係死亡下請労働者内訳」として、「事故（業務上）死亡三一人、放射線被曝死亡下請け労働（業務外）七五人」が存在すると発表し、「原子力の平和利用」がいかに「危険」をともなうものであるか、世の中に訴えるということがあった。

にもかかわらず、政府は原発の建設・稼働を高度経済成長推進の原動力の一つとして推進し続け、ヒロシマ・ナガサキにおける被爆体験など「無かったことが如き」に、この時期（一九七〇年代末）までにこの狭い国土の日本に建設中も含めて二四基の原発を日本各地（の僻地）に設けるまでになっていた。

写真家樋口健二の『闇に消される原発被曝者』（一九八一年　三一書房刊）は、そのような一九七〇年代半ばから存在が明らかになってきた「原発被曝者」を持続的に取材（追跡）した書として、出色である。樋口は、カメラを片手に各地の原発に出掛け、そこで手に入れた「原発被曝者」の情報を元に、いかに原発現場の下請け・孫請け労働が苛烈かつ非人間的なものであるかを白日も下に晒す。樋口の「原発被曝」に関する取材は、「岩佐訴訟」と言われる原発被曝損害賠償訴訟の原告岩佐嘉寿幸氏を、訴訟から三年経った一九七七年に訪問することから始まる。一九七四年四月一五日、岩佐氏は「不断水穿孔工事」の技術者として日本政府出資の日本原子力発電株式会社（日本原電）敦賀原発の定期検査に呼ばれ、狭い原子炉内で作業を行い被曝し、その結果重い放射線障害で苦しむことになったとして、日本原電相手に「損害賠償」の訴訟を起こしたのである。

岩佐氏は、原発労働に従事して八日目に作業中ずっと床に着けていた右膝に痛みを覚えるようになり、大阪大学医学部で精密検査を受けた結果「放射線皮膚炎」と診断され、その後体調も悪くなったため、日本原電に病気補償を申し出るが拒否される。しかし、このことが国会で問題になり、政府と日本原電は放射線医学研究所（放医研）の研究部長や新潟大教授、京大教授などを動員した特別調査団を編成し、岩佐氏の病気は「被曝が原因ではない」との判断を下す。この特別調査団のメンバーは、後に「原子力ムラ」に属する学者・研究者であり、「政府寄り」の調査結果を出すことは、自明のことであった。岩佐氏は、その「政治判断」を不服として大阪地裁に「損害賠償」の訴訟を起こす。

「岩佐訴訟」は、一九八一年三月に大阪地裁が原告の請求を棄却し、控訴した大阪高裁でも八七年一一月に、上告した最高裁でも九一年一二月に棄却されるが、原発被曝に関して賠償請求したこの訴訟が明らかにしたのは、原子力の平和利用＝原発の建設及び運転（稼働）は、被曝者（下請け・孫請け労働者たち弱者）の存在などを無視し蹴散らしながら、紛れもなく「国策」として推進されてきたということである。このことは、資本主義経済体制を「人類が到達した最高の形態」として「無限の発展」を続けるだろうと主張した、例えば『超資本主義』（一九九五年　徳間書店刊）を著した吉本隆明たちにとっては当たり前のことであっても、「核と人類は共存できない」との考えから「反核」の旗を掲げてきた人たちにとって、「反原発」（の思想家と運動体）は絶大な力を誇る権力との絶え間ない戦いを強いられることを意味するものであった。

『闇に消される原発被曝者』の樋口健二が「岩佐訴訟」への次に向かったのは、寂れた炭鉱地帯と化した「筑豊」でひっそりと生きる原発被曝者たちであった。樋口は、「筑豊の被曝者」との出会いについて、次のように書く。

私が最初に原発に炭鉱離職者が働きにきていると聞いたのは一九七七年のことだった。私の取材に協力的な福島県双葉郡の住人であるAさんが「最近は炭鉱離職者が北海道やら九州から連れてこられている」と話してくれたからである。

その時、私の脳裡をかすめたのは、写真家土門拳氏の『筑豊の子どもたち』『るみえちゃんはお父さんが死んだ』という二冊の写真集であった。それは子どもたちをテーマとしながら、炭鉱労働者の惨状を訴えた歴史の証言であった。失業対策事業のニコヨンで食いつなぐ姿、家族離別、子捨てという現実を鮮明な映像で訴えていた。

それから二年後の一九七九年六月、東電福島原発の下請け労働者の宿舎であるプレハブの建物で、思いがけず働きに来ている顔色の青白い初老の労働者に出会った。（第2章　筑豊の原発被曝者）

戦後復興から高度経済成長期にかけて喧伝された「エネルギー革命」、言い換えれば世界（日本）の近代化を支えてきた石炭から石油への移行、そして「未来のエネルギー」を供給するとされた原子力へという推移の陰で犠牲となった炭鉱労働者が、「最後のご奉公」とばかりに放射能に汚染された原発で下層（下請け）労働に従事し被曝する。樋口の眼は、「エネルギー革命」がいかなる人々の犠牲の上に成り立っているか、そしてそのような犠牲を伴う「エネルギー革命」は果たして必要なのか、またその「エネルギー革命」に正義＝正統性はあるのか、と根本的な疑義へと向かう。福島第一原発や九州電力玄海原発で働き被曝者となった「筑豊の労働者（被曝者）」を取材した樋口は、原発がどのような労働に支えられて存続してきたか、次のように書く。


原発が次から次へ建設され、これからも建設されていくだろう。しかし、放射能漬けにされ、何の補償もないまま捨てられていったのは多くの下請け労働者である。

原発がコンピューターで動くという神話は今も崩れていない。コンピューター室に坐り、テレビの画面をみて操作するエリート社員の姿が、下請け労働者が放射能汚染に悩まされながら働く姿を消していく。

福島原発へ吸い込まれるように出稼ぎに出た三人（筑豊の被曝者——黒古注）とも、一家の中心的存在である。

被曝し、病弱な体をかかえ無理に土方仕事に出ている。体のだるさというのは、どういう症状なのか健康人にはなかなか想像できない。「何の仕事をしても長続きしない」と共通した言葉がかえってくるが、外見は健康な人と変わらないのだから、人は不思議に思うだろう。それがまた放射能の恐ろしさである。

この原発被曝者の様子を知って、私たちが思い出すのは、「被爆者差別」をテーマとした原爆文学の佳品『黒い雨』（井伏鱒二著　一九六六年）の冒頭で、八月六日に何十キロも離れた被爆地広島へ「救援」に行った壮年の村人が、「原爆病＝ぶらぶら病」に罹って昼日中から池で魚釣りをしている姿を雑貨屋のおかみさんに目撃され、彼女から「怠け者」と陰口を言われるシーンである。特に眼につく外傷がないために「怠け病」などと言われ「差別」されてきたヒロシマ・ナガサキの被爆者と同じように、原発の被曝者も同じように扱われてきたのである。この事実について、政治家や官僚、電力会社、原子力ムラの住人は元より、多くの国民も気付かないフリをしてきていることに、樋口はその「怒り」を爆発させるのである。

樋口は、いかなる理由があろうとも、下請け・孫請けの下層労働者の「犠牲＝被曝」の上で成り立つ原発は、「人類の未来」を閉ざすものであるとして、様々な「原発被曝者」を取材し、日本全国の原発を取材し続けてきた。そして、その取材に基づく樋口の言葉（表現・思想）は、紛れもなく「人間の生き方、あるいは社会の在り方はどうあるべきか」を問い続けてきた近代文学の歴史に連なるものであること、このことを私たちは明記しておく必要がある。「岩佐訴訟」に触発されて「原発被曝者」や原発現地を取材してきた樋口は、著書の「あとがき」において、「岩佐訴訟」に対して大阪地裁が「全面棄却」という判決を出した後に、新聞報道が「日本原電敦賀原発で放射能漏れ事故を三か月隠す、発電を続けたまま事故修理を行う」と報道したことを知ったことに触れ、「憤りと強いショックにおそわれた」と書き、次のように続けた。

岩佐判決を前に、明るみに出るのを怖れた原発側の事故隠しであろう。そういった犯罪行為を厳しく追及しなければならない。

こんな事実が許されてゆくならば、被曝労働者達はますます救われなくなってしまう。今でも原発を推進してきた国、電力会社は勿論のこと、同盟系労組（現在も「連合」の有力単産である電力総連のこと――黒古注）にいたるまで、〝被曝者は一人もいない〟と大見得を切ってきた。もういい加減〝安全神話〟から早急に現実に目を向けてもらいたいものだ。（中略）

私は巨大科学としてしか、原発をとらえない人々に対して、被曝者が居ないではなく、居ないことにしている体制を知ってほしいという願いを込めて、今まで取材をつづけてきた。（中略）

放射線被曝の因果関係が立証されるまでにどれ程の時間を必要とするだろうか、恐らく長く暗いトンネルをぬけ出るまでには想像も出来ない悲劇が待ち受けているように私には思えてならない。

この「あとがき」が書かれた一九八一年四月六日から、フクシマが起こった二〇一一年三月一一日を経て現在までちょうど「三七年」、樋口が憂えた原発を巡る情況は、原発再稼働や老朽原発の運転延長の推進が象徴するように、残念ながら何も変わっていないように私には思える。

# 第五章

## 「安全神話」への挑戦

高村薫・東野圭吾・高嶋哲夫の試み

### 〈1〉「安全神話」

フクシマが起こった年の暮れに刊行された『原発のコスト——エネルギー転換への視点』（大島賢一著　岩波新書　二〇一一年一二月）は、その「第4章　原子力複合体と『安全神話』」中の「2　軽んじられた多重防護の思想」において、元原子力安全委員会委員長の佐藤一男がその著書の中で明らかにした「多重防護」の考えを、次の七項目に要約した上で、フクシマが起こったのは、いずれの項目に関しても「瑕疵があったからであった」と結論付けた（ゴシックは原文のまま。括弧内の言葉は、私の注）。

（1）**施設立地に当たっての防護**　異常や事故を誘発するような事象が少ない地点に立地すること。（だが、敷地内に地震を引き起こす活断層が存在する原発が多いのは何故？）

（2）**設計・建設・運転における防護**　設計・建設・運転において、事故原因あるいは異常な事象の発生可能性が極力抑えられていること。（傍点黒古）

（3）**顕在化を防止する対策**　事故原因となる事象が発生しても、早期に検出して処理することにより、潜在的危険の顕在化を防ぐこと。（各地の原発で、電力会社による「事故隠し」が繰り返されてきたのは何故？）

（4）**影響を緩和する対策**　異常が波及拡大し、事故に繋がっても、その影響をできるだけ緩和するような設備上の対策を、設計の段階から施していくこと。（「異常が波及拡大」するような事故が起こるということは、設計に問題があったからではないのか？）

（5）**設計を超えた場合の対策**　設計時に想定されていた以上の事故が起こったとしても要員の知識と能力により柔軟に対応すること。（フクシマが起こったとき、「想定外」という言葉が乱発され、事故に対処できないと思った東電が「全員退避」を考えていたことを、どう考えればいいのか。まさに机上の空論である。）

（6）**施設と周辺社会との隔離**　原子力施設と社会との相関を少なくし、事故が起こっても社会的影響が出ないようにすること。（これこそ「画に描いた餅」だろう。日本の原発で、「社会的影響を及ぼさないような立地」に建設されている原発が存在するか？）

（7）**防災対策の整備**　施設外の対策として、万一事故が起こったときでも周辺住民の被害を最小化するための防災対策を整備すること。（各原発において、このような「防災対策」が全くできていないことをフクシマが証明したが、その後の再稼働・老朽原発の運転延長問題に関して、特に事故が起こった際の「避難計画」が杜撰であることが問題になっているのは、何故か。）

日本の原発は、このような「画に書いた餅」、あるいは「机上の空論」と言っていい非現実的な「多重防護」の思想を共有する人々・企業によって建設・運転されてきたが故に、「日本の原発では深刻な事故は絶対に起こらない、あるいは深刻な事故が起こる確率は無視できるほど小さい」などという「安全神話」が生まれたのである。フクシマが起こった際に、長い間の保守党政権の原子力（原発）政策を受け継いだ当時の民主党政府や原子力ムラの住人たちが「想定外」という言葉を連発したのも、また政権発足当初は「原発ゼロを目指す」と言っていた安倍自公政権が、国政選挙で安定多数を確保すると、前言を翻して再稼働や老朽原発の運転延長を推進し、また外国への原発輸出を目論んできたのも、みな元原子力安全委員会委員長佐藤一男が言う「多重防護」によって日本の原発は守られている、と信じていた（信じている・信じようとしている）からだったと思われる。

フクシマの事故原因を探る政府・国会・民間・東京電力の調査委員会報告、とりわけ東京電力による報告書が、「事故の原因は想定外の大津波が原子炉建屋を襲ったため」であり、「震度九・〇の大地震が起こったからではなかった」とし、他の報告書もそれに追随するような「大津波か大地震か、その事故原因を確定できない」という曖昧なものになっていたのも、根底に「多重防護」の思想によって幻想的に形成されてきた「安全神話」が存在していたからに他ならない。

ここに、一九八八年九月に発行された『原発大論争――電力会社vs反原発派』（JICC出版局〈現宝島社〉刊）というムックがある。東京電力や関西電力など一〇の電力会社からなる電気事業連合会（電事連）が出している「内部資料・原子力発電に関する疑問に答えて」の各項目に対して、反原発派の論客が「反論」しているものである。その「第一部安全性」では、「原発は絶対安全が保証されているか?」の問いについて、電事連は次のように答えている。

わが国の原子力発電所は、その設計、建設、運転にあたって『多重防護』の考え方が貫かれており、これを完璧に行う限り放射性物質の周辺環境への異常な放出は考えられません。その意味で絶対安全が保証されていると言えます。エネルギー源の大半を輸入石油に依存しなければならないわが国にとって、電源多様化の一つとして燃料の輸送や貯蔵などに数々のメリットを持つ原子力発電を開発して行くことは、エネルギーの安定確保の面から意義のあることです。

この電事連の「回答」が先に見た元原子力安全委員会委員長佐藤一男の「多重防護」の考え方に基づくものであることは、明白である。また、例えば「原発は巨大で複雑なシステムなので、重大事故は零とは言えないのではないか」という問いに対しては、電事連は次のような回答と説明を行っている。

〈答え〉原子力は放射能を取扱うため危険な一面があるということを十分承知のうえでその危険性を封じこめるため、万全の対策が打たれています。原子力発電所は巨大かつ複雑なシステムですが、高い技術水準と品質管理能力に支えられるとともに、多重防護の考え方で念には念を入れた安全対策を取っており、放射能の環境への異常な放出を伴うような重大な事故が起こることは考えられません。

〈説明〉戦後、原子力の平和利用として、原子力発電のための技術が開発されてきました。そのため、原子力発電に使う原子力の開発を始める初期の段階から、核暴走や放射能の放出を防止するための「安全哲学」が確立されています。

このように原子力には危険な一面があるということを十分承知したうえで、この危険性を封じこめるため多重防護という概念のもとに原子炉には数多くの安全装置が取り付けられ、その結果、原子力発電所は一般に巨大で複雑なシステムといわれています。（中略）

その場合、設計・製作・建設・運転・保守のあらゆるステップで起こりうる事故・故障をあらかじめ考慮に入れて、その各々について的確な安全対策を施します。（中略）言い換えれば、小さな故障があっても大きな事故に拡大しないようなシステムになっているのです。なお、このような対策を施した上で、万が一の心配にそなえて、放射性物質の放出を伴うような重大な事故を想定した緊急時対策を持ち合わせておくことで、万全を期しています。（ゴシック原文）

長い引用になったが、この電事連による「答え」と「説明」を読むと、原発は先の答えと同じように「多重防護」という概念の下で「数多くの安全装置が取り付けられ」ており、また原発事故が起きないように「万全の対策」を行っていて、「重大な事故を想定した緊急時対策」も万全を期しているから、「安全」だということになる。しかし、この「答え」と「説明」を読むと、いろいろな「対策」を行っているから「安全」だと言っているだけで、「重大な原発事故は絶対に起きない」とは一言も言っていないことがわかる。むしろ、読み方によっては「重大な事故」が起きる可能性はある、と言っているようにも読め、「無責任」な回答と説明、と言えるかも知れない。これでは、いくら原発反対派が「原発は危険だからない方がいい」、と言っても、「糠に釘」、「暖簾に腕押し」の結果になるのがわかる。

とは言え、電事連にこのような考え方をもたらしたその根源に、通産省（現経産省）を中心とした原発推進派の政治家や官僚たちの存在があり、東大の原子力工学を頂点とする原子力ムラに巣くう学者たちも彼らの背後に存在することを考えると、フクシマを経験した今、彼らの存在がいかに罪深いものであったか、と思わずにいられない。しかし、同時に彼らの考え方に何の疑問を持たず同調して「原発は安全」を信じようとしてきた国民が多数存在していたことも、また考えなければならない重大な事柄の一つでもある。

それにしても、原子力開発の中核を担ってきた電事連と政府・官僚・原子力ムラの学者たちが手を携えて、新聞や雑誌、テレビといったメディアを通じて連日のように「原発は安全、重大な事故は起きない」と喧伝し、国民の大多数もその言葉を信じたところに「安全神話」は生まれたと考えられるが、フクシマから七年経った現在、再び「安全神話」が復活してきているのはどうしてなのか。たぶん、多くの国民が現在の「繁栄」は原発の存在によってもたらされたという幻想に浸ることで、これからもずっとこの「繁栄」が続くだろう（続いてほしい）と信じるための「装置」として、「安全神話」は存在し続けてきたのである。

なお、この原発に関する「安全神話」は、フクシマ後の現在、原発再稼働や老朽原発の運転延長を加速させ、高速増殖炉「もんじゅ」の廃炉は決めながら、「高速増殖炉の研究」は続けるという政府・原子力ムラの矛盾した論理、あるいは青森県六ヶ所村に建設され試運転を繰り返している――ということは、「失敗」し続けているということである――使用済み核燃料の再処理工場を存続させる理屈にも生かされている。しかし、このような為政者（権力）や電事連の思想が、現在の人間（の生命）や将来にわたって生き続けるはずの人間存在に対する冒瀆であることを忘れてはならないだろう。

## 〈2〉可能性としての原発小説――『神の火』（高村薫）と『天空の蜂』（東野圭吾）

先にも記したように、一九五二年四月のサンフランシスコ講和条約の発効から二年後の一九五四年三月、原子力開発予算が初めて国会を通過し、一九五五年には原子力基本法が制定され、一九六三年一〇月二六日には実験用原子炉による初の原子力発電が行われた。以来、一九七九年アメリカのスリーマイル島の原発がメルトダウン寸前の大事故を起こしても、また一九八六年ソ連のチェルノブイリ原発で原子炉が吹き飛ぶような「レベル7」の大事故が起こっても、日本では「ソ連の原発と日本の原発は違う」とか「日本の原子力技術は世界最高」といった何の根拠もない理由で、「重大事故は絶対に起こらない」という「安全神話」が語り継がれ、また国民の多くもそのような「空語＝観念」を信じるしかないような状況に置かれ続けてきた。そして、多くの死者といまなお苦しみの中にある数え切れないほどの被曝者を出したチェルノブイリと同じ「レベル7」のフクシマが起こっても、次々と原発の再稼働や老朽原発の運転延長が容認され続けていることが象徴するように、原発の「安全神話」は不死鳥のように甦り健在ぶりを示している。

しかし、そのような原発の「安全神話」を創り出す大本になった「多重防護」の概念（考え方）に、実は決定的な盲点があることが、これまで三人の流行作家によって明らかにされてきた。しかし、そのことが広く国民の間に広まることはなかった。具体的に言えば、高村薫、東野圭吾、高嶋哲夫の三人は、フクシマが起こるなどとは夢にも想われなかった一九九〇年代において、電事連が言う「多重防護」の概念・思想の中に武装集団による「原発テロ」や原発反対派による「原発攻撃」は含まれていないことを知った上で（と思われる）、その「多重防護」の盲点を衝いた作品を書いていたのである。先の〈1〉で取り上げた『原発大論争』の中の「第三部　経済性」における「電力会社は都合の悪い本当の情報を隠しているのではないか」との疑問に対する〈説明〉の中で、一ヶ所だけ電事連は「原発テロ」について触れているのだが、その電事連の回答に切実感はない。電事連の〈説明〉は、次のようになっていた。

○原子力利用三原則（民主・自主・公開）のうちの「公開の原則」（参考）

原子力の研究・開発及び利用が軍事利用など誤った方向に向けられることを、原子力の研究等に関する「成果」の公開によって抑制しようとするものである。

ここにおける「成果の公開」という基本方針は、具体的な個々の資料をすべて公開すべきことを要請しているものではなく、商業秘密に関する事項や過激なテロリストから施設を防護するための技術は公開されない。（傍

線原文）

この引用から分かるのは、電事連や政府・官僚・原子力ムラの住人たちは、一応「原発テロ」に備えた「防護の技術」は準備している、と考えていたと言える。言葉を換えれば、電事連をはじめとする原発関係者は、「原発テロ」の可能性がゼロではないことを想定した上で、それを「防ぐ技術」を備えていたということである。しかし、高村らの作品を読んでいない、あるいは読んでいてもそれは「架空の話」と思って切実感を持たなかった国民の大多数は、フクシマが起こるまで「原発テロ」のことなど本気で考えなかったと言ってもいい。

その証拠に、管見の範囲ではあるが、一九九一年八月という早い時期に刊行された高村薫の『神の火』（新潮社刊一九九五年四月の文庫化に当たり四〇〇枚ほど加筆された）について、この「スパイ」の暗躍を縦軸に最終的には原発襲撃へと至る長編ミステリーが、「反原発」思想を底意に込めた核時代への「警告書」である、と読んだ批評家は残念ながら誰もいなかった。例えば、新潮文庫（一九九五年刊）に解説を寄せている井家上隆幸は、『神の火』について次のように書いていた。

> 九三年『マークスの山』で直木賞受賞。九三年に『地を這《は》う虫』、九四年に『照柿《てりがき》』を上梓《じょうし》と、僅か四年で日本のエンターティンメント小説界のトップランナーの一人となった高村薫さんは、直木賞受賞の弁で「わたしはミステリを書いているつもりはない」と語って物議をかもしたが、それは、従来の〝通念〟をおしつけられること、枠に囲い込まれることを拒否して自由であろうとする想《おも》いの表現だったのである。
>
> その想いは、背負い込んだ〝過去〟におとしまえをつけるため現実に抗《あらが》い、その埒外《らちがい》に飛翔《ひしょう》しようとする登場人物の〝狂疾〟がもつれからまりながら、原子力発電所襲撃へと収斂《しゅうれん》していくさまを描いた本書『神の火』に直截に現れている。

そして、井家上は同じ文章の中で「しかし、なぜ原発なのか」と問い、「作家の真意は、島田と日野が襲撃する原子炉を、人間が「神から盗んだ火」を閉じ込めている〝牢獄〟であり、それは〈社会〉と同義だとしているところにあると、小生は思う」、と見当違いとしか思われない答えを用意した。
なぜ井家上の読みは見当違いと思えるのか。それは、高村薫が原発を「神から盗んだ火」を閉じ込めている「牢獄」と考えているのではなく、「神から盗んだ火」を燃やし続ける原発こそ、「牢獄」である現代社会の中に人間を閉じ込める（人間から「自由」を奪う）装置＝システムに他ならない、と言っていると考えられるからである。『神の火』で、島田と日野が原発を襲撃して破壊しようとしたのも、原発が近代社会を支える根源である「個人（人間）の自由」を奪い、この社会を「牢獄」にしてしまう装置＝システムだと信じていたから、と考える方が自然である。『神の火』には、チェルノブイリで被曝したロシア人と日本人のハーフである青年が物語の中で重要な役割を担って登場する。また、原発の建設や運転・管理に日本人だけでなく外国人も関わっている現実も出てきて、高村薫が原発事故について並々ならぬ関心を寄せ、相当な知識を獲得した後に『神の火』に着手したことが分かる。そして高村は、最終的には原発が人間存在に敵対する装置であるとの確信を得て、この長編を書いたのだと思われる。
高村薫は、フクシマが起こった翌月の毎日新聞（二〇一一年四月一一日号）に以下のような内容を含む「新しい日本つくる意思と知恵」という文章を寄せている。

そして言うまでもなく、福島第一原発の事故が私たちの上に落としている影は途方もなく大きい。地震国にもかかわらず、常々甘すぎる「想定」で設計され、検査データを偽装しながら運転されてきたこの国の商業原発の惨状は、何よりも電力会社と政治家と官僚が国民の安全を徹底的に軽視してきたことの絶望に直結する。しかも誰にも当事者能力がなく、事故を適切に制御できなかったのだが、とまれ、ひとたび炉心溶融を起こした原子炉は後始末の道筋さえ簡単には立たないという現実が、また一つ未来への展望を奪っているのである。

また、同じ月の中日新聞（東京新聞）に寄せた「厳しい未来の予感」という文章で、次のようにも書いていた。

この世界有数の地震国で、チェルノブイリと比較されるほど深刻な事故を引き起こした日本の商業原発は、もはやどんな理由をつけても、存続させるのは無理だろう。今回私たちは、原発が安全か否かという半世紀にわたる論争がいかに無意味だったかを学んだ。問題は、安全か安全でないかではない。そんなことは神しか知らないのであり、要は私たちが受け入れるか否か、だけなのだ。将来的に原発を棄てて電力不足に苦しもうとも、次の大地震と原子力災害に怯えて生きるよりはいいと思えるか、否か。いま私たちは、未来のためのそんな選択を迫られるほど決定的な地点に立っていると思うべきである。このまま漫然としていては中途半端な復興と、経済の縮小衰退が待っているだけであれば、決断の一つや二つしないでどうするか。

そして、高村薫は「代替エネルギー（再生エネルギー）」の開発に希望を見出すのであるが、それはそれとして、高村薫が『神の火』によって、原発がいかに「危険」な存在であるか、フクシマが起こる遥か以前に警告を発していたことを私たちは忘れるべきではない。

そして、『神の火』に遅れること四年、東野圭吾の原発の「安全性」と正面から向き合った長編ミステリー『天空の蜂』（一九九五年一一月　新潮社刊）が生まれる。防衛庁（現在防衛省）特注の自衛隊が使用する大型輸送ヘリコプターが名古屋近郊の工場から盗まれ、福井県敦賀の高速増殖炉「新陽」（茨城県大洗町にある高速増殖炉「山陽」の名前を一部借りたものだろう。実際は、敦賀にある高速増殖炉「もんじゅ」を擬している）の真上まで無線操縦で運ばれ、「全国の原発を止めなければ、『新陽』の上に火薬を積んだヘリコプターを墜落させる」とテレビを通じて全国に報道されるところから、物語は始まる。

堅牢なコンクリートや鋼鉄で被われた原発も、外部からの「テロ」や内部からの破壊工作に弱いということは、以前から指摘されてきたことである。この物語は、そのような原発の弱点を十分に知りながら、「日本でそのようなテロは絶対起こらない」と高を括り、現在に至るまで放置し続けてきた政府や電力会社、原子力ムラの住人たちに、やろうと思えばいくらでも「原発テロ」は可能であり、原発はそのような「危険」を常に孕んだ存在として日本各地で稼働している、そうである以上、政府や電力会社だけでなく私たちもまた真摯にそのような原発の問題点と向き合うべきなのではないか、といった問題を突きつける。この長編は、まさにそのような作者の問題意識があって初めて書かれたのである。

ここに「原発攻撃被害　極秘に研究・反対運動恐れ公表せず」という「東京新聞」二〇一五年四月八日付の記事がある。その記事によると、一九八四年に外務省（国際連合局軍縮課）が外郭団体の日本国際問題研究所に委託して、「国内の原発が戦争やテロなどで攻撃を受けた場合の被害予測」を極秘に研究していたという。その「極秘研究」とは、以下のようなものであった。

出力百万キロワット級の原発が攻撃されたと仮定。原発の場所は特定せず、①送電線や発電所内の非常用発電機がすべて破壊され、すべての電源を失う　②原子炉格納容器が爆撃され、電気系統と冷却機能を失う　③格納容器内部原子炉が直接破壊され、高濃度な放射性物質を含む核燃料棒などが飛散する――の三つのシナリオを検証した。

このうち、具体的な被害が示されたのは②の格納容器破壊のみ。当時、米国立研究所が米原子力規制委員会（ＮＲＣ）に提出した最新の研究論文を参考に、日本の原発周辺人口を考慮して試算した。

それによると、緊急避難しない場合、放射性物質が都市部など人口密集地に飛来する最悪のケースでは1万8千人が急性被ばくで死亡。ただ、被害は風向きや天候で大きく変わるとして、平均で3千6百人の死亡になると試算した。（中略）

最も被害が大きい③の原子炉破壊については「さらに苛酷な事態になる恐れは大きいが、詳しい分析は容易ではない」と紹介。

この外務省（当時の外務大臣は、安倍晋太郎）委託の「報告書」は、当然当時の中曽根康弘首相や小此木彦三郎通産大臣などの閣僚にも報告されたはずで、だとすれば原発の導入に力を注いだ中曽根康弘ら「原発推進」派の政治家や原子力ムラの住人たちは、早くから原発がテロ攻撃される可能性があることを知っていたことになる――この「原発攻撃」の研究を進めた当時の外務大臣が、フクシマ後にあって原発再稼働や老朽原発の運転延長を強引に推し進めている安倍晋三首相の父親であったというのは、何とも歴史の皮肉を感じざるを得ない――。それにしても、東京新聞の情報公開請求によって明らかになった「原発攻撃」の極秘研究がこれまで公表されなかったのは、「反対運動を怖れた結果」であるというのは、特定秘密保護法が制定された今日のことを考えると、権力に都合の悪い情報は全て「秘密」にされる可能性のあることを予測させ、民主主義の根幹がいよいよ揺らぎ始めているのだということを実感する。

だが、先に見た高村薫の『神の火』も、またここで取り上げている東野圭吾の『天空の蜂』も、さらにはこの後に触れる高嶋哲夫の『スピカ――原発占拠』（九九年　宝島社刊　現題『原発クライシス』集英社文庫）も、「原発攻撃」の可能性が秘密にされ、多くの国民がそのような可能性があることについてほとんど思い至っていない時代において、「原発攻撃・テロ」をテーマにしていたことを考えると、特筆に値することであり、このことは当然文学史にも記録されてしかるべきことである。高村等の作品は、エンターテインメント系の作家たちの情報収集能力の高さと共に、いかに文学者が豊かな想像力を持っているかの証でもある。

さて、『天空の蜂』であるが、高速増殖炉「新陽」の真上に手製の爆発物を積んだ大型ヘリコプターをホバリングさせ、以下のような要求が通らなければ爆発物ごとその大型ヘリを「新陽」に墜落せるというこの長編の発想は、まさに核時代を生きる現代がいかに危うい状況下にあるかを白日の下に晒すものであった。

・現在稼働中、点検中の原発をすべて使用不能にすること。具体的には、加圧水型原発は蒸気発生器を、沸騰水型原発は再循環ポンプを破壊せよ。
・建設中の原発は、すべて建設を中止せよ。
・上記作業を全国ネットでテレビ中継せよ。
ただし、「新陽」だけは停止させてはならない。もし停止させれば、その瞬間にヘリを墜落させる。

全原発を停止しなければ高速増殖炉を爆発させるとして、国を脅す。この今日が核時代でなければ絶対生まれなかった長編小説が、ミステリーの枠を超え、読む人に否応なく原発について考えさせる作品になっているのも、原発を取り巻く状況について作家が徹底して学んでいる（研究している）こともさることながら、声高にではないが、原発と人間存在は果たして「共存」できるのか、という根源的な疑義を物語の底に潜めていたから、と言っていいだろう。高速増殖炉の頭上に爆発物を載せた大型ヘリコプターをホバリングさせ、国と電力会社を脅すという計画を立てた主犯は、そのヘリを製造している企業の原発部門で働く将来の幹部を約束されていた男である。その男三島幸一の息子は小学校五年生の時自殺するが、その自殺の原因は、フクシマが起こって千葉や神奈川、新潟など全国各地に避難した人々の子どもたちが、「放射能がうつる」とか「補償金をたくさん貰っているのだろう。奢れ」などと「いじめ」を受けたが、東野はそのようなフクシマからの避難民を「いじめ」るという何とも貧寒とした人々の在り方を予測したかのように、父親が原発関連の企業に勤めているということだけで「いじめ」に遭う、という設定でこの長編を構想したのである。作家の想像力には、恐るべきものがある。

原発屋出ていけ——。

それはサインペンのようなもので書かれていた。筆跡が智弘のものではなかった。（中略）それから彼は、ノートや教科書を片っ端から調べていった。（中略）

放射能をまくな、という悪戯書きがあった。チェルノブイリにするな、というのもあった。ごく単純に、死ね、というのもところどころに見られた。算数の教科書のある頁には、キノコ雲がマジックで描かれていた。その横には墓の画があり、三島智弘と書いてあった。

これらを目にして初めて、三島は真実に気づいたのだった。いやそれは正確ではない。智弘が死んでから何日か経った頃、奇妙な噂を耳にしたことがあったのだ。三島君はいじめに遭っていたのではないか、というものだった。教えてくれたのは、智弘とはクラスの違う同級生の母親だった。

ここから主人公は、原発労働によって健康を害するようになった元ＩＴ（コンピュータ）技術者の若者（雑賀勲）と共謀して「原発テロ」を計画する。また、それは先に引用した「原発テロ」の犯人たちによる「要求書」が如実に物語るように、政府や原子力ムラの住人たちがいくら「原発は安全」と言っても、実は原発（核）の存在そのものが人間の生と敵対するものだという「核」に関わる根源的な問題を日本人全体に突きつけるものでもあった。このことは、息子を自殺に追いやったかもしれないとの疑いのある反原発運動の活動家の息子九谷良介がまた、何者かに嚇かされて「失語症」になってしまったことを知ったときの、主犯三島の次のような思いによく現れている。


三島は、良介の苦痛も智弘の死も、同じところに原因があるのではないかと思えてきたのだった。彼等はどちらも被害者なのだ。ではその害の根源はどこにあるのか。

そして彼は思い出すのだった。いじめの有無を確認するために、かつてのクラスメートたちに会った時のことだ。彼等のあの仮面のような顔が瞼に蘇った。

あの顔は子供だけのものではないのだ、と気づいた。大人になってからも、多くの者はあの仮面を手放さない。やがて彼等は「沈黙する群衆」を形成する。

答えを得たと三島は思った。もはや疑いの余地はない。智弘は彼等に殺されたのだ。

本当の闘いはそれから始まった。三島は考え続けた。何かをしなければならないと思った。しかし自分に何ができるだろう。沈黙する群衆の、あの不気味な仮面に向かって、石の一つでも投げつけることができないだろうか。

雑賀勲と出会ったのは、まさにそういう時だったのだ。


ヒロシマ・ナガサキを基点とする核時代の「悲惨」としか言いようのない「核」に掣肘された現実を見つめることも、また未来について想像力を働かせることもなく、目先の「利益・カネ」にしか関心を示さない「沈黙する群衆」、ここにこそ核時代における諸悪の根源があると東野圭吾は喝破していた。『天空の蜂』がミステリーの枠組みを超えて、核時代の今を生きる人々の胸に突き刺さってくるのは、このような時代を射抜く作家の炯眼（思想）と感性がこの長編の至る所に見られるからに他ならない。ただ残念なのは、以上のような東野圭吾の意図を汲み取った批評がこれまで存在しなかったということである。

## 〈3〉「原発テロ」の恐怖——『スピカ——原発占拠』（高嶋哲夫）

第一章で詳論したが、人間が生活するのに適さなくなった地球から火星への移住計画とその失敗からの「再起」を描いた大江健三郎の唯一のSF作品『治療塔』（一九九〇年）とその続編『治療塔惑星』（一九九一年）は、人類に地球からの脱出を決意させた自然環境悪化の原因として、「世界各地で起こった核兵器を使った戦争」と「続発した原発事故」による放射能汚染を挙げ、更には「エイズの蔓延」が人類絶滅の可能性を増大させたからだ、とするものであった。この「核」によってもたらされた『治療塔』及び続編『治療塔惑星』が描き出した終末的な世界は、まさに『ヒロシマ・ノート』（一九六五年）以来本格化した大江の核への取り組みが、ついに絶望的な世界像の提出へと至ったことの証左であった。と同時に、アメリカの「核の傘」の下で文字通り「バブル経済」がもたらした見せかけの「豊かさ」に浮かれている日本への、根源的な批判でもあった。その意味で、この大江の二著は大江が懸念し続けてきた「核の冬」による地球環境悪化という根本的問題を取り扱っていたにもかかわらず、「安全神話」に守られて原発の増設が続いていた日本において、ほとんど核状況との関係で取り上げられることがなかった。

これはフクシマが起こる以前の文壇（現代文学の世界）が、それほどまでに「核」に対してアパシー（無関心）状態にあったことの証でもあるのだが、第一章でも触れたことだが、ノーベル文学賞を受賞した後の「休筆宣言」——大江は、ノーベル賞を受賞した一九九四年の前年に刊行が始まった『燃えあがる緑の木』三部作（第一部『「救い主」が殴られるまで』九三年一一月、第二部『〈ヴァシレーション〉揺れ動く』九四年八月、第三部『大いなる日に』九五年三月）を「最後の小説」と言い、以後小説は書かないと公言していた——から五年、執筆再開第一作となった『宙返り』（一九九九年）の中に、「原発テロ（占拠）」を計画している過激な新興宗教教団（カルト教団）を登場させていた。大江は、この「原発テロ」を執筆再開後の長編に登場させることによって、二〇世紀末の現代にあって「核（原発）」存在を除外して世界や人間の在り方を考えることができない、という『ヒロシマ・ノート』以来の核認識を改めて明らかにしたのである。しかし、文壇はこのこともほとんど無視した。『宙返り』におけるカルト教団による「原発占拠」は、以下のように記述されていた。

特派員は教団の取材の終りがたに「宙返り」（従来の用語で言えば「転向」が一番相応しいだろう——黒古注）の出来事に出会った。外側から見てどういう行動だったかというと、指導部のふたりが警察、公安と取引して、教団内の急進派の反社会的な行動計画を通報した、ということだね。

オウム真理教にくらべれば小規模なものだが、伊豆にあった研究所が急進派の活動の拠点で、原発を占拠する計画が中心だった。研究所には原子物理学のドクターもいた。原発の爆破をひけらかして、指導者の教義を民衆に押しつける。少なくとも世界の終りに向けて、悔い改めよ、と説教するつもりだった。あるいは二、三箇所の原発を実際に爆破して世界の終りの接近を実感させようとしていた。その上での、悔い改めをという計画だった。まずこの国の状況を危機的に流動化させる、というのならば、政治的な過激派もそれをもくろむんじゃないか？しかしこちらのターゲットは原発だからね。もともと黙示録的な教義でもあるわけだ。（第三章）

『宙返り』の主題は、世紀末の現代にあって特定の宗教を持たない人間の「魂の救済」は可能か、またそのような救済を求める人たちが生きる「根拠地」の建設は可能かを問うものであった。しかし、引用からも推察できるように、大江は「原発」がまさに「世界の終り」に直結する反人間的な存在であるとの確信を持っており、この長編はその確信を改めて読者に提示するものであった、とも言える

このような大江の核（原発）認識に比べると、機関銃やロケットランチャー、迫撃砲、手榴弾、ライフルなどで武装した「ソ連解放戦線」を名乗るロシア人と「日本赤軍」コマンドと称する日本人の合同部隊一〇〇人余りによって原発が占拠される『スピカ——原発占拠』の高嶋哲夫の原発に関する認識については、いささか疑問符を付けざるを

得ない。それは、第一に原発を占拠した武装集団の要求が、「共産主義国家の再建」を望んでクーデターを計画しロシア政府に逮捕された政府高官の同志たちの解放・奪還と、イスラエルに逮捕されたパレスチナゲリラの即時釈放であり、日本円で一〇〇〇億円、アメリカドルで一〇億ドルを用意しろ、というところに現れている。確かに、ミステリー（エンターティンメント）にはどんな荒唐無稽な設定でも許されるという側面がある。

しかし、ロシアの「ソ連解放戦線」と海外（中東イスラム圏）に展開していると言われている日本赤軍が何故日本の原発を狙ったのか、言い換えれば、何故彼等は自国ロシアの原発を襲撃・占拠しなかったのかという疑問が、最後まで解消しなかったということである。共産主義体制は崩壊したとは言え、広大な国土を持つ核大国のロシアでは「原発占拠」も脅しも有効ではなく、日本のような原発大国であり「金持ち」でもある国の方が脅迫する国として好都合な設定だったということなのかもしれないが、高村薫の『神の火』や東野圭吾の『天空の蜂』に比べてリアリティーに欠けるという印象は免れないのではないか。元原発の技術者だったという高嶋にしてみれば、日本の原発は警備も手薄で外からの攻撃に弱いと言われているから、「原発テロ」の標的として設定しやすいと思い、ロシアの共産主義者や日本の革命集団を「悪者」にした方が、読者の関心を得られると思ったからなのかもしれない。いずれにしろ、設定に無理があったのではないかというのが、率直な印象である。

もちろん、フクシマが起こったとき、横田基地に作戦本部を置いた在日米軍二万四〇〇〇人が「トモダチ作戦」と称して自衛隊との協議の上で福島周辺の港湾や道路、海上に展開し、「救援・支援」の名を借りた「日米軍事協力」を行い、福島第一原発の事故を契機に反原発運動家やゲリラの原発への進入を防いだということだが、この事実が何を意味していたかを考えると、『スピカ』がアクチャリティーを持った物語として読者の前に再び現れたことは否定できない。特に、作者が慶応大学理工学部の大学院を経て日本原子力研究所の研究員として「核融合分析」に携わっていたという経歴がそうさせたのか、原子炉の構造や原発の細部を緻密に描き、現代科学の粋を集めた原発がいかなる存在であるかを、科学に疎い読者にも分かりやすく説明している点は高く評価してもいいように思われる。また、物語の終盤で、武装集団と行動を共にしてきたロシアの老原子力科学者に、攻撃の標的となった最新式の原発を開発した日本の原子力科学者宛の、次のような一節を持つ手紙を書かせていることもまたこの作品の存在意義を高めているのではないか、とも考えられる。

科学は万能ではありません。それは万人《ばんにん》の知るところです。両刃の刃。そうです。有史以来、科学は人類を繁栄に導き、多くの命を救い、地球の生物の長とならしめました。しかし反面、多くの命を奪い、たぐいまれなる人類の危機も生み出してきました。そして現在、その危機は頂点に達していると言わざるを得ません。一酸化炭素による地球温暖化、フロンによるオゾンホール、酸性雨の広がり、地球規模の破壊は進んでいます。さらに、スリーマイル島、チェルノブイリ原発の事故と、危機は現実の形となって現れました。貴女の国、東海村の臨界事故もその一つでしょう。

現在、旧ソ連邦国家には、六二基の原子力発電所があります。そのうち四七基は、いつまた大規模な事故が起こってもおかしくない状態です。ＩＡＥＡ視察団によって廃炉勧告を受けているにもかかわらず、なお稼働を続けているものも多数あります。チェルノブイリ以降、私たち旧ソ連の科学者も、危険性のある原発の廃炉を政府に訴え続けてきました。しかし、それが聞き入れられたことはありません。

ただ、ここに書かれていることと、例えば「３・11」直後に書き下ろした「希望のバトンをつなげよう！」の帯文を持つ『震災キャラバン』（二〇一一年一〇月　集英社文庫）に、何故か「レベル７」の事故を起こして周辺にセシウム１３７やヨウ素などの放射性物質を撒き散らした福島第一原発について、単に「福島で原発事故が起こった」としか書いていないことのギャップは、何故なのか、ということもある。言い換えれば、フクシマによって多数の避難民（被曝者）が出たことや、事故後の処理がいかに大変であるかなどについて『震災キャラバン』で一切触れていないのは何故か、ということである。『スピカ』から「３・11」までの間に、高嶋に何が起こったのか。ロシアの原子科学者の手紙に託した「警世」の思想は、どこへ行ってしまったのか、と思わざるを得ない。さらに言えば、ノンフィクションの『福島第二原発の奇跡――震災の危機を乗り越えた者たち』（二〇一六年三月　ＰＨＰ研究所刊）で強調されている、原発で働く人たちの「努力」や「献身」的働きによって「危機は乗り越えられた」とする考えと、引用から明らかなロシアの科学者の口を借りた「科学の進歩」への懐疑とは相当な開きがある。

高嶋は、「言論プラットホーム　アゴラ」なるネット上の「広場（アゴラ）」に、東日本大震災（フクシマ）から二年後の二〇一三年三月一二日、「僕が原発を捨てきれないわけ」という文章を寄せているが、その中で「エネルギー密度が高く、二酸化炭素を出さない原発は、やはり捨てがたい技術だ」という前提に立って、「原発の危険性や溜まり続ける放射性廃棄物の問題は残されている」としながら、次のような「科学万能（神話）」とも言うべき考えを開陳している。

科学技術は指数関数的に発達している。特にここ数10年の進歩は著しい。

100年後には100年後の科学技術があり、知恵がある。その時代の科学、技術を使って災害に備えればいい。

「高レベル放射性廃棄物処分」に関しても同じではないか。

地下何100メートルもの穴を掘って埋めてしまうなどというバカげた考えは捨てて、「使用済み核燃料管理保管施設」を造り管理すればいいのだ。そして、100年、200年ごとに見直していく。

100年後、現在の数100倍、堅固で安全な貯蔵容器が造られているかもしれない。200年後、放射性物質の半減期を著しく早める装置や、また薬品が開発されているかもしれない。廃棄物のほとんど出ない、ビル一棟ほどの大きさの原子炉が一般的になっているかもしれない。またさらに、現在ゴミとして廃棄に苦慮している高レベル廃棄物も新たな利用方法が発見されるかもしれない。いや、発見するのが科学技術の進歩というものだ。

まるで新興宗教の「ご託宣」を聞いているかのような錯覚を覚えるが、「原発テロ」をテーマとする小説や、北朝鮮による「核の脅威」や核戦争を回避するためには日本が「核武装」することだという主旨の小説『日本核武装』（二〇一六年九月　幻冬社刊）を書いている高嶋と、引用のように手放しで科学・技術の「進歩」を信じ切っていることとの間に、正直「齟齬」があるように思えてならない。換言すれば、『スピカ』におけるソ連の原子物理学者の「科学への懐疑」と、フクシマを経験してもなお「科学の進歩」を信じている高嶋の思想との間に乖離があるということである。日本原子力研究所で核融合に関わる研究を行っていた経験を持つ「科学者」高嶋にしてみれば、「科学の進歩」を信じるのは吉本隆明のように当たり前のことであって、「科学神話」の信奉者であるのは自明のことだというのだろうか。しかし、創作の世界では「反原発」を装った言説を展開し、しかし現実では「科学神話」の信奉者としてふるまう、高嶋哲夫の作家としての在り様は、大変分かりずらい。

高嶋が言うように、本当に「100年後、200年後の世界」では、科学の発達によって「堅固で安全な（高濃度放射性廃棄物の）貯蔵容器」や「放射性物質の半減期を著しく早める装置」、あるいは「廃棄物のほとんどでない、ビル一棟ほどの原子炉」が発明されているのだろうか。これまでのヒロシマ・ナガサキから今日に至る原子力科学の歩みを見ていれば、そのようなことは「夢物語」で、現実的には到底考えられない。莫大な資金を必要とする福島第一原発の「廃炉」作業がいつ終わるのかも定かではなく、作業方法も決まっていない現在、高嶋の原発への思いはあくまでも「願望＝夢想」であって、全く「現実」に立脚したものではないことを、何度でも確認する必要がある。

なお、「原発テロ」を描いたエンターティンメント作品ではあるが、余りにヒロシマ・ナガサキから続く核時代の酷薄な現実と乖離しているが故に、言い換えれば核状況下の世界や日本の現実とは無関係に、ただ「面白さ」だけを狙ったとしか思われない作品もある。第四章で少し触れたSF作家豊田有恒の『核ジャック1988』（一九八八年集英社刊）である。居場所を無くしつつあった「日本赤軍」の幹部が、ソウル・オリンピックの開催を阻止するために、北朝鮮の工作員となって北朝鮮の特殊部隊と共にインドの原発を襲撃し、核燃料のウランを強奪する物語である。この『核ジャック1988』は、ゲリラたちが核弾頭を持って北朝鮮に帰還する前に、インド大使館駐在の武官（自衛隊員）やオーストラリアの原子力研究者、中国人民解放軍の活躍によって、ウランの海中投棄（廃棄）を成功させ、ソウル・オリンピックは計画通り開催されるという結末を持つ作品である。しかし、核保有国がこの世界の在り様を決めているような今日の核状況を考えると、『核ジャック1988』にはハードボイルド・タッチの「面白さ」を狙ったとしか思えない読後の不快感が残った。

では何故この書き下ろし長編にはリアリティがないと感じられたか。それは、どこで豊田が情報を得たのか分からないが、何よりも「世界革命」の実現を目指して中東に拠点を置いていた日本赤軍の思想や世界戦略について余りに無知であることに加え、いくら外国（インドや南シナ海、等）であるからと言って、むやみやたらと日本の駐在武官（自衛隊員）がライフルや機関銃を撃ちまくって武装集団（ゲリラ）を倒すという設定、さらにはインド＝開発途上国、北朝鮮・中国＝遅れた社会主義国、日本及びアメリカ＝正義の味方、といったステレオタイプな考え方によって、この長編が構築されているからである。

では、何故豊田はそのリアティの無さで読むに耐えないような『核ジャック1988』などという小説を書いたのか。たぶん、この長編を発表することで、「日本の各地に点在する原発や原子力施設は絶対安全である」ということを喧伝するためだったのではないか。先にも少し触れたが、原発に関して、潤沢な取材費と高い原稿料を得て日本原子力文化振興財団（現日本原子力文化財団）の月刊PR誌「原子力文化」に「探訪記　航時機アトム」（「航時機」とは、「タイムマシン」のこと）を連載し、その記事をまとめた『原発の挑戦――足で調べた全15ヵ所の現状と問題点』（一九八〇年　祥伝社刊）で、思い切り日本の原発は「安全」と強調してきた豊田にとって、日本の原発が「テロ」に遭うなどという危険なことはあってはならないことであった。しかし、原発に関しては一抹の「不安」がある、ならば「原発テロ」など想定しにくいインドの原発が日本赤軍（過激派）に襲われるという設定は一定のリアリティがあるのではないかと考え、豊田は豊田なりに「原発テロもあり得るよ」とばかりに警世の声を上げた、というのが真相だったのかもしれない。

なお、二〇一三年七月から施行されている「原発の新規制基準」（正式には「実用発電用原子炉に係る新規制基準」は、「意図的な航空機衝突などへの対策」（原発テロ）について、「意図的な航空機衝突などへの可搬型設備を中心とした対策（可搬型設備・接続口の分散配置）を要求しています。バックアップ対策として常設化を要求（特定重大事故等対処施設の整備）しています」としているが、果たしてこのような対策で空からの「原発テロ」を防ぐことができるのか。原発の再稼働も、この「原発テロ」対策が行われて初めて可能ということになっているが、「二〇一八年七月」まで猶予期間があるということで（規制逃れをして）、再稼働が実現した鹿児島県川内原発も、また愛媛県伊方原発も「特定重大事故等対処施設」（特重施設）が設置されていない。果たして、「二〇一八年七月」までに、再稼働を急ぐ原発は「特重施設」を設置し終わるのだろうか。

フクシマ以前の二〇〇一年に起こった「9・11」（アメリカ同時多発テロ）によって、空からの重大施設へのテロが可能であることが証明された。「テロ防止」等を口実に国民の「自由」を大幅に制限するかつての治安維持法を彷彿とさせる「テロ等準備罪」（共謀罪）が国会を通過した。しかし、一番危険な「原発テロ」について全く議論の俎上に上らなかったのは何故か。成長経済路線（アベノミクス）を最優先課題としている現政権にとって、多額の経費を要する原発の再稼働はまさにその成長戦力の要であるが故に、原発に関わる「安全・安心」など二の次、三の次ということなのだろう。

とここまで書いてきて思い出したことがある。それは、一九八三年、ソ連の極東地区（ナホトカ・ウラジオストック、他）を訪問したとき、機会があって当時のソ連極東軍の副司令官と話すことがあったのだが、その時私が「極東に配置されている二〇〇基の核弾頭を積載したＳＳ20巡航ミサイルは、どこをターゲットにしているのか。日本はターゲットになっているのか」と聞いたとき、副司令官は即座に「日本人民は、敵ではない。しかし、日本にある米軍基地はターゲットになっている」、と答えたことである。たぶん、ソ連が解体してロシアになった今でも、このことは変わらないのではないか。なにしろ、日本はアメリカの「傘の下」にいて、原発を稼働させ、また大量のプルトニウムを所持している「潜在的核保有国」なのだから。当然、中国も、また北朝鮮も、保有しているミサイル（核ミサイルを含む）の一部は、その筒先を日本の原発に向けているはずである。

というようなことを考えると、「原発テロ」は夢物語の中に存在するのではなく、私たちが考えなければならないリアルな問題だということが分かる・高村薫も、東野圭吾も、また高嶋哲夫も、日本が抱えた核（原発）の問題をより敏感に受けとめ、作品を書いたと言えるだろう。

# 第二部

# フクシマ以後

# 第六章　声を上げる

## 『それでも三月は、また』・『いまこそ私は原発に反対します。』

### 〈1〉最初の試み──川上弘美、多和田葉子、他

『蛇を踏む』（「文学界」一九九六年三月号）で第一一五回芥川賞を受賞した川上弘美の『神様　２０１１』（「群像」二〇一一年六月号）は、知る限り、「３・11フクシマ」について最初に書かれた小説である。デビュー作である一九九四年に第一回パスカル短編文学新人賞（ＡＳＡＨＩネット主催）を受賞した、熊と人間の奇妙な共生状態を描いた『神様』の粗筋はそのままに、フクシマ後の状況を折り込んで書き直した『神様　２０１１』は、放射能を撒き散らした原発事故（フクシマ）によって人間も熊（この熊は、自然のメタファーと考えていいだろう）も、かつてのように共生できなくなった世界を描き出したものである。

川上弘美は、『神様』と『神様　２０１１』を併載した単行本（二〇一一年九月二〇日　講談社刊）の「あとがき」で、原発事故（フクシマ）に関わる小説を書いた動機について次のように書いた。

２０１１年の3月末に、わたしはあらためて、「神様　２０１１」を書きました。原子力利用にともなう危険を警告する、という大上段にかまえた姿勢で書いたのでは、まったくありません。それよりもむしろ、日常は続いてゆく、けれどその日常は何かのことで大きく変化してしまう可能性をもつものだ、という大きな驚きの気持

ちをこめて書きました。静かな怒りが、あの原発事故以来、去りません。むろんこの怒りは、最終的には自分自身に向かってくる怒りです。今の日本をつくってきたのは、ほかならぬ自分でもあるのですから。その怒りをいだいたまま、それでもわたしたちは、それぞれの日常を、たんたんと生きてゆくし、意地でも、「もうやになった」と、この生を放り出すことをしたくないのです。だって、生きることは、それ自体が、大いなるよろこびであるはずなのですから。

川上弘美は、当たり前のように人間と自然が共生（共存）してきた「日常」が、原発事故によって切断されてしまったことに驚愕し、そのような「異常な出来事」を招来してしまった自分たちの在り様に「怒り」を感じて、『神様　２０１１』を書いたのだという。言い方を換えれば、フクシマによって「日常」が切断されるという経験をしたが故に、何年か前に書いた人間と自然との共生（共存）をテーマとした『神様』を書き直し、あらためて「日常」が切断されることの哀しみや辛さ、そしてそこから生じた「怒り」をテーマとした作品に仕立て上げた、ということになる。これは、実家のある広島に疎開していた一九四五年八月六日に人類史上初めて実戦に投入された原爆で被爆し、その未曽有の体験を「書き残さなければ」として、『夏の花』（一九四七年発表）を書いた原民喜の精神の在り方と似ている、と言っていいかもしれない。

すべての「日常」は、生命《いのち》があって初めて存続していく。フクシマに遭遇して川上弘美が驚愕したのも、その「日常」を根底で支える生命の存続が危うくなった、と感じたからではなかったか。その意味で、この『神様　２０１１』が谷川俊太郎、多和田葉子、重松清、小川洋子、川上未映子、いしいしんじ、池澤夏樹、角田光代、古川日出男、明川哲也、佐伯一麦、阿部和重、村上龍、（他に外国人三名）等の、東日本大震災・フクシマによって生命が脅かされた経験を巡って描かれた作品（短編）を集めた作品が収録されている『それでも三月は、いま』（二〇一二年二月二四日　講談社刊）に再録されたのは当然であった。ただ、このアンソロジーに収録された作品（作家）の中には東日本大震災やフクシマについて十分に把握できない（自分なりの見解を持てない）まま、求められたから書いたという印象を与える作品がいくつかあり、そのような作品と比べると『神様　２０１１』は異彩を放っていた。

『神様　2011』の巻末には、「文中の放射性物質等の記述に関しては、山田克哉さん、野口邦和さん、山辺滋晴さん、河田昌東さん（いずれの人も科学者——黒古注）にご助言をいただきました。深く感謝します」とある。このことから、川上弘美はフクシマ（放射能物質の飛散）がどのような事態をもたらしたかについて相当学習した上で、『神様』に新たな「核＝放射能」問題を取り込んだ形でこの短編を書いたことが分かる。彼女は、「原子力利用に伴う危険を警告する、という大上段にかまえた姿勢で書いたのでは、まったくありません」（「あとがき」）と言っているが、「大上段にかまえた」かどうかは別として、フクシマ（放射性物質の飛散）によって人間と自然の生命の「危機」を感じたが故にこの作品を書いたことは確かなことだろう。

このようなフクシマによって生命の「危機」を切実に感じたと思われる作家が、『それでも三月は、いま』に作品を寄せている作家の中にもう一人いた。ドイツの永住権を持つ『犬婿入り』（一九九二年）で芥川賞を受賞し、その後『ヒナギクのお茶の場合』（二〇〇〇年）で泉鏡花文学賞を、『容疑者の夜行列車』（二〇〇三年）で谷崎潤一郎賞を、『雪の練習生』（二〇一一年）で野間文学賞を受賞するなど、数々の文学賞を受賞している多和田葉子である。多和田は、『それでも三月は、いま』に『不死の島』という小品と言っていい作品を寄せているのだが、彼女がいかにフクシマ＝「レベル7」の原発事故に衝撃を受けたか、それはこの小品の冒頭部分を見ればよくわかる。

パスポートを受け取ろうとして差し出した手が一瞬とまった。若い金髪の旅券調べの顔がひきつり、言葉を探しているのか、唇がかすかに震えている。声を出すのは、わたしの方が早かった。「これは確かに日本のパスポートですけれどね、わたしはもう三十年前からドイツに住んでいて、今アメリカの旅行から帰ってきたとこです。あれ以来、日本へは行っていませんよ」そこまで言って言葉を切り、それから先、考えたことは口にはしなかった。「まさか旅券に放射性物質がついているわけではないでしょう。ケガレ扱いしないでください。」受け取ってもらえないパスポートを一度手元に引き戻して、今度は永住権のシールの貼ってあるページを開いて改めて差し出すと、相手はふるえる指先でそれを受け取った。

フクシマによって国際社会から排除され、郵便さえ届かなくなった「未来の日本」、遠く北欧まで放射性物質が降り注ぎ、ドイツでも牛乳が飲めなくなった（当時誕生したばかりの子供と共にベルリンに滞在していた小田実から直接聞いた話）チェルノブイリ原発の事故を滞在四年目のハンブルグで経験した多和田ならではの、「危機」意識がここにはあると言っていいだろう。この小品は、「未来の日本」がフクシマによって「死ぬことができなくなった」老人によって支えられる社会になった「不思議な現象」について書かれた本を紹介した後、その書物には次のように書かれていたとする。

若いという形容詞に若さがあった時代は終わり、若いと言えば、立てない、歩けない、眼が見えない、ものが食べられない、しゃべれない、という意味になってしまった。「永遠の青春」がこれほどつらいものだとは前世紀までは誰も予想していなかった。

老人たちは若い人の看護をし、家族の食べる物を確保するだけで精一杯で、嘆く力も怒る力もない。「地獄草紙」という言葉がよく使われるようになったが、身を焼きつくす炎や流れる血が目に見えるわけではない。哀しみも苦しみも形にないまま老人たちの心に蓄積していく。いくら一生懸命に介護しても、若い人から順に姿を消していく。未来のことを考える余裕などないうちに、次の大地震が襲ってきた。新たに壊れた四つの原子炉からは何も漏れていないと政府は発表したが、何しろ民営化された政府の言うことなので信用していいのかどうか分からない。

フクシマ＝原発事故が起こって言われるようになったとされる「地獄草紙」という言葉、これはまさに原発が「明るい未来をつくる」という巷間言い古されてきた宣伝文句とは真逆の、存在そのものが「ディストピア（暗黒郷・地獄郷）」を招くものでしかないことの、冷厳な認識から導き出された考えであったと言っていいだろう。このような原発に対する認識をフクシマの後一年も経たないうちに表明した多和田は、では何故このような原発に対する認識を持つようになったのだろうか。考えられる第一の理由は、彼女がチェルノブイリの原発事故以降ヨーロッパ各地で顕著に台頭してきたオルタナティヴな生き方を模索する、「緑の党」などのエコロジストやニューレフト（新左翼）が主導する「反原発」運動・環境保護団体などから多くのことを学んだのではないか、ということである。

　フクシマから三年半が経った二〇一四年一〇月三〇日に刊行された多和田の『不死の島』を含む短編集（連作集）『献灯使』（講談社刊）は、「核」に掣肘された現代がいかに危険で絶望的な状況にあるかを白日の下にさらけ出す意図を持って書かれた作品群である。言い方を換えれば、ここに収録された中短編は多和田の核状況＝フクシマに対する「絶望」の深さを推し測ることができる作品群ということである。ここには、表題作の『献灯使』の他『韋駄天どこまでも』、『不死の島』、『彼岸』、『動物たちのバベル』（戯曲）の四作が収録されているが、多和田のフクシマを体験したことによって生まれた「絶望」の深さは、『不死の島』の続編とも言っていい『献灯使』に集約されている。

　フクシマが起こったことによって世界から取り残された（鎖国状態になり孤立した）日本に住んでいるのは、今や「死ぬこと」を拒絶された「若い老人」と「中年の老人」、それにいつかは「蛸」になるのではないかと思われるようなグニャグニャした身体を持つ子供だけで、日本はどんな「希望」の欠片《かけら》も存在しないような状況にある。『献灯使』は、そんな日本の東京で暮らす「中年の老人」である義郎と、日本が鎖国になって早々唯一「農業」が可能な沖縄に逃げた母親から預かった曾孫の無名（むめい）の、悪戦苦闘する毎日を淡々と描いた中編である。義郎たちがいかに「絶望」的な毎日を送っているか、作中の言葉からその一端を示す。

> 無名は生まれてから一度も本物の野原で遊んだことがない。それでも自分の中で「野原」のイメージをつくって、それを大切に育てているようだった。
>
> 健康という言葉の似合う子供のいなくなった世の中、小児科医たちは労働時間が増え、親たちの怒りと悲しみを一手に引き受けなければならなくなっただけでなく、実状を新聞記者などに話すとどこからか圧力がかかった。

動物の名前だけでなく、生きた動物そのものが目の前にあらわれてくれたら無名は心に灯《ひ》がついたように喜ぶだろうと思うのだが、この国ではもうかなり前から野生動物を目にすることはなくなっていた。

一等地も含めて東京二十三区全体が、「長く住んでいると複合的な危険にさらされる地区」に指定され、土地も家もお金に換算できるような種類の価値を失った。個別に計った場合は飲料水も風も日光も食料も基準をうわまわる危険値がはじき出されることはないが、長期間この環境にさらされていると複合的に悪影響が出る確率が高い土地だということらしい。

まだまだ他にも、随所に原発事故（フクシマ）によって「ディストピア」と化した日本の状況が描かれている。この『献灯使』全体を覆う「希望の無い」「暗さ」は、核＝原発の存在に依存している現在の生活がいかに危ういかを予見するものとして、読む者ひとりひとりに「核（核兵器・原発」の存在を肯定するのか否かを迫るものになっている、と言うことができる。物語の終わり近く、語り手の義郎は次のような「悔恨」の情を吐露する。

> 無名がまだ小学校の二年生で、睡蓮ちゃんを意識し始めたその朝。義郎は無名を学校に送っていってから、自転車のハンドルを頑固な水牛の角のようにぐいぐい押しながら家に向かって歩いていた。太陽は怒ったように薄雲のヴェールを取っ払い、義郎の額にかっかと照りつけてきた。目に入るものがすべて邪魔くるしく感じられ、罪のない電信柱さえも風景に無用な縦線を引いて挑発しているように見えた。思い出せそうで思い出せない昔の大きな過ちが胸を内側からかきむしる。その過ちのせいで自分たちは牢屋に閉じ込められている。電信柱が格子になっているので、あちら側にある仙人の国に行けないことを毎朝思い知らされる。孫のことは娘に任せて、曾孫のことは孫に任せて、あの空の向こうに飛んで行ってしまえたらどんなにいいだろう。それは希望ではなく怒りだった。怒りで心の袋が破裂しないように、わざと大声で声を出して笑ってみるが、それでも気持ちが晴れない。（傍点黒古）

「昔の大きな過ち」とは、まさに大事故が起こるであろうことを承知で日本＝自分たちが原発を容認してしまったことであり、その「過ち」によって閉じ込められた「牢屋」から脱したいと思うのは、「希望ではなく怒りだ」だという義郎の思いは、紛れもなく作者多和田葉子のものである。多和田のこの思いは、また「反（脱）原発」を願う人々の思いに繋がっていくもの、と言っていいだろう。その意味で、『献灯使』は、フクシマ以後に書かれた原発文学の第一級の作品と言って間違いない。

## 〈2〉「原発に反対する」とは？——その1

日本にこんなにも多くの反原発論者がいたのか、と改めて驚かされるほど多くの文筆家による文章を集めて二〇一二年三月一日に発行されたのが、『いまこそ私は原発に反対します。』（日本ペンクラブ編　平凡社刊）である。この本がどのような内実を持ったアンソロジーなのかは、フクシマが起こった年の二〇一一年にペンクラブの会長となった浅田次郎の、次のような「はじめに」に明らかになっている。

> やらなければならないことは、いくらでもあります。しかし私たちは二千人近い会員を擁する文筆家の組織なのですから、それぞれの思うところを筆に托して、一冊の書物にしなければなりません。そこで、震災と原発事故から一年を経た今、この本を刊行する運びとなりました。
>
> 私たちの先人は第二次大戦中に、思うところを書くことができず、むろん書物にして汎《ひろ》く訴えることなど許されませんでした。執筆者のみなさんはおそらく、そうした先人の無念に思いを致しながら、存分に筆を揮《ふる》われたはずです。
>
> かつて核兵器の惨禍を体験してしまった私たちが、またしても原発事故という同根の災厄をひき起こしてし

まった事実は、責任の帰趨を論ずる以前に、国家としての屈辱であり、歴史に対する背信であると私は考えます。

この浅田の言葉について、「みんなで決めよう『原発』国民投票」事務局長今井一（はじめ）によるインタビュー集『原発、いのち、日本人』（二〇一三年一月刊　集英社新書）で、今井のインタビューに浅田が答えている「第一章危機」によると、浅田は「今全て止まっている原発の再稼働を認めないというのは、もう国民の総意に近いと思う」とか、「今は一番、みんなでデモをやって、みんなで反対しなきゃいけない時なんだ」とか、「やっぱり（チェルノブイリの）石棺に衝撃を受けたね。あれを近くで見たら、原発はいいものだなんていう人間は一人もいないはずだ」、「（原発は）無条件廃炉」と言っている。これらの言葉と先の「はじめに」の言葉を併せ考えると、浅田が本気で「原発反対」を表明していることが分かる。

『いまこそ私は原発に反対します。』には、五一名の小説家、エッセイスト、評論家、詩人たちが寄稿しているが、日本ペンクラブ会員約一七〇〇人余りの中には本書には寄稿していないが、佐高信が「原発安全神話を捏造してきたのは誰か！」との帯文を持つ『原発文化人50人斬り』（二〇一一年六月　毎日新聞社刊）の中で、原発推進派と同調してきた「文化人」として糾弾している梅原猛や幸田真音、荻野アンナ、茂木健一郎などもいる。もちろん、文筆家は一人一党だから、すべての文筆家が「反原発」派でないことは承知したとしても、この『いまこそ私は原発に反対します』が本当に「言葉＝表現」に関わる人間の良心を体現するものになっているかどうか。ペンクラブ内部における議論もまた、明らかにしてほしいと思う。

もっとも五一人の書き手は、それぞれ「私」の責任において「反（脱）原発」の思いを述べていて、それぞれに感心させられるのだが、例えば北海道開拓に素材を求めた作品や警察小説で人気を博している直木賞作家佐々木譲の「R様への返事」は、原発の存在を許してきてしまった私たちの在り方を深く「自省」するものになっている。少し長くなるが、日本ペンクラブの「良心」を代表する考えだと思われるので、引く。

カネを生む技術は絶対善であるという信念のもとに、原子力発電の危険性と反道徳性を無視して、破滅へと突進したのでした。
その愚かさ、あさましさ、それは、わたしの国の文化に深く根ざした本質であり、けっして特別な出自に根拠を置いた、あるいは特別な教育を受けた一部のひとびとの資質ではありません。わたしたちには、原子力技術を扱うだけの理性や合理精神、それに倫理観はなかった。そのことはフクシマ事故の直接の関係者たち、つまり政治家、官僚、企業家、学者、技術者、オペレーターたち自身が、事故に際して明解に証明しました。
彼らはわたしの国の平均よりも高い教育を受けたひとたちであり、わたしたちの社会ではむしろ有能、優秀として評価されてきたひとびとでした。でもその有能、優秀なひとたちが自分たちの知性と判断力を根拠なく過信し、それを制御しうると信じて、原子力発電を強力に推進した。「絶対安全」「絶対に事故は起こらない」とプロパガンダしつつです。その結果が「フクシマ」でした。さらに事故のあとにわたしたちが知ることになったのは、その関係者たちの絶望的な無能さであり、おそるべき知的、道徳的頽廃でした。そしてそれは、これまで彼ら原発関係者たちの専横を許してきたわたしたちの鏡像そのものであると考えるのです。

あるいは、経済人（企業家）と文学者（詩人・小説家）という二足の草鞋を履き続けてきた辻井喬は、従来の原発に関わる議論は「どんなエネルギーが有効であり生産性が高いかという思想の上に構築されてきた」が、「第一に原料は無尽蔵ではないし、第二にコストを正確に計算すれば従来のエネルギーよりもはるかに高いこと、第三に技術体系としてもまったく未完成であって、安全性の確保などは事実無根であることが明らかになってきた」にもかかわらず、原発に関して「歴史上、このような嘘（原発は生産性の高いエネルギーという考え——黒古注）が世界的にまかり通っていたことは、市場経済の堕落以外の何ものでもない」として、次のように書いていた。

その原因のひとつとしては技術の発展は必ず人間社会の役に立ち、旧体制を変革するのに有益であるという神話が存在した。このような神話が普及したのは、技術の発展を妨げるのは古い体制であり、それを打破することで革新がもたらされるという、生産力理論に併走している「進歩思想」があったことがひとつの原因だろう。そのために各国の進歩は技術革新を支援するなかに原発の議論も紛れ込んでしまったのである。これは革新思想の形骸化と軌を一にしていると考えられる。（中略）
わが国は一九四五年に広島と長崎で核爆発の効果を試すための実験として数十万人という被爆死傷者を出している。私たちはこの残忍な行為を戦争一般の反人間性に溶解させてしまうことなく、人間が制御できない領域に手を伸ばすことの反人間性・傲慢さに警告を発し、ＧＤＰの大きさを唯一の価値の基準とする思想を否定し続けなければならない。

この引用部分が明らかにしているのは、原発の「安全神話」を何となく信じ、チェルノブイリやフクシマが証明した「原発は人間が制御しきれない科学・技術である」という事実を否定し、「科学」によって必ずそれは克服できると信じてきた吉本隆明や高嶋哲夫、あるいは原子力ムラの住民に代表される「科学神話」の信者たち、及び垂れ流される「科学神話」にしがみつこうとしている人たちへの根源的な批判である。
辻井喬は、これまで核について考えてきた人たちの書き下ろしの論考やエッセイを集めた『ヒロシマ・ナガサキからフクシマへ――「核」時代を考える』（黒古一夫編　二〇一一年一二月　勉誠出版刊）の中の私との対談「若い兵士たちの死顔は美しかったか」において、フクシマから何を学ぶべきか、次のように言っていた。

福島原発の問題も、危ないからやめるべきだというだけではなくて、思想的な問題として展開しなければならない。そうしなければ、「大規模の工場は操業を短縮しなきゃならないよ」みたいな話に対抗できない。私は今度の福島原発から得た最大の教訓は、「ＧＤＰは何のためにあるか」ということだと思います。ＧＤＰで世界一位になることが目的なのか、それとも、人間の幸福のためのＧＤＰという指標に過ぎないのか。ＧＤＰは、アメリカに次いで二位か三位になったけれども、日本人は幸せになったと思ってないじゃないか。産業の発展にはもはや限界が来ている。そのときに、人間の危険を冒してまで原発をやり続けるというのは、反人類的な行為だというのが私の考えです。

フクシマが起こったことによって、この国の在り方を根本から考え直す機会を得たはずなのに、為政者（政権党）や経済界は相変わらず「GDP神話」＝経済成長によってのみ人間は幸せになるという考え（呪縛）から逃れることができずに、原発の再稼働や海外輸出に奔走していることに対する根源的な批判がこの辻井喬の言葉にはある。原発に依存するということが「反人類的行為」であるということを知らないままに（あるいは知っていながら）、原発を容認することの「犯罪性」についての指摘、流通経済界で長い間活躍してきた人間だからこそ言えた言葉、さすがと思わないわけにはいかない。また、辻井が原発問題はまさに「思想の問題だ」と言うのは、原発問題を解かない限り人間の未来は閉ざされてしまうということで、例えば吉本隆明のように「科学の進歩」によって解決するなどとは到底考えられないということを意味していた。具体的には、人間の手（科学）によっては処理できないプルトニウムなどの放射性物質を生み続ける原発を再稼働させることは、人類の未来を考えない近視眼的な考え方であって、無責任な考え方である、と辻井は言っていたのである。

社長就任当初は弱小新興デパートであった西武デパートを、日本有数のデパートに仕立て上げた実績を持つ辻井に、「生産力」を高めること、すなわち「成長戦略」が人間を幸福にするわけではないと断言させたフクシマ（原発事故）、これは原発問題が本質的に生命（人間存在）に関わる問題であって、それ以上でもそれ以下でもないことを如実に示すものだった、と言っても過言ではない。辻井は、先の『原発、いのち、日本人』の中で同じく今井一のインタビューに答えて、フクシマを契機にこの社会の在り方や原発について根本的に私たちの考え方を変えていかなければいけない、と力説していた。しかし、現実的にはフクシマが起こったときの民主党政権の「無知」からくる「不手際」を巧妙に利用した安倍自公政権は、フクシマの処理も不十分なまま、原発政策の「転換」を頑なに実現しようとしない。この状況について、泉下の辻井喬に聞いてみたい誘惑に駆られる。

## 〈3〉「原発に反対する」とは？——その2

以上、『いまこそ私は原発に反対します。』に見られる「反（脱）原発」の考えを、佐々木譲と辻井喬の場合を例に出して検討してきたが、この「反（脱）原発」論のアンソロジーについて、その印象を正直に言えば、この本に「原発と日本の文学者」という文章を寄せている川村湊の、次のような批判を他のＰＥＮ会員がどれ程共有しているか、はなはだ疑問に思わざるを得ないということがある。

問題のもう一つは、そうした政・財・学の癒着構造のもとで、文学者、文化人、ジャーナリストの少なからぬ人々が、無知なのか、騙されたのか、確信犯的なのかを問わず、原発の推進・展開に加担し、称賛する人がいたということであり、３・11以降も、それらの人たちの弁明や釈明も含めて、反省なり現在の心境なりを語る言葉が全然発せられていないことだ（唯一の例外として、原子力文化財団の理事でもある作家の豊田有恒の文章〈「原発災害と宇宙戦艦ヤマト」、『３・11の未来』二〇一一年、所収〉がある。

逆に、これまで原発推進の発言のあった文学者は、地震や津波の災害のことを語っても、そのなかで原発震災に触れることを忌避しているとしか思えない例がある。こうした人々は、文学者、あるいは表現者の持つべき率直さや真剣さに欠けている。井伏鱒二、水上勉といった日本の作家たちの、その真摯さと現実批判、社会批判の伝統を今こそ蘇らせる時が来ているのである。

この川村の批判は、言葉を換えれば、日本の文学者や表現者はヒロシマ・ナガサキ（核問題）についてこれまでどれだけ向き合ってきたのか、そしてヒロシマ・ナガサキと深い関係のある「原発」についてどのような思考を巡らしてきたのか、という疑念を底意に秘めたものであったと言っていいだろう。また、ここからは日本人あるいは日本社会が一九四五年八月六日・九日のヒロシマ・ナガサキを基点とする「核時代」への真摯な対応を怠ってきたが故に、フクシマを招来してしまったという慚愧の思いも垣間見える。更には、本来なら生命（人間）の在り様を第一に考えるべき文学者が、「カネ」のため安易に原発推進に加担したことへの怒りも、この文章には漲っていると言える。ただ、そうは言いながら、川村の「原発と日本の文学者」で取り上げているのは井伏鱒二と水上勉だけで、本書の第一部で見てきた大江健三郎をはじめとして栗原貞子や野間宏、井上光晴、林京子、あるいは高村薫、東野圭吾といったミステリー作家、及び堀江邦夫や森江信などのルポルタージュ作家たちの反原発の思いや活動については全く触れていない。『いまこそ私は原発に反対します。』がいかに緊急出版であったか、そのことを理解してもなお、川村はこの「原発と日本の文学者」は不十分さが目立つものであった。――なお、川村の名誉のために付け加えておけば、川村はこの『いまこそ私は原発に反対します。』に寄せた文章と相前後した『原発と原爆――「核」の戦後精神史』（二〇一一年八月 河出ブックス）や『日本原発小説集』（同年一〇月 水声社刊）の解説「原発文学論序説」、あるいは『震災・原発文学論』（二〇一三年三月 インパクト出版会刊）の中で、井上光晴や野坂昭如、清水義範、あるいは堀江邦夫などにも触れており、十分ではないがフクシマ以前の原発文学に対してそれなりの目配りをしていたことが分かる――。

さらに、この『いまこそ私は原発に反対します。』の全体的印象について言えば、作家のあさのあつこが冒頭に「知らないこと、知ろうとしなかったことは罪なのだろうか」と書いた「罪と罰」が典型なのだが、「3・11 フクシマ」が起こるまで核（ヒロシマ・ナガサキや原発）の存在について幾らかの疑念を抱きながら、政府や電力会社（電事連）などが垂れ流す「安全神話」に安住していたことへの「悔恨」や、核（原爆や原発）について知ろうとしてこなかった「怠慢」についての「自責」について書かれているな、というものである。しかし、全体的にはフクシマや原発（核）についてセンチメンタルな対応が過ぎるのではないか、という印象を持った。

もちろん、「自責」や「情緒的」な対応が悪いというわけではない。しかし、個々人が真摯に核と向き合ってきたことについて疑うわけではないが、余りにも多い「自責」や「慚愧の念」に比べて、ヒロシマ・ナガサキとビキニ、フクシマと三度の「被爆・被曝」をもたらした為政者や電力会社＝資本制社会に対する追求と、そのような「核」を許容してきた自分たちへの「怒り」や「自責の念」が少ないように思えてならない。

おそらくその理由は、広河隆一が同書所収の「大災害《カタストロフィー》と表現者」で伝える、二〇一一年一一月一六日に開かれた日本ペンクラブ主催の「脱原発を考えるペンクラブの集い」における、次のようなエピソードにあるのではないか。この「脱原発集会」（日本ペンクラブ）の性質は、広河隆一が伝える時事通信社の記事に如実に現れていた。

浅田次郎会長は「原子力の平和利用」という言葉の持つ矛盾について触れ、ペンクラブが脱原発を目指す姿勢を語った。時事通信配信の記事では次のように伝えている。「会場からは『ペンクラブ内の原発賛成派にどう対処するか』との質問も出た。専務理事で作家の吉岡忍氏は『意見の違う人がいるのはこの団体にとって大事なこと。われわれの議論には必ず落とし穴があるから、その人たちの意見も聞く必要がある』と答えた。これに対し同クラブ会員でフォトジャーナリストの広河隆一氏は『親原発、反原発といろんな人がいてもいいという考え方には反対だ。3・11の事件に学ぼうとしない人を批判していくべきだ』と訴えた」

このあと広河は、吉岡忍が説いた「（親原発派と脱原発派の）対話の必要性」について、「『対話』という言葉は、美しい言葉だ。『共存』と同じように、問題の解決と希望を目指す意味を含む」とか、「『対話』を説くとき、それが誰と誰との間の対話なのかということが重要なのだ。弾圧するものと弾圧されるものの間なら、まずその状況から解放されることが『対話』の前提となる」などと言いつつ、次のように書く。

廃墟に立つとき、大惨事の場所に立つとき、それが津波でも原発の被曝地でも、このカディーヤ（大義――黒古注）が問われている。それは人間としてのアイデンティティの深いところでつながっている言葉だ。アウシュビッツで、津波の跡で、原発の被災地で、チェルノブイリやパレスチナの地図から消えた村々で、廃墟の美しさを感じてシャッターを切る人々がいる。そうした人々と対話をする時間がない。そんな時間があればむしろ被害者の救援にあてたほうがいい。放射能とは対話ができない。核は人間の生命に反対の存在だ。それを芸術で言いくるめる有名な写真家もいる。しかしそれは自分の浅はかさを露呈しているだけだ。廃墟マニアも同じだろう。人間には許してはいけないものがあるのだ。生命という最初のアイデンティティを踏みにじるもの、存在

(existence)に敵対するもの、そうした考えを擁護するものに対しては、拒否しなければならない。膨大な数の子どもたちの体内に放射性物質を植え付けてもなお、その考えを許容する人間との対話を求めるものは誰だろう。対話を強いるものは誰だろう。その間に誰が助かるチャンスを奪われているのだろうか。

それを作家というなら、そんな作家はいらない。それを詩人というなら、そんな詩人はいらない。

長い引用になったが、ここからは広河の原発容認・推進派との「対話」を促し容認する者への心からの「怒り」が伝わってくる。しかし私の見るところ、広河のように「怒り」を基底に広い視野を持って『いまこそ私は原発に反対します。』に参加している人は少数派のように思える。大方は、例えば高城のぶ子が「今こそ合理的判断を」の中で、政府や電力会社が提出したデータなどを「真実・事実」と思い込んで、「反原発は、思想や体制の問題としてではなく、合理性で語る」べきである、と言ってしまうことなどからも分かるように、原発がそれを必要とする経済成長主義(資本主義)「思想や体制論」から建設されてきたことを無視して、それこそ「合理的判断」という科学神話に囚われた「情緒」にどっぷり浸っている論考やエッセイが『いまこそ私は原発に反対します。』には集まっているように、私には思えた。

もちろん、後に別な章で詳論する「『夢の歌』から」と題して人間と自然(環境)との関係から「核(原発)」について論じた津島佑子のような存在も、この『いまこそ私は原発に反対します。』には参加していて、その意味ではこのアンソロジー自体の出版は大いに意味があるものになっていた、とも言える。津島は、この『いまこそ私は原発に反対します。』への寄稿の後、第八章で詳しく述べるように『ヤマネコ・ドーム』(二〇一三年)と『ジャッカ・ドフニ――海の記憶の物語』(二〇一六年)という二つのフクシマ(核)に関わる長編を遺しているが、『いまこそ私は原発に反対します。』に寄稿している文筆家が、今後「反原発」の立場からフクシマや核に関わる文章を書き続けてくれることを望まないわけにはいかない。

# 第七章　池澤夏樹の挑戦

## 「核」存在との対峙

### 〈1〉東日本大震災・フクシマ

二〇一一年三月一一日に起こった宮城県沖を震源とする「震度九・〇」の大地震とそれに伴って東北地方から関東地方の太平洋岸を襲った一〇メートルを越す大津波は、東日本各地に未曽有の被害をもたらし、福島第一原発も建屋や非常用電源が破壊され、四基の原発がメルトダウン・メルトスルーを引き起こすという「レベル7」の大事故（フクシマ）を起こした。この原発の大事故に対して、前章で見た『それでも三月は、また』や『いまこそ私は原発に反対します。』のように、多くの文学者が真摯に対応したが、中でも一九四五年七月生まれの池澤夏樹の東日本大震災・フクシマへの向き合い方は、それが人間の「生き死に」に関わる根源的な対応であったが故に非常に際立つものであった。

池澤夏樹の東日本大震災やフクシマへの向き合い方は、「3・11」から旬日を置かず『春を恨んだりはしない——震災をめぐって考えたこと』（二〇一一年九月三〇日　中央公論新社刊）と『終わりと始まり』（二〇一三年七月三〇日　朝日新聞出版刊）の二冊のエッセイ集、及び『双頭の船』（二〇一三年二月　新潮社刊）と『アトミック・ボックス』（二〇一四年二月　毎日新聞社刊）の二冊の長編を著したことによく現れていた。

池澤夏樹は、『春を恨んだりしない』の「まえがき　あるいは死者たち」の中で、東日本大震災・フクシマに対して「破壊された町の復旧や復興のこと、仮設住宅での暮らし、行政の力の限界、原発から洩れた放射性物質による健康被害や今後の電力政策、更には日本の将来像まで、論ずべきテーマはたしかに多い」と断じたあと、次のように書いた。

社会は総論にまとめた上で今の問題と先の問題のみを論じようとする。少しでも元気の出る話題を優先する。しかし背景には死者たちがいる。そこに何度でも立ち返らなければならないと思う。

地震と津波の直後に瓦礫の処理と同時に遺体の捜索に当たった消防隊員、自衛隊員、警察官、医療関係者、肉親を求めて遺体安置所を巡った家族。たくさんの人たちがたくさんの遺体を見た。彼らは何も言わないが、その光景がこれからゆっくりと日本の社会にしみ出してきて、我々がものを考えることの背景となって、将来のこの国の雰囲気を決めることにならないか。

死は祓《はら》えない。祓おうとすべきではない。

「死は祓えない」というのは、震災直後に仙台に住む叔母を訪ねて被災地に入り、そこで多くの「遺体＝死者」と出会った池澤夏樹でなければ言えない言葉だろう。池澤夏樹にとって、「死」は「死者・行方不明者二万八〇〇〇人」などといった数で捉えられるものではなく、もちろん「震災の犠牲者」などといった抽象的な対象として考えるべきものでもなく、「3・11」までは愛する家族と共に生活していた具体的な存在だった者の具体的なものであり、「穢れた」存在などではなかったということである。だからこそ、「(死は)祓おうとすべきではない」のである。最後の最期まで「父」「母」「息子」「娘」「孫」「夫」「妻」といった具体的な存在として、震災の犠牲者＝死者は生き残った者の「内部」に存在し続けるものだったからである。

池澤夏樹が、先の引用に続けて「フクシマ」について書いた言葉も、また私たち一人一人が「フクシマ＝核」へどのような態度で向き合うべきかを示唆するものとして、傾聴に値するものと言わねばならない。

更に、我々の将来にはセシウム１３７による死者たちが待っている。撒き散らされた放射性の微粒子は身辺のどこかに潜んで、やがては誰かの身体に癌を引き起こす。そういう確率論的な死者を我々は抱え込んだわけで、その死者は我々自身であり、我々の子であり孫である。不吉なことだが否定も無視もしてはならない。この社会は死の因子を散布された。放射性物質はどこかに落ちてじっと待っている。

我々はこれからずっと脅えて暮らすことになる。冷戦の時代にいつ起こるかわからない全面核戦争に脅えて暮らしたように、今度は唐突に自分の身に起こる癌死の可能性に脅えて暮らさなくてはならない。我々はヒロシマ・ナガサキを生き延びた人たちと同じ資格を得た。

そして、結語として、池澤夏樹は次のように書き記した。

これらすべてを忘れないこと。
今も、これからも、我々の背後には死者たちがいる。

この東日本大震災とフクシマへの池澤夏樹の対応がいかに根源的（本質的）なものであったか、それは、例えば「序章」で詳しく触れた村上春樹のカタルーニャ国際賞の受賞記念講演（二〇一一年六月九日）「非現実的な夢想家として」の、東日本大震災について日本人には特有の「無常観」（あきらめの世界観）があるから、「精神を再編成し、復興に向けて立ち上がっていくでしょう」と語り、フクシマについても「我々日本人は核に対する『ノー』を叫び続けるべきであった」と、事実と異なる日本人の核意識について述べ、フクシマによって「損なわれた倫理や規範の再生」は「日本人全体の仕事」として考えるべきだといった、まるで他人事のような言説と比べれば、どちらがより現実に寄り添ったものであるかは、誰でもすぐに理解できる。池澤夏樹が東日本大震災やフクシマを「我が事」として考えているのに対して、村上春樹の場合は「非現実的な夢想家として」という講演のタイトルが如実に示すように、あの三万人近い死者や行方不明者を出した東日本大震災や今後何十年も放射能の恐怖にさらされ続けるフクシマの被災者の存在も、「夢想」の裡にしか捉えられないように見えるところに、その差異は表れている。

言い方を換えれば、村上春樹が言うところのフクシマによって生み出されることが確実な「将来の死者」、これは主に現在の放射能汚染地区からの避難者ということになるが、彼らに対する想像力が決定的に欠如しているのである。なお、原発の事故によって生じる「将来の死者」に対する想像力が欠如しているということでは、これも「序章」で詳しく触れたが、吉本隆明も同罪である。繰り返すことになるので詳しくは延べないが、吉本の原発論＝「科学神話」に対する無条件の評価に欠如していたのは、被災者（避難者）＝核の被害者の存在であり、ここ三〇年間にスリーマイル島、チェルノブイリ、フクシマと大きな原発事故が三度も起こったという事実を無視した「科学万能主義」に対する懐疑と反省である。原発（の技術）に関しては、どんなに人間の「知恵」を集めても「完璧な防御装置」などできないというのが、科学界の「常識」だというのに、吉本は相も変わらず「古い」科学万能主義に依拠して自説を展開し続けたのだが、この吉本の科学万能主義がいかに現実を捨象した観念論であったかは、フクシマから七年、例えば汚染水対策に鳴り物入りで導入された「凍土壁による汚染水の遮断」がほとんど効果なかった結果になったことを考えれば、明らかである。吉本の原発に対する楽観論が決定的に間違っていたのは、一目瞭然である。池澤夏樹がフクシマの起こる二〇年も前に書いた「核と暮らす日々」（『楽しい終末』九三年七月所収）を見れば、池澤は、「マンハッタン計画（原爆開発計画）を立案して、国中の優秀な物理学者を一堂に集め、ちょっとした都会の二つ三つの電力を消費する工場を建て、そのものが実在する方向へと大きな動きを押し進めた本当の動機は何だったんだろう」と自問した後、次のように書いていた。

物理学がある原理を発見してしまうことを止める方法はない。どんな場合でも科学的な真理は自然の中に身を隠して発見を待っている。比較的早く見つかる場合もあるし、運悪く遅れることもあるが、科学者という鬼は最後には隠れた子供を全部見つけるのだ。一歩離れてみれば、科学が一つまた一つと有機的に構造化された真理の体型を構築していることがわかるだろう（だから科学者は偉いというわけではなくて、これは科学という特殊な文化装置の性質の問題である）。

その一つのステップとして原子核の存在が知れ、それが分裂ないし融合する可能性が問われ、素材を選んで量を案配してその他ちょっとしたからくりを付加すれば連鎖反応として爆発にまで至ることを今世紀前半の科学者たちが発見してしまったことを咎めるわけにはいかない。しかし、発見することと、その原理に沿って実際に他人の頭の上で爆発させることのできる爆弾を作り出すのは別のことである。科学には自立性はないし、人は科学にそれを求めてもいない。だが実際に爆弾を作ったのは科学ではなく工学、つまり計画性と方向づけられた努力による意図的な過程である。マンハッタン計画は偶然ではなく意図の産物である。（傍点黒古）

池澤夏樹の大学（中退）での専攻が物理学であったことは忘れられがちだが、この引用部分（特に傍点部）に明らかな「科学」と「工学」とを別けて考える論理は、物理学（自然科学）を専攻した者にとっては常識なのかもしれないが、文系の私などには考えつかないことであった。大学で「化学」を専攻した吉本隆明が、先の引用に見られるように「科学」は無限に発展していくという「神話」の信奉者として、「工学」の集合体である核兵器や原子力の平和利用＝原発を容認していることと比べれば、池澤夏樹の「科学」論がいかに説得力を持つものであるか、歴然としている。更に言えば、核開発が「工学、つまり計画性と方向づけられた努力による意図的な過程」に基づいて行われたということは、言い方を換えれば、核兵器開発は戦争＝国際政治という「人為」によって進められたことを意味し、池澤夏樹はそのことを十分に理解した上で「核」の在り方について議論しているということになる。

だからこそ、池澤夏樹は二〇一一年三月一一日に起こった東日本大震災（フクシマ）に対して、東北地方や関東地方の太平洋側（沿岸部）を襲った大地震と大津波による甚大な被害と、大地震と大津波によって脆くも破壊された「工学」の集合体である原発の事故を、厳密に別けて考えた方が「現実」的であると考えたのである。そのように考えれば、東日本大震災とフクシマの出来事を、『双頭の船』（二〇一三年二月　新潮社刊）と『アトミック・ボックス』（二〇一四年二月　毎日新聞社刊）という二つの小説に別けて書いたことも理解できる。

## 〈2〉「希望」は持ち続けることに意味がある——『双頭の船』論

先の論集『春を恨んだりしない』の最後におかれた「ヴォルテールの困惑」は、「しかし今回、たくさんの人々が付き添いのないままに死んだ。地震と津波はその余裕を与えなかった。／彼らが唐突に逝った時、自分たちはその場に居られなかった。／その悔恨の思いを生き残ったみなが共有している。／このどうしようもない思いを抱いて、我々は先に向かって歩いていかなければならない」とした後に、次のような言葉で締めくくられている。

その先に希望はあるか?

もちろんある。

希望はあるか、と問う我々が生きてここにあることがその証左だと言うのは逆説でも詭弁《きべん》でもない。東北の被災地の人々が立ち上がって、避難所と仮設住宅を経て、復旧と復興に力を尽くす。行政とボランティアが不器用ながら誠意をもって手を貸し、より広範囲の人々がそれを支援する。

まずはこの構図を現実のものとして受け入れよう。どうせ何も変わりはしないというシニシズムを排除しよう。これを機に日本という国のある局面が変わるだろう。それはさほど目覚ましいものではないかもしれない。ぐずぐずと行きつ戻りつを繰り返すかもしれないが、それでも変化は起こるだろう。

あの未曾有の被害をもたらした東日本大震災に正対するためには、ここに書かれているような、ある意味では楽観的と言ってもいい態度、あるいはシニシズム(冷笑的態度)を排するリアリズムが必要なのかもしれない。池澤夏樹の『春を恨んだりはしない』や『終わりと始まり』に収められた論考やエッセイからわかるのは、仙台に叔母が住み、東北地方に友人・知人がたくさんいたということもあり、またたぶん彼は本質的に「好奇心旺盛」な質《たち》ということもあってか、震災直後から何度も何度も繰り返し東北地方を訪れ、その現場で震災や原発事故のことについて思考を巡らしていたということである。忙しい働き盛りの作家としては、珍しいことである。高橋源一郎や、高村薫、津島佑子、亡くなるまでの吉本隆明、等々、東日本大震災やフクシマの出来事について積極的に発言した文学者は、決して少ないわけではなかった。しかし、現地（被災の現場）に繰り返し出掛け、その時の見聞（体験）に基づいて発言し続けた文学者は池澤夏樹以外にいなかったのではないか。

それほどに池澤を突き動かしたものは、何か。それは、先にも引用した『春を恨んだりはしない』の「まえがき　あるいは死者たち」の結語として記した、「今も、これからも、我々の背後には死者たちがいる」という認識と言っていいだろう。大自然の猛威によって為す術もなく理不尽に「あの世」へと追いやられた「死者たち」、彼らの存在こそ東日本大震災に対する池澤の発語を支えるものであった。しかも、その「死者たち」との関係は、例えば何度も登場させて恐縮だが、東日本大震災に対して「無常観」で片付け、現在までずっと「傍観者」としての立場を堅持し続けている村上春樹と比べてみれば、その深さの度合いが格段に違うことが分かる。

だからこそ、池澤は東日本大震災に関しても「変化＝希望」を語ることができたのである。先の「ヴォルテールの困惑」の最後に、次のような言葉がおかれている。

> ぼくは大量生産・大量消費・大量廃棄の今のような資本主義とその根底にある成長神話が変わることを期待している。集中と高密度と効率追究ばかりを求めない分散型の文明への一つの促しとなることを期待している。
> 人々の心の中では変化が起こっている。自分が求めているのはモノではない、新製品でもないし無限の電力でもないらしい、とうすうす気づく人たちが増えている。この大地が必ずしもずっと安定した生活の場ではないと覚《さと》れば生きる姿勢も変わる。
> その変化を、自分も混乱の中を走りまわりながら、見て行こう。

この引用文の第一段落には、池澤たち団塊の世代に大きな思想的影響を与えた吉本隆明が、一九八〇年代半ばに埴谷雄高との間で行われた「政治と文学」論争の過程で言い放った、次のような資本主義認識への「異議申し立て」が含意されているのではないか、と推測できる。言い換えれば、フクシマが起こってもなお「科学（進歩）神話」に基づき、原発の稼働は続けるべきだと主張し続けていた吉本への秘かな「反意」が働いての言葉なのではないか、ということである。吉本の「日本資本主義礼賛論」は、以下のような埴谷雄高との論争過程で書かれた次のような文章によく表れていた。

貴方はスターリン主義の誤った教義を脱しきれずに、高度成長して西洋型の先進資本制に突入している日本の資本制を、単色に悪魔の貌に仕立てようとしていますが、それはまやかしの偽装倫理以外の何ものでもありません。日本の先進資本主義が賃労働者の週休二日制の完全実施を容認傾向にあることは、百年まえのマルクスが見聞したら、驚喜して祝福したにちがいないほどの賃労働者の解放にほかならないのです。そして日本の賃労働者が週休三日制の獲得にむかうことは時間の問題であると考えます。潜在的には「現在」でもそのことは自明なのですが、ただ貴方や理念的な同類には、思考の変革が問題になっているだけです。（「重層的な非決定へ」八五年）

この論争からちょうど三〇年余り、海外展開を図る大企業の業績は上昇しても、低賃金の非正規労働者が全労働者の四〇％を超え、サービス残業が増え、また長時間労働やサービス残業を強いるブラック企業が増加し、「格差」が増大している日本社会の「現在」の状況を見ると、吉本が日本で進行しつつあるとされた高度資本主義に「バラ色の未来」を見たのは、「幻想」でしかなかった。この日本の資本主義への「誤った」見方は、最期までフクシマに対してもおのれの「科学」論が有効だと信じ切っていた姿と重なる。

さて、東日本大震災に触発されて書かれたと言っていい池澤夏樹の『双頭の船』であるが、物語は放置自転車を大量に乗せた近海用フェリー「しまなみ８」が、寄港した先々で北海道から岩手県遠野まで熊を運んだ「ベアマン」とその恋人、被災地をふらふらしていた男、さらには二〇〇人のボランティア、欲求不満だらけの「荒垣源太郎」と名乗る男、窃盗団に誘拐されそうになった「金庫ピアニスト」と呼ばれる鍵と錠の専門家、など多くの人を乗船者に加えて少しずつ拡大して、ついには「共同体」を形成するまでになるというものである。このいささか「夢物語」風の筋立ての中には、池澤夏樹の東日本大震災における「復興」はこうなって欲しいという願望が隠されていると言っていいだろう。

そして、船が膨張し（大きくなって）「さくら丸」と改名したフェリーの船長は、今や乗組員のリーダー格になった荒垣源太郎の次の引用のような提案を受け入れ、甲板に五〇〇戸の仮設住宅を建設し、二〇〇〇人の被災者を棲まわせることを承諾する——乗船者を増やし続けてきた結果、いつの間にか近海用のフェリーは二〇〇〇人の人々が生活できるほどに巨大化していたのである。

今、この地域ではたくさんの仮設住宅が求められている。しかるに陸上にはそれに適した土地がまことに少ない。遠くから見ていて気づいたのだがこの船には相当な甲板面積があるにもかかわらずその大部分は活用されていない。車を載せて動きもしないのに車両甲板がだだっ広くがらんとしてあるばかりだ。ここに五〇〇戸の仮設住宅を造ればたくさんの被災者が今の避難所生活よりずっと楽な生活ができる。この優れた船には水や電気などのインフラも整備されている。しかも船であるから機動性に富み、時には遊覧航海に出ることもできる。例えば来年の春には桜の開花を追って九州から北海道までお花末航海が実現する。沖縄八重岳の寒緋桜は一月だから早過ぎるとしても鹿児島の指宿《いぶすき》市魚見岳《うおみだけ》あたりから始めて最後は北海道新ひだか町二十間道路七キロメートルの桜並木までの全国の桜を見て回れる。そういうことがこの災忌後の日々にあたって本船の使命なのではないか。そこから人々は未来に繋がる精力を得られるのではないか。

そして、この荒垣の「提案」を受け入れた「さくら丸」は、「資源とエネルギーの面でも自足を目指す」こととなり、二〇〇〇人の避難民を乗せた「自立した船」となって、航海を続けることになる。避難民にとって「いちばん辛いこと」は、「為すこともなくぶらぶらしていることだ」ということから、船の上で被災する前の職業、例えばパン屋とか、クリーニング店、理容美容院、ラーメン屋、蒲鉾屋、養鶏場、漁業などが営業再開されることになり、「さくら丸」は被災前と変わらないどこにでも存在するような共同体（コミューン）へと変貌を遂げる。もちろん、長い歴史を持っていた被災前の共同体（町や村）と「さくら丸」の船上に実現した共同体は、明らかにその性質が違っていた。それは、次のような船長のスピーチ（言葉）からも明らかである。

こういうプラン（小さな漁船「第一小ざくら丸」を仕立て、それで魚を取り、船上で水耕法によるハウス野菜を作る、というような考え――黒古注）を通じて私が考えているのは、さくら丸の自立と自足です。もちろんすべての生活物資を船上で賄うことはできない。早い話が鶏や豚ならともかく牛を飼うとなると無理があります。まして家電製品など製造できるはずがない。

さくら丸は孤立した無人島ではありません。沖を航行している今も大きな流通社会の一部に過ぎない。だからこそ、一つのまとまった生活共同体として外との世界と物資のやりとりをしながら自活することは可能なのではないか。収支が赤字にならない運営ができるのではないか。

その方途を皆さんと苦労しながら構築していきたいと思います。

この船長の言葉から連想されるのは、大江健三郎が初の長編『芽むしり仔撃ち』（五八年）から『宙返り』（九九年）まで、『同時代ゲーム』（七九年）や『懐かしい年への手紙』（八七年）、ノーベル文学賞を受賞した一九九四年を間に挟んで刊行され『燃えあがる緑の木』（第一〜第三部　九三〜九五年）などにおいて、自分の生まれ故郷である四国愛媛県大瀬村（現愛媛県内子町大瀬）を擬した「谷間の村」に建設を試みた「根拠地」のことである。この「根拠地＝共同体」は、中央権力とは一定の距離を持ち、「全ての人がその能力に応じて働き、生きる権利を持つ」ものとして設定された「ユートピア」的なものでもあった。

また、ユートピア、そして東北と言えば、すぐさま思い出されるのが井上ひさしの『吉里吉里人』（八一年）である。周知のように、この長編は東北のある寒村が、ある日、日本からの独立を宣言し、そこで独自の国語、法律、などを駆使して、高度経済成長路線を突っ走り、人間（生命）存在を蔑ろにする日本国と対峙するという、文字通りの「ユートピア」物語であったが、そこでは文学がいかにして権力（国家）に抗することができるのかが試みられていた。井上ひさしは、大江健三郎と筒井康隆との鼎談『ユートピア探し　物語探し』（八八年）の中で、「人間にとってユートピアを探すという行為は絶対に必要だという確信がいま生まれてきていて、それには物語というものが非常に有効ではないかと思い、これからもやって行きたいというふうに考えている」というような趣旨の発言を行っていた。『双頭の船』における「自治・自立」の共同体と化した「さくら丸」の構想は、まさに池澤夏樹が東日本大震災の被災者及び被災地に向けて、今必要なのは「ユートピア探し」であるとの確信から得た結果考え出されたものだったのではないか、と思われる。

なお、池澤が井上ひさしの「ユートピア」思想にある種の思い入れを持っていたことは、『双頭の船』の扉裏に「泣っくのはイヤだ、笑っちゃえ」という井上ひさし・山元護久作の人形劇「ひょっこりひょうたん島」（六四年四月～六九年四月　NHKで放映）の主題歌の一行を付していることからも、推測することができる。もちろん、自分の作品に「ひょっこりひょうたん島」の名前を付したことについては、池澤が処女作『夏の朝の成層圏』（八四年）以来、大作『マシアス・ギリの失脚』（九三年）などによって「島（共同体）の思想」を追究してきたこととの関連で考えることもできる。池澤の「島の思想」は、またユートピアの可能性を探る一つの方法であり、『双頭の船』の船上に実現した共同体は、まさに池澤が長年追い求めてきたユートピアにほかならなかった。

また、「さくら丸」船上に実現したユートピア（共同体）は、今までのように航海を続ける人たち（小ざくら丸を拠点として）と、陸に乗り上げ「さくら丸」を半島にまで成長させる組とに別れるのだが、「さくら海上共和国」として独立した「小ざくら丸」の人たちが独立記念式典・出港式で歌う「国歌」は、「ひょっこりひょうたん島」の主題歌にある「ひょっこりひょうたん島」を「さくら海上共和国」に入れ替えただけのもので、これを見ただけでも、池澤がいかに井上ひさしの「ユートピアへの思い」から多くのものを学んでいたかが分かる。

さらに言えば、この『双頭の船』の構想に寄与したのは、空想科学小説の大家ジュール・ヴェルヌの晩年の名作『動く人工島』（一八九五年作）だったのではないか、ということもある。『動く人工島』は、科学技術の粋を集めて建造された巨大な人工島が、地上の楽園を目指して太平洋への航海の途につくが、この理想郷＝人工島も待ち構えていた海賊の襲撃と内部分裂の結果瓦解していくことになる、というＳＦ小説である。このような『動く人工島』のあらすじと、『双頭の船』の船上に「ユートピア＝理想的な共同体」が構築されながら最終的には上陸派と海上派に別れる結末は、かなり似ている。池澤夏樹が『動く人工島』からヒントを得て『双頭の船』を構想したのではないか、という所以である。

なお、『双頭の船』がいかに特殊なユートピアであったかについて言えば、この増殖し続けてきた船（さくら丸）が、東日本大震災の被災者（生者）と共に「死者」（被災者の家族や知り合い）もまた、船上コミューン（共同体）の一員として受け入れるという「民話」的な構造を持っている点にある。「死者」は生者（肉親）が幸せな生活を送るようになったことを見届けると、海上から向こう側（他界）へと戻っていくことになっているという構想は、まさにこの『双頭の船』が東日本大震災の犠牲者と被災者への「鎮魂」をも意図していたのではないか、という推測を可能にする。

また、『双頭の船』が対象とする被災地の中にフクシマによって「無人」となった帰還困難地区などが含まれていたのは、言うまでもないことであった。

## 〈3〉独特な「核」認識

池澤夏樹の「原子力エネルギー＝原発」への態度は明確である。

結論を先に言えば、原子力は人間の手には負えないのだ。フクシマはそれを最悪の形で証明した。もっと早く気づいて手を引いていればこんなことにはならなかった。

エネルギー源として原子力を使うのは止めなければならない。稼働中の原子炉はなるべく速やかに停止し、廃棄する。新設はもちろん認めない。それでも残る厖大な量の放射性廃棄物の保管に我々はこれから何十年も、ヒョットしたら何千年も、苦労することだろう。（「昔、原発というものがあった」『春を恨んだりはしない』所収）

これが池澤の「核＝原発」に関する考えの全てと言ってもいい。しかし、このような原理的な思考の基底に存在していたのは、次のような「核」に関わる今日的状況に対する認識である。同じ「昔、原発というものがあった」から引く。

一九五三年暮れにアイゼンハワー大統領が「平和のための原子力」を唱えた時、関係者は喜んだ。原水爆という破壊の装置を作ってしまった自分たちのふるまいに自ら脅えていたから、それが生産の装置にもなると聞いて安心したし希望も持った。しかし、結局のところ核兵器と核エネルギーは双子であって、どうやっても切り離せないのだ。平和利用はむしろ核武装の言い訳として使われた。現に核兵器を持たないと言っている我が国はすぐにも爆弾に転用できるプルトニウムを大量に保有している。この期に及んでもまだコスト計算をごまかして原発にしがみついている。爆弾を作る潜在能力の保持が原発経営の真の目的ではなかったか、と疑われてもしかたがない。

なお付け加えておきたいのは、このような池澤の「核」認識はフクシマ（東日本大震災）が起こってから生じたのではない、ということである。〈1〉でも触れたが、池澤は二〇世紀も終わりに近づき「世紀末論」がマスコミ・ジャーナリズムをにぎわし始めた一九九〇年代の初め、「文学界」の一九九〇年六月号から九三年一月号まで「楽しい終末」と題する評論を断続的に連載し、その第二回（九〇年九月号）に「核と暮らす日々」を、第三回（同年一〇月号）に「核と暮らす日々（続き）」を書いている。その中で、〈1〉で指摘したように、大学で物理学を専攻した人間らしく、「科学の発展の不可逆性」について触れながら、「原発」に関わって人間がいかに「愚か（不完全）」にしか対応してこなかったかについて、以下のように書いていた。

覚えておくべきは人はすべて愚かであるということ、少なくとも世界中で稼働中の数百基の原子力発電所を完全に無事故で何百年も運転できるほど賢くはないということだけである。そしてチェルノブイリが教えているのは、あの場合の経路を辿る形で事故が起こることがあるということと、起こった事故が大きければあのように広い範囲に深刻な影響が出るということの二つ。誰にとっても後者の方が重大な意味をもつことは歴然としている。原子炉の関係者ではない一般人にとって大事なのは、事故に至る経路ではなく事故の結果の方だ。

ロシア人やアメリカ人だけでなく日本人もなかなか馬鹿だと思わせるような事故が起こっている。その典型は、一九八九年一月六日の福島第二3号炉の再循環ポンプBの大規模破損。再循環システムは原子炉圧力容器の下の方から出ている直径五百ミリ前後の太い配管とポンプや弁によって構成されており、これだけ大口径の管の破断はすぐに冷却水の喪失につながりかねない。六日の午前四時二十分、問題のポンプが異常に振動しているという警報が鳴った。回転数を下げても振動は消えない。しかたなしに原子炉自体の出力を段階的に下げていったが、やはり事態はかわらない。最終的には翌日の午前〇時に発電を停止し、その四時間後には原子炉そのものを停めた。

ここから分かるのは、繰り返すが、池澤が早い時期から〈1〉で触れた『春は恨んだりはしない』の「7　昔、原発というものがあった」で「結論を先に言えば、原子力は人間の手には負えないのだ」という考え方を持っていたということである。引用部分の冒頭「人はすべて愚かであるということ、少なくとも世界中で稼働中の数百基の原子力発電所を完全に無事故で何百年も運転できるほど賢くはない」は、かつて反公害の立場から「科学論」を展開していた宇井純が「技術（池澤流にいうならば「工学」ということになる）に一〇〇%というものはない。みな九五%、九七%に仕上がれば、切り上げて完成した（一〇〇%になった）ことにしている」と言っていたことを想起させる（『公害原論』七一年、他）。また、それとは別に「人はすべて愚かである」というのは、人間に「核」はコントロールできないという冷厳な事実を元に、吉本隆明の「自然科学的な『本質』からいえば。『核』エネルギーを解放したということとは、即時的に『核』エネルギーの統御（可能性）を獲得したことと同義である」（「『反核』運動の思想批判番外」『「反核」異論』八二年所収）などにその典型が示されている「科学神話」の信奉者を、暗に批判するものであったと言うことができる。
さらに、池澤の「反核」についてその特徴を言うならば、原爆にしろ原発にしろ、一度「核エネルギー」の存在を知ってしまった人類は、「愚か」にも核による「滅び」と「再興」を繰り返すようになるのではないか、と危惧していることである。池澤は、「核と暮らす日々（続き）」の終わりに、以下のような文章を書きつけている。

さて、大きな事故か何かをきっかけに世界中の世論が一致して核兵器が廃絶され、原子力発電所もすべて閉鎖されたとして、われわれは核とすっかり縁を切れるだろうか。核はそれぐらいのことでは立ち去ってくれない。人類は今後いつまでも核の知識に耐えていかなければならない。一九五九年という冷戦もさなかの時点で発表されて今も読みつがれている『黙示録三一七四年』というSFがある。作者はウォルター・ミラー、ほとんどこれ一作で名を残した人である。世界規模の核戦争が起こり、人類のほとんどと文明の大半は失われる。残った人々は極端な知識嫌悪に陥り、オブスキュランティズム（反啓蒙主義――黒古注）がすべての知的活動をおしつぶし、世界は中世以前の状態に戻る。しかし、その段階からまた人は少しずつ知識を集め、文明を作り、研究を進めて、かつての失われた文明を再興する。そして、結局はまた核兵器が作られ、使われる。（中略）つまり、何がどうなっても人は核の知識から逃れることができないのだ。中世に戻ったところでその時点から科学は再出発し、やがてまた人は核を手中に収める。われわれが核エネルギーの利用法を知っているという事実は消しようがない。月がないふりをするのが無意味なのと同じように、核エネルギーが存在しないふりをするのもナンセンスである。

一歩間違えば、ある種の人々が陥っている「核ニヒリズム」とも言うべき思想的頽廃と同じ立場に池澤は立っているのではないかと受け取られかねない。しかし、池澤がそのような「核ニヒリズム」へ陥らず「反核」の立場を堅持しているのも、『楽しい終末』の「序――あるいは、この時代の色調」や「核と暮らす日々」などで繰り返し書かれている「ぼくが生まれたのは一九四五年七月のある土曜日だった。（中略）さて、特記すべきぼくの生誕の日の九日後、ニューメキシコ州の砂漠で世界最初の核兵器の実験がおこなわれた」ということからもわかるように、「核＝原水爆・

原発」の問題をマンハッタン計画による原爆開発から、一九四五年八月六日・九日のヒロシマ・ナガサキを経て、冷戦時代の米ソによる核開発競争、そしてスリーマイル島、チェルノブイリの原発事故、そしてフクシマに至るまでの、全歴史過程を視野に入れて論理展開しているからである。

### 〈4〉『アトミック・ボックス』

その意味で、直接的にはフクシマを契機に構想された長編と思われるが、日本にも冷戦時代に原爆開発計画があったということを物語の発端とする『アトミック・ボックス』は、まさに池澤の「核」認識のすべてを駆使して書かれた作品と言っても過言ではない。

物語は、三〇年前に日本で極秘のうちに進められた「あさぼらけ」と名付けられた原爆開発計画に従事していた科学者(ヒロシマの胎内被爆者——後に科学者となる子供を妊娠していた母は、八月六日の被爆者だった)が、ある事件をきっかけに身の危険を感じるようになり、自分の身を守るためには自分が関わった計画の一部を個人的に保持することが必要と考え、研究者の職を辞し故郷(瀬戸内の島)に帰って漁師になり、権力からずっと監視され続けながら死ぬまでその「秘密の資料」を隠し続けてきた、という歴史を「裏筋」として持つミステリー仕立てになっている。物語の中核は、原爆製造計画に従事した元科学者が癌で死んだ後、残された妻と娘があくまでも「原爆開発計画」を「秘密」にしたい権力(計画を立案し、実行した陰の支配者と彼の意のままに動く警察)から追われ続けるその逃亡劇にあるが、最後は原爆製造計画「あさぼらけ」の立案者が死ぬことによって、父親の秘密を守り通した娘も解放される、というものである。

一年半前の三月十一日のことだ。

地震が起きておおきな津波がきて福島第一原子力発電所がこわれた。とんでもない量の放射性物質が空気中に放出された。たくさんの人たちがそれにおびえた。おびえることはこれから何十年もつづく。半減期というのは容赦のない冷酷な数字だ。わたしはそれを知っている。

おまえにも洋子にも言っていないが、わたしは被爆者だ。広島で母の胎内にいたとき原爆にあっている。あのとき数ヶ月までそだったわたしをやどして母は広島郊外の小学校の教師をしていた。あの朝、爆心地からそんなに遠くないところにいて黒い雨を浴びた。そのことを母はわたし言わなかった。たぶん満州に行っていた父も知らずじまいだっただろう。

当たり前と言えば当たり前のことだが。ここにはフクシマがヒロシマ・ナガサキとリンクしていく核状況の必然が、自然な形で書かれている。もう一つ、ヒロシマ・ナガサキとフクシマとを放射性物質の「半減期」という言葉で繋げている個所がある。

三月十一日の福島のニュースを見ながら、あのすさまじい破壊の映像を見ながら、あれが帰ってきたと思った。わたしのからだの中に福島があった。眠っていたけれど消えたわけではない。半減期はそれを許さない。

わたしはだれにも言わないまま、かくれた被爆者としてこの三十年ほどを生きてきた。被爆二世のおまえのからだにそれが影響していないか、最新の医学をしらないわたしにはわからない。

三世になるおまえの子供にはどうなのだろう?

この「手記」の文面にこそ、作者池澤夏樹のモチーフはあると言える。戦後の冷戦下から今日まで、アメリカの「傘の下」に存在することを当然なこととし、なおかつアメリカの許容する範囲という前提の上で「潜在的核保有国」の道を歩み続けてきた日本にあって、一般的にヒロシマ・ナガサキ（原水爆）とフクシマ（原発＝原子力の平和利用）とを繋げて考えることは、一部の被爆者や識者を除いてあまり行われてこなかった。そのことを考えると、『アトミック・ボックス』は作者の深い洞察力によって書かれた稀有な長編であった、と言うこともできる。

なお、ヒロシマ・ナガサキとフクシマは「核」という同根から発したものであり、決して別な出来事ではなかったという冷厳な事実に「無知」であった日本人に対して「静かな怒り」を表したのは、第三章で詳述したナガサキの被爆者でもあった林京子であった。そこでも触れたことだが、林京子は「3・11フクシマ」直後に編まれ刊行された『ヒロシマ・ナガサキからフクシマへ――「核」時代を考える』の冒頭におかれた「若い人たちへの希望」という私との対談で、最初に次のような言葉を洩らしていた。

ニュースを見ましたときに、報道される内容があまりにも幼稚なので唖然としました。「被爆国の人は常識で知っていること」と考えていた内容ばかりが報道されていて、国民がそれを知らなかったという事実に、まず絶望しました。（中略）ですから、原子爆弾の怖さを、被爆者たちの悲惨さを書いていけば、私たちが生きてきた道を書いていけば、当然、原爆＝原発として考えられるだろうと。同じ核物質ですからね。被爆国なので、原爆、核に対するその程度の知識は持っているだろうと。ところが、そこまで広がるものを、ほとんどの人が持っていなかった。

世界で最初の核災害であるヒロシマ・ナガサキを経験した国の人間でありながら、被爆者以外の多くの国民が原爆＝原発という認識を持っていなかったという事実を、林京子はフクシマが起こって始めて知り、「怒り」を抑えることができなかったのである。引用部分は、その時の林京子の当惑と驚きをよく表している。おそらくそのような「核」に対する日本国民の「無知・無関心（アパシー）」は、原発＝原子力の平和利用という言葉のまやかしが横行し、長い時間を掛けて原水爆（核兵器）と原発は「別なものである」という宣伝・教育が学校現場を中心に多くの場面で行われてきた結果にほかならなかった。もちろん、そのように原水爆と原発とを別けて考える日本国民の習慣は、一九五四年三月に起こったビキニ事件――静岡県焼津漁港所属の漁船第五福竜丸がアメリカのビキニ環礁での水爆実験で「死の灰」を浴び、機関長久保山愛吉が死亡し、乗組員全員が被爆した事件――をきっかけに起こった原水爆禁止運動が、冷戦の煽りを受けソ連派と中国派に分裂し、多くの国民が原水爆禁止運動＝反核運動に嫌気を感じるようになった、ということも大いに影響していたと考えられる。

とは言え、スリーマイル島の原発が事故を起こし（一九七九年）、チェルノブイリ原発が大爆発を起こし（一九八六年）、茨城県東海村のＪＣＯで二人の死者を出す臨界事故が起こっても、「我関せず」とばかりに、この狭い「地震大国」日本にフクシマが起こるまで、五四基もの原発を容認してきた日本国民に対する林京子の「怒り」は、『アトミック・ボックス』を書いた池澤夏樹も共有するものであった、と言っていいのではないだろうか。特に、第三章でも書いたことだが、林京子は最後の小説『再びルイへ。』（二〇一三年四月）で核被害によって人々が被る「内部被曝」について、政府も電力会社も、また原子力ムラに群がる科学者たちも、知悉《ちしつ》していながら隠蔽していたことを知って、その「怒り」を爆発させた。

そのようなヒロシマ・ナガサキとフクシマとの関係を視野に入れ『アトミック・ボックス』に戻れば、主人公宮本美汐の父親耕三が参加することになった「原爆製造計画」が、戦前に軍部の命令もあって「原爆製造」の研究を行った東大理化学研究所の仁科芳雄教授の優秀な弟子による、戦後の「興味」本意から始めた研究が発端であったとするこの物語の展開には、先に触れた「核と暮らす日々」などに示された「科学」は本質的に強力な自制力＝防御態勢（警戒心）を備えない限り「暴走」する、という池澤の考えが反映されていると見ることができる。例えば、本質的には中立（中性）的であるはずの「科学（科学者）」が何故「暴走」するのか、池澤は近代社会ではそこに「政治」が介在するからだとして、「原爆製造計画」に疑問を持ち始めた宮本耕三と同僚とに次のような会話を行わせている。この会話に示された思想にこそ、日本（人）の核（原水爆）認識の平均が現れているのではないか。

「なぜ国産を目指すんですか？　アメリカ製のを輸入して、それで間に合っているんだから、わざわざ手間をかけて開発する必要はないんじゃないですか？」

「ぼくもよく知らない。きみと一緒で知らない方がいいと思って考えないようにしてきた。でもまあ想像するに、万一にもアメリカからの輸入が途絶えた時のために基礎研究だけはしておいた方がいい、ということなんじゃないかな」

「途絶える可能性がありますか?」
「国際政治・国際経済は何が起こるかわからないからね」
「国の威信ということはないんですかね?　あれくらい自前で作れないと一流国ではないというような」
「それもあるかもしれない。そう考えるのが愛国心かどうか、微妙なところだと思うが」
「昔、あんな目にあったのに」
「それは感情論。この国を巡る現実は冷酷という意見もある」

そして宮本耕三は「原爆製造計画（あさぼらけ）」の秘密を握ったまま故郷に戻り漁師となるのだが、漁師になり結婚し、子供（美汐）ができた一年後にチェルノブイリを経験し、また二〇一一年三月一一日に東日本大震災（フクシマ）を経験したことから、その時には癌にかかっていたが、かつて日本にも核抑止論を信奉する権力の中枢にいた者によって計画された「原爆製造計画（あさぼらけ）」が存在したことを公表するかどうかを娘に託して、自らの生を終える。その間について、宮本耕三の手記には、次のように記されている。少し長くなるが、池澤の核に対する核心的な考えがよく出ていると思われるので、次に引く。

美汐が一歳の誕生日を迎えた一か月後、ソ連のチェルノブイリというところにある原発が深刻な事故を起こしたという報道があった。

炉心溶融という見出しの文字を見て、耕三は金田の言っていたことを思い出した。

彼は「発電は恐い」と言った。製造後は眠っていればいいだけの原爆に比べたら超臨界状態をずっと維持しなければならない発電所の方が恐い。

それが現実になった。この世界に、自分たちが生きて暮らしているこの島に、呼吸しているこの空気に、放射性降下物《フォールアウト》が混じる。一息ごとに体内に入る。（中略）

二〇一一年三月十一日、日本の北の方で大きな地震が起こり、津波でたくさんの人が亡くなり、原発が破壊された。大量の放射性物質が漏れ出した。

それをテレビで知った耕三はその日すぐに新聞の購読を申し込み、原発に関する記事をすべて読んだ。遠い過去に眠らせたはずの悪魔が甦ったかと思った。

金田の言ったとおり、原発は核兵器より恐い。自分の人生の間にＴＭＩとチェルノブイリと福島と、三回の大きな事故が起こった。放射性物質が人を襲った。更にそれより遠い過去には自分自身の被爆体験があった。忘れていた嫌なことが押し寄せる。

そして、宮本耕三は、次のように述懐する。

なぜ漁師に徹して生きてきたか?

自分でも気づかなかったが、「あさぼらけ」に関わっていた自分を悔いる思いが心のいちばん底にあったのだ。あんな仕事をするのではなかった。そう思ったから原爆から、工学から、仮想のものを数字で扱うことから最も遠い営みを選んで生きてきた。

最先端のコンピューター技術から、生きもの（自然）相手の漁師へ、この宮本耕三の「転身」の根っこには「核エネルギーは人間の手には負えない」という思いがあったと考えられる。また、宮本耕三の「自分はあの時、人間ぜんたいに対してとてもいけないことをしてしまった」という言葉からは、そこに反省と自己処断の思いもあったと考えられる。彼が娘の美汐に「原爆製造計画（あそぼらけ）」の存在を知らせようとしたのも、そのような「核」に対する意識と自省の気持ちがあったからにほかならなかった。

そして、父親から日本にも「原爆製造計画（あさぼらけ）」があったという、「信じられない秘密」を「手記（遺書）」という形で打ち明けられた美汐は、「秘密」が公になることを恐れた権力から追われる身となるのだが、「逃亡」の過程で「被爆を胎内に抱え」た父親が「人間の倫理」で「核」の存在と対峙していたことを知り、「国家の論理」

を振りかざして「あさぼらけ（原爆製造計画）」をなかったもの、つまり歴史から抹消しようともくろむ権力といろいろな人の手助けがあって対決することになる。このハードボイルド的な展開にも、池澤の明晰な核認識がある。『アトミック・ボックス』の最終章「最後の対決」における美汐と「国家＝権力」を象徴する瀕死状態にある大物政治家（大手雄一郎）との会話（美汐の言葉）に、それはよく表れている。

「あなたは国家は個人の運命を超越すると思っていますね。国を動かす者にはそうしなければならない時があると。核兵器を人々の上に落とさなければならない時があると」

老人は目を閉じていた。

「政治家は人間を数と見ますよね。有権者として見て、納税者として見て、守られるべき羊の群れとして見る。一人一人を見ていては国は運営できないと考える」

聞いているのかいないのか、老人は目を閉じていた。（中略）

「でも一人一人には考えも、思いも、意地もあるんです。数でまとめられないものがある。私は今ここであなたに人間としての倫理で勝ちたい」

そして、美汐は「数をまとめる立場の政治家たちに対して、一人一人の個人がどう抵抗するか、聞いてください」と宣告し、大手雄一郎に「私はあなたに負けたのだと思う」と言わせる。『アトミック・ボックス』は、美汐の逃亡を助けてくれた新聞記者（支局勤務）の勤める大手新聞社「大和タイムス」が、一面に「**逝った重鎮の負の遺産　国産原爆開発計画「あさぼらけ」　北朝鮮の核の原点ここに**」（ゴシック原文）という記事を載せ、終わる。

以上が、フクシマに触発されて書かれた池澤夏樹の『アトミック・ボックス』のあらすじと要点であるが、このミステリー仕立ての長編が私たちに教えてくれるのは、何人をも抗うことのできない科学の進歩の結果生まれた「核」は、必然的に国家の論理＝権力にからめとられ「政治」に利用される性質を持っているということである。しかし、そのような国家の論理＝政治に対抗して「核」存在を否定し「未来」を展望するには、一人一人が「人間としての倫理」、つまり「反核」の意思を固め鍛えることしか方法がないのではないか、ということである。『アトミック・ボックス』が、津島佑子の『ヤマネコ・ドーム』(二〇一三年五月)と桐野夏生の『バラカ』(二〇一六年二月)と共に、フクシマ後に書かれた原発小説の「佳品」として、文学史に記録されるのは間違いないないだろうと思う所以である。

# 第八章

# 「No more FUKUSHIMAS !」

## 津島佑子『ヤマネコ・ドーム』他の試み

### 〈1〉「人間としての倫理」

団塊の世代を代表する女性作家津島佑子は、「3・11（フクシマ）」から約一〇ヶ月経った二〇一二年一月より、「草がざわめいて」という月一回のエッセイを「東京新聞」に連載する。その第一回「サン・ブリュー駅前広場から」の冒頭で、「今年は元日早々、私の住む東京も震度4、マグニチュード7の大きな地震に見舞われ、おい、「原発事故収束」だなんてだれかが宣言しているけれど、おれはまだ存分に暴れるつもりでいるぞ、原発だって安心できないんだからな、と地下のナマズにどなりつけられた気分になった。」と書いていた。この連載冒頭の言葉が如実に示すのは、この連載がフクシマによって明らかになった「核＝放射性物質」の恐ろしさ、つまりその反人間的在り様から一年後の「核状況」に対する思いを、さまざまな角度から書こうとしたものだったということである。

連載の最終回「『人情』と放射能」（二〇一二年一二月一三日号）は、撒き散らされた放射能の「除染」作業に期待する被災地の農民を気の毒に思う「人情」と、「眼に見えない放射性物質へのおそれ」のどちらに自分の感情が傾いているのかを自問した後、次のように書かざるを得なかった「内面」の現実を明らかにするものであった。ここからは、津島佑子の「核」やフクシマに対する考えの核心がどこにあるかがよく分かる。

「人情」といわれるものはじつは社会の「空気」みたいなもので、いつも正しいとはかぎらない。内向きの「人情」が戦争や死刑を期待し、深刻な差別を生むこともある。「人情」が、最近の日本社会でとても肯定的に語られるようになっていること、そのこと自体が、私にはおそろしく感じられる。「人情」という正体不明の「空気」が放射能汚染を軽視し、本当の責任を問うべき対象を見失わせることになる。一方で「人情」とは関係なく、当然のことながら、放射性物質は確実に、私たちを含んだ生命体を傷つけつづけているのだ。なんという不条理！

けれどそうした現状に危機感をおぼえ、「人情」ではなく「人間としての倫理」を求めるひとも確実に増えている。絶望することはない。希望は、ほら、ここにある、と多くのひとたちが力強く叫びはじめたこの地道だけど、素晴らしい変化に私もはげまされているし、将来、ここから日本の社会は大きく変わっていくのかも、と期待しないわけにはいかなくなる。

東日本大震災（フクシマ）の復興・復旧に関わって飛び交った「がんばろう　日本」（「がんばろう　東北」）とか「絆」と言った情緒的なスローガンに対して、それは「人情」であって「いつも正しいとはかぎらない」と断じ、その「人情」に対して人間としての「生き方」が問われる「倫理」を対置する津島佑子、彼女はその「人間としての倫理」を基底としてフクシマに対処すれば、そこに「希望」が見えてくると断言したのである。しかし、フクシマから九ヶ月後に、「ここから日本の社会は大きく変わっていくのかも、と期待しないわけにはいかなくなる」とした津島佑子の「期待」は、果たして実現の可能性を維持し続けたか。フクシマから七年を経た現実は、津島佑子が亡くなる半年前の二〇一五年八月一一日に九州電力川内原発一号機が再稼働したのを皮切りに、その後四国電力伊方原発三号機（二〇一六年八月一二日）、関西電力高浜原発四号機（二〇一七年五月一七日）、同三号機（同年六月一一日）、九州電力玄海原発三、四号機（二〇一七年九月一四日）と相次いで再稼働が認められ、更には老朽原発の運転延長も認められることになったこの国の原発政策は、あたかもフクシマ以前に戻ったかのような様相を見せ始めている。

今や、フクシマが起こったことによって原発の「安全神話」は崩壊し、それまで原発の建設を推進してきた「原発は、最も安価なエネルギー供給源」という謳い文句（宣伝文句）も、原発が老朽化した際の廃炉費用や使用済み核燃料の再処理費用、更には高レベル放射性廃棄物の最終処分場の建設費用、等を勘案すれば、「嘘＝意図した情報操作」であることが判明したというのに、である。そのことに加えて、原発を運転し続けるのは、使用済み核燃料を再処理して核兵器の原材料であるプルトニウムを確保するため、つまり「潜在的核保有国」としての地位を保持するためであり、将来の核武装を考慮してのことであることも明らかになってきている。つまり、原発の問題は、今では政府や電力会社が強調する「安価なエネルギー源」という衣を脱ぎ捨て、「軍事（政治）」的要請という鎧姿をむき出しにするようになってきているということである。

そんな核状況の中における津島佑子の「反核」への思いは、本書で何度も触れてきた日本ペンクラブ編の『いまこそ私は原発に反対します。』（二〇一二年三月）に寄せた「『夢の歌』から」に、より明確に語られている。このエッセイの冒頭部分で、津島佑子はフクシマが起こって間もなく、「動揺しつづけていた私の耳に、ある日、オーストラリア北部特別地区に住むアボリジニのミラー族」が、「自分たちの土地から産出されるウランの取引先のひとつが、東京電力だった。となれば、福島第一原発の事故は私たちにも責任の一端があることになる」、という内容の手紙を国連へ送ったという声が届いた、と記し、末尾で次のように書いた。

> ウラン採掘から核実験、原発立地、原発労働者、核廃棄物の最終処理候補地、どこを見ても、先住民や弱い立場のひとたちを犠牲にすることではじめて成り立っている原子力産業。その点だけでも、人類の一員として私は原子力産業を受け入れがたい。これ以上、人類を愚かな存在にしたくない。どの国でも、使用済み核燃料の最終処理の方法が今もってわからないからには、少なくとも原発事故を起こしてしまった日本国内にある原発はすぐに停止させ、使用済み核燃料をこれまで以上に一本も増やさないようにするのが、「常識」というものだろう。（中略）
>
> 日本に住む私たちは、これからマーシャル諸島のひとたちが経験してきたような、つらくて長い時間を覚悟しなければならない。だからこそ、太平洋のひとたちと手をつないで、「核のない未来」に一歩ずつ近づきたい。地球の生命体にとってあまりに危険な人工放射能を作る、不気味に巨大な原子炉をご神体のように崇める代わり

に、植物、動物、虫などの無数の生命に溢れたこの地上で、「夢の歌」の叡智を私は聞きつづけたい。どんな時代になっても、人間は自然の一部として生きるほかない、と今度の大震災で日本の私たちは思い知らされたのだから。(傍点黒古)

私たちは忘れがちであるが、第四章の〈1〉高度経済成長と「安全神話」の所で竹本賢三や水上勉の小説を取り上げた際に問題視したように、日本の原発は「僻地」と言っていい漁村の近くに作られ続けてきたという事実がある。この日本の現実を素直に認めれば、津島佑子が「先住民や弱い立場のひとたちを犠牲にすることではじめて成り立っている」と言ったことの意味がよく理解できるだろう。津島佑子は、オーストラリアのアボリジニが住む地域のウラン採掘地や南太平洋のアメリカやフランスの核実験場となった島々を取り上げていたが、津島より先に小田実がグローバル化した「核」問題の全てをテーマに盛り込んだ『HIROSHIMA』(一九八一年)で、ウラン鉱山で働いたりその鉱山の下流域に住むインディアン(ネイティブ・アメリカン)が放射能障害で苦しむ現実を描き出していたことを思い出す。忘れがちだが、原発は「少数民族」や「貧しさ」の犠牲の上に建設されてきたのである。津島佑子は、地域(僻地)振興という美名の下で、札束で頬をひっぱたくようにして原発の建設が進められてきたことの「おかしさ」について、フクシマの起こる遙か以前から理解していたのである。

また、先の引用の(中略)の部分には、「日本がベトナムなどの国々に(原発を)輸出するなど、もってのほか」という言葉もあった。このことを勘案すれば、先に私は原発の再稼働は「エネルギーの問題ではなく、核兵器の材料であるプルトニウムの確保のためにほかならない」と言ったが、原発輸出の問題とフクシマを過去に封じ込めようとしている原発再稼働策動とを併せ考えると、その莫大な建設資金やら運転資金などを必要とする原発は、紛れもなく資本主義(金儲け主義)体制を維持していくための強力な装置になっているということなのだ、と納得させられる。

そんなこの国の「核(原水爆・原発)状況」に対して、引用の傍点部に明らかだが、津島佑子は「個(生命)の尊重」を基底とした「共生」の思想を対置することで、「反核」の意思を伝えようとしている。先の『「夢の歌」から』の中に、次のような文章がある。

核実験の「死の灰」におびやかされ、さらにウラン採掘の作業でも放射線被害をまぬがれなかったアボリジニのかれらには、原子力についていくらでも怒る資格があり、そして今度の福島原発事故について、日本はふたつも原爆を落とされた国だというのに、どうして原発をやたらに増やしつづけてきたのか、と厳しく問い詰める資格もあるだろうに、むしろウラン鉱山の所有者として責任の一端を感じ、そのことをとても悲しんでいる、というのだ。原発事故の責任も、その悲しみ、苦しみも、さらに「核のない世界」を願う心をも、わたしたちは日本のひとたちと共有しています、と告げてくれたことになる。

そして、津島佑子はオーストラリアのアボリジニから寄せられたメッセージに対して、「日本の東京という大都会に住み、東京電力の電気を否応なく使っている私は、この気品に充ちたメッセージを、どのように受けとめればよいものか」と自問する。もちろん、この津島佑子が自らへ向けた問いは彼女自身にだけではなく、私たち日本に住む人間、及び世界の人々の全てに向けられたものだ、と理解すべきである。

津島佑子がいつ頃から本格的な「反核」思想を抱くようになったかは定かではない。しかし、彼女は一九九一年一月一七日始まった「湾岸戦争」に対する文学者による異議申し立てである「湾岸戦争に反対する文学者声明」に、柄谷行人や自分と同世代の中上健次、田中康夫、立松和平らとともに「署名発起人」として名を連ねていた。このことを考えると、「団塊の世代」特有の反戦意識の延長線上に津島佑子の「反核」意識は醸成されていったのではないか、と考えられる。湾岸戦争は、アメリカ軍が誇る最新鋭の巡航ミサイル（トマホーク）や劣化ウラン弾、クラスター爆弾、等々の最新兵器を惜しげもなく使ったアメリカ軍（多国籍軍）の圧倒的「勝利」で終わったが、この戦争に日本は一三〇億ドルの拠出を強いられ、否応なく「加害者」として戦争に加担した。この「理不尽」としか言いようがない現実に対して、文学者たちは「反戦」の意思表示をしたのである。「湾岸戦争に反対する文学者署名」は、以下の二つあった。

（声明1）〝私は日本国家が戦争に加担することに反対します。〟

（声明2）〝戦後日本の憲法には、「戦争の放棄」という項目がある。それは、他国からの強制ではなく、日本人の自発的な選択として保持されてきた。それは、第二次世界大戦を「最終戦争」として闘った日本人の反省、とりわけアジア諸国に対する加害への反省に基づいている。のみならず、この項目には、二つの世界大戦を経た西洋人自身の祈念が書き込まれているとわれわれは信じる。世界史の大きな転換期を迎えた今、われわれは現行憲法の理念こそが最も普遍的、かつラディカルであると信じる。われわれは、直接的であれ間接的であれ、日本が戦争に加担することを望まない。われわれは、「戦争の放棄」の上で日本があらゆる国際的貢献をなすべきであると考える。われわれは、日本が湾岸戦争および今後ありうべき一切の戦争に加担することに反対する。〟

憲法学者のほとんどが「違憲」と判断した集団的自衛権行使容認を中核とする安保法制が国会を通過・成立し（二〇一六年九月一九日）、いよいよこの国が「戦争のできる国」へと変貌した今日、日本国憲法第九条を楯にした湾岸戦争反対の声明は、いかにも「時代遅れ」のようにも見える。しかし、特定秘密法の制定から集団的自衛権行使容認、平成の治安維持法と言われる共謀罪をも強行採決で成立させ、血眼になって原発再稼働や老朽原発の運転延長へと邁進する安倍自公政権の在り方を言外に批判する津島佑子の考え方（反核思想）や生き方は、やはり「湾岸戦争に反対する文学者声明」への署名を原点として、少しずつ育まれてきたものと考えていいのではないか、と思う。没後に刊行されたエッセイ集『夢の歌から』に「母の声が聞こえる人々とともに」という「あとがき」を書いている娘の津島香以は、「3・11フクシマ」後の津島佑子の姿を次のように伝えている。

二〇一一年三月十一日から一週間が経ったころ、母は台湾やインドの友人に向けて、レポートを書き送っていた。台湾の知り合いの何人かから、安否を気づかうメールを受け取っていたので、それに応える形で、母が見聞きしたことや感じたことを伝え、被災地への支援をお願いし、最後に「この機に私たちは真剣に自分たちの生活を見直すべきではないだろうか、そのためにも国境を越えて、一緒にNo more FUKUSHIMA！の声をあげましょう。」というアピールを付け加えた。母が書いたレポートはすぐに台湾の新聞に掲載され、韓国語にも翻訳された。（中略）

母はそれから、国内の友人や知人で、海外につながりを持つ人々にあててメールを書いた。自分ひとりの外国での知り合いは限られている。みんな、世界に向けて、日本の状況を伝え、No more FUKUSHIMA！と呼びかけて欲しいと。何人かが電話やメールで賛同の意思を伝えてくれた。ニュージーランド出身の友人はいち早くNo more FUKUSHIMAS！と複数形にしたほうがいいとアドバイスをくれた。でも、そういった反応はごく少数で、なにも返信してくれない人がほとんどだった。

秘かに、しかし確信を持って、自分のできる範囲でフクシマ直後から「反原発＝No more FUKUSHIMAS！」の意思を発信し続けた津島佑子。この「生命《いのち》」の大切さを創作の原点としてきた作家の必死の思いを想像すると、何度も登場させて恐縮だが、同じ世代の村上春樹がフクシマが起こった年の六月にスペインのカタルーニャ国際賞の受賞記念講演で「我々日本人は核に対する『ノー』を叫び続けるべきだった」と他人事のように語ったことの浅薄さを思わないわけにはいかない。

だが、そのような津島佑子の「No more FUKUSHIMAS！」を伝えたいという必死の願いも、もしかしたら福島の人々を苦しめことになるのではないか、という友人からの指摘を受け、断念してしまう。そして、娘の津島香以は「No more FUKUSHIMAS！」という呼びかけを断念した後の津島佑子の思いを、次のように伝える。

「No more FUKUSHIMAS！」という呼びかけを取り下げたとき、母は同時に覚悟を決めたのではないだろうか。この事故によって私たちが失ったものはなんだったのか、近代とは、国とは、民族とは、人の尊厳とはなんだったのか、自分の作品を書くことで、自分の言葉で、見付けていくしかないと。だってそれが文学なのだから。母は「No more FUKUSHIMAS！」と言い続けていた。そのことは多くの人には届かなかったかもしれない。でもそれは、ひとりひとりの人間の、心の奥の、より深いところに届いて、人を動かしてきたのではないだろうか。

このような津島佑子の「No more FUKUSHIMAS！」の思いが作品として結実したのが、『ヤマネコ・ドーム』（二〇一六年五月　講談社刊）であり、『ジャッカ・ドフニ——海の記憶の物語』（同　集英社刊）、絶筆となった短編集『半減期を祝って』（同　講談社刊）だった、と今では言うことができる。

## 〈2〉戦後史を「影絵」として——『ヤマネコ・ドーム』論

帯に「逃げるか？　残るか？　3・11後のこれからを示唆する渾身の問題小説」と書かれているこの長編『ヤマネコ・ドーム』を、何故原発小説と呼ぶことができるのか。物語の最初と最後に、「フクシマ」が登場するからなのか。フクシマがこの小説に登場する最初の部分は、以下の通りである。主人公の一人ヨン子がコガネムシの葉を貪り食う音を聞いて、一緒に育ってきた古い友人で植木職人になったカズ（この時はすでに死んでいる）なら、フクシマの放射能やその影響を受けた植物やコガネムシについて、このように話すだろうと想像する場面においてである。

ぎょっとして、めまいがしたよ。はじめて見るんだもの。ひどいことが起きちゃったんだ。東京の植物もおかしくなっている。ぼくには、放射能のせいだとしか思えない。3月のあの原発事故のあと、にょきにょきシュウメイギクのばかでっかい葉っぱが出てきて、びっくりさせられたし、カイドウの葉っぱも、これはもう、ふつうに伸びてきたけど、いやなさび色をしてた。植物ごとにどうやら、放射能の影響がちがうらしい。そして、こいつさ。関係ないのかもしれないけど、ぼくにはどうしても放射能で異常繁殖しているとしか思えない。そもそもコガネムシなんか、長いこと、東京じゃみてないんだから。僕の考えすぎかな。たぶん、そうなんだろうね。だけど、水道水も、海も、放射性物質に汚染されているんだ。だったら、ぼくが世話をしてきたあのバラの花にも、芝生にもどの木にも、放射性物質が降り注いでいるとしか、考えられないじゃないか。土も汚染されているんだ。おそろしいよ。これじゃ、ぼくの仕事がもう、できない。……

ここから一挙に占領期の「落とし物」とも言うべき占領軍将兵と日本人女性との「恋愛・性的関係」――実は主に売春やレイプ――によって生まれた「混血児たち」と、彼らを育てた母親たちの「戦後」が、錯綜する物語として展開していく。そしてこの物語の終章において、「フクシマ」によって「放射能汚染」された東京から主人公たちが必死に「逃げ」ようとしている様が、次のように描かれる。

うん、そうだよ、とカズがター坊の池のどこかから、ミッチとヨン子にささやきかけてくる。ぼくたちの土も、水も、草木も、虫も、鳥も、なにもかも例外なく、動物も、人間も、ぼくたちの夢も、ぼくたちの悲しみも、痛み、苦しみすらも、放射能は汚染してしまったんだ。そして時間が止まってしまった。

ター坊のお母さん、ここから逃げましょう。おれたちといっしょに。（中略）

どこへ？

とりあえずの場所は決めてあるけど、それからあとのことはわかりません。

世界は、もう消えたのに。

けれどまだ、あなたも、おれたちも消えてない。まだ、こうして生きている。残された時間を、残された場所で、いっしょに過ごさせてください。気味のわるいほどふくらんだ、怪物のようなこの東京は、もういいかげん見捨てましょう。だいじょうぶ、いろいろな手つづきはあとからでもちゃんとできます。

なにもかも終わってもう、死んだも同然なのに。

ここには「フクシマ」、つまり核存在（被ばく・放射能汚染）に対する作者津島佑子の認識（覚悟）が示されていたと言っていいだろう。この津島佑子の「核」認識は、第一章でも触れたことだが、相次ぐ原発事故や核兵器を使った局地戦争のために放射能汚染が深刻になった地球から、「第二の地球」と言われてきた火星へ、選ばれた世界各地の人々が「移住」を試み、結果的には「失敗」して最後に地球で「生き延びる」方法を模索する、という大江健三郎の二つの近未来小説『治療塔』（九〇年）とその続編である『治療塔惑星』（九一年）を彷彿とさせる。「核」によってこの地球上の生物が生きる権利を著しく制限されてしまう、という認識を津島佑子と大江健三郎は共有していた、と言ってもいいだろう。とは言え、実際には、福島県から二〇〇キロ近く離れた東京に住みながら、実際にフクシマが起きたことによって抱かざるを得なかった津島佑子の核＝放射能汚染に対する恐怖心と、世界の核状況に対する大江の危惧とはその発想が本質的に異なっていた、とも考えられるのだが……。

津島佑子の核（放射能）への恐怖心は、「ぼくたちの土も、水も、虫も、鳥も、なにもかも例外なく、動物も、人間も、ぼくたちの夢も、ぼくたちの悲しみも、痛み、苦しみすらも、放射能は汚染してしまったんだ」の言葉が示すように、日頃から「自然との共生」を心掛けていた作家の原発（事故）による「自然への攻撃」への怒りや辛さという形で生まれたものにほかならなかった。

本気で「ぼくたちの土も、水も、草木も、虫も、鳥も、なにもかも例外なく、動物も、人間も、ぼくたちの夢も、ぼくたちの悲しみも、痛み、苦しみすらも、放射能は汚染してしまったんだ」と書き、ともかく物語の登場人物たちを放射能に汚染された「東京」から脱出させようとしている津島佑子の思いは、先に触れた「草がざわめいて」などのフクシマ後に書かれたエッセイと同じく、「核と人間は共生できない」という明確なメッセージに裏打ちされたものであった。

ところで、以上見てきたようにフクシマが登場するのは最初と最後だけでありながら、それでもこの長編が帯文に「3・11後のこれからを示唆する」と書かれ、高度経済成長下で続々と原発建設が計画されるようになった一九七〇年代半ばから持続的に書かれてきた原発文学の歴史にこの長編も連なっていると言う理由は、何か。つまり、始めと終わりに出てくるフクシマが「添え物」ではなく、この長編が時代の核心を射抜く原発文学である所以は何か、ということである。

それは、結論的に言ってしまえば、この長編が良くも悪しくもアメリカの強い影響下で出発した「戦後」、つまりヒロシマ・ナガサキからフクシマに至る核に掣肘された「戦後」の歴史を描くことを意図した壮大な物語として構想されているからである。具体的には、『ヤマネコ・ドーム』という小説の主人公たちが、まさに「戦後」を象徴するアメリカ人将兵と日本人女性――彼女たちは、田村泰次郎の『肉体の門』（一九四七年）で描き出された占領軍（アメリカ人将兵）相手の「パンパン・ガール」とか「オンリー」とかと言われた売春婦（街娼や専属娼婦）や、占領軍将兵にレイプされ「望まぬ妊娠」を強いられた女性たちだった――との間に生まれた「あいの子」（混血児・ハーフ）であることに、作者の意図がよく表れていた。津島佑子は、彼ら「混血児」の成長史（生き死に・行方）を描くことで、「戦後」の日本がどのように歩んできたのか、そこに日本国憲法の理念を象徴的に表す「自由・平等」に反する「差別」はなかったのか、さらには一般的に「アメリカの影（影響）」の下で経済成長を成し遂げたとされる日本の在り方は、全面的に是認されていいのか、という大きな問いをこの物語で私たち読者に投げかけていたからである。つまり、『ヤマネコ・ドーム』はそのような津島佑子の「戦後」観をベースにして構想された物語だったのである。

このような『ヤマネコ・ドーム』の基本構造にフクシマに至る日本の核政策、具体的にはアメリカの「核の傘」の下で「非核三原則」などという実際とは異なる「まやかし」で民衆の眼をくらましてきた政府の核政策を重ねれば、津島祐子がどのようなモチーフ（創作意図）をもってこの長編を書き進めたかが、自ずと明らかになる。津島佑子は、占領軍（アメリカ軍）の「落とし物」である混血児たちを歴史から消し去ろうとしてきたこの国の戦後に対して、「非核三原則」や「原子力の平和利用」という実態とは異なる「核政策」を行ってきた保守政治の歴史は「まやかし」であり、人間一人一人の存在を「粗末」にしてきた糾弾すべきものである、と言っているのである。『ヤマネコ・ドーム』は、その津島佑子の「戦後」観を明らかにしようとした長編、ということである。

物語は、混血孤児たちが収容されていた「ホーム」の近くの池で、オレンジ色のスカートをはいた「ホーム」の仲間であるミキちゃんが何者かに殺された事件を縦軸に展開する。具体的には、この物語は多くの混血孤児たちが「養子縁組」などによってアメリカやフランスなどに散っていく中、ミキちゃんの「死」に自分たちが関係していたのではないかと思い続けてきたミッチ、カズ、ヨン子の三人が他の混血孤児とともにベトナム戦争や「9・11（アメリカ同時多発テロ）」などを経験しながら、彼らの「紐帯＝絆」を強め、事あるごとに自分たちの「原点」である日本に集まり、それぞれが身に着けた「知」や「技」を駆使して問題を解決していく（もちろん、解決できないまま、放置される問題もある）長編ということである。

ただ、最後まで彼らが「戦争（敗戦）の申し子」であることは、声高に語られることはなく、「隠蔽」され続ける。ここに、津島佑子の「あいの子（混血孤児）」に対する「慈しみ」と、彼らの存在をできることなら表から見えないようにしようとしてきた「日本」や、そのような日本の在り方を許容してきた国民の多数に対する「静かな怒り」とも言うべき感情を読み取ることもできる。言葉を換えれば、この長編の作者津島佑子は、アイヌや沖縄人の存在を無視したような「単一民族」神話とも言うべき幻想に捉われてきた日本において、「黒い肌」や「青い目」を持った混血孤児たちはついに受け入れられることなく、フクシマが起こったのを機会にそのような差別的な現実から「逃げる」しかない登場人物を造形した、ということである。

さらに言えば、「権力」とかフクシマのような「重大事故」の犠牲になるのは、常に「弱者」であり「少数者」であるという現実に対する津島佑子の「怒り」も、この長編『ヤマネコ・ドーム』の表紙カバーに、アメリカの核実験で放射能汚染されたマーシャル諸島ルニット島に存在する「ルニット・ドーム（ヤマネコ・ドーム）」の写真を使ったことを考えれば、容易に理解できるのではないだろうか。「ルニット・ドーム（ヤマネコ・ドーム）」とは何か、津島佑子は作品の最後のページで次のように記している。

アメリカの核実験はビキニ環礁だけでなく、エニウエトク環礁でも四八～五八年にかけて行われ、そこに住んでいた人たちも強制移住させられた。しかし、ここではアメリカ軍による除染作業ののち、八〇年、住民たちは帰島が許された。戻ってみれば、いくつかの島々は核実験によって消え失せ、ルニット島には除染作業で生じた膨大な汚染物質を集めた「ルニット・ドーム」なるコンクリートの巨大なドームが作られていた。その周囲にはマーシャル語と英語で、「危険　近づくな」と記された看板が建てられたが、二五年経った時点で、すでにその文字は薄れ、読みにくくなっていた（竹島誠一郎氏の報告による）。

津島佑子

この部分が〈1〉で触れた「『夢の歌』から」(『いまこそ私は原発に反対します。』所収)の中のアメリカによるマーシャル諸島(ビキニ環礁・エニウエトク環礁)における核実験による放射能汚染・放射線被害について述べた部分と照応している。なぜ、「ルニット・ドーム」が「ヤマネコ・ドーム」になったのかは不明として、周知のようにアメリカの核実験場となったマーシャル諸島の島々に暮らす人々が深刻な「放射能汚染」に未だに苦しんでいる現実――マーシャル諸島の放射能汚染に関しては、写真家豊崎博光の『マーシャル諸島 核の世紀1914―2004』(上下 二〇〇五年 日本図書センター刊)に詳しい――が存在すること、ビキニ事件およびフクシマを経験した日本人(被曝者)はこの事実を「他人事」と思ってはならず、マーシャル諸島の人々と連帯すべきである、と津島佑子は断固として宣言し、「反原発」の隊列に連なるとの固い決意の表したのである。この長編の最後に、「エピローグ」のように日本人のほとんどが知らない「ルニット・ドーム」を持ち出したのも、まさにその決意の表れと考えられる。

物語の最後でミキちゃんが死んだ池を思い浮かべながら、「ミッチは思い描く、さまざまな放射性物質をたっぷり含む煮こごりがどんどん縮んでくれて、池の底深くどこまでも沈んでいくさまをも」、と書いた津島佑子の「願い」を私たちはどこまで共有できるか、物語はそのように問いかけているのである。

## 〈3〉少数者との共生――『ジャッカ・ドフニ――海の記憶の物語』論

津島佑子の遺作の一つとなった『ジャッカ・ドフニ――海の記憶の物語』もまた、フクシマから始まる物語であり、「日本は単一民族国家」という幻想の下で安住しているこの国を根源的に批判しているという点において、前作『ヤマネコ・ドーム』に連なる批評的な小説と言うことができる。

この長編は、副題の「海の記憶の物語」と「二〇一一年 オホーツク海」に始まって、「一章 一六二〇年前後 日本海～南シナ海」、「一九八五年 オホーツク海」、「二章 南シナ海」、「三章 ジャワ海」、「一九六七年 オホーツク海」で終わるという構成が如実に示すように、「わたし（あなた）」を主人公（語り手）とした現代の物語と、キリシタン弾圧がより激しさを増すようになった江戸幕府成立からしばらく経った時代の、若きキリシタンとその少年に淡い恋心を抱いたアイヌの少女の物語が交互に展開する「二つの物語」によって成っている。

「わたし（あなた）」がオホーツク海を臨む北海道の地を歩き回る現代の物語は、「二〇一一年」から「一九八五年」、「一九六七年」へと時代を遡る構成になっている。このことが意味するのは、作者に重なる「わたし」がアイヌやイヌイット（北方少数民族）の実情やその苦難——和人（日本人）による差別的な処遇——に満ちた歴史を認識・再認識する過程を描くことで、改めて日本人としての生活を強いられているアイヌなどの「少数民族」について忘れてはならない、日本もまた他の多くの国と同じように元々は複合民族国家である、といった秘かなメッセージを読者に向けて発しようとしたということである。

津島佑子が、中国の少数民族や台湾の原住民（少数民族・高砂族）、さらにはオーストラリアの原住民アボリジニ、アメリカの核実験場となった南太平洋マーシャル諸島の住民たち（チョモロ族）について深い関心を寄せてきたことは、先に取り上げた「『夢の歌』から」などの文章から明らかである。言葉を換えれば、日本の少数民族であるアイヌやニブヒ（あるいは沖縄人を加えることもできる）を含む少数民族が、効率を第一とする「近代」＝資本主義体制の進展とともに社会の片隅に追いやられている（差別・冷遇されている）現状に、津島佑子は「憤り」に似た感情を持ち続けてきた、ということである。本長編の最後に置かれた「一九六七年　オホーツク海」の中で、作者に重なる語り手が最初に北海道を旅行したとき、偶然『アイヌの歌』という小さな本を手に入れたことが書かれている。そして、主人公はその小さな本に書かれていた「アイヌは人間、日本人は隣人『シサム』と呼ばれます」という言葉に自分の蒙を啓かれ、移動する列車の中で「ここはアイヌ・モシリ、わたしはシサム、アイヌは人間、ここは人間の大地」とつぶやいたことを告白する。また、この語り手（作者）はこの小さな本から次のような知識を手に入れたことを明かすのだが、ここにこの『ジャッカ・ドフニ——海の記憶の物語』のモチーフはあったと言っていいだろう。

夕方、テシカガ駅からバスに乗り、あなたは青年の家にたどり着く。（中略）

ラウンジにある大きな石炭ストーブは冷えきっている。五、六月になれば宿泊客が少しは増え、石炭ストーブも活躍しはじめるのかもしれない。今は冷たい鉄のかたまりにすぎない石炭ストーブの横に、古雑誌、古新聞の束が置いてある。そこから古新聞を適当に引き抜き、部屋に持って帰る。

ベッドに入って、うつらうつらしながら、古新聞の紙面をながめる。地元の新聞なので、シリーズの読み物として、サハリンの戦前から戦後にかけての人種的事情や日ソの開発をめぐる問題などが書かれている。けれど眠気が強すぎて、記事の内容はぼんやりあなたの頭を通り過ぎていってしまう。トナカイ遊牧のウィルタ（今まで、オロッコと呼ばれていた）のこととか、戦後南サハリンがソ連領になったため、多くの朝鮮人が身動きのつかない状態になったこととか、オロッコやギリヤーク（ニブヒともいう）も日本兵として駆り出されていたことか、アイヌの貧困問題とか……。

作家がアイヌに興味を持つようになった経緯を明らかにしたこの遺作で、作家に重なる「わたし（あなた）」が何故「一九六七年」という年に北海道を歩き回っていたのか、その真実は今となっては不明だが、この一九六〇年代後半という時代は、津島佑子と同世代の立松和平や青野聡、宮内勝典といった後に作家となる若者（学生）たちが、高度経済成長を成功させた「日本（社会）」の在り方に疑問や違和感を抱き、「違う価値観」を求めて、あるいは「もう一つの世界」の可能性を求めて、国内外をリュックサック一つで「放浪（旅）」に出ていたという事実がある。このことを考えると、白百合女子大の学生だった津島佑子もまた、「既成秩序」への違和感から、あるいは「太宰治の娘」というレッテルがもたらす「抑圧」から逃れるために北海道を歩きまわっていたと考えることができる。

そしてそこでアイヌに出会い、そのアイヌとの出会いから始まった「少数民族＝民族としての誇りを失わずに、しかし虐げられ続けた人々」との付き合いの、「二〇一一年」に起こったフクシマをきっかけとした総括こそ、『ジャッカ・ドフニ――海の記憶の物語』にほかならなかった。物語は、先の「目次」紹介からもわかるように、アイヌの血を受け継ぐ少女と隠れキリシタンの少年との「淡い恋」を縦糸に、いつか日本に帰還することを夢見ながら日本を脱出し、「マカオ」「ジャワ」（バタビア）といった異郷で精いっぱい生きることになったいきさつを描いたものである。巻末に、『切支丹文学集』（一九五七年　日本古典全書　岩波書店刊）や『アイヌ叙事詩　神話・聖伝の研究』（一九七七年　同）、『マカオの歩み』（C・ギーエン・ヌーニョス著　一九九三年　学芸出版刊）などの参考文献が掲げられているのを見ると、作者が江戸幕府成立前後のキリシタンや渡日宣教師、アイヌの動向を十分に調査し、そのうえでこの長編を執筆したと分かる。しかも、一九六七年から二〇一一年までの「わたし（あなた）」の動向を描いた部分も含めて、この長編の全体で少数民族や「異端」を排除してきた日本という国・社会への批判になっている、と読める構造になっている。言い方を換えれば、この長編に取り掛かる前に「ガン」であることを知らされていた津島佑子は、「遺言」の意味も込めてこの小説で、少数民族を含む様々な民族や人種との「共生」を目指す世界常識からは「異常」と目されているような「日本」に対する批判を徹底させようとしたのではないか、とも考えられる。

津島佑子の「日本批判」は、作中の次のような記述に現れていると言っていいだろう。次の引用は、アイヌの娘「チカ」が慕う若きキリシタンの「ジュリアン」（洗礼名）と「ペトロ」（同）が、マカオで故国日本におけるキリシタン弾圧が激しさを増してきたということを知り、会話する場面である。

――……町の人たちがそこまできりしたんを憎むのも、わしにはようわからんべよ。すでに、処刑されとるんやから、そいでもう、充分やないか。お上からきりしたんが禁じられとるいうても、町のひとたちまでがそんげ憎しみのかたまりになるっちゅうのも、ひどくつらか。きりしたんはもはや、町のひとたちの眼には、人間ではのうて、動物以下の邪悪な存在にしか見えなくなっとるんか？

ペトロが深い息を洩らして言った。

――憎しみがうえからあたえられて、そいに身をまかせるのは、まっこと、気持よかごたるし、いくらでん伝染するんや。憎まなけりゃならん理由なんぞ、だれも知らん。知りたいとも思っちゃいない。チョウセンを攻めたニホン人もチョウセン人に対して、同じやったそうな。憎しみというより、残酷さを楽しむ心が、人間にはもともと隠されておるんやろうな。

このような会話から、津島佑子がアイヌはもとより反基地運動を果敢に戦っている「沖縄」や一貫して日本人から「差別」されてきた在日朝鮮人・韓国人など、「マイノリティ＝少数者」の存在に対して共感を寄せ、その上で「日本批判」を行っていることがわかる。もとより、このような「読み」は深読みかもしれないが、次のような記述を見ると、津島佑子の「日本批判」は読者が感じていたのよりも徹底したものだったのではないか、と考えられる。

戦後、アバシリに住むようになってから、ゲンダースさんは「土人」ということばになによりもおびえつづけたという。「土人」だと知られたくなくて身を縮めていた。「土人」だから結婚できない、と長いこと、悩んでいた。そんなおびえを、和人のあなたはどのていど想像できただろう。（中略）

「土人」ということばは、原発の事故で古い過去からふたたび噴き出てきた「ヒバクシャ」ということばをも、あなたに連想させる。あなたが中学生のころ、この言葉が得体の知れないおびえとともに、まわりでどれだけささやかれていたことか。原爆による「ヒバク」で実際に苦しむひとびとを置き去りにした身勝手なおびえ。被害を受けたひとたちがさらに、心理的に追いつめられてきた日本の社会だった。「ヒバクシャ」は、「ツナミ」ということばとともに日本の枠を乗り越え、そのまま国際語になっている、と聞かされ、びっくりしたこともある。日本の広い地域が「ヒバク」したいま、「ヒバクシャ」であることを自分で認められず、その事実から逃げつづけようとするひとたちが、今後増えていくのだろうか。あるいは、これから以前のような漠然としたおびえだけがはびこるようになるのだろうか。

ここで、津島佑子が長崎の被爆者である林京子と一九六九年に廃刊となった同人誌「文藝首都」の仲間だったことを思い出すのも、あながち見当はずれのことではないかもしれない。一九六七年に「文藝首都」の同人となった津島佑子は、一九六二年入会の林京子の被爆体験を基にした『二人の墓標』（「文藝首都」掲載時の原題『その時』六六年一月、後大幅に改稿され「群像」七五年八月号に再掲載される）や『曇り日の行進』（六七年一〇月）はもちろん、芥川賞を受賞した『祭りの場』（一九七五年）以降の原爆文学作品も読んでいたと思われるからである。これまで、津島佑子と「文藝首都」との関係では同人仲間として中上健次の名前が登場するのが普通であったが、具体的にどのような交友があったかは別にして、「核」あるいは「被ばく」（ヒバクシャ）ということでは、案外津島佑子は林京子の作品から多くのことを学んできたのではないか、と考えていいのかもしれない。

その意味で、津島佑子が虐げられ差別され迫害されてきたアイヌなどの少数民族や隠れキリシタンに重なるフクシマの避難民（被ばく者）の行く末にどんな思いを抱いていたか、このことをさらに深く考える必要があるだろう。それは、亡くなる直前の執筆と思われるフクシマから三〇年後の世界を描いた短編『半減期を祝って』（二〇一六年三月）の、「三十年後の世界で、人口の多い某国がますます力をつけて、極東のニホンという国は競争力を失い、鎖国に近い状態に陥っているのかもしれない。（中略）生活は確実に苦しくなっていて、自殺者数が増え、死刑の執行数も増えているにもかかわらず、平和がなによりですね、と今となってはだれも見なくなったテレビのインタビューに通りがかりのひとが答えたりする」と書いた後の、次のような文章を見ればそれは理解できる。

四、五年前に、独裁政権が熱心に後押しをして、「愛国少年（少女）団」と称する組織、略して「ASD」ができ、それが熱狂的にもてはやされるようになった。（中略）
なんでも「ASD」にはきびしい人種規定があって、純粋なヤマト人種だけが入団を許されているというのだ。アイヌ人もオキナワ人も、そして当然、チョウセン系の子どもも入団を許されていないのだけれど、一番評価が低いのはトウホク人で、高貴なヤマト人種をかれらは穢し、ニホン社会にも害毒を及ぼしているという。無能なくせにプライドばかりが高くて、ニホンの代々の権力者が残してくれた貴重な歴史の記録をひもといてみても、ニホンの政権に対し、なにかというと反乱を起こし、独立しようとしてきた事実が直ちに判明する。つまり、トウホク人は一番危険な人種として、このニホンに存在しつづけてきたのだった。したがって、ニホンはかれらにこれ以上温情をかける必要はないということになる。

「共生」よりも「排除」の論理が強くなったフクシマから「三〇年後」の世界。ヒロシマ・ナガサキからフクシマに至る「核」被害の歴史と、それに対する国（社会）の対応の歴史を顧みたところに成立した『半減期を祝って』からは、フクシマ以後いかに津島佑子が鬱屈と絶望を深めていったかを感受することができる。またそれは、フクシマが起こって驚愕した津島佑子が国内外の友に向かって「No more FUKUSHIMAS!」、とメッセージを送り続けた原基だったのではないか、と思われる。

確かなのは、津島佑子がフクシマ以後、『ヤマネコ・ドーム』と『ジャッカ・ドフニ――海の記憶の物語』、そして『半減期を祝って』を携え、強固な「反核」「反原発」思想の持ち主として私たちの前に登場するようになったということである。

# 第九章

# 閉ざされた「未来」

## 『バラカ』（桐野夏生）・『岩場の上から』（黒川創）・『亡国記』（北野慶）・『あるいは修羅の十億年』（古川日出男）

### 〈1〉フクシマ後の世界

フクシマが起こって七年、日本社会は総体で「フクシマは過去の出来事」として「なかったこと」にしようと躍起になっているように思えてならない。福島県内外で一〇万人近い「避難民（被曝者を含む）」が未だに過酷な生活を強いられ故郷に帰還できずにおり、メルト・ダウン（メルト・スルー）を起こした原発からの汚染水は増大し続け、また事故を起こした原子炉の廃炉作業がいつ始まるのかも定かでないというのに、である。そんなフクシマ後の状況があるにもかかわらず、「成長経済」こそが人々を「幸せ」にすると信じているこの国の「政治」は、原発の再稼働を急ぎ、原発輸出をも目論んで、甜《てん》として恥じることがない。

二〇一三年九月七日、アルゼンチンのブエノスアイレスで行われた国際オリンピック委員会（ＩＯＣ）における安倍晋三首相のプレゼンテーションとその後の質疑における言葉こそ、時の政治（権力）がフクシマと経済成長との関係をどのように見ているかをよく示していた。安倍首相が二〇二〇年の東京オリンピック開催をいかに「経済効果」の側面でしかとらえていないかは、「レベル7」という苛酷な原発事故であったフクシマをどのようにとらえているかに現れていると思うが、ブエノスアイレスでのプレゼンにおけるフクシマに関する部分と、その後の質疑応答を以下に示す。

フクシマについて、お案じの向きには、私から保証をいたします。状況は、統御されています。東京には、いかなる悪影響にしろ、これまで及ぼしたことはなく、今後とも、及ぼすことはありません。

（質疑応答）

汚染水による影響は、福島第一原発の港湾内の0・3平方キロメートルの範囲内で完全にブロックされている。福島の近海で行っているモリタニングの数値は最大でもWHO＝世界保健機構の飲料水の水質ガイドラインの500分の1だ。また、わが国の食品や水の安全基準は世界で最も厳しいが、被ばく量は日本のどの地域でもその100分の1だ。健康問題については今までも現在も将来も全く問題ない。

この招致スピーチや質疑応答を受けているまさにその時、福島第一原発では大量の放射能汚染水が海に流れ出し、それを止められないという深刻な事態になっていた。安倍首相はその事実をオリンピック委員会という公の場で「過小評価」して報告していたというわけである。しかし、なぜ安倍首相（日本政府や東京都、およびオリンピック招致関係者）は、放射能汚染によって福島県の沿岸や近海の漁業が操業停止状態になっていることや、福島県とその周辺の農業生産物が「出荷停止」状態になっている現実を知りながら、世界に向けて「フクシマは完全に統御（コントロール）されている」という偽りの（誤った）メッセージを発信したのだろうか。

考えられるのは、尊敬する祖父の岸信介に倣って「アジアの盟主」を目指している安倍首相にとって、成長経済を支える大きな要素であり、同時に潜在的核保有国であることを保障する原発を「ゼロにする」政策はありえないことで、原発再稼働を推進し老朽原発の運転延長を促すためには、「フクシマは完全にコントロールされている」として、是が非でもオリンピック・パラリンピックを日本に招致しなければならなかった、ということである。フクシマから七年余り経った現在、再び「（原発の）安全・安心」神話が罷り通っているのも、元を質せば安倍首相のブエノスアイレスでの「安全宣言」があったからにほかならない。またそのような「安全宣言」を発した安倍首相に多くの国民が相変わらず高い「支持率」を与え、それがまた社会全体に原発容認論を横行させている要因になっていることも見逃すことができない。

しかし、現実はどうか。福島県が作成しているフクシマに関するホームページを開いてみればすぐわかるように、事故が起こった福島第一原発を中心にした太平洋沿岸部の放射能汚染は相変わらず高い数値を示しているし、内陸部の放射能除染作業はいつ終わるとも知れない状況になっている。例えば、福島県内（中通り・浜通り）を縦断している常磐自動車道、あるいは国道六号を車で走ると、福島第一原発に近づくにしたがって「現在の放射能濃度○○シーベルト」の表示があり、道路の両側に広がる青々とした田畑に人影は全くなく、異様な形で目に飛び込んでくるのは汚染土や汚染された草木を詰め込んだ黒いフレコンバッグの山だけ、という現実がある。フクシマは、依然として「収束・終息」などしておらず、チェルノブイリの例からもわかるように、「レベル7」といった最大級の原発事故は、「永遠」に収束（終息）などという言葉とは無縁な現実を私たちの前に突きつけ続けているのである。

二〇一五年にノーベル文学賞を受賞したベラルーシのスベトラーナ・アレクシエービッチは、『チェルノブイリの祈り――未来の物語』（一九九七年　岩波現代文庫）の「まえがき」の中で、次のように書いていた。

> 二つの大惨事が同時に起きてしまいました。ひとつは、私たちの目の前で巨大な社会主義大陸が水中に没してしまうという社会的な大惨事。もうひとつは宇宙的な大惨事、チェルノブイリです。地球規模でこのふたつの爆発が起きたのです。そして私たちにより身近でわかりやすいのは前者のほうなんです。人々は日々のくらしに不安を抱いている。お金の工面、どこに行けばいいのか、なにを信じればいいのか？　どの旗のもとに再び立ちあがればいいのか？だれもがこういう思いをしている。一方チェルノブイリのことは忘れたがっています。最初はチェルノブイリに勝つことができると思われていた。ところが、それが無意味な試みだとわかると、くちを閉ざしてしまったのです。自分たちが知らないもの、人類が知らないものから身を守ることはむずかしい。チェルノブイリは、私たちをひとつの時代から別の時代へと移してしまったのです。
>
> 私たちの前にあるのはだれにとっても新しい現実です。（傍点黒古）

「二つの大惨事」のうち、ひとつは紛れもなく一九一七年の革命から「七〇年」にわたって社会主義の実験場でもあったソ連の崩壊（解体）であり、この大惨事は「身近でわかりやすい」ものであったのに対して、「もうひとつの大惨事」は「自分たちも人類も知らなかった」チェルノブイリ原発の事故だった、とアレクシェービッチは言うのである。彼女は、この正当（正統）な認識の下で、「私たちの前にあるのはだれにとっても新しい現実です」という冷厳な事実を思い知ることになった、と言い放ったのである。『チェルノブイリの祈り』は、チェルノブイリ原発事故から一〇年後、放射能の影響でガンや白血病、甲状腺異常、等々の病気に罹患して苦しんできたベラルーシの各界各層の人々への「聞き書き」を集めたものである。この書が明らかにしているベラルーシの約四〇パーセントの人々が何らかの形で放射線障害を受けているという現実は、まさに「二〇一一年のフクシマ」に重ならない、と誰が断言できるか。

その意味では、まさにフクシマもアレクシェービッチが言う「新しい現実」を迎えつつあるのであって、このことを私たちは忘れてはならないだろう。現に今、フクシマの直後に福島県内外に飛散した放射性物質のヨウ素やセシウム134、137を摂取した（内部被曝した）子供たちの間に、他県の数倍の甲状腺がんが見つかっているという報告もある。先ごろ亡くなった被爆医師肥田舜太郎と映像作家鎌仲ひとみによる『内部被曝の脅威――原爆から劣化ウラン弾まで』（ちくま新書　二〇〇五年刊）が明らかにしていることだが、「被ばく」には「体外被曝」と「内部被曝」があり、「内部被曝」の方は第三章の林京子の『再びルイへ。』のところで詳しく見てきたように、「長い時間」を経た後に放射線障害が生じるのを特徴としている。そのことを考えれば、放射能汚染について「完全に統御（コントロール）しているから、心配はない」とか「（被ばく量が少ないから）安全だ」などとは、誰にも言うことができないはずである。この現実は、フクシマを考える際に決して忘れてはならないことの一つということになる。

さらに言えば、資料としては少し古いが、春名幹男の『ヒバクシャ・イン・USA』（岩波新書　八五年七月刊）には、自宅の近くに濃縮ウランやプルトニウム製造に伴って生み出された核廃棄物を棄てられたアメリカ市民や、ロスアラモスなどの核兵器製造現場近くの住民、ネバタ州やニューメキシコ州の核実験場の風下にある都市の住民、ウラン鉱山の採掘に従事させられたインディアン（ネイティヴ・アメリカン）、そして核戦争を想定した訓練に動員されたアトミック・ソルジャー、等々、アメリカ本土各地に「ヒバクシャ（被爆者・被曝者）」が多数存在し、彼らがこれまでに白血病やガンを発症し、また異常児を出産して苦しんできた様子が報告されている。

『内部被曝の脅威』にしろ『ヒバクシャ・イン・USA』にしろ、ここに書かれたことがフクシマを経験している私たちに教えてくれるのは、「核と人間は共存できない」ということに尽きる。しかし、そのような現実（事実）を知りながら、あるいは知ろうとしないまま、例えば原発の再稼働が象徴するように「核」存在を容認（黙認）してしまう私たちを待っているのは、どのような「未来」なのか。桐野夏生の近未来小説『バラカ』（二〇一六年二月）と黒川創の『岩場の上から』（二〇一七年二月）、そして前二著より少し前になる北野慶の『亡国記』（二〇一五年八月）と古川日出男の『あるいは修羅の十億年』（二〇一六年三月）は、この国（あるいは世界）の未来が決して明るいものではないことを教えてくれる。

## 〈2〉『バラカ』

物語は、原発事故のため住民たちが強制避難させられた放射能警戒区域（群馬県T市郊外）に取り残された犬や猫のペットを保護するボランティアに志願した「爺さん決死隊」の老人四人（豊田・小山内・岩崎・村木）が、農家の納屋で四匹の犬と一緒にいる女児（バラカ・薔薇香）を発見したところから始まる。老人たち（つまり作者）の原発事故についての認識は、以下の通りである。

「まさか、本当に爆発してしまうとは思わなかったな」

「今にするするって言われてたけど、本当にしたものね」

岩崎が同意する。この場所から百五十キロ東、地震と津波で壊れた原発四基が次々に爆発し、すべての建屋が吹き飛ばされてしまった原子炉から、放射性物質が止《や》むことなく飛散し続けているのだった。海にも地下水にも汚染水が流れ込み、危機的状況が続いていた。
「もっと早くから逃げる準備させておけばよかったんだよ。政府も甘いんだよ」

この引用部分からもわかるように、作者の桐野夏生は物語における原発事故を実際のフクシマよりさらに深刻なものとして設定している。具体的には、福島第一原発の事故の場合、一号機から三号機まではメルトダウン（メルト・スルー）を起こし、ヨウ素131やセシウム137などの放射性物質を空気中に撒き散らしたが、四号機は水素爆発を起こし建屋の上部を吹き飛ばしたが、空気中に放射能をまき散らすような事故は起こさなかった。また、「バラカ」が発見されたのは、「警戒区域」の群馬県T市近郊であり、東京も「緊急時避難準備区域」の指定を受け首都機能をすべて大阪に移動させたことになっているが、実際は福島第一原発から一五〇キロほど離れている群馬県も、また約二三〇キロ離れている東京も、将来はともかく、現在はフクシマが起こる以前と同じように日常生活を送ることができる放射能汚染状況である。

にもかかわらず、なぜ桐野夏生は『バラカ』の中で東京をも「緊急時避難準備区域」としたのか。結論的な言い方になるが、実際より大規模な設定にしてこの長編『バラカ』を書いた桐野夏生には、核（原発）存在への根源的な疑義と、フクシマが起こってもなお原発の再稼働や輸出を推進し、「復興」を口実にオリンピック・パラリンピックを東京に招致した政治＝為政者（権力者）に対する否定の意思が潜んでいた、と考えられる。つまり、あたかも事故から五年が経ってフクシマを「無かったか」のごとくに対処している政治・権力に対して、「有り得たかもしれない事態」を設定することで、フクシマがいかに重大な人類史的出来事であったか、桐野夏生は自分なりの方法で提示し続けたいと思ったのではないか。その意味で、『バラカ』執筆の「真の動機」はまさにそのような桐野夏生の「核＝原発」認識にあったということである。桐野夏生は、『バラカ』の執筆動機について、インタビュー（集英社のPR誌「青春と読書」二〇一六年三月号）の中で、次のように語っていた。

今まで経験したことがない天変地異に見舞われて、たくさんの命が失われました。そして、その大きな悲劇の後に続く原発の事故。これらを目の当たりにしたとき、作家として何もなかったような話を書けるだろうかと自問し、それはできないと思ったんですね。じゃあ、まったく違う話にしようと、連載開始を少し先に延ばしてもらい、構想を練り直しました。

ちょうどそのとき、豊洲のタワーマンションを舞台にした「ハピネス」という小説を女性誌に連載していたんです。（中略）

すでに書き進めていた小説がその点では不自由だったこともあって、これから始める連載では、震災後の混乱や恐怖や怒り――今も自分の中にありますけど――そういったものをそのまま同時進行的に書いていったら一体どんなものができるだろう、と書き始めたのがこの小説です。

なぜ「（震災後の）混乱や恐怖や怒り」に加えて「絶望」がないのかは今問わないとして、その時々の社会現象を掘り下げ歴史の核心に錘鉛《おもり》を下ろし続けてきた桐野夏生らしく、フクシマへの敏感な反応によって成ったこの長編は、「バラカ＝神の恩寵」と名付けられた主人公の幼女（少女）が、いろいろなシーンで「原発反対派」に守られながら、時には「原発推進派」に利用される存在にもなって、「核の脅威」の迫真性を増す役割を果たすというものである。さらに、この長編は作者特有のサスペンス的要素をふんだんに取り入れていることもあって、それまでの原発小説とは一味違った性質の物語になっている。何よりも、バラカはブラジル日系移民三世の父母の下に生まれたとされ、二歳に満たない年齢で親に捨てられ金満都市ドバイ（アラブ首長国連邦）のショッピングモール内のスーク（人身売買市場）で、日本人の女性（編集者）に買われ、彼女の子どもとして日本で生活を始めた途端に「3・11」に遭遇し、その挙句に放射能汚染区域に長い間放置されるが、その結果七歳の時に甲状腺ガンが発見され、手術によって首の周りに「ネックレス」のような傷跡を残しているという設定になっているところに、それはよく表れている。その意味で、この筋書きこそがこの長編を「原発小説」にしている証左ということになる。そしてさらに言うならば、身体にフクシマ＝放射能を刻印された存在が主人公になっているということ、このことはまさに日本人全体を象徴している、とも考えられる。

ところで、この物語を深みのある原発小説にしている最大の理由である「バラカ」という存在が、原発反対派にとっても、また原発推進派にとっても「利用価値」のある両義的な存在であることの意味、それは次のような記述によく表れていると言っていいだろう。まずは、少数派の「反原発派」にとってのバラカは、ずっと後のことになるが、バラカの夫になる双子の兄健太（ちなみに弟の名前は康太で、二人合わせると「健康」となり、ここには作者のフクシマ後の社会に対する「遊び」あるいは「皮肉」を感じることもできる）と、バラカを庇護してきた「爺さん決死隊」の一人であった豊田老人との会話の中で、その役割が明らかにされる。

「弟も言ったが、俺たちはバラカを守るために来た。なぜなら、バラカは俺たち震災履歴を持つ、棄民の象徴だからだ」

きみんのしょうちょう。

薔薇香は口の中で繰り返した。難しい言葉だけれども、棄民の意味はわかっていた。棄てられ、忘れ去られる民のことだ。（中略）

「そうだ。被害などなかった、すべて被害妄想だ、除染は成功している、と主張する原発推進派にとって、バラカは目の上のたんこぶなんだよ。この人は、あるはずがないということにしたい甲状腺ガンを、現実のものとして突き付けた。たった一人で災厄を引き受けたバラカが可哀相だ。この子がいるからこそ、俺たちは生きていけるし、ずっと闘い続けなければならないと信じられるんだ。だから、俺たちは、この子に降りかかる災いや、悪意を絶対に排除しなければならないんだ」

「それは私も同感だよ。私も村木さんもこのために長生きしなくちゃならないんだ。この子が生きていくことが、皆の希望になるんだから」

フクシマが起こる以前、原発は原水爆と同根の「核」であり、人間存在と敵対するものでありながら、「原子力の平和利用」という美名を与えられた「安価なエネルギー源」として、多くの人が暗黙の裡にその存在を承認してきたという歴史がある。しかし、フクシマ後は東京を含めた東日本全体（北海道を除く）が放射能に汚染されたということもあって、核＝放射能は身体に刻まれる有害物質であると人々が認識するようになった。その意味で、この物語の主人公バラカはフクシマ以降の核＝放射能のシンボルとして存在している、と言っても過言ではない。

ただ、物語＝虚構だから何でもあり、ということを前提としても、爆発した福島第一原発から二五〇キロ近く離れた東京さえも、「緊急時避難準備区域」に入るほど放射能汚染が深刻であるならば、事故から八年経って甲状腺がんに罹っている子どもがバラカ以外に登場しないというのは、少々不自然である。チェルノブイリの原発事故から三〇年以上が経ったベラルーシの放射能汚染地域で、甲状腺がんはもちろん、白血病や小児がんに罹る子供が未だに続出していることを考えれば、小説のリアリティという点から『バラカ』は若干の弱点を持ってしまっていたと言っていいだろう。『バラカ』には、もっともっと多彩な放射能障害をもった人物が登場した方が、この長編の主題に適った物語になったのではないか、と思われる。

では、「甲状腺がんの手術」をしてもなお生き続ける存在であることによってバラカが原発推進派に利用されるとは、いったいどういうことだったのか。紆余曲折を経て、戸籍上の父親としてふるまうようになった広告代理店経営者「川島」は、近しくなった人間を次々と「不幸」にすることに喜びを見出すような「偽悪的」な人間であるが、バラカは彼によって次のような状況（軟禁状態）を強いられる。

なぜ、これほどまでに自分の行動が制限されるのか。薔薇香は結論を出していた。それは、自分が「バラカ」という名の、反原発運動の象徴だったからだ。または、棄民の象徴。

そのバラカが、自らフクシマに住み着いて、元気に学校生活を送っている、と喧伝されれば、「バラカ」は今度は原発推進派の象徴となる。ほら、見たことか、バラカはただ利用されていた可哀相な子供だったのさ、と。

だから、自分は自由を奪われて、生かされているのだ。誰が自分を利用しているのか。それは、個人の力ではどうにもならないほど大きなお金を動かす巨大企業と権力なのだった。反原発運動が完全に潰されたら、自分は用済みとなるのだろう。おじいちゃん（豊田老人のこと――黒古注）のように側溝に突き落とされるか、サクラのように轢き殺されるか。いや、自分を殺すのは簡単だ。薬を与えなければいいのだから。

ただ、このバラカの通う小学校が福島県のどこにあるのかはわからないが、群馬県T市が「警戒区域」になっていて、東京も「緊急時避難準備区域」であると設定されていることを考えれば、物語に登場する「W市」が福島第一原発から「四〇キロ圏内」の帰還困難区域の外側にあるとしても、そこに住んでいる人たちが日本各地から集められた廃炉作業員や医者（研究者）、関連するコンビニやホテル（旅館）の従業員だけというのは、そんな空間を福島県内のどこに設定できるのか、という疑問が残る。事故が起こる前に住んでいた「普通の人＝一般人」たちが、ほとんど他所へ避難してしまっているのも不自然である。バラカが通う小学校の子どもたちとその親は、何故避難しないのか。「自ら福島に住み着いて、元気に学校生活を送っている」とするには、その背景が書き込まれていない以上、かなり無理があるのではないか、と思わざるを得ない。

このバラカを取り巻く状況設定にかなりの「無理」があるのではないかと思うもう一つの理由は、「フクシマから八年後」の日本（世界）を、桐野夏生はバラカの「実の父パウロ」と東京のシェアハウスで同居しているアサノ（日系ブラジル人）との会話において、以下のように描き出しているからである。

「ブラジルも景気は悪かったけれど、ワールドカップもオリンピックもやった。そして、誰も言わないが、もっと駄目になった。疲弊している国ほど、派手にやって失敗するんだ。日本の疲弊の原因は、フクシマだよ。俺は、会社で詳しいヤツに聞いてきたばかりなんだ。廃炉作業は遅れに遅れているらしいよ。コントロールなんか、まったくできていないどころか、溶融した核燃料がどこにあるのか、見当も付かないんだとさ。すでにアメリカの西海岸まで放射能で汚れている、という噂もあるしな。俺は五十歳だけど、安全なブラジルに帰って、彼女と子供を作る予定だ。だから、被曝したくない。そうだろ？」

「東京の空気を吸っているんだから、被曝してるんじゃないか？　俺たちはすでに内部被曝している、ともっぱらの噂だよ」

いずれにしろ、『バラカ』はフクシマから「八年後」の日本（世界）を原発反対派と原発推進派の対立という構図で描き出すことで、人類は「未来」を構想するならば原発（核存在）を認めるべきではないとするメッセージを、読者に送り届けようとしたのである。桐野夏生は、『バラカ』を刊行した後の先のインタビューで、インタビュアーが「大きな災害が起きた後の、現実でない日本を同時進行で書いたことで、現実で起きていることが小説にも反映されていたり、逆に虚構の世界のはずなのに、ところどころ、これは今の日本の現実そのものの深奥に触っているんじゃないか、と思う部分もあります」との言葉に応えて、次のように発言していた。

現実から少しずれた世界を描くというのはあまりやったことがないんですが、不思議なものを書いている感触がありました。もちろん書いたものというのはすべて虚構ですけど、その虚構が現実とリンクするようでもあり、でも、どの部分がリンクしているのかは誰も検証できないことでもあります。

震災が起きてからこの五年の間に、あっという間に日本の空気が変わりましたよね。秘密保護法がいつの間にか成立したり、安保関連法が決まったり、小説の中に、クー・クラックス・クランをまねてフィリピンから来た少女を脅かす人間が出てきますけど、そういうところは世の中の空気を映していると思います。大災害の後で、一気にいろんなものが、悪も含めて噴出するんだな、とゲラを読み返したときに思いました。

書いている途中で、オリンピックの開催が決まったのはびっくりしましたね。よもや、という感じでしたが、急きょ小説も書き直すことにして、二〇二〇年に大阪でオリンピックが開かれる、というかたちにしました。

このインタビュー記事からも、桐野夏生が原発政策を含めてこの国の政治の在り方に批判的であることがわかる。彼女は別なインタビュー（「オピニオン&フォラム　公共のゆくえ——憲法を考える」朝日新聞二〇一六年四月一二日号）において、『バラカ』の主人公が「自分たちは棄民だ」と発言したことに関連して、「取材で訪ねた仮設住宅にお住まいの方から、実際に聞いた言葉です。あれだけの大事故が起きても、経済成長を追い求め、五輪の夢に浮かれる、現在の日本を映し出したいと思いました」と言った後に、「個（私）と公」との関係について、次のように言っていた。

個がなければ公への認識は生まれない。公への奉仕が強制的に求められるとしたら、ファシズムです。日本の現状ではむしろ、もっと個を強くしていくべきじゃないですか。どんどん「私」を主張すればいい。しっかりした個の土台の上に、ほんものの公共ははぐくまれていくと思います。

日本で語られる公共のイメージは、他人に迷惑をかけないとか、ゴミ拾いとか、みんな仲良くとか、非常に狭い印象があります。「愛する人を守るために戦場へ行く」というような映画宣伝のコピーを見て、愛する家族や恋人がいるのは自分だけじゃないだろうと感じました。隣人も、海の向こうの見知らぬ人々も、戦争が起きれば不安におびえ傷つく、という視点が欠けている。そんな意味でも、日本人が抱く公共のイメージは広がりと深みにかけるように思います。もっと人類全体の普遍的理念、人権の尊重のようなことが、公共空間をつなぐものであるべきだと思います。

このように「個と公」の関係を捉えている桐野夏生は、同じインタビューの中で七〇年代初頭の高度資本制社会の競争主義・利潤追求主義に対するささやかな抵抗から生まれた「ヒッピーコミューン（文化）」に触れ、「コミュニティ（共同体——黒古注）の存立に期待する」旨の発言も行っている。この長編において、バラカの匿われる反原発派の「爺さん決死隊」の生き残りである村木老人と娘のルリ子さんがひっそりと自給自足の生活を送っている「ひのき農園」は、まさに桐野夏生が想像理に構築したコミュニティ（コミューン）にほかならない。「公共」を強制する権力＝原発推進派に対抗するには、そのようなコミュニティを無数に作って、「公共」とは異なる「個」を基底とする価値観を育むことで、「希望」をもった生き方しかできないのではないか、という作者のメッセージもまたここにはある。

このエコロジカルなコミューンにおける生活という生き方は、二〇世紀中頃から爛熟した資本主義社会の行き詰まりを感じた人たちの間から広まった「オルタナティブ＝もう一つの生き方」に通じるもので、桐野夏生が「脱近代」

の思想にも精通していることの証と言っていいかもしれない。さらに具体的に言えば、「フクシマは完全にコントロールされている」と世界に向けて虚言（嘘）を言い放ち、収束しないフクシマを放置したままオリンピック・パラリンピック開催に向けて狂奔している現在の日本の在り方に与しないためには、まさに「ひのき学園」をつくった村木老人のような生き方に活路を見出すしかないのではないか、といった桐野夏生の心からの叫びがこの長編からは聞こえてくるような気がする。

この長編は、一八歳の時に村木老人とルリ子さんを殺し放火したという罪（冤罪）で死刑判決を受けた健太と獄中結婚したバラカが、今は何度目かの再審請求が通り無罪釈放された健太との間に女児を設け、北海道の東端の町で「幸せ」な日々を送っているという「エピローグ」で終わっている。そのエピローグの次のような一節に日本の現状を批判的にしか見ることができないと言っている桐野夏生の、フクシマから三〇数年経た日本への「ささやかな願い＝希望的観測」と、フクシマを放置し続ける「政治」への強烈な皮肉があるのではないか、と思わざるを得なかった。

日本の状況は、健太が逮捕された頃と少し変わった。政権が代わり、ほんの少し民主的になった。原発を廃炉にする作業も逐一報告されてはいる。しかし、変わらず東日本は住民が帰れない状況が続いていた。だから、東京は経済都市としては発展はしているものの、首都は大阪に移ったままだ。

とは言え、「変わらず東日本は住民が帰れない状況が続いてい」るということは、依然としてフクシマは「収束（終息）」していないことを意味し、そうであるならば物語の「二〇二〇年・大阪オリンピック」が実現したのかどうかは不明であり、そのような想像に基づくならば、『バラカ』を書いた桐野夏生の、日本人全体が「閉ざされた未来」という重い十字架を背負い続けているというメッセージは、今確実に私たちに届いているということになる。

## 〈3〉『岩場の上から』――ディストピア小説としても

原発の大事故がいかに人間と社会の在り方を激変させるかをめぐって展開した『バラカ』の「エピローグ」には、フクシマから「約四〇年経った」日本は「ほんの少し民主的になった」と書かれていた。しかし、黒川創の『岩場の上から』は「暗黒」の度合いをさらに深めている、という前提で書かれた長編である。この長編の時代である二〇四五年の社会がどういうものであったか、作者は主人公の一七歳のシンに一夜の宿を提供してくれた「戦後100年、いまこそ平和の精神を未来の世代に受け継ごう！」という市民運動の活動家三宅太郎の口を借りて、次のように書いた。

宣戦布告していない戦闘行為は、「戦争」とは呼ばずに、「積極的平和維持活動」とよばなきゃいけないって、政令で決めたんだそうだ。まあ、これは百年余り前の戦争の時代にも、同じようなもんだったんだ。その時には、宣戦布告していない戦争は「事変」って呼ぶことになっていた。「満州事変」とか「支那事変」とかって。

思いだしてみれば、ぼくが物心ついて以来、テレビの国営放送のニュースなんかで、始終、「朝鮮半島における積極的平和維持活動」とか、「黒海周辺諸国における積極的平和維持活動」とか、言ってた。そういう機械的な言葉づかいって、こっちも慣れっこになっちゃって、習慣的に聞き流す。だから、やっと最近になって、あ、あれって戦争のことだったんだなって、気づいた。いい歳になってから。

でも、街頭に立って、それを人に知らせようとすると、いまだと、「積極的平和維持活動」を「戦争」と呼んだことを理由に、警察が演説を中止させることができる。そして、八百屋の主人（主人公の少年に親切に対応した「三宅さん」のこと――黒古注）を連行してブタ箱にぶち込んでおくぐらいのことは、いくらでもできるらしい。

つまり、『岩場の上から』の時代である二〇四五年は、集団的自衛権行使容認を中核とする安保法制＝戦争法案に基づき、「自衛隊（軍隊）」が容易に海外で戦争を行うようになり、またそれに連動して「平成の治安維持法」と言われた共謀罪が成立したことによって、民主主義の根幹を形成する「自由権＝思想信条の自由や表現の自由」を中核とする国民の基本的人権が大幅に制限されている時代、ということである。別な言い方をすれば、この『岩場の上から』は「二〇四五年＝戦後一〇〇年」の物語であるにもかかわらず、ここ何年かの間に私たちの身近に起こった「現実政治」の動きを作品内に取り入れることで、この作品がまさに「現在」を問題にしているということを強調する作品に他ならない、という作者のメッセージが明確に伝わってくる長編だということである。

そしてもう一つ、黒川創はこの『岩場の上から』の世界を、核（原発）政策の側面から「『もんじゅ』と呼ばれた高速増殖炉が、国家予算をさんざん食い尽くしたあげくに、ほとんど動かすこともできないまま廃炉と決まってからでも、そろそろ三〇年が過ぎようとしている」時代として設定し、そのうえで次のような切羽詰まった核（放射能）状況にあるとした。

原子力発電所で生じる使用済み核燃料の最終処分場が、この院加の地で、秘かに計画されているという噂である。陸軍が、町の北方の山中に、広大な基地と演習場を切りひらいて拠点としている。それの拡張整備工事のどさくさに、各地の原発で生じた使用済み核燃料を地下深くに「最終処分」するための工事で、こっそり行っているらしいという話が、しきりと町で囁かれている。（中略）

青森六ヶ所村の核燃料再処理工場は何十回と操業開始「延期」が繰り返され、政治、経済的な折衝、妥協、談合がまたえんえんと重なった。こうして日本政府が当初の「核燃料サイクル」構想を（政治責任を避けたまま）立ち消えにさせるまでにも、さらに長い歴史が流れた。

こんな状態で、各地の原発敷地内などに置かれたままの使用済み核燃料は、もうほとんど満杯の状態である。およそ二〇万本に及ぶとみられる使用済みの燃料体は、このままどこかに保管して、放射能の影響が自然な状態のレベル近くに下がると言われる一〇万年後まで、じっと守りつづけるほかなさそうだ。だが、どうやって。

この引用部分の前に、「現在でも、この列島で稼働している原子力発電所があるのかどうか、そういうことさえ、この男は知らない。いや、世間全体が、そうした情報からすっかり縁遠くなっている」という記述がある。つまり、この時代（戦後一〇〇年・フクシマから三四年）の日本は、民主主義の基本である「情報公開」に国民のほとんどが関心を示さなくなっている程に、「閉鎖社会」になってしまっていたのである。つまり、政府が「情報公開」など無視して自分たちに都合のいい政策を進めてきているということである。このこと一つを取り上げても、この時代が「暗黒」だったということになるのだが、そのことは今措いておくとして、「戦後一〇〇年（フクシマから三四年）」、フクシマが起こった時には「五四基」の原発が稼働していたことを考えれば、今現在何基の原発が稼働しているか、一般の国民には皆目わからなくなっていると設定されている。このことの意味は、重要である。それは、人類の現在と未来に深く関係している「核」状況に関わる情報が、「闇」に包まれてしまっているということを意味するからである。そして、そのことを現実の問題として敷衍すれば、一般の国民はもちろんマスコミ・ジャーナリズムをはじめ、政府（官僚）や電力会社、原子力学者などで形成された原子力ムラの人たちさえも、やがてフクシマ（原発・核存在）に対してアパシー（無関心）になっていくであろうことを、皮肉を込めてこの小説は告発していると考えられるのである。

しかも、この物語世界の人々を特徴づける社会や政治へのアパシー状態は、当然のようにそれまで何千年もの長きにわたって営々と築いてきた「文化」をも衰退させ、特に本来なら「新しいもの」を作り出すはずの若者たちを「停滞」させる社会に変貌しつつある、という作者の「警告」をも導き出している。作者は、「神州赤城会」という政治団体の代表を名乗り、使用済み核燃料の処分場建設に関わる不動産売買の口利きで一儲けしようと考えている「真壁」の眼を通して、この時代の若者の姿を次のように描写する。

このごろの若い連中が、何を楽しみとして生きているのか、付き合いがないので、真壁はほとんど知らない。だが、こうして町なかをクルマで走ると、日中、公園や神社の境内では、オーバーコート、マフラーなどで防寒に身をかため、ビニールシートに手持ちの生活雑貨や医療を並べて、売るなり交換するなりしているようで、気長に立ち話などを続けている連中をよく見かける。スマホなどの機器の流行が続いた時代のあいだに、紙の本を読む習慣はすっかりすたれ、専門の出版社は大方消えてしまった。だから、手垢で黒ずんだ古い文庫本なども、シートの上に並べて売っている。本屋というものが、この町にはないからである。通りがかりの人たちが、表紙の書名に目を落として足を止め、手袋をはめたまま、ページを開いて、読みはじめる。

このような『岩場の上から』で描かれている「若者の停滞現象」は、うがった見方かもしれないが、「科学の進歩に限界はない。科学の進歩は人類に幸福をもたらす」といった一九世紀・二〇世紀から続く「科学神話」への違和感、とりわけ最近の科学界を賑わしている「シンギュラリティ（技術的特異点）」――人類が人工知能（ＡＩ）と融合し、生物学的な思考速度の限界を超越することで、現在の人類が人類の進化速度が無限大に到達したように見える瞬間に到達することを指し、二〇四五年には人間の能力と社会が根底から覆り変容するという考え方。ＡＩ界では、これが本当に実現するのか、「２０４５年問題」ということで物理学や生物学、社会学、哲学などの専門家からの疑問もあり、活発な議論が展開されている――への、作者黒川創なりの疑念（異議申し立て）なのではないか、とも考えられる。

いずれにしろ、これまで引用してきた部分だけからもわかるように、『岩場の上から』には「暗い未来」がこれでもかこれでもかというぐらい、様々な形で描かれている。例えば、それまで「積極的平和維持活動」ということで朝鮮半島や黒海周辺に出動していた自衛隊（日本軍）が、いよいよ宣戦布告して本格的に「対テロ戦争」に参戦していったり、海外派兵を拒否して浜岡原発の警護をしていた兵士二〇〇人が原発を人質に「反乱」したり（後に陸軍（自衛隊）の精鋭部隊によって鎮圧されてしまう）、国民への監視が厳しくなって権力への「異議申し立て」が自由に行えなくなったり、という状況が描かれている。更に言えば、語り手の一人である「シン」青年の口を通して語られるフクシマ（被災地）の三五年後の姿は、まさに日本（世界）の「暗い未来」そのものであり、その意味では、この長編がユートピア（理想郷）とは正反対の社会を描いた「ディストピア（dystopia）小説」であることの証左になっている。

「双葉駅を降りてからの風景は、ぼくには不思議議だった。けれど、何がよそと違っているのか、すぐには自分でも言い当てられない感じだった。

店の数や人通りは、三陸海岸の町や村より、むしろ多い。マスクと防護服を着けてはいるけれど。でも、そのうち、だんだん気づかされた。子どもたちがいない。そして、老人もいない。つまり、ここには、もう〝自分たちの町〟がないってことだろう。働きに来ている人たちだけがいて、その人たちにとっても、ここは〝よそ〟の場所だ。ただ、それぞれの用事で、ここにいる。」

強い放射能を浴びてしまうと、遺伝子が破壊され、皮膚が再生できなくなるという。ただれて、肉が崩れ、血やリンパ液が滲みつづける。あの場所もそうなのだ、とシンは思う。大地の上で、その町が、傷口のまま癒えずに、あの状態のままで続いている。（中略）

……ここ、院加で造られようとしている使用済み核燃料の最終処分場も、きっと似たようなものになるだろう。それを地上に造るか、地下深くに造るか、という違いはあるけれども。

あの双葉駅から歩いて、ぼくが見たものは、錆が浮いて、過去のような形をしていた。けれども、あれは、きっと未来の景色だったんだな。


子どもも、そして老人もおらず、いるのはマスクと防護服を着けた人だけというフクシマから三五年経った双葉町、シンはそんな双葉町について「錆が浮いて、過去のような形をしていた。けれども、あれは、きっと未来の景色だったんだ」と言う。このシンが語る双葉町の光景は、まさにフクシマから七年経った現在の双葉町の姿であり、このようにフクシマに関わる町（共同体）の「現在」と「未来」と「過去」がフラッシュバックを伴って交差するところに、この『岩場の上から』という長編の特徴がある。つまり、「現在」のなかに「未来」が、そして時には「過去」が入り込むというこの長編の構造は、長い半減期を持つ放射性物質を撒き散らす核（原水爆・原発）に掣肘されている現代世界の本質を描くのに相応しいものだった、ということである。その意味で、この『岩場の上から』は、作者があるインタビュー（「東京新聞」二〇一七年三月一〇日号）の中で、「ディストピア（反ユートピア）小説として書いたつもりはない。今とそんなに変わらないでしょう」と言っているように、単純な「ディストピア小説」にはなっていない。日本の「現在」そのもの、あるいは「現在の延長」としての世界が、この長編には描かれているのである。
物語の最後の方で、陸軍の対ゲリラ戦の訓練を受けた精鋭部隊に殲滅された浜岡原発に立て籠った「反乱軍」のリーダーの一人が、メッセンジャー（シンの知り合い）に託した手紙の中で、次のように現在の状況について書いているが、この文言こそ作者が三五年後の世界から現在を生きる私たちに向けて放った「メッセージ」、と言っていいのではないか。

先週月曜日からきょうに至るまでの一週間、わたしたちは、ただ一つの要求を掲げて、ここ、浜岡原発での籠城を続けてきました。
――わたしたちを戦場に送ることはやめて、それぞれの家に帰らせていただきたい――（中略）
だが、ここに生きているあいだ、努力する価値はある。この先に滅亡があるとしても、いまは殺し合いをしないほうがいい。現実と、それについてなしうることを、我々は、ここで話あっています。膨大な量に達した使用済み核燃料は、もはや消すことができない。けれども、たとえば、いまある原発を一〇分の一にできれば、これに限ってのリスクも一〇分の一に減らせる。わたしたちと子孫が命をまっとうできる確率も、その分だけ増すわけです。希望とは、そういうものなのではないか。はかない形ではあるけれど、たしかに存在はしている。そして、それについてなお考えるほうが、そのように考えないよりも、いくぶんか、ましには違いありません。

確かに、日本の「未来」は、フクシマや戦後的な価値である「平和と民主主義」を骨抜きにする保守政権（安倍自公政権）の特定秘密保護法や共謀罪の制定、さらにはアメリカへの属国化を促進するような集団的自衛権行使容認を中核とする安保法制の制定で、完全に閉ざされてしまったかのような様相を呈しているかもしれない。しかし、それでも人はどうしたら「希望」を失わずに生きていくことができるのかを考え続けなければならない。上記の引用からは、作家のそんなぎりぎりの悲鳴（メッセージ）が聞こえてくると言っていいかもしれない。
なお、作者の黒川創には、フクシマ後に、チェルノブイリ原発の事故やフクシマに関わる人々の在り様、あるいはヒロシマ・ナガサキや「核」に関わる「小さな話」（本当は小さくないのだが）を書いた短編集『いつか、この世界で起こっていたこと』（二〇一二年五月　新潮社刊）があることを言い添えておく。この短編集から伝わってくるのは、黒川創がフクシマ＝現在の「核状況」について、ヒロシマ・ナガサキを起点として、スリーマイル島やチェルノブイリ原発の事故なども視野に入れた、「核対人類・地球」といったグローバルな視点から捉えている、ということである。『岩場の上から』は、その一つの証左であった。

なお、「ディストピア小説」ということであれば、二〇一七年の八月に刊行され話題となった中村文則の「朝、目が覚めると戦争が始まっていた」で始まる『R帝国』（中央公論新社刊）も、「人工知能（ＡＩ）」が異常に発達した国における以下のような「原発」状況を前提に物語が展開していくという意味で、『バラカ』や『岩場の上から』に連なる小説、と言うことができるだろう。

突然地面が揺れた。地震。

悲鳴が上がる。矢崎はバランスを崩すが、咄嗟に柵に手をつき身体を支える。ＨＰを強く握る。揺れは大きかったがすぐ終わった。震源地はどこだろう。もし震源地が遠く、そこがもっと揺れていたら原発が危ないかもしれない、と矢崎はぼんやり思う。矢崎がまだ生まれたばかりの頃、4度目の原発事故があったと聞いた。原発の数もその頃の約3倍に増え、現在は８００の原発が国内で稼働する。事故の責任が誰にあったかを問う動きもあったが、それは政府や原発企業内の人間達を辿っていくうちに、やがて奥に入って見えなくなった。

## 〈4〉日本消滅――『亡国記』の世界

二〇一五年八月に現代書館から刊行された『亡国記』は、フクシマから六年後の「二〇一七年四月一日」から始まる。フクシマが起こるずっと前から懸念されていた「南海トラフ巨大地震」が生じたことで、この年の前年に二二メートルの防潮堤が完成したことを理由に再稼働していた中部電力の島岡原発（実在の浜岡原発を擬したもの）三号機が大爆発し、四号機、五号機もメルトダウンを起こし、大量の放射能を日本のみならず、地球上のいたるところに撒き散らすことになる。これが物語の発端である。

まず、物語は島岡原発が大爆発を起こすことになった「二〇一七年」の日本と、この時の原発をめぐる状況がどのようなものであったか、第一章「島岡」で以下のように描く。

特別公安部は本来、特定秘密保護法に基づいて設けられたスパイ対策の公安部署のはずだったが、原発はテロ対策上、国の重要機密に属するという岸部三郎政権の勝手な解釈によって、脱原発、反原発運動の監視・取締りにもあたるようになっていた。（中略）

NPO職員の翠はまだ逮捕された経験がなかったが、特公警察ができてから、原発反対運動での逮捕者が激増していた。もはやこの国では、思想・信条の自由はおろか、基本的人権さえ十全には保障されていなかった。（中略）

次々と原発が再稼働された締めくくりに、二〇一六年、二二メートルの防潮堤の完成を待って島岡原発が再稼働して以来、地元の危機感は予想以上のものがあった。三・一一から二ヵ月後、時の首相が緊急停止を求めた島岡原発の再稼働は、予想されていたものとはいえ、実際に動き始めると、地元住民に大きな不安を与えた。

そして、島岡原発が爆発やらメルトダウンやらの大事故を起こした結果、日本は全人口の約半分に当たる約六〇〇〇万人が死ぬか重傷の被曝者となって放置されることになり、残りの人々は政府の要人や企業家を含んだ約三〇〇〇万人が北海道へ、約二〇〇〇万人が九州へ避難し、さらに最終的にはおよそ二八〇〇万人が海外へ脱出したり難民となってロシアや北朝鮮、中国など世界中に散らばることになった。その結果、日本は統治機能を失い、大量の放射能に汚染された本州と四国にはアメリカ軍が、北海道にはロシア軍が、九州には中国軍がそれぞれ進駐・占領し、植民地になってしまう。また、島岡原発から遠く離れた沖縄は、政府機能が麻痺している間隙を縫って「独立宣言」を行い、各国の承認を得て日本から離脱し独立国となる。

このように日本の「消滅」が明らかになる前、フクシマの避難民として京都の動物園で飼育員をしていた深田大輝とその娘陽向（ひなた）は、母親である環境保護団体（NPO）「グリーンシー」の職員である翠（みどり）が島岡原発の爆発で即死したことも知らないまま、南海トラフ巨大地震が日本列島を襲ったことを知ってすぐに、翠との「西へ逃げる」という約束を守って、車で逃避行を始める。京都から九州（門司）へ、そこから韓国（釜山）―中国（大連・北京）―リトアニア（ヴィリニュス）―ポーランド（ギジッコ・ワルシャワ）―ロンドン―カナダ（トロント・イエローナイフ）を経て、そして最後にオーストラリアのケアンズに辿り着く。逃避行の間、片時も離さなかったタブレットを通じて既に日本という国が「消滅」したことを知った大輝は、オーストラリアで念願だった動物園の職を得たこともあって、一人娘の陽向と共に生きていくことを覚悟して物語は終わる。

なお、物語は、大輝と陽向の逃避行（放浪生活）の合間に、陽向が京都にいるとき親しくしていた愛月（あづき）の一家が北朝鮮へ逃れ、そこで農業指導員の職を得て今までとは全く異なる生活を送るようになる話や、故郷の北海道旭川で両親と同居し市役所に勤めていた大輝の兄が、ロシア語ができるという理由で北海道を占領したロシア軍の命令でシベリアのヤクーツクで働かされるようになる経緯、またカナダでは大輝と同じ避難民の日本人女性との「淡い恋心」を秘めた交友などが描かれるといった具合で、「読み物」として十分に堪能できる仕組みが満載されている。そのようにこれら主人公父娘をめぐる様々な出来事は、長編小説としての膨らみを持たせる要素として十分な働きをしているが、作品全体に通奏低音として鳴り響いているのは、フクシマを経験したにもかかわらず、「経済効果＝金儲け」を最優先させて次々と原発を再稼働させ、老朽原発の運転延長を行った「政治権力＝保守政治」と、そのような「政治」を選択・是認してきた自分を含む日本人への根源的な批判である。その「日本」批判は、物語の最後に「まとめ」のような形で書かれた次のような部分によく表れている。

二〇一九年六月、IAEA主導のもとで、シマオカ事故の責任者の犯罪を裁く異例の国際法廷がフランスのニースで開かれた。（中略）事故で生き残った日本の歴代政権の首相、関係閣僚、経産省をはじめとした各省庁の高級官僚、そして、中部電力の歴代役員、沖縄電力を除く九電力会社の歴代社長・会長ら、それに原発推進に協力を惜しまなかった学者ら百名を超す責任者が被告席に並ばされ、十五日間に及ぶ審理が進められた。（中略）その結果、（中略）岸辺元首相以下十九名の閣僚、十六名の高級官僚、五名の中部電力新旧役員の四十名に終身刑が下され、その他六十名の被告に有罪が宣告された。

そして、終身刑を下された岸辺元首相は、驚いたことに宣告を受けた法廷で、「これは東京裁判に劣らぬ一方的で不当な裁判であって、断じて承服することができない」と発言し、続けて「大日本国は未来永劫に不滅だ！わが大日本国、万歳！」と叫んだのです。次の瞬間、法廷からはため息と失笑が漏れ、本来法廷の静粛を保たなければならない裁判長さえ、思わず苦笑を浮かべたほどでした。

この「岸辺元首相」の国際裁判所における状況を全く理解していない発言は、この長編の中でもシマオカ以後多くの国が「脱原発」へ舵を切るようになったと書いているように、フクシマが日本のみならず全世界に向けて発した「脱原発・反原発こそ人類の未来を保障する」というメッセージを、未だに理解しない現在の保守政権の在り方を皮肉るもので、単なるアナクロニズム（時代錯誤）を笑ったものではない。この『亡国記』が、作者の明確な反原発（脱原発）思想に支えられ、「酷薄な現在」の先に訪れるであろう「ディストピア（反ユートピア）社会」を描いた小説になっているのも、作品の随所に強烈な「現実批判」があるからに他ならない。

なお、「原発事故」によって日本が「ディストピア社会」になってしまうという話であれば、冒頭で記した古川日出男の『あるいは修羅の十億年』も、明らかにその系列に数えられる作品である。SF的な手法や作家の生まれ故郷である福島県相馬地方に伝わる「神事」（馬追祭り）に関わる「馬」、あるいは原発事故に拠って放置された「牛」とそれを飼育する若者たち、さらには「クジラ」や「茸」が原発（事故）という「科学」に対抗する「自然」を象徴するものとして重要な役割を果たし、その対立構造の内と外を「自由」に出入りするトリック・スター（道化）も登場するが、その小説作法から見えてくる作者の立ち位置は、例えば次のような記述から窺い知ることができる。

> 原子力発電所は二ヵ所で爆発した。同じ週に。マグニチュード九・〇を記録した巨大地震が原因だった。（中略）二ヵ所は直線距離にして一二〇キロ離れていた。二ヵ所はおのおの半径八〇キロずつ危険との警声を発していた。アメリカは在日米軍を動かした。「事故の収束に協力するため、原発の敷地内に入る、施設を圧《お》さえる、さらに敷地外のある程度のエリアの封鎖に協力を惜しまない」との緊急行動の申し入れは、もちろん爆発したのが一ヵ所だけだったならば日本政府につっぱねられただろう。（中略）しかし大震災の発生から丸三日、二ヵ所めというのが現れるに至り事情は一変した。逼迫する状況は日本のたとえば自衛力や技術力だけでは物量的にも速度的にもカバーし切れない、のは明々白々で、また、「これは国内問題です」との主張も通らなかった。（中略）
>
> 四日間を十倍する時間が経過したところで、一切は決定的になっていた。アメリカが居てフランスがいた。他にも強力な海外支援がロシア、イギリス、オーストラリアから入っていた。（中略）二ヵ所の原子力発電所の被害を連ねた地域は、すでに「島」と化していた。孤立しているとの謂《い》いでの「島」と。ただし経緯そのものが雄弁に語っているように、この孤立、陸上での孤絶は単純に放射能汚染にばかり因るものではない。被災地のその「島」が、誰の、何の統治《ガバナンス》の下にあるのかが曖昧だったから、そこは日本と断交したのだ。国内メディアは「この大震災は戦争と似ている」と早々に論じ出してはいたが、被災地の占領とまでは言わなかった。

長い引用になったが、要するに原発事故が二ヶ所で起こり、その処理を日本政府だけではできず、「支援」の名目で被災地に入ったアメリカやフランス、ロシアなどによって「占領」され、今や「島」と呼ばれるようになったそこ（被災地）は日本と「断交」し、独自の歩みを始めるようになった、というのである。

すでにフクシマの「被曝者」が「棄民」的な扱いを受けてきていることは、多くの人が指摘してきたことだが、福島県を故郷とする古川にしてみれば、「復興」の声とは裏腹に、その実態は「日本（政府）」から「棄地」としてしか扱われていないのではないか、という思いがあったのではないだろうか。そのような強い思い（疑い）があったからこそ、この『あるいは修羅の十億年』は書かれたのではないか、と思われる。また、「島」が今では「森」と化しているという物語の展開は、「島＝森」では馬や牛が自由に育っているという設定を考慮すれば、まさに近代文明＝科学の成果に酔いしれる現在の日本に対する「反意」がそこに書き込まれている、ということができる。

それ故、これらのことから読み取れるのは、フクシマを放置すれば、被災地のみならず日本全体の未来は必ず「ディストピア」になってしまうのではないか、という作者古川の「警告」である。

# 第一〇章

## 被曝地にて、被曝地から
### 玄侑宗久『光の山』と『竹林精舎』、そして志賀泉『無情の神が舞い降りる』

### 〈1〉被曝地（被災地）で

二〇〇一年『中陰の花』で芥川賞を受賞した玄侑宗久は、「レベル７」の大事故を起こした福島第一原発から、直線で約五〇キロの内陸に位置する福島県田村郡三春町の古刹福聚寺の住職でもあるが、東日本大震災及びフクシマと格闘する庶民の姿を描いた短編集『光の山』（二〇一三年四月）で芸術選奨文部科学大臣賞を受賞する。この短編集にはフクシマをテーマとした作品が三つ収録されている。一つは、フクシマが撒き散らした放射能をどう受け止めるかをめぐって家族が引き裂かれることになる表題作で、もう一つはフクシマが原因で離婚することになった若い夫婦をめぐる被災地の様子を描いた『アメンボ』（「新潮」二〇一二年一一月号）、そして三つめは震災後に東京の大学病院から救援に来た若い医師と被災地の役場に勤める若い女の子の結婚式を、結婚式場の支配人をしていた被災者が仕切ることになるという『拝み虫』（「文學界」二〇一三年三月号）である。

いずれもフクシマが契機となった「離婚」や「結婚」を取り上げたものだが、表題作の『光の山』は、フクシマから三〇年後の被災地（被曝地）において、一人の老爺が放射能に汚染された樹木や雑草、あるいは表土を集めて自分の畑に作った「光の山」に妻の墓を作り、自分も葬式を執り行った次男の手によってその山に葬られるという話である。物語は、その次男の「語り」で進行する。

むかし、今から三十年もまえのことじゃが、福島の片田舎、つまりこの辺りに偏屈な爺さんが住んでいたんじゃ。いや、ワシじゃない。ワシもその頃は若かったし、何も知らず東京に住んでおった。

ご承知じゃろうが、当時はまだ原子力発電所などというものがあちこちにあって、ほら、覚えておいでじゃろう、「三・一一」と呼ばれた大震災で福島の浜のほうにあった原発が壊れて、そりゃあ大変な混乱じゃった。（中略）たしか震災から二人目の総理じゃったな、「福島の復興なくして日本の復興はない」なんて格好いいこと言ってたんじゃが、あちこち格好つける場所が多すぎて被災地の東北まではあまり気がまわらんかったんじゃなぁ。

そうこうするうちに東京大震災が起こり、続いて富士山が爆発したのはご承知のとおりじゃが、ワシがこれから話すのはその間の、たしか数年ほどのことじゃ。まだ東京には今と違って大勢の人が住んでおった。この辺りはどんどん若者がいなくなって、過疎と高齢化が進んでいったんじゃ。はは、今の状態からは信じられんかもしれんなぁ。

この冒頭の「ワシ」（爺さんの次男）による「民話」調の語りによって明らかにされるのは、フクシマから三〇年後の日本の姿である。フクシマから三〇年経った日本は、東京大震災と富士山の噴火を経験し、人々は「将来」を見通せないまま、そこからの「復興」に専念するしかない状況にある。しかし、三〇年後のフクシマは、すでに人々に「忘れ」さられてしまって「過去」のものになっていた。放射能汚染は全く改善されないというのに、である。東京大震災・富士山の噴火という作品の状況（時代）設定で思い出すのは、フクシマから「六年後」に南海トラフ巨大地震によって、浜岡原発を擬した「島岡原発」が大爆発を起こし、静岡県のみならず東京、大阪を含む本州の大部分が放射能で汚染され、人の住めない地域になったという前章で論じた『亡国記』のことである。その意味で、この『亡国記』と同じような設定で書かれた短編『光の山』が意味するものは、あれほどの被害を出したフクシマを教訓とせず、フクシマ以前と同じような核＝原発政策をとり、未だ稼働していない使用済み核燃料の再処理工場に多額の税金を注ぎ込み続け、原発再稼働や老朽原発の運転延長を推進し、原発輸出さえ敢行しようとしている保守政権への、声高ではない静かな抗議、根源的な批判だということができる。玄侑宗久という作家は元来「政治」からは遠いところで「魂の在り方」に関わる庶民の生活を描いてきた人である。その玄侑宗久が現政権の核＝原発政策を批判する。それがどのようなものであるか、次のような個所にそれは表れている。

そうこうするうちに仮置き場（除染で出た土や廃棄物を一時的に保管しておく場所——黒古注）がなかなか決まらないっちゅうことになってきた。そりゃそうだ。どこかに決めなきゃなんねぇのは皆承知だが、誰も自分の家の近くには置きたくない。太平洋戦争の後のこの国は、「人権」の国になったわけじゃから、嫌がる人に無理矢理命令できる人なんていやしない。総理だって県知事だって、町長だってそれはできなかったんじゃ。だから沖縄の基地問題も、福島の中間貯蔵施設も、すっきり決まらずぐずぐずになっておったんじゃな。（中略）
だがいずれにしてもこの地区ではなかなか仮置き場が決まらず、いつのまにか爺さんが、あちこちから放射能で「汚染」されたっちゅう土やら枝葉やら、時には砂利や木材まで運び込むようになった。

結局、この爺さんが作った放射能に汚染された土や枝葉などが多量に埋まった「山」は、爺さんの亡骸を焼いた火によって燃え上がり、数日後には「淡く光りだし」、爺さんの四九日が済んだ後は「ホルミシス効果」——高線量では有害な電離放射線が、低線量では生物活性を刺激したり、以後の高線量照射に対して抵抗力を持つようになるという考え方。ただし、日本の一般財団法人電力中央研究所は、様々な検証結果を総合して、この考え方に疑問を呈している——のある「聖なる山」と化し、ラドン温泉やラジウム温泉と同じような効能を求めてたくさんの人が訪れるようになる。作者は、その光景について、次のように書いて、このブラック・ユーモアに満ちた短編を終わりにしている。

はいはい。靴はゆっくり履いて、表に出てくだされ。ほら、押さないで。一刻も早くたくさん浴びたい気持ちはわかるが、何事も譲り合ってな。（中略）
おお、ご覧なさい。この世のものとは思えん美しさじゃ。透明で、清らかで、気高くて、しかも毒々しい。これが瑠璃色というもんなら、阿弥陀さんじゃなくて薬師如来のご来迎かもしれんな。おおお、土産物屋のネオンまで空に映って、これはもう東方のお浄土じゃな。
はい。一列に並んでワシのあとに従いてきてくだされ。細かいことはスタッフの指示に従ってな。大丈夫、大丈夫。どなたも同じように浴びられます。一回り八十ミリシーベルトのコースじゃ。ほらほら、勝手に先に行って二回りするのは反則というもんじゃ。勘弁してくだされ。まだ白装束に着換えてない人も慌てなくて大丈夫。はい、ではゆっくり出発しますぞ。六根清浄《ろっこんしょうじょう》、お山は快晴、六根清浄、お山が光る。

この昔から富士山登山の際に無事を願って唱えられていたと言われる「六根清浄、お山は晴天」と同じ言葉を唱えながら、放射能（セシウム）塗《まみ》れの山を一回りするということは、何十万人もの人が避難した原発事故（フクシマ）から七年経っても、汚染土などを集めた「中間貯蔵所」が建設されない現状を「昔語り」の形を借りて痛烈に皮肉ったもの、と言うことができるだろう。何とか「収束」させようとしながら、結果的にフクシマを「放置」し続けてきた形になっている現在の「政治」（政権）に対する強烈な皮肉を、ここからは感受することができる。

なお、先にも書いたことだが、この短編の時代がフクシマから「三〇年後」になっているのも、フクシマによって空気中に放出された放射線核種のうち最も多かったセシウム１３７の半減期が「三〇年」であることを意識してのことだと推測でき、「ホルミシス効果」のことも含めて、作者の玄侑宗久は被曝地と言ってもいい地域に住む現代作家として、放射能について十分に学習した上で『光の山』などの小説を書いたことがわかる。また、この「学習」ということに関して言えば、指定された避難区域外ではあるが、「被曝地」であることに変わらない地域で避難せずに事故以前と同じような生活を続けている人々へ、「安心」と「優しさ」、言い換えれば「慈愛」と「理解」をいかに届けるか、短編集『光の山』の作者は、そのことに腐心しているようにも思える。

そのことは、『光の山』の前に書かれた子供への放射能の影響を恐れて北海道へ逃れた母子が、故郷で仕事をしている夫と離婚することになった経緯を、植木屋の妻になっている友人の眼を通して描いた『アメンボ』や、津波で妻を亡くし、余命いくばくもないと告げられた胆管ガンを抱えながら、除染作業に出ている元結婚式場経営者が、最後に救援にきていた若い医者と役場職員との結婚式を執り行う『拝み虫』からも読み取れる。

帰還困難区域や居住制限区域ではないが、それらの区域に近接する地域（広い意味での「被曝地」と言っていいだろう）で生活する庶民＝普通の人に寄り添う玄侑宗久の眼差しは、『アメンボ』も『拝み虫』も『光の山』と同じように、地域の精神的支柱として活躍してきた寺の住職しか持ちえないような「慈愛」に満ちている。例えば、『アメンボ』における次のような語り手（小百合）の言葉に、作者の「慈愛」はよく表れていると言っていいだろう。

小百合は祐介や憲太の洗濯物を畳みながらふと外を見遣り、無心に動いている二人の被曝のことを考えた。去年の夏、たしかに松葉が百ベクレルあるという噂を憲太が同業者から聞いてきた。「何ベクレルだろうと、毛が伸びれば床屋に行くし、枝葉が伸びたら剪定するもんだ」そう憲太は言い放った。直樹がすぐにベクレルからシーベルトへの換算式を教えてくれ、医療被曝のほうが遥かに凄いと知ったけれど、それでも松葉以外の葉がどうなのかは分からない。毎日毎日そんな枝葉を剪定し、あまつさえそれを抱えて運ぶのは間違いなく被曝行為のはずだ。

「何もしなくったってガンになるときはなる。お袋だってそうだった。親方はガンになるまえに屋根から落ちた。先のことなんて分かんねぇんだし、心配したって仕方ねぇよ」憲太は小百合に何度かそんなことを言った。それはそれでもう憲太の生き方なのだし、小百合とすればせめて内部被曝が少しでも防げるように、近所から頂いた野菜をベクレルセンターで測ることくらいしかできない。

ただ、急いで注記しておかなければならないのは、放射能被害に関して相当に学習したと思われる玄侑宗久が、「内部被曝」に関してそれが汚染された食物を摂取することによって生じると考えているのではないか、ということである。先にも記したように、ヒロシマの被爆医師肥田舜太郎と映画製作者鎌仲ひとみによる『内部被曝の脅威――原爆から劣化ウラン弾まで』によれば、内部被曝は食物を通してのみ生じるのではなく、放射能汚染された塵やほこりを吸うことによっても生じるものだという。また、この引用部では、「医療被曝」と原発事故（あるいは原爆）による被曝（被爆）とを同列に扱っているが、瞬間的な医療被曝と、常時放射能に汚染されている被曝地で生活することによって生じる内部被曝とは、「被曝」に関して本質的に異なること、そのこともまた注記しておく必要がある。

なお、ついでに言っておけば、玄侑宗久の放射能に関する認識において疑問に思える点がもう一つある。それは、同じく『アメンボ』の中に「子どものセシウムによる内部被曝の半減期が一歳半では十日、六歳児で一ヶ月、大人だけが三、四ヶ月かかるのだ」との記述があるが、ここに書かれている半減期は一回セシウムを摂取した時の値と思われ、毎日毎日少しずつセシウムを摂取した場合の半減期について書いているものではないということである。おそらく、玄侑宗久はそのようなことも十分に承知しながら書いたのだと思うが、活字になった場合、それが「間違った情報」として独り歩きしてしまうことについて、もう少し配慮があってもよかったのではないか、と思われる。玄侑宗久が、被曝地福島で頑張って生きている庶民に寄り添い、その姿を等身大で書こうとした意図が『アメンボ』などの作品からはひしひしと伝わってくるので、余計にそのように思われる。

除染しなくてはいけないというなら、いったい国はこうして除染に携わる人々の被曝をどう考えているのだろう。通常の作業服にゴム手袋とマスクだけを着け、皆「大丈夫だべ」と根拠もなく言いながら屋根を拭き、雨樋を払い、時には高圧洗浄機や重機も使いながら、壁を洗い、庭の土を五センチほど削っていく。そして出てきた全てを黒いフレコンバッグに詰めていくのだ。巨大な袋の中には長く思いをかけてきた大事なものが一杯詰まっている。二十メートル以内に竹藪や林があればそれも斬り倒し、運びだし、まとめて仮置き場まで運ぶのだが、それこそ手塩にかけた土地と暮らしそのものではないか。とにかく目標の線量は毎時〇・二三マイクロシーベルト以下。つまり年間一ミリシーベルト以下を目指すということらしい。

山口は、周囲の広大な雑木林を眺めるとあまりに無力感がつのるから、なるべく手許だけを見て屋根を擦りつづけた。実際、除染工程は作業員の被曝過程でもあるから、被曝が怖いから除染するはずなのに、怖がっていたら除染作業員は務まらない。作業員には「莫迦になれ」ということなのだろう。怖がる人と怖がらない人が今のこの国には両方いて都合がいい。だから国は県内の深刻な分断も放置することにしたのだ。（『拝み虫』）

少し長い引用になったが、ここからは玄侑宗久が庶民の「現実」に寄り添いながら、それでも「棄民政策」の一種としか思えない、職を失った避難者（仮設住宅居住者）を除染作業員として雇用する国（県）のフクシマ＝核被害者対策の「危うさ」に対して、素朴な疑念や批判を持っていることがわかる。あちこちの仮置き場にフレコンバッグが山積みになっている被曝地を歩いていつも思うのは、果たしてこれで本当に「除染」し切れるのだろうか、という疑念である。また、原発の再稼働や老朽原発の運転延長に熱心な政治家や原子力ムラの住人は、本当に「核と人類の共存」が可能と思っているのか、という根源的な疑問も胸中から消えることがない。さらに言えば、なぜ日本（人）は大きな被害を被ったヒロシマ・ナガサキやビキニから「核の脅威」を学ばなかったのか、ということも被曝地を歩いているとふつふつと胸中にわいてきて、止まるところがない。『拝み虫』の中に、次のような記述があるが、これも玄侑宗久の政府による原発＝核政策批判の一つと言っていいだろう。

暗くなってから車で戻ると、食堂が設えた樹木形のイルミネーションが貧しい光を放ち、疎らな窓の光のなかで却って侘しさを際だたせた。いまだに避難民と呼ばれる人々があとどれくらいそこに居るのかは知らないが、それは新しい集落というより態のいい収容所だった。カセツの食堂は八時に終わるし、酔っぱらう人は見かけないが、なかには隣町に出かけて夜中まで飲み、くだまいて殴られた住民もいるらしい。

食堂の客の噂では、ここのカセツでも二、三人はまったく籠ったまま家から一歩も出ないという。ひとり五十代の男はたまに雑貨屋に買い物に行き、そのたびに玄関先に誰かが除草剤を撒いていると訴え、険悪な顔つきで雑貨屋の主人を睨むのだそうだ。誰か早く精神科に連れて行ってほしい、その客は店の主人の言葉のようにそう話したが、誰もが先の見えない不安に苛まれ、辛うじて精神の安定を保っているのは確かだった。

大きな災害が起こると、住む場所を奪われた人のために直ちに建設される仮設住宅、それは傍目《はため》から見れば為政者が行う復旧・復興のシンボルのようにも見えるが、フクシマのように仮設住宅が建てられた場所を含む多くの地域が放射能に汚染されていることを考えれば、いかに「それは新しい集落というより態のいい収容所だった」という言葉が、強烈な現実（政治）批判になっているかがわかる。この仮設住宅は「態のいい収容所だ」という言葉は、作者である玄侑宗久の目線が庶民のそれと同じ高さであるが故に発せられた言葉、と考えていいだろう。

仮設住宅生活を強いているものへの作家の「怒り・批判」は、次のような描写にもよく表れている。

カセツの周囲を散歩していると、墓地の側から見下ろす住宅群の全体が、ふと血流のよくない自分の肝臓みたいに思えることがあった。あちこちの換気扇から湯気が立ちのぼり、いくつかの生活は想像がついたが、その多くは全く見えてこない。賠償の説明会などで一緒になることはあっても、それは打ち解ける機会になりえなかった。一年以上同じ敷地に暮らしながら、顔は知っていても口をきいたことのない人々が相当数いた。現実の距離が近すぎるため、却って離れていたい気持ちはわからないではないが、引き籠りや鬱、また統合失調症など、明らかに周囲と全く交渉をもてない病もあちこちに巣くっていた。（同）

このようにフクシマの避難民を仮設住宅に閉じ込めておく思想は、紛れもなくヒロシマ・ナガサキの被害者を放置し、アメリカの「核の傘」の下で幻想としか言えない「非核三原則」を唱え続けてきた戦後政治（核政策）の在り様、つまり弱者（避難者）に冷たい政治から導き出されたものだ、と言っていいだろう。もちろん、それはフクシマを経験してもなお、何の根拠もなく「世界一安全」を謳って第三世界へ原発を輸出しようとし、またフクシマの避難民（被害者）を置き去りに、「成長経済の要」とばかりに次々と原発を再稼働させている政治や経済界によってもたらされたものでもある。短編集『光の山』の世界は、まさにそのような原発推進派への庶民の切実な思いから発せられた批判の作品集なのではないか、という所以である。

また、玄侑宗久はフクシマから七年後の二〇一八年一月、フクシマの被災地を舞台にした書き下ろし長編『竹林精舎』（朝日新聞出版刊）を発表する。道尾秀介の青春恋愛ミステリー『ソロモンの犬』（二〇〇七年八月　文藝春秋刊）の後日談の形をとり、二組の恋愛感情を持つ若い男女のうち男の方が両方とも僧侶となり、放射能に汚染された福島県に移り住み、彼らを追ってきた女性とめでたく愛の巣を築くという話が長編の骨格になっている。作中に何度となく出てくるフクシマとその事故によって撒き散らされた放射能汚染問題のことを考えると、この長編は紛れもなく「原発」問題、それも放射能に汚染された土地で生活することの意味を主題にした原発小説、と言うことができる。

『光の山』でも論及したように、玄侑宗久は「被災地」である福島県三春町に住む僧侶でもある。フクシマが起こってから今日まで、被災地に暮らす檀家＝普通の人々や福島県民に寄り添いながら、真摯に原発問題、放射能汚染問題と向き合い続けてきた作家の一人であることに間違いはない。すでに述べたように、短編集『光の山』では普通の人々の生活を破壊した原発事故（フクシマ）ついては、終始批判的であった。ところが、この『竹林精舎』では、原発事故の被災者に寄り添う姿勢は前著『光の山』と変わらないのだが、例えば次のような大学時代の友人の妻が語る「放射能」認識は、被災地である福島県で生活する僧侶の見解なのだろうが、厚労省や環境省、福島県の発表（見解）に沿ったもののようも見え、放射能被害が「長期」にわたる性格を有し、外部被曝よりも内部被曝の方が将来的に問題だという被爆医師肥田舜太郎の調査・研究などに照らし合わせると、為政者（権力）が提出する「広報」の見解にいささか偏りすぎているのではないか、と思わないわけにはいかない。

「ここに書いてあるんだけど、いくつかの町で子供たちにガラスバッジっていう線量計を持ってもらったの。このデータは竹林寺の近くの町よ。そしたら一番多く浴びてた子の十年間の累積予測で二二シーベルト、平均だと一〇ミリシーベルトだったわ」

「圭くん、これって十年間だよ。しかもバックグランドも含まれてる。信じられる？　もともとの自然放射線量がわかんないからはっきりしないけど、相当低いのは確かだよね」

「それに一般人じゃない人、原発で働いたり病院の放射線科とかで職業的に被曝する人たちって、線量限度が違うんだよ。彼らは五年間で一〇〇ミリシーベルト、一年間では五〇ミリシーベルトを超えちゃいけないんだって。でも逆に言えば、そこまで認められてるわけだし、それによって発がん率が上がることもないってことだよね」

「まぁ、年間五〇ミリシーベルト未満であれば、さっきの疫学的研究からも大丈夫ってことだろうね」

ここでいう「原発で働く人」がどのような職種の人を指すのか分からないが、この会話の論法に従えば、厚労省がフクシマのような過酷な原発事故が起こった場合、年間の被ばく線量を「二五〇ミリシーベルト」に引き上げると言っているのも、それくらいの被ばく線量でも「発がん率は上がらない」ということになるのだろうが、第四章で詳しく見たように、原発労働の実態は数字で示されているよりも相当苛酷で、発がん率や白血病に罹る率は公表されている数を遥かに上回る、という調査結果もある。

玄侑宗久が原発被災地にとどまって生きていこうとする人々に寄り添っていこうとする姿勢は理解できるとしても、作中に出てくる「放射能は幻」とか「あらかじめ微量の放射線を浴びておくと、その後の高線量放射線に対して抵抗力ができる」という考え方からは、フクシマの被曝者が将来どのような健康被害を受けるのか、またフクシマのような過酷な原発事故を二度と起こさないためにはどうしたらいいのか——原発を全廃するのが一番いいのだが——といった「将来展望」が伝わって来ず、そこにこの長編の反原発文学としての限界があるのではないか、と思わざるを得なかった。

さらにもう一つ、ヒロシマ・ナガサキの場合もそうだったのだが、核の被害には「被曝者差別」という問題が生じるが、この『竹林精舎』には福島県外に避難していった人々に対する心無い人たちによる「被曝者＝避難者差別」の問題が全く書き込まれていない。つまり、「被曝者差別」を行う日本社会の「歪んだ精神構造」にまで筆が進んでいっていないということである。被災者に寄り添うというのであれば、放射能被害を怖れて県外に避難した人や、生活のため止むを得ず高線量の放射能に塗れた事故を起こした原発で働く下請け労働者たちの心の内側まで想像力を働かせる必要があったのではないか、と思う。

## 〈2〉「逃げ出さない」思想

二〇〇四年に『指の音楽』で第二〇回太宰治賞を受賞した志賀泉の書下ろし二作（表題作と『私のいない椅子』）を収めた『無情の神が舞い降りる』（二〇一七年二月　筑摩書房刊）は、「逃げない」避難民＝被曝者を主人公としている珍しい作品集である。表題作『無情の神が舞い降りる』は、重度の認知症を患っている寝たきりの母親がいたため、避難指示が出ても自宅に住み続ける四二歳独身男の話である。

東北の、太平洋に面した小さな町が、爆発した原発から二十キロ圏内にあるという理由で避難地区に指定された。スリーマイル、チェルノブイリ、フクシマ。あるいは、ヒロシマ、ナガサキ、フクシマ。世界中が地球に穴が開いたような騒ぎだ。けれどそれがどうしたっていうのだ。どれだけ注目を浴びようが、ここは俺の町だ。避難指示が出ても俺は逃げなかった。逃げないまま半月が過ぎた。無数の放射線が俺の身体を刺し貫いているとしても、現に俺は生きている。どれほどの細胞が傷つこうと、俺がいま生きていることは間違いない。

この「俺」が被曝地（避難指定地域）に残ることになった直接的な理由は、「寝たきりの母親を置き去りにできない」というものだが、作品を読んでいくと、内部被曝の恐れが十分にあるにもかかわらず被曝地から「逃げなかった」理由は、それだけではなかったことがわかる。物語には、福島第一原発から二〇キロという非常に危険な地域の住民でありながら「避難」しない、つまりフクシマから「逃げ出さなかった」四〇男の、置き去りにされたペットの救出を目的とするヴォランティアとの「淡い恋」や、母親の死から葬儀といった一連の生活なども描かれている。しかし、物語の中心を形成しているのは、三〇年前の小学校時代の初恋に関わる「思い出」である。この小説構造にこそ、この中編作品が書かれなければならなかった真の理由（作者のフクシマへの思い）があったのではないか、と思われる。言い方を換えれば、痴呆症で寝たきりの母を介護しなければならないという理由で、思い出の一杯詰まった故郷から離れられない四〇男の「避難しない＝逃げ出さない」生活を描くことで、「思い出」も何もかも奪い去ってしまったフクシマ＝原発事故の非人間性を、声高にではなく、それが放射能汚染＝被曝するということの現実なのだ、と主張しているように見える。したがって、この中編小説の狙い＝主題は、原発事故は一個の人間から何もかも奪ってしまうものだという観点を強調するところにあった、と考えられる。例えば、主人公の四〇男が次のように「思い出」とフクシマを繋げて捉える場面からは、いかに原発事故＝核被害が酷薄なものであり非人間的なものであるかが伝わってくる。

四、五歳のころを思い出す。俺のご飯茶碗はプラスチックで、三匹の子ぶたの絵があった。俺が茶碗を目の高さに浮かせくるくる回しながら子ぶたに話しかけていると、スプーンでテーブルを叩き早く食べろと母が叱った。いまは俺がスプーンを宙に浮かせ、母の唇が開くのを辛抱強く待っている。流動食を自分で飲み下す力はしぶとく残っている。母を生かしていることは俺の誇りだ。避難しないという選択が正しかったかどうかなんて誰にわかるものか。しかし、甲斐甲斐しく母の世話をしながら、俺の背中にはぺったりと、母の死を願う心が張り付いている。（中略）

原発事故のおかげで人生が狂ったとみんなは怒る。怒るのは不安だからだ。不安に押し潰されまいとして怒るのだ。俺だってずいぶん怒った。二階に上がればひとりで荒れ狂った痕跡がそのままだ。二階は床が傾いていて長くいると気分がおかしくなり、知らず知らず不安がふくれあがっていく。だから俺はもう二階に上がらない。二階にいると頭がおかしくなる。

「甲斐甲斐しく母の世話をしながら、俺の背中にはぺったりと、母の死を願う心が張り付いている」という主人公の正直な告白は、避難指示区域から「逃げ出したい」という強い思いを持ちながら、他方痴ほう症で寝たきりの母を抱えているが故に「逃げだせない」というアンビバレンツな現実の下で呻吟する主人公の姿と二重写しになっている。繰り返すが、これもまたフクシマが引き起こした「悲劇」＝苛烈な一面にほかならない。

しかし、次のような孔雀を飼っていた同級生の女の子の死――主人公とその女の子が逃げ出した孔雀を追って外に飛び出した際、女の子は車にぶつかって死んでしまうが、孔雀が逃げ出したのは孔雀の飼い主である女の子の祖父に黙って、二人で孔雀に餌を与えていた時であった。しかし、主人公は、そのことをずっと隠し続けてきた――と、フクシマ＝原発事故とを結びつける論理（作者の考え）について、どう考えればいいのか、よく理解できない点もある。主人公は、母の葬儀を準備しながら、再会したペット・レスキューの若い女性（怜子）に、「孔雀は原発に似ている」と言った後、次のような考えを披露する。

きれいな羽をもった孔雀はオスだけだって、知ってた。高校の授業で教わったんだけど、オスは派手な羽根で自分を飾ってメスの気を惹くんだ。メスは立派な羽根の持ち主の遺伝子を欲しがるから、どうしたって孔雀は派手に進化していく。（中略）羽根が立派になればそれでいいかっていうと、苦労も増える。目立てば敵に狙われやすいし、身体が重くなって餌は採りづらい。空を飛ぶのもしんどい。リスクが大きいんだ。（中略）リスクを背負ってでも子孫を増やしたい。矛盾がふくらんでも進化を止められない。それが孔雀なんだって。原発も同じだ。技術の進歩とか言いながら危険を承知で進化していって、経済発展のためとか言ってリスクを高めていったあげく、ドカンだ。なんかさ、孔雀に餌をあげてた俺って何だろうって思う。止めたいと思いながら止められなかった。原発を動かしてた連中も同じ気持ちだったんじゃないかな。事故が起きたら真相隠しってとこまで同じだ。俺だって自分を守るのに必死だったし。孔雀と原発を同じにすんなって思うだろ。まったくそのとおりだ。（中略）原子力は未来のエネルギーだと信じ込まされた俺たちが、原子力のおかげで未来を失って。

ここには、「生きるためには仕方がなかった」と原発建設を受け入れてきた自分たちの生き方に対する反省＝総括がない。つまり、自分（主人公）も原発建設が「国策」だということで「交付金」や「補償金」を手にして受け入れてきた地元住民の一人だったことを総括＝批判する視点がないのではないか、ということである。別な言い方をすれば、政府も電力会社も、また原子力ムラに巣食う学者や官僚も、更には原発推進に一役買ってきた文化人も、スリーマイル島やチェルノブイリの原発が大事故を起こしてもなお、「日本の原発は、世界一安全・安心」の言葉を発し続け、フクシマが起こると「想定外」としか言えない組織や人間達と、この小説の主人公は同じなのではないかということである。つまり、この国の核エネルギー政策を批判する視点が、この物語の主人公（作者）には希薄なのではないかということである。さらに言えば、ないものねだりと思われるかもしれないが、原発＝原子力の平和利用政策だけでなく、空洞化した「非核三原則」あるいは「アメリカの核の傘」を前提とした日本の核政策全般――それは先ごろ国連で一二〇か国以上が賛成した「核兵器禁止条約」に、一九四五年八月六日・九日の両日、世界で最初の核被害を受けた国にもかかわらず、アメリカやロシアなどの核保有国と共に参加しなかった姿勢によく表れている――の欺瞞性を告発する力が弱いのではないか、ということでもある。

どうやら、作者はこの作品の主人公をフクシマに対して論理的（科学的）、歴史的に捉える人物として形象するのではなく、情緒的、感傷的であるところに特徴がある、としたかったのかもしれない。しかし、フクシマを描くことの難しさは、原発が「国策」として推進されてきたことを考えれば、登場人物たちを現実の核問題とリンクさせ論理的・歴史的に描き出す必要があり、この『無情の神が舞い降りる』には原発小説が必須とするそれが欠如しているのではないか、と私には思える。このことは、次のような「母の葬儀が終わったら東京へ出ていく」と言う主人公とペット・レスキューの若い女性との会話からも感知できる。

「これから、お骨はどうなさるんですか？　東京に持っていくんですか？」

運転席でシートベルトをはめながら、怜子が訊く。俺はネクタイを緩める。

「骨壺を抱えて東京を歩くってか。それじゃどっかの原告団みてぇだ」俺は笑った。「家に置いていく。放っておくわけじゃねえ。お袋がいてくれりゃ、あの家は空き家になんねえだろ。それに俺も、いつかは家に帰ろうって気になる」

「いつになるんでしょうね」怜子は車のキーを回してエンジンをかける。

車の振動に、骨も揺れて音を立てる。

「さあ、五年先か十年先か。しかしまあ、気持を繋いでりゃ、あの町は廃墟にはなんねえから。廃墟になるのは、みんながあきらめたり忘れたりしてからだ」

テレビの画面や新聞の写真に写った光景を見れば歴然とするように、フクシマから七年以上が経った現在でも、避難指示区域や帰還困難地区の家屋が「廃墟」同然になっている現実を、この作品の主人公はどのように受け止めているのか。あるいは、避難指示が解除されても未だに放射能に汚染されている故郷に帰還しないことを決めた多くの人たちのことを、この作者はどのように考えているのか。「気持ちを繋いでいりゃ、あの町は廃墟にはなんねえ」という主人公の言葉は、作者の願望に過ぎないのではないか。願望で何とかなるものではないということを教えてくれたのが、フクシマ=原発事故だったのではないか。作者のフクシマに向かう姿勢には、いくつかの疑問がある。

その意味で、同書に収められているもう一つの書き下ろし『私のいない椅子』は、「小さな日常のなかに大きな事件がふくまれている」という作品中の言葉が如実に語っているように、フクシマは「個」のレベル、つまり個人的・情緒的にしかとらえることができないのではないか、という作者の確信が如実に出た作品ということができる。物語の骨格は、フクシマの被曝地から叔母を頼って県内の高校への転校（避難）という「個人的な問題（小さな日常）」を抱えた女子高校生が、フクシマという「未曽有の大事件」を映画化して世の中に訴えようと意気込む「正義感」に満ち溢れた同級生から、「あなたは大義（大きな事件）を忘れている」と批難されるが、そのような「大義」を特に意識せずたくましく主人公が成長していく過程を丁寧に描いているところにある。

転校生は、フクシマから避難してきた高校生ということで、高校生がワークショップで制作した『私を故郷に返して』という映画の主役に選ばれるが、「正義」を振りかざす同級生の書いた台本にある「原発は悪魔の工場」とか「大人たちが日本を原発だらけにしたんだ」、「原発を動かしてきた人はみんな犯罪者」というような台詞に、映画の撮影中ずっと「これは私の言葉じゃない」という違和感を抱き続ける。主人公の違和感は、次のような原発に対する「切実な思い」から生じたものであった。

私だって原発が憎い。世界中から消えてなくなってほしい。原発事故さえなければこんな酷いことにはならなかった。家族はばらばらにならなかったし、同級生も散り散りにならなかった。屋根瓦さえ修理すればいくらでも住める家に住んで、平凡な高校生活を送れたのだ。雨に濡れたって平気でいられた。ちょっと鼻血が出たり下痢したくらいで不安にかられずにすんだ。髪の毛がごっそり抜ける夢を見て夜中に飛び起きることもなかった。

　それでも、あからさまに誰かを攻撃してうさ晴らしをするような真似はしたくない。私は、悲しみに沈んでいる人たちに元気を分けてあげたいって遠藤が言うから映画製作に参加したのだ。散り散りばらばらになった家族や友達に自分を見てもらいたかったのだ。彼らに向かって心にもないことは言えない。いくらセリフだからって言えないことは言えない。映画は悪者を探して叩くための道具じゃない。正義ってそういうものじゃないはず。正義のためならだれかを傷つけていいというなら、そんな正義は私はいらない。


ここに示されている主人公の「考え」は、避難指示区域や避難勧告地域を抱えた福島県南相馬市出身で、おそらく多くの親戚や友人・知人が被災・避難民になったと思われる作者のフクシマ＝原発への思いを代弁したものと言っていいだろう。確かに正義＝反原発思想を大上段に振りかざすことの欺瞞性はあるとしても、原発の存在自体が政治性と歴史性を持った存在であることを考えると、フクシマに関する事柄をすべて「個人の思い」で処理していいかどうか。かつてヒロシマ・ナガサキの出来事を表現する原爆文学の世界において、「体験至上主義」ともいうべきものが蔓延《はびこ》っていたことがある。ヒロシマ・ナガサキの辛さや悲しみ、苦しさは「体験」した者でなければ分からない、非被爆者はそのことを十分に承知したうえで発言すべきであり、表現すべきである、という主張である。

　この『私のいない椅子』に感じる「危うさ」は、そのヒロシマ・ナガサキを起点に書かれてきた原爆文学における体験至上主義の主張と似たような感じを受けるところにある。作者の志賀泉が「個人＝小さな日常」にこだわるのは理解できるとしても、その作者の主張の裏側に体験した者（フクシマからの避難者）でなければ避難者の本当の辛さや悲しみは理解できないはず、といった「思い込み」のようなものが感受できるからである。本来なら、フクシマのような「大きな事件」に関しては、誰もが同等にその責任を追及する言葉を発する権利を持ち、そのような権利が保障されて初めて被曝者と非被曝者との「協同」が成立するのではないか。そしてさらに言うならば、そのことが実現して初めて原発を推進する勢力に向かって誰もが「正義」を主張できるのではないか。しかし、残念ながら、この作品からそのような強い主張を感知することができない。

作品の最後で、主人公は伯母さんに「二、三日家を出る。探さないで」と置手紙を残して、全国から寄せられた義援金で購入した自転車に乗って、放射能に汚染された故郷の海を目指すのだが、次のような「感傷的」な思いで、果たして被曝地から「逃げない」生活を全うできるのか、ここにも作者の認識の「危うさ」というか「甘さ」を感じざるを得ない。

義援金で買った自転車は日本中の善意のたまものだ。気合いを入れて走ろう。走れるところまで走ろう。危険地帯はバスで通過するとしても、可能な限り自力で走ろう。母の住む仮設住宅は野球場のなかにある。そこから海までは約三キロ。

町のあちこちに貼られた映画のポスターがちらちらと視界の端をよぎる。

私のいない椅子。私のいない椅子。私のいない椅子。

そう、その椅子に私はいない。私はお出かけ中だ。「故郷に帰して」なんて他人頼みにはしない。自分の力を信じたい。灰になって海に撒かれたくない。生身の身体で海を抱きしめたい。

街並みを抜け、橋を渡る。水田地帯を走り、最初の難関に差しかかる。腰を浮かせて懸命にペダルを漕ぎ、坂道を上り切ったところで振り返ると、盆地の町が湖のように輝いて見えた。

いらぬおせっかいかもしれないが、残留放射能による内部被曝の心配はないのだろうか、と思わずにはいられない。ただ、被災地（避難地区）や避難民の現実を描いた作品が、詩人の和合亮一や若松丈太郎のもの以外にほとんど見当たらないことを考えると、玄侑宗久や志賀泉の作品はいくらかの瑕疵があったとしても、その「証言性」と現場感覚の切実さというような点で貴重なもの、と言わねばならないということもある。

# 終章　乱反射する「言葉」

## フクシマと対峙する様々な言葉

### 〈1〉「ポップ」であることの意味──『恋する原発』（高橋源一郎）

フクシマ後に書かれた最初期の原発小説の一つである高橋源一郎の『恋する原発』（二〇一一年一一月　講談社刊）は、「我々はこの度の震災で被災した皆さんを全力で支援します」と宣言して、「チャリティーAV（アダルトビデオ）」を制作しようとする主人公（語り手）の監督やら社長・会長らの会話を中心に展開する長編である。それらの会話の中に、女性器名「おまんこ」や男性器名「ちんぽ」、あるいは「ウンコ」などの猥雑な言葉が飛び交い、合間にフクシマ（東日本大震災）についてはもちろん、天皇制や靖国神社問題、宮崎駿（核戦争後の世界を描いた『風の谷のナウシカ』のこと）、さらには性教育などについての批判的見解が特に脈絡があるわけではなく差し挟まれ、さらにはゴシック文字が多用された、一言でいえば「不思議な」とか「奇妙な」としか形容できない小説である。この「奇妙さ」については、高橋の小説特有の「ポップ」な「軽薄体の自在さ」が生み出したものと言ってもいいのだが、高橋は何故か東日本大震災や原発事故に関わって前面に押し出されるようになった「正しさ＝正義」に対して、徹底的に懐疑し否定的見解を展開する。

高橋は、「3・11（東日本大震災・フクシマ）」が起こったことによって、作家として、またもの書きとして、自分がいかに「変わった」か、ツイッターに書いた文章を中心に集めた『「あの日」からぼくが考えている「正しさ」について』(二〇一二年二月　河出書房新社刊)の「はじめに──ツイッター、3・11、この本が生まれたわけ」の中で、「『あの日』がやって来た。2011年3月11日だ」と書いた後に続けて、次のように記していた。

「あの日」の前にも、もちろん、ぼくは、たくさんの「ことば」を話し、書いてきた。けれども、「あの日」からは、それより前とは、同じように「ことば」を話すことも、書くこともできなくなった。そして、その理由を説明することは、とても難しかった。

「あの日」の後、ぼくは、いつにも増して、たくさんの「ことば」を書いた。あるいは、話した。それは、小説であり、評論やエッセイであり、その他、さまざまな形をしていた。

何故「あの日＝フクシマが起こった日」以後、それ以前と同じように「ことば」を発信することができなくなったのか。高橋自身が「その理由を説明することは、とても難しかった」と言っているように、フクシマ以後高橋が「ことば」の使用に関して何故「変化」したのか、その理由に関しては、正直言って、よくわからない。しかし、先の『あの日」からぼくが考えている「正しさ」について』の「3月21日(月)」の中で、高橋は自分が教師をしている明治学院大学の卒業式が中止になったことを受けて、教え子たちに送る「祝辞⑫」において、「いま『正しさ』への同調圧力が、かつてないほど大きくなっています。凄惨な悲劇を目の前にして、多くの人たちが、連帯や希望を熱く語ります。それは、確かに『正しい』のです。しかし、この社会の全員が、同じ感情を共有しているわけではありません」と書き、「『正しさ』に抵抗することは、ひどく難しいのです」(「祝辞⑰」)と書いたことは、高橋の「変化」を推測するヒントになるのではないかと思う。

その意味で、以下のような三ページを使ったエピグラフ「すべての死者に捧げる……という言い方はあまりに安易すぎる(「インターネット上の名言集」より)」、「不謹慎すぎます。関係者の処罰を望みます。──投書」、「いうまでもないことだが、これは、完全なフィクションである。もし、一部分であれ、現実に似ているとしても、それは偶然にすぎない。そもそも、ここに書かれていることが、ほんの僅かでも、現実に起こりうると思ったとしたら、そりゃ、あんたの頭がおかしいからだ。こんな狂った世界があるわけないじゃないか。すぐに、精神科へ行け！　唯一のアドバイスだ。じゃあ、後で。」（ゴシック原文）が『恋する原発』（「群像」二〇一一年一一月号　単行本同年一一月）に付されなければならなかったことを考えなければならないだろう。『非常時のことば』（二〇一二年八月　朝日新聞出版刊）の中の「『空気』に抵抗する」の次のような高橋の文章と共に……。

ぼくたちは、いま、ことばがひどく不自由だ、と感じている。乱暴なことばが、他者を拒否することばが、溢れだしている、と感じている。他人を貶《おとし》める、暴力を含んだことばが、至るところを歩き回っている。それに怯えて、ことばを発することが難しい、と感じることが多くなっている。

その一方で、正しさ、奉仕、他者への思いやりへの呼びかけも、また、かつてないほど強くなっている。不思議なのは、その場所でも、ことばは自由ではないことだ。

ことばに対する「抵抗」は、かつてないほど強まっている。

だが、ぼくたちがことばを発する場所は、そこしかないのである。

つまり、高橋はフクシマ（および二万人弱の犠牲者を出した東日本大震災）に関して、「自由」に発言することが阻まれているような社会の「空気」に抵抗するため、あるいは過激な言い方をすれば「叛逆」するために、女性器名や男性器名などが頻出するこの『恋する原発』を書いた、ということである。この高橋の創作意図に関してもう少し詳しく創作の経緯などを踏まえて忖度するならば、先のツイート集『「あの日」からぼくが考えている「正しさ」についで』の記述に従って、最初に『恋する原発』のことが出てくるのは「（2011年）6月3日（金）」で、「書下ろしの小説のタイトルは『恋する原発』です。いままで書いた中で、いちばんクレージーな小説になると思います」とあり、「8月16日（火）」には「このひと月ほど、昼夜逆転していたせいか、ここ1週間、珍しく、不眠状態でした。（中略）そろそろ、『恋する原発』の頂上アタックに出かけなきゃ。10年前に書き出して一度失敗し、再挑戦したこの小説　大震災のチャリティー・アダルトビデオを作るために奮闘する男たちの愛と望見と魂の物語ですw、たぶん。うまく行けば、明け方には、大団円にたどり着く予定。では、行ってきます」と書き、「8月19日（金）」には「『恋する原発』脱稿しました。抜け殻です……。」と、完成を報告している。

「10年前に書き出して一度失敗し」云々については、『恋する原発』が刊行される直前の毎日新聞一〇月一四日号（夕刊）のインタビューで、「『恋する原発』は２００１年9月11日のアメリカ同時多発テロの際に執筆し、未完に終わった『メイキング同時多発エロ』を全面的に書き直したものである」と答えていることと同じ、と考えていいだろう。だが、事実経過としてはその通りだとしても、先の高橋がいう「ことば」を使う人間として、「あの日」以降変化せざるを得なかった現実について推測するならば、やはり東日本大震災及びフクシマが起こって以降のこの社会に横行するようになった、「がんばろう日本」とか「今こそ絆を」といったような、官製の「正しさ=正義」の胡散臭さに対する抵抗・叛逆精神こそ、『恋する原発』を完成させた一番の要因だったと言っていいのではないだろうか。

高橋は、『恋する原発』の中に唐突な感じが否めないまま差し挟まれた「震災文学論」の冒頭で、「10年前の9月11日、ニューヨークで同時多発テロが起こった直後、全米で吹き荒れた『愛国』と『テロリストへの憎しみ』の嵐の中で」、批評家のスーザン・ソンタグが「『文明』や『自由』、『人道』、あるいは『自由な世界』に対する『卑劣な』襲撃なのではなく、世界の超大国を自称する合衆国に対する襲撃、つまりアメリカの行動や利益の結果に対する攻撃なのだということを誰が認めただろうか」と書き、さらに「アメリカのように、自らは傷つかない高みからの爆撃ではなく自らの死を賭けたテロリストたちの攻撃は、少なくとも『卑劣』とは言えない」と書いたことを紹介した後、次のように自説を述べている。

戦争について書くとき、直接明示しないにせよ、わたしたちは、「あらゆる戦争は憎むべきものであり、二度と、このようなことは起こしてはならない」とまず書く。そのうえで、「戦争」に関する、自分の考えを記す。生命について論じるとき、同じように、直接明示しないにせよ、わたしたちは、「人間の生命は絶対に奪ってはならないものだ」とまず書く。そのうえで、「生命」について論じるのである。

だが、実際のところ、この「正義の論法」は建前にすぎない。あるいは、単なる「文法」にすぎない。あるいは、あまりに抽象的すぎる。

人びとが、本当に、「戦争」を唾棄すべきものと考え、あるいは、「生命」を、絶対に奪ってはならないものと考えているなら、「戦争」は起こらず、殺し合いは起こらないだろう。わたしは、「正義の論法」を疑っている。ソンタグは、「テロは絶対に許されない」の前に、「テロとは何か。テロを必要とする者もいるのではないか」という問いを置いた。考える、ということは、どんな順番で考えるか、ということだ。それ故、彼女は「アメリカ社会の敵」と見なされた。「考える」ことは、時に、社会の「敵」の仕業となるのである。

繰り返すことになるが、高橋はフクシマ=原発問題に関して、「社会の敵」になることを覚悟して、アダルトビデオを撮ることとしか能がない監督を語り手にして、ひたすら猥雑かつ多彩な歴史的人物や出来事が登場する『恋する原発』を書いたのである。高橋のフクシマ=原発へのスタンスは、決まっている。それは、次のような言葉を読めば歴然としている。

いまもっとも喧しいのは、「原発」をめぐる問題だろう。長い間続いた、「原発推進」派と「反原発」派の争いは、福島原発で巨大事故が発生しても、決着がつかない。いや、以前よりも、激しく争っているようにも見える。「経済的発展」を採るのか、「安全な生活」を採るのか、あるいは、本当の意味での「危険」とは何なのか、「科学的」ということばの意味は何なのか、それらの問題について、納得のいく回答は、どこからも与えられはいない。だが、考えるべきことは、それなのだろうか。

ぼくは、この問題について、「招かれていない当事者」のことを想像するのである。「原発」は、未解決の問題を未来に先送りする。それは、いまだに、最終処分が決まっていない「放射性廃棄物」だ。数百年もの間（あるいはもっと）、危険な状態が続く「廃棄物」の影響を受けるのは、いまここに存在しない、未来の子供たちなのである。

ここでまた、ぼくたちは、「知らない」といいはることができる。ぼくたちは、「過去」も「現在」も知ることはできるけれど、まだ起こってもいない「未来」のことは知りようがないのだ、と。
彼らこそ、いまだ存在していない者こそ、この世界でもっとも弱い存在であるだろう。強者たちが作り上げた世界が、どんなものであったか、どんなものでありうるかを、ぼくたちは知っている。そうではない世界を想像するために、何が必要であるかを、僕は考えたいのだ。（『「あの日」からぼくが考えている「正しさ」について』「6月6日（月）」）

長い引用になったが、同書の「5月1日（日）」にも、また『非常時のことば』にも同趣旨のことを書いているところを見ると、原発＝フクシマに関わる最大の問題は、「放射性廃棄物」の最終処分（方法）が未だに決まっておらず、「未来」の存在である子供や孫世代、更にはその先の世代に対して問題を「先送り」にしているところにある、ということになる。

しかし、この引用の前半部における「原発推進」派と「反原発」派の対立に関する見解は、果たしてフクシマ＝原発問題の核心を衝いたものであるかどうか、いささか疑念を感じざるを得ない。何故なら、確かに原発推進派と原発反対派の対立は現象的には高橋の言う通りかもしれないが、高橋は両者の対立の根っこにある三つの根本的問題のうちの二つを等閑にしているように思えるからである。つまり、高橋が高レベル放射能廃棄物の最終処分の方法が決まっていないことに危惧するのはいいとして、何故「使用済み核燃料」を再処理してプルトニウムを取り出し「核燃料サイクル」をやめないのかという問題に関して、これまでにも何度か言及しているように、それは再処理して取り出したプルトニウムを保持することで、世界に向かって「潜在的核保有国」――いつでも核武装できる国――として認知させる目論見があることに、何故触れないのかということである。「潜在的核保有国」論＝核武装論は、「原子力の平和利用＝原発」を推進してきた保守政権には根強く存在してきたこと、このことは原発を論じる際に決して蔑ろにしていいことではない。

もう一つは、『福島の原発事故をめぐって――いくつか学び考えたこと』の山本義隆や、『原発はいらない』の小出裕章などが言うように、科学技術に完璧なものはなく、その科学技術の粋を集めたと言われる原発も、理論上はともかく、必ず大小の事故を起こし、放射能を撒き散らすものであり、たとえ将来廃炉となっても、高濃度に汚染された原子炉やその周辺の機器などをどのように処分するのか、未だに暗中模索の状態にあり、それは「核＝放射性物質と人間は共存できない」ということを証明することなのだが、そのことについても高橋は触れていないということである。

総じて言い方を換えれば、高橋は『非常時のことば』で触れている山本義隆がその著で言及している「原発ファシズム」の問題に正面から向き合っていないのではないか、ということである。山本は「原発ファシズム」について、次のように書いている。

しかし、市場原理にゆだねたならばその収益性からもリスクの大きさからも忌避されるであろう原子力発電にたいする異常なまでの国家の介入と電力会社にたいする手厚すぎる保護は、弱者保護の対極にあり、きわめて由々しい結果をもたらしている。実際、それでなくとも強力な中央官庁と巨大な地域独占企業の二人三脚による、その危険性からも政治的観点からももともと問題が多く国民的合意も形成されていない原子力開発への突進は、ほとんど暴走状態をもたらしている。税金をもちいた多額の交付金によって地方議会を切り崩し、地方自治体を財政的に原発に反対できない状態に追いやり、優遇されている電力会社は、他の企業では考えられないような潤沢な宣伝費用を投入することで大マスコミを抱き込み、頻繁に生じている小規模な事故や不具合の発覚を隠蔽して安全宣伝を繰りかえし、ボス教授の支配の続く大学研究室を寄付講座という形でまるごと買収し、こうして、地元やマスコミや学界から批判者を排除し翼賛体制を作りあげていったやり方は、原発ファシズムというべき様相を呈している。

なお、「原発ファシズム」という観点からフクシマに関わる小説作品を見た場合、連載最終回の三日前に「3・11フクシマ」が起こったことにより大幅に加筆訂正を余儀なくされ、二〇一一年七月に刊行された真山仁の長編『コラプティオ』（文藝春秋刊）もまた、原発文学史に明記されてしかるべき作品ということになる。何故なら、この長編が問題にしているのは、原発（再稼働や輸出も含む）という存在が「国策」（「政治」主導）で建設運転され、またそれは山本義隆が言う「原発ファシズム」を誘引するということを、フィクション（エンターテインメント・読み物）の形で明らかにしているからである。更にこの小説について言うならば、この長編は連載と刊行時で内容が大幅に異なっていたが故にあまり注目されなかったが、高橋源一郎の『恋する原発』よりも早くフクシマ（原発）を素材としていたということで、文学史に記録されるべきだということもある。

## 〈2〉「一〇〇〇年」後の恐怖——『ベッドサイド・マーダーケース』（佐藤友哉）

従来の「純文学」概念を打ち壊す奇想天外なミステリー的要素を持つ小説『1000の小説とバックベアード』（二〇〇七年）で三島由紀夫賞を受賞した佐藤友哉の『ベッドサイド・マーダーケース』（二〇一三年一二月　新潮社刊）は、原発小説と言うには、あまりに奇妙な小説である。理由は、世界中が放射性物質に覆われた「一〇〇〇年後」の世界が舞台になっているということに加えて、何故か「放射児」と呼ばれる子供を懐胎した母親を自裁させる「超能力（洗脳する能力）」を持った産婦人科医が、一定の地域を「ジェノサイド（皆殺し）」する能力も持っていて、その産婦人科医に妻子を殺された男たちが行方不明になった産婦人科医を探す、という物語展開になっていることが一つ。また、物語は主人公の成人した息子やその恋人、更には公安警察や産婦人科医の私兵と思しき人物たちが絡み、フクシマから「一〇〇〇年後」の世界がいかに「現在」とは違ったものになっているかを強調しているが、そのことが「奇妙さ」を倍加させている。

この『ベッドサイド・マーダーケース』は、「第1部　ベッドサイド・マーダーケース」（「小説新潮」二〇一二年四月号別冊）と「第2部　ベッドタウン・マーダーケース」（「新潮」二〇一三年八月号）、および書下ろしの短い「第3部　ベッドルーム・マーダーケース」の三部から成っているのだが、作者が設定した「一〇〇〇年後」の世界は、主人公（六条）が産婦人科医に「なぜ自分の妻子を殺したんだ」と問い詰め、産婦人科医が「国家が子殺しを承認し、推奨したことが、歴史上、ただ一度だけあった。きみも学校で勉強したはずだよ。そう……千年前の原子時代さ」と答えた後のフレーズによく示されている。


僕たちが小学校で学ぶ世界の真実。

世界規模の大災害と、それにともなう核兵器施設・原子力発電所の崩壊によって、地球はおよそ千年前、放射性物質が蔓延する死の星になった。

僕が住むこの町も、近隣に建てられた原子力発電所が爆発して、人の住めない土地になったそうだ。

やがて、子供に異変が起こる。

生まれた直後に呼吸をとめてしまう子。生まれはしたが頭部のない子。体内に大量の病気をかかえて生まれてきた子……。子どもたちが、健康なかたちで生まれてこなくなったのだ。そのような子は、いつしか放射児と呼ばれるようになった。

かろうじてのこっていた各国政府は、『放射性物質との因果関係は立証されていない』という発表をくりかえす。事実、統計サンプルや科学的判断をもとにしたデータというものは、どの国にも存在しなかった。あったとしても、主観的な実験、個人的な感想、一面的な実感から導かれた『結果』にすぎなかった。

煙草の害といっしょ。


原発事故（大爆発）によっていかに社会＝共同体が破壊され、それに伴って人間の身体もまた「異常」なものとなるか、作者は「放射児」という言葉を作り出すことによって、その理不尽さ・すさまじさを表そうとしている。しかし、ヒロシマ・ナガサキの核被害やチェルノブイリ原発の大事故から三〇年以上経つのに、未だに広範囲の地域から老若男女を問わず癌や白血病患者が生まれていることを知れば、作者の物語設定がいかに「杜撰」であるか、つまりそのような杜撰な設定によっていかに興を殺がれる作品になっているか、ということがわかる。さらに、素朴なリアリズムの観点に立っていくつかの疑問を呈するならば、「大災害によって、核兵器施設・原子力発電所の崩壊」があり、「地球はおよそ千年前、放射性物質が蔓延する死の星になった」というのであれば、当然核兵器の原料となるプルトニウムの保管庫や原発の使用済み核燃料を再処理する施設なども「崩壊(損傷)」し、そこから「地球を死の星にした放射性物質」である半減期が「二四〇〇〇年」と最も長く、毒性も強い放射性核種プルトニウムや、これまた毒性の強いストロンチウム90(半減期二九年)、セシウム137(同三〇年)なども存在したはずで、本当に人類は「生き延びられたのか」、「一〇〇〇年後の物語」は成立するのかという根本的な疑念を払拭することができない。

また、「かろうじてのこっていた各国政府は、『放射性物質との因果関係は立証されていない』という発表をくりかえす」という言い方も、フクシマが起こってすぐ政府が繰り返して発した言葉「直ちに人体(生命)に影響ない」のパロディだと思うが、ヒロシマ・ナガサキの犠牲者や被爆者からアメリカが手に入れたデータが明らかにした原爆と原爆病(癌や白血病を含む)との関係、更にはチェルノブイリの原発事故と癌や白血病、子供の甲状腺異常との因果関係が明らかになっている今日、「死の星地球」に残っていた各国政府が「(放射児の存在と)放射性物質との因果関係は立証されていない」と発表を繰り返してきたという記述=表現にはかなり「無理」があるのではないか、と言わざるを得ない。つまり、この作品は余りにも「恣意的」に作品内容が設定されているということである。

ただ、作者が書きたかった「一〇〇〇年後」の世界は、先の引用のようなことが起こって後に「世界」が選んだ次のような社会の「異常さ」についてだったのではないか、ということはある。

「大災厄」(世界規模の大自然災害が発生して、それによって核兵器施設や原子力発電所が崩壊し、世界が放射性物質につつまれるという事態――黒古注)によって打撃を受けた当時の国々に核開発をする体力はなく、なにより崩壊した核兵器施設や原子力発電所を、いっこくも早く安定・収束させる必要があった。

そのせいだろう、『原子力研究の永久凍結』という難題は、すんなり浸透したそうだ。原子力研究でつちかった技術が廃炉ビジネスにすぐさま応用可能だったのも、その要因の一つといわれている。

原子力というデカイ一発を棄てて裸同然となった世界は、やがて、おたがいを見はりたいという不安神経症におそわれた。

監視は、そのときからはじまった。

そういう意味では今もなお、核抑止の状態なのだろう。核なき核抑止というわけだ。

核の傘を失った世界は、認証というあらたな束縛を己にあたえた。

国であれ個人であれ、あらゆる行動にたいして、ＩＤ認証をくぐらせる道をえらんだ。


この引用部からも、作者が相変わらず「崩壊した核兵器施設や原子力発電所を、いっこくも早く安定・収束させる」ことができるかのような幻想を基に、「原子力研究でつちかった技術が廃炉ビジネスにすぐさま応用可能だった」というような「楽観的」な核認識を振りかざしていることがわかる。しかし、それはそれとして、世界が「核に覆われた」社会から「監視社会」への移行というのは、第九章でも触れたようにジョージ・オーウェルの『１９８４年』に代表される「ディストピア小説」をなぞったものと思われ、フクシマから「一〇〇〇年後」の世界もまた、人々を「幸せ」にするものではないことを告知したことになる。このことからは、作者の深い「絶望」も想像させられる。「核の恐怖」から逃れたら、そこに待っていたのは「監視社会の息苦しさ」というのでは、人間は何故生き続けるのか、その根本の理由も揺るぎかねない。そして、その「監視社会」も、主人公を監視し続けてきた公安警察の「山田」によれば、今や次のような世界になっているというのである。


「いいですか六条さん、世界の中に個人は入っていません。いえ、個人だけじゃない。国家すら、世界の中に入っていません」

「からっぽじゃねえか世界」

「からっぽですよ世界」山田はさも当然というような口調だった。「世界はいつもからっぽで、ごくたまに不条理が現れて、それは一度はじまったら止められなくて、とにかく命がけで動きまわるほかにすることはなくて、収束するまでずっとつづく。個人と世界は、それにまきこまれるだけなんです」

「なんか台風みたいだな」

「あるいは戦争ですかね」

「どっちにしても、おまえさんの世界観はおもしろさに欠けるな。夢がない。おれの世界のほうが、おもしろいぜ」

「あなたになにができますかね」

「この世界を、自分が関与できるところまで引き寄せてやるのさ」


主人公（六条）が言うような「夢がない」「からっぽな世界」という認識が、作者のどのような思想から導き出されたものなのかは不明だが、「からっぽな世界」という言葉から想像できるのは、作者の心底に横たわる「現実」への絶望と根深い「ニヒリズム」である。『ベッドサイド・マーダーケース』の作者の心底に横たわる「ニヒリズム」については、フクシマから一年も経たない時期に書かれた短編『今まで通り』（「新潮」二〇一二年二月号）を読めば、それが作者固有の倫理を形成していることがわかる。離乳食を食べ始めた生後半年余りの乳飲み子を抱えた母親が、フクシマが起こって「放射性物質がひろがったのを知ったとき、私はとにかくほっとし」、次のような行動に出るということは、逆説的・偽悪的に核＝放射性物質への「恐怖」を示しているとしても、同時に作者が抱えた「ニヒリズム」の深さを感じざるを得ない。

ほうれん草、れんこん、はくさい、春菊、さつまいも、水菜、小松菜。
スーパーマーケットを何軒も回り、注意ぶかく汚染野菜をえらんだ。（中略）
冷凍保存していた離乳食を、ごみ箱に投げすてた。それから、ほうれん草と小松菜を電子レンジで加熱して、水道水をくわえてすりつぶした。そうしてペースト状になったほうれん草に味をつけ、ビニールパックに小分けした。私は調理をたんたんとこなした。（中略）
「ミネラルウオーターつかったからだいじょうぶ」と私がいうと、「おれたちはいいけど、乳幼児に水道水を飲ませるなっていってるよ」と夫がいった。「うん」と私は答えて、汚染野菜と水道水でつくった離乳食を、お風呂から出てきてつるつるした赤ちゃんに食べさせた。
ニュースによると、水道水をわかすと、放射性物質の濃度が高くなるらしい。
明日からは母乳育児をやめて、水道水でつくったミルクを飲ませようと思った。

作者の佐藤友哉は、『今まで通り』に次いで、この短編の翌々月『夢の葬送』（「新潮」二〇一二年四月号）という、フクシマによって空気中に放散された放射性物質が雨に当たって川に落ち、水道管を流れる水の中に溶け込み、「あかちゃんニンゲン」と友達になり、そしてあかちゃんニンゲンの口に流れ落ちるが、「おとなニンゲン」になった「あかちゃんニンゲン」は「山のむこうにある、新しい町」の病院に入っていくという寓話小説を書くが、この寓話小説もまた、核＝放射能＝フクシマを放置している私たちの「現在」への痛烈な皮肉になっている。

佐藤友哉によれば、フクシマを収束できないまま放置せざるを得ない私たちの「未来＝一〇〇〇年後の世界」は、「夢」がなく、あるのは死と隣り合った「恐怖」だけということになるが、これはまさに私たちの「未来」に待っているのは確実に「ディストピア」の世界だということであり、何とも「希望」のない情けない世界ということになる。

## 〈3〉反「日本」の彼方へ――『重力の帝国』（山口泉）

二〇一八年三月に刊行された山口泉の『重力の帝国』（オーロラ自由アトリエ刊）は、フクシマを経験したにもかかわらず未だに原発（核エネルギー）に依存しようとする政府（政治権力）や経済界、及びそのような政治権力や経済の在り方を容認している「日本国民」に対して、根源的な「NO」を突きつけた小説として、突出している。「週刊金曜日」の二〇一七年三月一七日号から同年一二月一五日号まで月一回『重力の帝国』と題して連載された「第一話　原子野の東」から「第一〇話　世界終了スイッチのために」までを中心に編まれた本書は、例えば「第五話」の次のような登場人物の一人が構想する『愛の遺跡』と題する作品の言葉が如実に示すように、徹底して「核」や「フクシマ」に対してアパシーを装っている日本国民を「批判・否定」するところに成った小説である。

降り注ぐ何億立方メートルもの〝虹色の灰〟（放射性物質のこと――黒古注）が惹き起こす、極急性・劇症性・致死性の障害が夥しく増加するだろう。控えめに見積もっても、東アジアの――事実上は、少なくとも北半球の終焉である。だが……。

だが、それでもなお――この破滅の張本人たるイムペリーオ・ヤマト（日本のこと――同）の大衆は、噴出する鼻血・結膜出血・とめどない下痢・皮膚に浮く紫斑や白斑・脱毛・咳や高熱・嘔気と悪寒と全身倦怠に苛まれながら、依然として、カップ麺で昼餐を済ませ、スナック菓子を頬張っては、テレビの「お笑い」番組と、日夜、配信される〝出会い情報〟やAVに明け暮れ――そのまま唯唯諾諾と、黙黙と、被曝死してゆくのだ。（中略）

最後の最後まで〝虹色の灰〟との「因果関係」は否定され、社会システムは脅迫的な相互監視で統御され、維持され続ける。この国――比類なきイムペリーオ・ヤマトにのみ成立可能の壮大な奇観として。ないしは、人類史に顕現した〝奇蹟〟として。

山口泉は、七年前の二〇一一年三月一一日に起こったフクシマ直後の二〇一一年三月二一日から書き始めた「ブログ」を集成した「被曝地・東京の三三〇日」の副題を持つ『原子野のバッハ』（二〇一二年四月　勉誠出版刊）の「序章『この世の終わり』の後の日本で――偽りの希望を拒否して携えるべきもの」の中で、次のように書いていた。

暗い春が、夏へ移ろうとしている。万一、起こったなら、それはとりもなおさず、「この世の終わり」にほかならなかったはずの――そんな事態が、しかしほんとうに起こってしまった。危惧されたすべての可能性に数倍する絶望的な規模で、いともあっさりと。

すなわち、いま私たちは「この世の終わり」の後を生きているのだ。どうすれば、いいのか。

かくも人口の密集した狭い島国に、四基の原子炉と三槽の核燃料プールが揃って口を開いたまま、早くも二箇月半が過ぎようとしている。４号炉一基の爆発だったチェルノブイリどころではない。人類史上いまだかつてない、終末的事態である。悪夢のようだ。（中略）

株式会社東京電力が犯したのは、人類と地球環境とに対する空前の「核暴力」だった。昨年来、ロンドンの寓居を引き払い、東京での定住を再開したばかりの私自身、三月以来、少なからぬ線量を被曝しているに違いない。（傍点原文）

また、同書の「あとがき――この『内戦』は解放戦争である」では、次のように書いていた。

日本はいま、すでに精神の「内戦」状態に突入している。

危機を危機として認識した上で、それに立ち向かおうとする者と――危機の現実を否定し、時には覆い隠し、さらには消極的ないしは積極的にその危機の進行に加担しようとする者との。この絶望的状況にあっても、なお人間として生きようと志す者と、〝株式会社東京電力的なるもの〟一切との……。

人類史上最悪にして「最愚」の破滅に他ならない東京電力・福島第一原発事故をきっかけに、これまでの偽りの「戦後」を通じて表面的には糊塗され扮飾されてきたすべてが噴出し、この超チェルノブイリ級の放射能に汚染された「国土」を黒ぐろと包みこんでいる。何という状況だろう。

山口泉が抱いている放射能汚染の対する「恐怖心」やこの国の在り方、特に「核」に関する取り組みに対する「危機感」は、吉本隆明の似非的科学論に基づく「楽観論」や村上春樹のどこか「他人行儀」な姿勢に比べると、その切迫感の強さにおいて他に代えがたいものが漲っている。つまり、『原子野のバッハ』に始まり『重力の帝国』に通底しているのは、世界の在り様がそれ以前とは全く異なってしまった「フクシマ以後」をどう生きることが「正統＝正当」的であるのか、といった根源的な問いにほかならないということである。

『重力の帝国』の作品内容に即して言えば、「ヒロシマ・ナガサキ」以降、世界の盟主となった「重力の帝国」ＵＡ

D＝〝貪婪な大腸〟（つまり、アメリカ）の属国であり続けてきた「イムペリーオ・ヤマト」（つまり、日本）は、UADの意を汲んで「灰色の虹」（原発）を作り続けてきた結果、四基の「灰色の虹」を爆発させてしまい、国中に「虹色ノ灰」＝放射能を撒き散らし続ける「この世の終わり」とも言うべき最悪の状況を迎えることになったが、そのような「絶望的な状況下」の日本に「否」を突きつけることにこそ「生きる意義（意味）」があるということである。

作者は、『重力の帝国』の「後記」で、「私にとっては、世界が疑いなく暗いものであるとき、その暗さに正面から、どこまでも向き合いつづけることだけが、ほんとうの意味での『希望』です」と書いている。ここからわかるのは、作者の本意（モチーフ・テーマ）がヒロシマ・ナガサキを経験したにもかかわらず、戦後七二年、その「世紀の災禍」をもたらしたアメリカの「属国」として在り続け、その挙句に「フクシマ」を起こしてしまった「日本」に対して、東アジア史（中国や朝鮮半島との関係）を踏まえて、根源的・徹底的に「否定＝批判」するところにある、ということである。その意味で、本書はフクシマ以後の原発文学の中で、最も本質を衝いた激烈な小説と言うこともできる。

## 〈4〉「歌の力・詩の力」――『震災歌集』（長谷川櫂）・和合亮一『詩の礫』他・若松丈太郎『福島核災棄民』他

朝日俳壇の選者長谷川櫂が「3・11」から一ヶ月余りで刊行した『震災歌集』（二〇一一年四月二五日　中央公論新社刊）に収められた、「二二」のフクシマに関わる全一七首の作品は、その後様々な結社誌や短歌雑誌に書かれた数多くの「原発短歌」ともいうべき作品群の「原型・原点」の趣を呈していた。

（1）音もなく原子炉建屋爆発すインターネット動画の中に
（2）顔みせぬ東電社長かなしけれそれなりの人かと思ひゐたりしに
（3）原子炉が火を噴き灰を散らすともいまだ現れず東電社長

（4）古人いはく人は見かけで判断するな青く塗りたる原子炉建屋
（5）被曝しつつ放水をせし自衛官その名はしらず記憶にとどめよ
（6）原子炉に放水にゆく消防士その妻の言葉「あなたを信じてゐます」
（7）原子炉の放射能浴び放水の消防士らに掌合はする老婆
（8）ほうれん草放射性物質検出すそののち汚染野菜ぞくぞく
（9）東電の御用学者が面並《つらな》めて第二の見解（セカンド・オピニオン）なし原発汚染
（10）如何《いかん》せんヨウ素セシウムさくさくの水菜のサラダ水菜よさようなら
（11）降りしきるヨウ素セシウム浴びながら変に落ち着いてゐる我をあやしむ
（12）目に見えぬ放射能とは中世のヨーロッパを襲ひしペストにかも似る
（13）見しことはゆめなけれどもあかあかと核燃料棒の爛《ただ》れをるみゆ
（14）爛れたる一つの眼らんらんと原子炉の奥に潜みをるらし
（15）禍つ火を奥に蔵せる原子炉を禍つ神とし人類はあり
（16）その母を焼き死なしめし迦具土の禍々《まがまが》つ火の裔《すえ》ぞ原発
（17）火の神を生みしばかりにみほと焼かれ病み臥（こや）せるか大和島根は

ここに転記した一七首の短歌作品は、テレビ画面を通してしかフクシマの状況を知ることができなかった歌人長谷川櫂の、おのれの「生活」に即した精一杯の表現だったと言っていいだろう。興味を引くのは、（1）の「音もなく原子炉建屋爆発すインターネット動画の中に」から最後の（17）「火の神を生みしばかりにみほと焼かれ病み臥（こや）せるか大和島根は」まで、時間の流れに従って作歌されていることである。また、原発事故など日本では決して起こらないと信じていた自分を次々と「裏切る」出来事が起こっていることに戸惑い、怒り、哀しい気持ちになったことを素直に表現している点も、この歌集を特異なものにしていると言える。特に、命じられるままに未曾有の大事故であったフクシマに命懸けで立ち向かっていった自衛官や消防士を「称える」気持ちを歌った（4）（5）（6）は、多くの国民の共感を得られる歌であったと言っていいだろう。

しかし、科学の粋を集めた原発が地震や津波と言った「自然の力」に抗しえない現実、つまり原発は本当に「原子力の平和利用」と言っていいエネルギー源なのか、あるいは原発は人類に「明るい未来」をもたらすものなのか、といった根源的な問いに上記した長谷川櫂の「短歌」は耐えられるだけの質を持っているのか、という疑念もある。言い方を換えれば、「五・七・五・七・七」という短歌形式（抒情的韻律）によってフクシマという叙事的な出来事を表現しきれるのか、という本質的な問題に長谷川櫂の短歌作品は応えていないのではないかということである。

これは、「3・11」が起こった五日後から始めたツイッターの言葉をそのまま紙媒体に置き換えた和合亮一の『詩の礫』（二〇一一年六月三〇日　徳間書店刊）にも言えることである。一九九九年に第一詩集『AFTER』で中原中也賞を受賞した和合の三月一六日から五月二五日までの「つぶやき（ツイッター）」を集めたこの『詩の礫』の性格は、その前書きである「言葉の中の〈真実〉」によく表れている。和合は、この「言葉の中の〈真実〉」の中で、「気力が失われた時、詩を書く欲望だけが浮かんだ。これまでに人類が体験したことのないこの絶望感を、誰かに伝えたい。書くということにだけ、没頭したい。死と滅亡が傍らにあるときを言葉に残したい」と書き、次のような言葉で締めくくった。

> 言葉には力がある。ある夜に感じて、伝えた感慨がある。「私たちは、いっしょに未来を歩いている」。どうしてこんな想念が浮かんだのか。私たちの母国語というものに日本人の歴史そのものがあり、そしてその先には占われた未来があることを、日本語を前にして肌で感じた瞬間があった。だから私たちの〈言葉〉に祈りを込めたい。露《あら》わな〈肌〉で望みを書きたい。「福島をあきらめない」「福島で生きる」「明けない夜はない」

この「言葉の中の〈真実〉」で表明していることは、確かに和合にとっては嘘偽りのない「本音＝真実」なのだろう。そのことを疑うつもりはない。しかし、フクシマという世界史的・人類史的核被害について、果たして「一四〇字以内」という制限のある「つぶやき」でどれほどのことが表現できるか、そんなに「言葉＝母国語（日本語）」に信頼をおいていいのか。例えば、私たちは政府や電力会社、あるいは原子力ムラの住人たちによる「安全」という言葉を信用してきたが故に、フクシマを招来してしまったのではないか。つまり、和合がここで「信頼したい」と言っている母国語＝日本語が内在させている「ナショナリズム」こそが、これまで「資源のない日本にこそ安価なエネルギー源である原発が必要」という幻想＝虚言を横行させてきたのではないか。和合の『詩の礫』は、このような疑念や懐疑に対して果たして応え得ているかと言えば、必ずしもそれは実現していないのではないか、と私には思える。

「福島をあきらめない」「福島を生きる」「明けない夜はない」、いずれも「真実の言葉」だろう。しかし、フクシマという「レベル７」の原発事故は、福島一県を超えて、東日本全体、あるいは一九八六年四月のチェルノブイリ原発の事故がそうであったように、世界全体に影響を及ぼしているのである。和合は、『ふたたびの春に――震災ノート２０１１０３１１→２０１２０３１１』（二〇一二年三月　祥伝社刊）に収められた「四月二十二日　飯館村にて」という注のある「立入禁止」という詩の最初の連で、「砂場立入禁止／草ムラ立入禁止／二〇キロ圏内立入禁止／私有地ニツキ立入禁止」と書き、最後の連で「骨折治療中立入禁止／立入禁止区域検討中立入禁止／立入禁止指定解除検討中立入禁止／原発二〇キロ圏内ヨリ一寸先立入禁止」と書いた。和合はこの時、当然「立入禁止区域」に指定されてはいないが、福島県外に住むたくさんの人々が福島県民と同じように、「放射能の恐怖」に怯えている現実に思い至らなかったのだろうか。

和合が同じ書の「震災ノート　余白に」の「五月某日」の項で、次のように言っていることを信じないわけではないのだが、彼の発する「言葉」は余りにも「情緒的」過ぎるように思われて仕方ない。

> 私たちの精神を追い込むのも、救うのも言葉なのだ。あらためて〈絶対〉の崩壊に立ち向かうには、〈言葉〉しかないのだ。放射能。見えざる恐怖の情報に脅えて、励ましに涙する毎日の中で、本当に信じられる〈言葉〉だけを見つめたい。〈絶対〉がない今、これからの日本を語る一言一言を、あくまでも福島で見つけていきたい。

原子力は必要なのか。この問題を全員で喉を嗄らしても語っていかなくてはいけない。

和合は、「原子力は必要なのか。この問題を（福島県人）全員で喉を嗄らして語っていかなくてはならない」と言っているが、正直「なにを今更」と思わないわけではない。一四基もの原発を林立させている「西の原発銀座」である福井県若狭地方に対して、福島第一、第二と一〇基もの原発建設を許し「東の原発銀座」と言われる核状況を招来し、挙句の果てにフクシマを引き起こすことになってしまった「福島県（人）」──それはまた「日本人」全体をも含意する──の「責任」について、和合はどのように考えているのか。少なくとも『詩の礫』と『ふたたびの春に』の中では、この「福島県（人）の責任」について、和合はどのような「言葉」も発していない。

そんな和合の『詩の礫』は、仏訳されて今年（二〇一七年）創設された「ニュンク・レビュー・ポエトリー賞」を受賞したとのことだが、原発建設を許容してきた「福島県（人）」の責任について考えると、和合と同じように福島県（南相馬市）に住む若松丈太郎の詩表現における「反原発の徹底性」は、和合の「詩の言葉」を遥かに凌駕しているのではないか、と思わざるを得ない。例えば、当時の政権によるフクシマの「収束宣言」に際して書かれた和合の「収束」という作品の、以下のようなフレーズ（言葉）はいかにも「弱い」のではないかということである。

私の中で　何が　爆発しているのだろう
怒りなのか　悲しみなのか
絶望は爆発するのか　一体　何が
あの日の爆発の記憶がまず　爆発するのだ
（中略）
本日　原発事故「収束」宣言があった
お祝いをしなければ　私は缶ビールを力の限り振り回す
プルタブを開けようか　どうしようか
すると　爆発の記憶がまず　爆発する

詩における発語は、あくまでも「個人」からのものであるということを了承してもなお、フクシマ＝原発事故という未曽有の世界史的出来事に対峙する時、果たして引用のような「個人」（内面）にすべてが収斂するような言葉の使い方でいいのか、という疑問が残る。

もちろん、手法の違いということもあるのだろうが、先に触れた若松丈太郎がフクシマ以前の「みなみ風吹く日」（『北緯37度25分の風とカナリア』二〇一〇年所収）という六九行の長詩において、現地まで出かけて行って見学したチェルノブイリ原発と福島の原発銀座に起こった「小さな事故」（本当は「小さく」ないのだが）とを対比しながら、原発の問題について鋭い批評精神を発揮していることを考えると、和合の作品（言葉）はやはり「弱い」という印象を免れがたい。若松の詩の、「岸づたいに吹く／南からの風がここちよい／沖あいに波を待つサーファーたちの頭が見えかくれしている／福島県原町市北泉海岸／福島第一原子力発電所から北へ二十五キロ／チェルノブイリ事故直後に住民十三万五千人が緊急避難したエリア／の内側」という第一連に続く、次のような連の「事実」を積み重ねることで読者に訴える手法を見れば、若松の作品がいかに「強度」を内包しているかが理解できるだろう。

たとえば
一九八〇年一月報告
福島第一原子力発電所一号炉南放水口から八百メートル
海岸土砂　ホッキ貝　オカメブンブクからコバルト六〇を検出
（中略）
あるいは
一九八四年十月二十一日
福島第一原子力発電所二号炉
原子炉の圧力負荷試験中に臨界状態のため緊急停止
東京電力は二十三年を経た二〇〇七年三月に事故の隠蔽をようやく

認める
制御棒脱落事故はほかにも
一九七九年二月十二日　福島第一原子力発電所五号炉
一九八〇年九月十日　福島第一原子力発電所二号炉
一九九三年六月十五日　福島第二原子力発電所三号炉
一九九八年二月二十二日　福島第一原子力発電所四号炉
などなど二〇〇七年三月まで隠蔽ののち

政府や東京電力や原子力ムラの住人が「世界一安全」な原発だから「安心」していいというのが、いかに偽りに満ちた言葉であり、原発周辺の住民を中心とした「国民」を騙すものであったか、若松丈太郎は和合のように「絶望」「怒り」などという感情をストレートに表現する言葉を使わずに、「事実＝事故」の歴史を羅列することで暴露・告発している。若松は、フクシマが起こった年の翌年八月「8・6ヒロシマ平和のつどい2012」に呼ばれて話をする機会を得るが、若松がフクシマ＝原発・核状況についてどのように考えていたか、その講演のレジュメから窺うことができる。「広島で。〈核災地〉福島、から。」と題する講演のために、若松は以下のようなレジュメを用意していたという。

1、はじめに
2、〈核施設〉の危険性を認識しながら国策として推進した問題
3、〈核施設〉の危険性を認識しながら、充分な対策を講じなかった問題
4、〈核災〉発生後の指示、住民のへの対処の問題
5、〈核災〉発生後の事実の伝達などの問題

6、〈核災地〉の現状
7、労働者被曝の問題
8、負の遺産の問題など
9、〈核災〉原因者に対する思い

フクシマが提起した核（原発）に関わる問題のすべてが網羅されていると言っていいが、とりわけ講演の締め括りである「9、〈核災〉原因者に対する思い」には、若松のフクシマを起こしてしまった電力会社や原発を「国策」として推進してきた政府への「怒り」と、そのような原発を容認してきてしまった自分たちの「力不足」に対する「無念」がよく表れている。

〈核〉を制御可能と過信し、十全な対策を講じないまま、平和利用であるとか、環境にやさしいとか、安価であるなどと偽って、核抑止力を保持する目的を隠して、国策として推進し、その権益に群がり、事故を隠蔽し、住民を欺いてきた結果として招いた事態を客観的に検証もせず、そのため、住民のいのちと尊厳と未来とを奪い、さらには地球的規模で、しかもながい将来にわたって影響を及ぼす重大な犯罪であることを認識できず、したがって、ましてや責任をとろうとは考えもせず、権益と地位を守ることのみに汲々としている原因者たちの犯罪には、過失致死罪にとどまらない重大な「人道に対する罪」「人類に対する罪」「全生物に対する罪」というべきものが認められるべきだと、わたしは判断する。

ここからは、詩人（若松丈太郎）の洞察力と研鑽が並大抵のものではないことがわかる。若松は、自著のタイトルに「原発難民」「核災棄民」の語を用い、自分たち核（原発）被災者がどのような場に置かれているかを表現してきたが、若松の著作からは「文学の力」「詩の力」と同時に「人間の力」も感じられる。彼の詩（言葉）は、もっともっと読まれるべきである。

## 〈5〉「被曝労働」・「原発ホワイトアウト」・「記録」・「原発棄民」

あらためて、フクシマが人類史に大文字で記録されるべき未曽有の核災害（原発事故）であったと痛感するのは、フクシマ後におびただしい数のフクシマや原発、「核」に関わる書物が書かれた事実を目の前にする時である。ここでそのいちいちを記すことはできないが、「被曝労働」や「原爆棄民」が現に存在すること、あるいは膨大な「記録」や「内部告発」と言っていい「小説」が存在することについても、特に記しておく必要がある。

### (1) 被曝労働

まず触れておきたいのは、未だ「収束」していないフクシマの事故処理に動員され「被曝」した労働者について、体験記的に、あるいは「フィクション（小説）」の形で書かれたものについてである。最初のフクシマが起こってあまり時間が経たない時点で書かれたどぎついタイトルの『ヤクザと原発——福島第一潜入記』（鈴木智彦著　二〇一一年一二月　文藝春秋刊）は、次に示す各章のタイトルと主な小見出し（節）を見ればわかるように、事故以前から言われていた過酷と言われる原発における下請け（協力会社）や孫請けの「被曝労働」が、いかにヤクザ（暴力団）と深い関係にあるかを、ノンフィクション（体験記）の形で書いたものである。

**序章　ヤクザの告白「原発はどでかいシノギ」**

原発は儲かる・田舎の人間は権威に弱い・補償問題の代理人・任侠系右翼は国家の味方・人夫出しの親分・指が欠けていても・炭鉱暴力団の系譜・警察の思惑・暴排条例と大震災

**第一章 私はなぜ原発作業員になったか**

ヤクザと一緒に被災地支援・日当50万円と豪語・1F正面に突撃・36万円のサーベイメーター購入・放医研

で線量を測定

**第二章　放射能VS.暴力団専門ライター**

10万円で造血幹細胞を採取・百パーセント被曝する仕事・原発と注射・「原発で死んだら保険金は？」・宗教は作業員を救えるか

**第三章　フクシマ50が明かす「3・11」の死闘**

暴力団のフロント企業・1F行きを告げる電話・除染する美少女・茶髪のフクシマ50・死んでもいい人間を用意・放射能を吐くゴジラ・ドキュメント3・11・二度の水素爆発に「日本が終わる」・20人の決死隊・作業員は情報弱者・任侠社長・ヤクザ発原発経由リビア行き

**第四章　ついに潜入！　1Fという修羅場**

タウリンをくれた暴力団幹部・自分専用の線量計・電離健康診断・フクシマ50にも暴力団・放射能教育・チャラい東電講師・85点で合格・初勤務で寝坊・めんどいマスク・目立てない作業員・シェルターに到着・地獄への入り口・初仕事は床掃除

**第五章　原発家業の懲りない面々**

「死ぬ。死ぬ。マジで死ぬ」・外国人技師への不満・刺青を彫った作業員・ソープ街は原発バブル・東電は神様・セシウムとスイカとダチョウ狩り・汚染水で被爆・百機タンク・ラドン効果で肩こりが…

**終章　「ヤクザと原発」の落とし前**

規模のでかいみかじめ料・Jヴィレッジは土産・ヤクザ保護区・線量より汚染度・実際の汚染度は10倍・除染しない車両・あり得ない数値・福島第二も水素爆発？

長々と引用してきたのは、どぎつい「小見出し」が手際よく被曝労働の実態を伝えていると思えるからである。その意味で、この書はかつてフクシマが起こる以前の堀江邦夫の『原発ジプシー』や森江信の『原発被曝日記』が身体を張って告発した「原発労働」の非人間的な酷薄さが、フクシマ後も変わらず続いていることを証するものでもある。

この書で明らかにされている原発労働とヤクザとの深い関係については、後にやや詳しく検討する現役のキャリア官僚が書いたとされベストセラーになった若杉冽の『原発ホワイトアウト』（二〇一三年九月　講談社刊）にも、次のような文章として書かれており、原発に関わる構造的な問題ということがわかる。

テロ防止のために必要な、原発で働く下請け孫請け企業の社員の身元確認、その義務化も見送られた（フクシマ後に策定された原子力規制委員会による「新しい規制基準」において——黒古注）。フクシマ事故前から、放射線量の高い場所での危険な作業は、電力会社や重電メーカーの社員ではなく、下請けや孫請けの協力会社が担っている。しかし、四次下請け、五次下請けのレベルになると、暴力団が日雇い労働者を手配、斡旋するのが日常の姿だった。

そうして集められる労働者は、アル中や家庭内暴力で妻子と別れて独り身になった者、元ヤクザ、勤務先が倒産したりリストラされたりした者、非合法のギャンブルにはまり借金でがんじがらめになっている者、薬物中毒者、クレジットカードの借金が返済できない者、などである。生きるためには、身元確認や線量管理などが導入されては困るのだ。

電力会社にとっても、線量の高い場所での危険な作業を担う人員が確保できなくなることは大問題だし、四次下請け、五次下請けを通じ、暴力団に人件費をピンハネさせて、不法勢力と水面下でつながることに有形無形のメリットを感じているため、身元確認の義務化には反対姿勢を貫いた。

つまり、先端科学の粋を集めて建設されたと言われる原発の「メンテナンス」＝放射能に塗《まみ》れた原発の「収束」に関わる作業は、原子力や放射能に関する知識や技術をほとんど持っていない「協力会社」（下請け・孫請けから第三次、第四次、第五次……）の臨時社員によって担われているということであり、このような事実を知りながら原発の再稼働や老朽原発の運転延長を目論む政権や電力会社は、それでも相変わらず「日本の原発は、安心・安全」と言い続けていることの不思議を体現するものだということである。例えば、この『ヤクザと原発』の第三章には、有名な一号機から三号機までが爆発した直後、「決死隊」となって事故現場に突入した「フクシマ50」と言われる作業員のことについて触れているが、「情報弱者」である現場の作業員について、著者の鈴木は取材した「佐藤」なる現場責任者が実際どのような被曝労働に従事しているのかについて、次のように書いている。

> いわき湯本近辺を宿にしている作業員に密着しているうち、分かってきたことがある。作業員の多くは放射能に関する専門的な知識を持っておらず、毎日のニュースすら知ることが出来ない情報弱者という事実である。
>
> （中略）
>
> 実際、7月初め、4号機の使用済み燃料プールの温度が上昇し、作業員に避難命令が出される直前だったのに、作業員の多くは深刻な事態だったと認識していない。
>
> 「他の部署がなにをやってんのか……1号機担当なら2号機や3号機、4号機がどうなってるのかさっぱりわからないし、知ったところでどうにもならない。あんまり考えすぎると作業が進まないからな。（中略）晩発性の癌？　そんなこと考えたってしかたない。なるようにしかなんねえよ」（いわき湯本を宿にしている協力会社社員）
>
> 自分がどれほど危険な作業をしているか漠然としか理解していない上、新たな情報を得ることもできず、慣れが恐怖心を鈍化させるのだろう。誰に強要されたわけでもなく、自分の意思で現場に入っているのだから、自業自得・自己責任と結論づけるのは簡単だ。が、現場の過酷さを考えれば、作業後、または休日を使い、情報を得るための努力をしろと強いるのは酷である。

そんな「被曝労働者」＝「情報弱者」を主人公にした小説が杉浦昭嘉の『原発と拳銃』（二〇一二年二月　祥伝社刊）である。物語は、高校時代にラグビー部の先輩に誘われて夏休みの一ヶ月間福島第一原発で現場作業員としてアルバイトした結果、ガンや白血病に罹ってしまった自分や仲間の「復讐」をするために作業員としてフクイチ（福島第一原発）に潜り込み、未だ爆発していない福島第一原発四号炉の使用済み核燃料が保管されているプールに向けて、祖父の遺品である拳銃を発射するという展開になっている。この小説には、一ヶ月間原発で現場作業をしただけで全員が後にガンや白血病になったり、主人公が「帝都電力」（東京電力）の会長の元愛人と結婚したり、という「こじつけ」「ご都合主義」と言ってもいいような設定があり、それが気になって読みづらい面もあるのだが、それはそれとして、これはフクシマをテーマにエンターテイメントの手法を使って小説に仕上げた、珍しい作品と言うこともできる。作品の中に、「帝都電力」の会長が「原発推進のトップは不在」という持論を展開する場面があるのだが、先に少し触れた『原発ホワイトアウト』に「原発推進（再稼働）」勢力として、電力会社（電気事業連盟＝電事連）の担当やら原発利権に群がる政治家、官僚が「裏」で様々に動き、自分たちの「野望」を実現させていく策謀が繰り返し出てくることを考えると、この『原発と拳銃』の「原発推進のトップは不在」というのは俄かには信じがたいが、このような原発の捉え方もあるのかな、と思わせるものがある。

「そうです。つまり、今の原発は、船長のいない船みたいなものなんじゃないでしょうか。自ら責任をもって牽引していこうという人物が、誰もいない。きっと、原発という存在自体がもはや、経済的にも人道的にも〝悪〟だと分かっているので、誰もトップのポジションには行きたがらないんだと思います。だから、中心が空っぽなんです。しかし、その周辺には多くの人々が関わっています。なぜなら、原発の周辺には莫大なお金が集まってくるからです。大義や正当性は失われても、金の集まるシステムの方は、むしろ盤石になってしまった。だから、それを求めて政治家や官僚や、財政難の地方自治体や、我々のような電力会社だけでなく、科学者やマスコミも含めて多岐にわたる人々が群がってきます。それらの全てを合わせれば、きっと恐ろしく巨大で強力なものとなるでしょう。そのような人々によって、原発は温存されてきました。彼等は皆、原発が安全で合理的なエネルギーだから――という理由で推進している訳ではありません。ただ単に、そこに関わり続けることで、既得権益が得られるから推進しているのです。要するに、原発を巡るシステムによって生み出される莫大な利益を、どう分配するかって話なんです」

## ⑵告発小説？　それとも単なる自慢話

現役のキャリア官僚が書いた「リアル告発ノベル」を謳った『原発ホワイトアウト』は、読み進むうちに、帯文の「政財官の融合体…日本の裏支配者の正体を教えよう」の言葉通りだと思い、「背筋が寒く」なったり、「これは事実に基づいた物語なのか、それとも完全なフィクションなのか」という懐疑心が絶えず湧き上がってくる、何とも形容のしがたい小説である。

例えば、新潟県の東京電力柏崎苅羽原発の再稼働に関して「福島第一原発の事故についての検証無しに再稼働はない」と主張続けていた泉田裕彦前新潟県知事を連想させる「伊豆田知事」への、電力会社（電事連）の「謀略」について、次のように書かれている――泉田前知事が県民から圧倒的な支持を受けていたにもかかわらず、二〇一六年八月三〇日、地元紙「新潟日報」の何とも不可思議な報道を理由に、一〇月一六日に投開票が行われる知事選への出馬を取りやめると宣言したが、これはまさにこの『原発ホワイトアウト』に書かれているような「陰謀」と酷似する、不可解な出来事であった――。

　どうやって、この知事に毒を盛るか――。

　伊豆田知事への贈賄や女性問題が仕掛けられるのであれば、もうとっくにやってしまっている。伊豆田の妻の脇が甘ければ、そこにつけ込むこともできる。しかし、そこもガードが堅い……。

　数年前、在日朝鮮人の商売人に、伊豆田知事の資金管理団体に政治献金をさせて、外国人による違法政治献金事件を仕掛けたことがあった。しかし、通名を用いる在日の人間に、献金の際、そもそも外国人かどうか確認することは現実的ではない。伊豆田も発覚後、速やかに献金の返還と政治資金報告書の訂正を行ったので、伊豆田の人気がゆらぐことはまったくなかった。

　小島は、数年前、原発に懐疑的な別の県の現職知事（福島県の佐藤栄佐久前知事を示唆している――黒古注）の弟の経営する会社に土地取引を働きかけ、利益供与による汚職事件を仕立て上げたこともあった。

そのときは、関東電力（東京電力――同）が表に出ることはなく、東栄会（関東電力の関連会社――同）会員企業の中堅ゼネコンが泥をかぶってくれた。そんな方法でしか、スキャンダルの芽はつくれそうにないのか……。

引用に登場する「小島」という人物は、日本電力連盟（電気事業連盟）常務理事で、関東電力から派遣されて電力（原発）に関するあらゆる事業の「裏工作」に専念している財界人である。また、官僚組織において小島と同じ役割を果たしているのが、「資源エネルギー庁次長の日村直史」である。日村の霞が関で毎週金曜日に行われている反原発集会・デモに参加している人たちに対する、「大衆は常に愚かで、そして暇だ。衆愚というのは、そういう連中のことだ」という、いかにも大衆を「見下した」小役人的な何とも薄汚い認識はこの小説全般に通底するもので、不快感の湧出を抑えられないが、それはそれとして、フクシマが起こってもなお原発政策を転換しようとしない経産省を中心とした官僚組織の「恐ろしさ」は、この小説によく描かれていると言っていいだろう。

帯文の「政財官」のうち、ここに登場する「政治家」は、総理大臣や財務大臣、金融担当大臣などを歴任した麻生太郎を彷彿とさせる「商工族の首領（ドン）・赤沢浩一」である。赤沢は、「当選一〇回」の経産大臣を経験した「電力会社が最も頼りにしている議員」ということで、「総括原価方式」による電気料金によって生み出された何百億円もの「裏金」が、「政治工作」資金などに使えることを利用して、「エネルギー問題＝原発」などへの発言権の確保＝政界のフィクサーである自分を最優先に考え、国民のことなど全く視野に入れていない人物として設定されている。

その意味では、この『原発ホワイトアウト』が明らかにしたことは、この国の権力（支配層）はフクシマが起こってもなおその体制と思考を変えることなく、ひたすら自分たちの「権益」を守ろうとしてきたということである。その証の一つが、この小説における権力側の主な登場人物である日本電力連盟（電事連）常務理事の小島（財）の在り方、また資源エネルギー庁次長の日村（官）の論理、さらには商工族のドン赤沢（政）の政治倫理である。このことは、作者若杉冽の創作意識（思想）でもあると言っていいのだが、彼ら「政財官」の中心人物の意識の中には共通してフクシマの避難者（被曝者）が存在しない事実の指摘を意味し、原発の再稼働に関して必ず問題になる「周辺住民の避難」が軽々に扱われている理由もそこにある、ということも示唆するものである。さらに言えば、『原発ホワイトアウト』の作者の意識の中に、一番つらい悲しい思いを現在もなお内に抱えたままでいるフクシマの避難者（被曝者）の存在が全く考慮されていないのではないか、という疑いも消せないということもある。

だからこそ、この原発（再稼働）推進の原動力となっている「表」と「裏」の仕組みを暴露した小説に、沖縄返還に伴う「核密約」を暴いたために、女性スキャンダルをでっちあげられて長い裁判闘争を強いられた毎日新聞の西山記者事件に酷似した章（第六章　ハニートラップ、第一八章　国家公務員法違反）を、「無理矢理」という印象を受ける形で設定したり、終章の「爆弾低気圧」で再稼働した「新崎原発」（柏崎苅羽原発）六号機、七号機をメルトダウン（メルトスルー）させる設定で物語を終わりにすることができたのだろう。原発の事故で被害を受けるのは、まず周辺の住民であり、そして更に広範囲の住民である。その意味では、物語の最後で新崎原発の重大事故を知った日本電力連盟の常務理事小島と資源エネルギー庁次長日村の次のような「嘯き＝言葉」に、作者の「皮肉」も「切実さ」も感じられないのは、やはり作者が「現役のキャリア官僚」だからだろうか。

「とにもかくにも格納容器の爆発さえ免れれば、急激な放射性物質の拡散は避けられる。六号機と七号機のメルトスルーで汚染はじわじわと地下水や土壌から広がるだろうが、汚染の程度としては、フクシマの二倍にはならないだろう。局地的な汚染にとどまる。

そうすれば、フクシマと手順は同じだ。一、二年は原発反対のあらしが吹き荒れるが、電力システム改革さえ遅らせて骨抜きにすれば、必ず政治家は総括原価方式のもたらす電力のカネにもどってくる」

フクシマの悲劇に懲りなかった日本人は、今回の新崎原発事故でも、それが自分の日常生活に降りかからない限りは、また忘れる。喉元過ぎれば熱さを忘れる。日本人の宿痾であった。

——歴史は繰り返される。しかし二度目は喜劇として。

若杉冽という作家は、現在原発再稼働に躍起となっている政治家や官僚、原子力ムラの住人と同じように、フクシマ級の原発事故が再びこの日本で起これば、確実に日本という国家は「滅亡」の危機に立たされるということを、本当に分かっているのだろうか。

## (3)「記録」・「原爆棄民」

先に記したように、フクシマが起こってから今日までおびただしい数のフクシマや原発に関する書物が、文学者をはじめ評論家、原子力学者、社会学者、哲学者、ジャーナリスト、ルポライターらによって刊行された。それだけフクシマや原発問題が重要かつ喫緊の課題であったということなのだが、ここで取り上げる朝日新聞特別報道部による『プロメテウスの罠』(一～九巻、二〇一二年三月～二〇一五年三月　学研パブリッシング刊)と毎日新聞特別報道部記者日野行介の『原発棄民』(二〇一六年二月　毎日新聞出版刊)は、徹底的な取材と視野の広さ、問題意識の深さにおいて、ルポルタージュ(文学)として抜きんでているという印象を持った。

とりわけ、朝日新聞紙上における二〇一一年一〇月から二〇一四年一一月までの連載分(連載は二〇一六年三月まで継続)を単行本にした『プロメテウスの罠』は、第一巻「明かされなかった福島原発事故の真実」から第二巻「検証!福島原発事故の真実」、第三巻「福島原発事故、新たなる真実」、第四巻「徹底究明!福島原発事故の裏側」、第五巻「福島原発事故、渾身の調査報道」、第六巻「ふるさとを追われた人々の、魂の叫び!」、第七巻「100年先まで伝える!原発事故の真実」、第八巻「決して忘れない!原発事故の悲劇」、第九巻「この国に本当に原発は必要なのか!?」まで、副題に何度か出てくる「真実」という言葉が如実に示すように、「フクシマの真実」を明らかにせんとする新聞記者たちによるルポルタージュとして、圧巻である。別な言い方をすれば、『プロメテウスの罠』全九巻は、自分たちに都合の悪い資料(データ)や情報を隠蔽してきた東京電力はじめ政府や原子力ムラの住人たちに対する「挑戦」であり、ジャーナリストとしての意地をかけた戦いと言ってもいい仕事だったということである。

その朝日新聞記者たちの姿勢は、例えば第九巻の「おわりに」の次のような文章によく表れている。

メルトダウンという起こらないはずのことが起き、放射能汚染という、人が居続けることもできない事故が地域を丸ごとのみこんでいく。分からないだらけの現実を前に、少しでも現場に近づき、一人でも多くの声を聞き、役所や企業がまとめた情報だけに頼るのではなく、拾い集めた情報を、記事というかたちにして世の中に出していく。

朝日新聞の朝刊連載「プロメテウスの罠」には、そんな思いがこめられている。

事故から4年がたつというのに、依然、実相はつまびらかにされず、暮らしや地域は、元のすがたを取り戻せないままだ。

「何が起こり、何が、どう変わったのか」

この問いは、いまなお現在進行形で発せられつづけている。

この「おわりに」の言葉でもわかるが、フクシマはどこから見ても「収束」などしていない。「収束した」と思いたいのは、経済効果を狙ってオリンピック・パラリンピックを東京に招致し、原発再稼働を推し進めようとする政府や電力会社と原発関連会社だけである。未だに汚染水の処理もままならず、故郷に帰還できない避難民が一〇万人以上も存在する現実をいくらかでも知れば、「フクシマは完全にコントロールされている」、つまりフクシマは「収束」したなどと世界に向かって公言することなど考えられないが、そのような大言壮語を何となく許してしまうのも、この国の現実である。『プロメテウスの罠』全九巻は、そのような酷薄なフクシマに関わる現実にどう対抗していくか、このルポルタージュの狙いはまさにそこにあったと言うことができる。

その意味で、日野行介の『原発難民』はこの国の原発推進派がフクシマの現実、それは避難民の存在に象徴されているが、その現実をどのように考えているかを明らかにしたものである。「原発棄民」という言葉は、詩人の若松丈太郎が先に触れた『福島核災棄民』という本の中で使っている言葉でもあるが、文字通りフクシマによって「棄てられる」ことになった「国民」ということで、日野はその「まえがき」の冒頭部分で「原発棄民」を作り出した政府への「怒り」を隠さず、次のように書いている。

世界を恐怖に陥れたあの原発事故から5年。この国の政府は原発避難者を消滅させようとしている。もちろん、約10万人とも言われる福島県内外の避難者たちを実際に殺すわけでも国外に追放するわけでもない。事故前に住んでいた自宅に戻るのか、あるいは新天地で生きるのかをはっきり選ぶように迫っているのだ。これは避難という状態にとどまることを認めず、実質的に避難者という属性自体を「消す」ことを意味している。

２０１５年春から夏、政府は「復興加速化」そして「自立」を前面に、原発避難の終了を迫る政策を打ち出した。もっとも線量の高い「帰還困難区域」（年間50ミリシーベルト超　事故後６年を過ぎても年間20ミリシーベルトを下回らない恐れのある地域）を除いて、２０１７年３月末までに避難指示を解除し、その１年後までに月10万円の精神的損害賠償を打ち切る方針を決めた。

このような政府のフクシマに対する「処置＝対策」、つまりフクシマの核被害がいかに「たいしたことないものであった」とするような避難民への対応が、二〇二〇年に開催される東京オリンピック・パラリンピックに備えたものであり、また同時に原発再稼働を推進するためのものであったとするならば、「政治」とは何と酷薄で非人間的なものであるか、と日野ならずとも思わないわけにはいかない。

日野は、同じ「まえがき」の中で政治の酷薄さについても次のように書いている。

為政者たちによる原発被害の矮小化は「空間」から「時間」の段階に移り、避難自体を終わらせる段階に入った。しかし原発事故で放出された放射性物質の半減期は核種によって様々だ。甲状腺がんの原因とされるヨウ素131のように8日と短いものもあるが、しばしば報道されるセシウム137は30年に及ぶ。自然災害と異なる原発災害の特徴は、ほとんど人生と重なるほどの長期間にわたる影響である。

果たして政府が一方的に事故後6年での避難終了を決めるのは適切と言えるのか。そもそも帰還を求められた自宅周辺には放射性物質が残り、事故前とまったく同じ土地とは言えない。何より国に生殺与奪の権を握られ、「自立」などと言いつつ、一方的に決められることに被災者は納得できていない。「勝手に決めるな」と叫びたい気持ちを抱えている。

おそらく、「(国が)勝手に決めるな」と叫びたい気持ちを抱えているのは、避難民だけではないだろう。フクシマから五年間、ずっと政府や東電の事故処理や避難民への対応を現場で取材し続けてきた著者自身こそ、一番「国よ、お前が勝手に決めるな」と叫びたかったのではないか。そのことは、この書を何よりも際だたせているフクシマからの避難者、つまり「弱者＝棄民」の立場に一貫して立ち続けてきた日野の姿勢を見れば、そのことはよくわかる。日野は、政府や自治体および東電の「弱者」切り捨て政策に対して、「怒り」を隠さず、地道な「事実」に基づく取材を続けてきたからこそ、「怒り」を率直に表現できたのである。

この著者日野行介の姿勢は、各章の見出しにもよく現れている。「序章　避難者漂流」「第1章　原発避難者とは誰か」「第2章　避難者を苦しめる不合理な住宅政策」「第3章　みなし仮設住宅――無責任の連鎖」「第4章　官僚たちの深い闇」「第5章　打ち切り――届かぬ声」「終章　終わりになるのか」という各章の見出しの先に日野が見据えているのは、避難者を文字通り「棄民」とする「政治の貧困」である。日野は、ひたすら成長経済路線を突っ走る保守政権の酷薄かつ非人間的な体質について、繰り返し各所で指摘しているのだが、「フクシマの復興」がいかに実質を伴わない掛け声だけのものになっているか、その典型として次のように書く。

自公両党の第5次提言は2015年5月29日、安倍首相に手渡された。集中復興機関(事故後5年間)の終了を控え、「事業の必要性や妥当性については高い説明責任が求められる」などとして、国費負担の縮小に合わせて被災者の「自立」を前面に出したのが特徴だ。(中略)

それにしても、事項提言に書かれている「原子力災害の特性」とは一体何だろうか。

筆者が考えるに、広範囲かつ長期間で、事故を引き起こした原因者がいる公害で、すべてが不明確、不透明なことだろう。しかし自公提言が意味する内容はまったく違う。年間20ミリシーベルトを唯一の基準として、その内外で対応を分けるという意味しか読み取れない。(中略)

自公提言は最後にこう締めくくっている。「われわれは、新しいまちの新しい家で家族そろってオリンピック・パラリンピック東京大会を応援できるよう（中略）被災された方々とともに、今次の災害に対する支援をいただいた世界中の皆さんと増税を引き受けていただいている日本国民の皆さんへのお礼と恩返しを1日も早く『復興』というかたちでお示ししたい」

被害者に向けるべき言葉とは思えない。（「第5章　打ち切り――届かぬ声」）

ここに書かれている自公の提言には、「オリンピック・パラリンピック東京大会」は誰もが見るべきものであるとする為政者の「驕り＝思い込み」がある。と同時に、国民の中には東京オリンピック・パラリンピックに反対する者もいるのではないか、と「想像」する能力の欠如がある。言い方を換えれば、自公の提言には為政者の都合のいいことしか書かれておらず、避難民＝被災者の現実を捨象したところで提言は書かれた、ということである。避難民の中には、「オリンピックなど、知らないよ」という人たちだって確実に存在するはずである。

現在なお、「東京オリンピック・パラリンピック反対」の旗を掲げている人たちがいることを捨象している自公の提言は、まさに「ファシズム」的思考が顕現するものだ、と言わねばならない。

日野は、第4章の「官僚たちの深い闇」の中で、出身官庁に戻った復興庁の元企画官を取材した際、彼から「まだ取材しているの？」と聞かれた、と記しているが、取材対象への執拗な食い下がり、資料の読み込み、幅広い情報源、本書がルポルタージュとして優れた書物になっているとしたら、それはみな日野行介と仲間の記者たちが「足で稼いで」、できるだけ「真実」に迫ろうとして記事を書こうとしたからである。それが、本書をフクシマに関わる原発文学として評価されるべきであるとする所以である。

# 参考文献一覧（著者別　50音順）

## Ⅰ　本書で使用した文献

朝日新聞特別報道部『プロメテウスの罠』（一～九巻　二〇一二年～二〇一五年　学研パブリッシング）
池澤夏樹『春を恨んだりはしない――震災をめぐって考えたこと』（二〇一一年　中央公論新社）
『終わりと始まり』（二〇一三年　朝日新聞出版）
『双頭の船』（二〇一三年　新潮社刊）
『アトミック・ボックス』（二〇一四年　毎日新聞社）
井上ひさし『楽しい終末』（一九九三年　文藝春秋）
『吉里吉里人』（一九八一年　新潮社）
井上光晴『書かれざる一章』（一九五〇年　新潮文庫）
『虚構のクレーン』（一九六〇年　同）
『手の家』（短編　同年）
『地の群れ』（一九六三年　河出書房）
『明日――一九四五年八月八日・長崎』（一九八二年　集英社）
『プルトニウムの秋』（戯曲　一九七八年）
『西海原子力発電所』（一九八六年　文藝春秋）
『輸送』（一九八九年　同）
今井一『原発、いのち、日本人』（インタビュー集　二〇一三年　集英社新書）
海老原豊・藤田直哉編『3・11の未来――日本・SF・創造力』（二〇一一年　作品社）
大江健三郎『最後の小説』（一九八二年　講談社）
『ヒロシマ・ノート』（一九六五年　岩波新書）
『ピンチランナー調書』（一九七六年　新潮社）
『治療塔』（一九九〇年　岩波書店）

『治療塔惑星』（一九九一年　同）
『芽むしり仔撃ち』（一九五八年　新潮社）
『洪水はわが魂に及び』（一九七三年　講談社）
『ヒロシマの「生命の木」』（一九九一年　ＮＨＫ出版）
『人生のハビット習慣』（講演集　一九九二年　講談社）
『宙返り』（一九九九年　講談社）
『定義集』（二〇一二年　朝日新聞社）
『晩年様式集《イン・レイト・スタイル》』（二〇一三年　講談社）

大島賢一　『原発のコスト――エネルギー転換への視点』（二〇一一年　岩波新書）

大田洋子　『屍の街』（一九四八年）

小田実　『HIROSHIMA』（一九八一年　講談社）

川上弘美　『神様２０１１』（二〇一一年　講談社）

長田新編　『原爆の子――広島の少年少女のうったえ』（一九五一年　岩波書店）

柿谷浩一編　『日本原発小説集』（解説川村湊　二〇一一年　水声社）

鎌田慧　『日本の原発地帯』（一九八二年　潮出版社）

川村湊　『原発と原爆――「核」の戦後精神史』（二〇一一年　河出ブックス）
『震災・原発文学論』（二〇一三年　インパクト出版会）

北野慶　『亡国記』（二〇一五年　現代書館）

桐野夏生　『バラカ』（二〇一六年　集英社）

黒川創　『岩場の上から』（二〇一七年　新潮社）
『いつか、この世界で起こっていたこと』（二〇一二年　同）

黒古一夫　『林京子論――ナガサキ・上海・アメリカ』（二〇〇七年　日本図書センター）
『ヒロシマ・ナガサキからフクシマへ――「核」時代を考える』（黒古編　二〇一一年　勉誠出版）
『文学者の「核・フクシマ論」――吉本隆明・大江健三郎・村上春樹』（二〇一三年三月　彩流社）
『村上春樹批判』（二〇一五年四月　アーツアンドクラフツ）

栗原貞子　『黒い卵』（詩歌集　一九四七年）

玄侑宗久　『栗原貞子全詩編』（二〇〇五年七月　土曜美術社出版販売）
　『中陰の花』（二〇〇一年　文藝春秋）
　『光の山』（二〇一三年　新潮社）
小出裕章　「竹林精舎」（二〇一八年　朝日新聞出版）
　『原発はいらない』（二〇一一年　幻冬舎ルネッサンス新書）
　『原発の嘘』（同　祥伝社新書）
佐高信　『原発文化人50人斬り』（二〇一一年六月　毎日新聞社）
佐藤友哉　『ベッドサイド・マーダーケース』（二〇一三年　新潮社）
　『今まで通り』（「新潮」二〇一二年二月号）
　『夢の葬送』（「新潮」二〇一二年四月号）
JICC出版局編『原発大論争――電力会社vs反原発派』（一九八八年　宝島社）
志賀泉　『無情の神が舞い降りる』（二〇一七年　筑摩書房）
ジョージ・オーウェル『1984年』（一九五〇年　文藝春秋新社、他）
ジュール・ヴェルヌ『動く人工島』（一八九五年　創元SF文庫）
清水博義・黒古一夫編『ノーモア　ヒロシマ・ナガサキ』（写真集　二〇〇五年　日本図書センター）
正田篠枝　『さんげ』（一九四七年）
杉浦昭嘉　『原発と拳銃』（二〇一二年　祥伝社）
鈴木智彦　『ヤクザと原発――福島第一潜入記』（二〇一一年　文藝春秋）
スベトラーナ・アレクシエービッチ『チェルノブイリの祈り』（一九九七年　岩波現代文庫）
高木仁三郎　『チェルノブイリ――最後の警告』（一九八六年　七つ森書館）
　『原子力神話からの解放――日本を滅ぼす九つの呪縛』（二〇〇〇年　カッパブックス）
高橋源一郎　『恋する原発』（二〇一一年　講談社）
　『「あの日」からぼくが考えている「正しさ」について』（二〇一二年　河出書房新社）
　『非常時のことば』（二〇一二年　朝日新聞出版）
竹本賢三　『原発小説集　蘇鉄のある風景』（二〇一一年　新日本出版社）
高嶋哲夫　『スピカ――原発占拠』（現題『原発クライシス』二〇〇〇年　宝島社）

高村薫『福島第二原発の奇跡――震災の危機を乗り越えた者たち』（二〇一六年　PHP研究所刊）
『日本核武装』（二〇一六年　幻冬社）
田原総一朗『神の火』（一九九一年　新潮社　一九九五年四月の文庫化に当たり四〇〇枚ほど加筆された）
多和田葉子『作家的時評集――2008―2013』（二〇一三年　毎日新聞社）
津島佑子『原子力戦争』（一九七六年　筑摩書房）
『献灯使』（短編集　二〇一四年　講談社）
『ヤマネコ・ドーム』（二〇一六年　講談社）
『ジャッカ・ドフニ――海の記憶の物語』（同　集英社）
寺尾紗穂『半減期を祝って』（短編集　同　講談社刊）
土井淑平『夢の歌から』（二〇一六年　インスクリプト）
『原発労働者』（二〇一五年　講談社現代新書）
豊田有恒『原子力マフィア』（二〇一六年　編集工房朔）
『反核・反原発・エコロジー――吉本隆明の政治思想批判』（一九八六年　批評社）
土門拳『ヒロシマ』（写真集　一九五八年　研光社）
豊崎博光『マーシャル諸島　核の世紀1914―2004』（上下　二〇〇五年　日本図書センター）
『隣りの風車』（短編「小説現代」一九八五年八月号）
『原発の挑戦――足で調べた全15ヵ所の現状と問題点』（祥伝社）
中村文則『核ジャック1988』（一九八八年　集英社）
『R帝国』（二〇一七年　中央公論新社）
西山明『原発症候群――アトミック・インフェルノ』（八二年八月　批評社）
日本ペンクラブ編『いまこそ私は原発に反対します。』（二〇一二年　平凡社）
野坂昭如『乱舞骨灰鬼胎草』（一九八四年　福武書店）
長谷川櫂『震災歌集』（二〇一一年　中央公論新社）
長谷川和彦『太陽を盗んだ男』（映画　一九七九年）
春名幹男『ヒバクシャ・イン・USA』（一九八五年　岩波新書）
反原発辞典編集委員会『反原発事典I――「反」原子力発電・篇』（一九七八年　現代書館）

原民喜『反原発事典Ⅱ――「反」原子力文明・篇』（一九七九年　同）
『夏の花』（一九四七年）
林京子『祭りの場』（一九七五年　講談社）
『無きが如き』（一九八一年　同）
『長い時間をかけた人間の経験』（二〇〇〇年　同）
『希望』（二〇〇四年　同）
『林京子全集』（全八巻　二〇〇五年　日本図書センター）
『被爆を生きて――作品と生涯を語る』（インタビューアー島村輝　二〇一一年　岩波ブックレット）
『再びルイへ。』（「群像」二〇一三年四月号）
肥田舜太郎・鎌仲ひとみ『内部被曝の脅威――原爆から劣化ウラン弾まで』（二〇〇五年　ちくま新書）
日野行介（毎日新聞特別報道グループ）『原発棄民――フクシマ5年後の真実』（二〇一六年　毎日新聞社）
東野圭吾『天空の蜂』（一九九五年　新潮社）
樋口健二『闇に消される原発被曝者』（一九八二年　三一書房）
広瀬隆『東京に原発を！』（一九八一年　集英社文庫）
堀江邦夫『原発ジプシー』（一九七九年一〇月　現代書館）
編集部編『それでも三月は、いま』（二〇一二年　講談社）
古川日出男『あるいは修羅の十億年』（二〇一六年　集英社）
松本直治『原発死――一人息子を奪われた父親の手記』（一九七九年　潮出版）
真山仁『コラプティオ』（二〇一一年　文藝春秋）
水上勉『故郷』（一九九七年　集英社）
『若狭がたり――わが「原発」選抄』（二〇一七年　アーツアンドクラフツ）
村上春樹『村上さんのところ』（二〇一五年　新潮社）
森川信『原子炉被曝日記』（一九七九年一一月　技術と人間）
山岡俊介『福島第一原発潜入記』（二〇一一年　双葉社）
山口泉『原子野のバッハ』（二〇一二年　勉誠出版）
『重力の帝国』（二〇一八年　オーロラ自由アトリエ）

山本義隆　『福島の原発事故をめぐって――いくつか学び考えたこと』（二〇一一年　みすず書房）
　『近代日本一五〇年――科学技術総力戦体制の破綻』（二〇一八年　岩波新書）
吉本隆明　『「反核」異論』（一九八二年　深夜叢書社）
　『「反原発」異論』（二〇一五年　論創社）
　『重層的な非決定へ』（一九九五年　大和書房）
若杉冽　『原発ホワイトアウト』（二〇一三年　講談社）
若松丈太郎　『北緯37度25分の風とカナリア』（二〇一〇年　弦書房）
　『福島原発難民――南相馬市・一詩人の警告』（二〇一一年　コールサック社）
　『福島核災棄民――町がメルトダウンしてしまった』（二〇一二年　同）
和合亮一　『詩の礫』（二〇一一年　徳間書店）
　『ふたたびの春に――震災ノート20110311→20120311』（二〇一二年　祥伝社）


## Ⅱ　その他

アラ・ヤロシンスカヤ『チェルノブイリ極秘』（和田あき子訳　一九九四年　平凡社）
有馬哲夫『原発と原爆――「日・米・英」核武装の暗闘』（二〇一二年　文春新書）
伊格言『グランド・ゼロ――台湾第四原発事故』（邦訳倉本知明　二〇一七年　白水社）
市田良彦・他『脱原発「異論」』（二〇一一年　作品社）
今西憲之『原子力ムラの陰謀』（二〇一三年　朝日新聞出版）
NHKスペシャル『メルトダウン』取材班『福島第一原発事故　7つの謎』（二〇一五年　講談社現代新書）
太田昌克『日米〈核〉同盟――原爆、核の傘、フクシマ』（二〇一四年　岩波新書）
加藤典洋『3・11死神に突き飛ばされる』（二〇一一年　岩波書店）
鎌田慧『原発列島を行く』（二〇〇一年　集英社新書）
上坂冬子『原発を見に行こう――アジア八ヵ国の現場を訪ねて』（一九九六年　講談社）
木村朗子『震災後文学論――新しい日本文学のために』（二〇一三年　青土社）
木村朗＋高橋博子『核の戦後史』（二〇一六年　創元社）

金原ひとみ　『持たざる者』（二〇一五年　集英社）
熊谷徹　『脱原発を決めたドイツの挑戦――再生可能エネルギー大国への道』（二〇一二年　角川ＳＳＣ新書）
小出裕章・佐高信『原発と日本人――自分を売らない思想』（二〇一二年　角川新書）
小森陽一　『死者の声、生者の言葉――文学で問う原発の日本』（二〇一四年　新日本出版社）
佐伯一麦　『還れぬ家』（二〇一三年　新潮社）
塩屋喜雄　『「原発事故報告書」の真実とウソ』（二〇一三年　文春新書）
陣野俊史　『世界史の中のフクシマ――ナガサキから世界へ』（二〇一一年　河出ブックス）
高木仁三郎　『プルトニウムの恐怖』（一九八一年　岩波新書）
『プルトニウムの未来――２０４１年からのメッセージ』（一九九四年　岩波新書）
『核時代を生きる――生活思想としての反核』（一九八三年　講談社現代新書）
田中三彦　『原発はなぜ危険か――一元設計技師の証言』（一九九〇年　岩波新書）
田辺文也　『まやかしの安全の国――原子力村からの告発』（二〇一一年　角川ＳＳＣ新書）
東京新聞原発事故取材班『レベル７――福島原発事故、隠された真実』（二〇一二年　幻冬舎）
東京新聞編集局編『原発報道――東京新聞はこう伝えた』（二〇一二年　東京新聞）
七沢潔　『原発事故を問う――チェルノブイリから、もんじゅへ』（一九九六年　岩波新書）
西尾幹二　『平和主義でない「脱原発」――現代リスク文明論』（二〇一一年　文藝春秋）
春原剛　『核がなくならない７つの理由』（二〇一〇年　新潮新書）
Ｈ・コルディコット『核文明の恐怖――原発と核兵器』（高木仁三郎・阿木幸男訳　一九七九年　岩波現代選書ＮＳ）
広河隆一　『チェルノブイリ報告』（一九九一年　岩波新書）
広瀬隆　『福島原発メルトダウン』（二〇一一年　朝日新書）
古川元春・船山泰範『福島原発、裁かれないでいいのか』（二〇一五年　朝日新書）
丸山健二　『首輪をはずすとき』（二〇一一年　駿河台出版社）
矢部宏治　『日本はなぜ、「基地」と「原発」を止められないのか』（二〇一四年　集英社インターナショナル）
山岡俊介　『福島第一原発潜入記――高濃度汚染現場と作業員の真実』（二〇一一年　双葉社）
山本昭宏　『核と日本人――ヒロシマ・ゴジラ・フクシマ』（二〇一五年　中公新書）
吉田文彦　『核解体――人類は恐怖から解放されるか』（一九九五年　岩波新書）

# あとがき

二〇一一年三月一一日、東日本を襲ったマグニチュード９・０の大地震とそれに伴う一〇メートルを越す大津波によって、福島第一原発の一号機から三号機までが炉心溶融（メルトダウン・メルトスルー）、四号機が水素爆発するという「レベル７」の大事故が起きたが、事故を起こした原発から放出されたセシウム１３７などの放射能が、福島県のみならず、隣接する宮城県、茨城県をはじめ私の住む群馬県や東京を含む関東近県に降り注いだ。そして、放射能に汚染された農産物や水産物の出荷停止が始まったが、その頃ナガサキで一五歳の誕生日直前に学徒動員中の兵器工場で被爆した芥川賞作家の林京子さんから電話があった。

電話の内容は、フクシマがひどいことになっているね、というようなことであったが、林さんがその電話の最後に、「特産のキュウリが出荷停止になっているというニュースを見たが、黒古さんのところは大丈夫？　降り注ぐ放射能を防ぐ手立ては何もない。外出したら、着ていたものはすぐに洗濯し、水でいいから必ずシャワーを浴びること。このことを忘れないで！」との忠告を頂いた。ナガサキの被爆者ならではのアドバイスとして、家族にはもちろん、隣人や近所に住む友人、知人に早速伝えまくった。

林さんとは、一九八二年三月「教育国語」という雑誌に、「〈終末〉への挑戦」と題する原爆文学論を書き、そこで初めて林京子の文学について論じて以来、何かと交流を持つようになったのだが、二〇〇五年に『林京子全集』（全八巻　日本図書センター刊）を編集し、その後『林京子論――「ナガサキ」・上海・アメリカ』（二〇〇七年六月　日本図書センター刊）を上梓したことで、作家と批評家という関係を超えた関係を持つようになっていた。そんな林京子さんのその時の真剣な口調は、核爆発による「放射能」がいかに恐ろしいものであるか、を改めて考えさせるものであった。

ところで、一九七九年『北村透谷論――天空への渇望』（冬樹社刊）で批評家・近現代文学研究者として本格的に出発した私の中で、「核」と「人間」存在とは相容れないもの、共存できないもの、という認識は、大学院在学中に発表した最初の原爆文学論とも言うべき「大田洋子論――戦後・ある呪詛と怒りの構造」（「新日本文学」一九七七年四月号）以来、先の「〈終末〉への挑戦」やその続編である「〈地獄〉からの帰還者たち」（「教育国語」一九八二年六月）を書く頃には確信に変わり、最初の原爆文学論集である『原爆とことば――原民喜から林京子まで』（一九八三年七月　三一書房刊）で、揺るぎないものになっていた。また、一九八一年の暮れから始まった文学者の反核運動（「核戦争に反対する文学者の署名運動」）から生まれた『日本の原爆文学』（全一五巻　一九八三年　ほるぷ出版刊）に、一番年下の編集委員として関り、数多くの原爆文学作品を読んだことも、「核」と文学（表現）との関係を生涯にわたって批評対象、研究対象の一つと定めるきっかけになった。

以後、これまでに単著として『原爆文学論――核時代と想像力』（一九九三年　彩流社刊）、『原爆は文学にどう描かれてきたか』（二〇〇五年　八朔社刊）、『文学者の「核・フクシマ論」――吉本隆明・大江健三郎・村上春樹』（二〇一三年　彩流社刊）を、編著として『日本の原爆記録』（全二〇巻　一九九一年　日本図書センター刊）、『ヒロシマ・ナガサキ　写真・絵画集成』（一九九三年　同）、『写真集　ノーモア　ヒロシマ・ナガサキ』（二〇〇六年　同）、『ヒロシマ・ナガサキからフクシマへ――「核」時代を考える』（二〇一一年　勉誠出版刊）を刊行してきた。このような「核」文学と私との関係（歴史）を考えると、フクシマが起こったから書かれたということもあるが、本書は私の「核」文学に関する集大成的な意味を持つものである。

なお、本書に関していくらかの説明をしておけば、先に記した『文学者の「核・フクシマ論」』を書くにあたって集めた東日本大震災、フクシマ関係の書物を基に、一昨年（二〇一六年）の夏に執筆構想を立て、「第一部　フクシマ以前」で取り上げている作品類の読み直しと、「第二部　フクシマ以後」で扱う作品の新たな読みを同時並行的に行い、具体的に執筆始めたのがその年の暮れ。完成するのに約一年を費やした。執筆中にも新たな作品が書かれるということもあり、それらに対する論はその都度しかるべき章に収めるようにした。フクシマ以後、「原発文学」に関して個別作品論（作家論）や書評は数々書かれたが、本書のように、フクシマ以前の一九七〇年代半ばから現在に至る「原発」をテーマとした文学作品の全体を、「核」に関する表現史（文学史）を意識して書いたものは、他にないのではないか、と思っている。

さらに、本書には「必要以上に」と思われるほどに、吉本隆明批判、村上春樹批判が登場する。そのうち、吉本批判について、理由はただ一つ。高校時代に初めて『芸術的抵抗と挫折』（一九五九年　未来社刊）を読んで以来、一九八〇年代初めの文学者の反核運動に関わるまで（それ以後も）、吉本思想から多くのことを学んだ者として、だんだん自分の考える文学観や世界観・社会観と離れて行ってしまった吉本に対して、「借りを返す」つもりで改めて吉本批判を行わざるを得なかった、ということである。村上春樹についても、「同世代作家」として一等早い時期に本格的な作家論と言っていい『村上春樹――ザ・ロスト・ワールド』（一九八九年　六興出版刊）を上梓し、また二〇〇八年に『村上春樹――「喪失」の物語から「転換」の物語へ』（勉誠出版刊）を刊行した者として、村上春樹の「核・フクシマ」に対する姿勢には「裏切られた」という思いが強く、そのような自分の気持ちを整理する意味で、「序章」はじめ随所で村上春樹批判を展開することになった。

そんな本書であるが、刊行に至るまでには、未曽有の出版不況ということもあって、様々な人のお手を煩わせることになった。幸い、若かりし頃「思想の海」シリーズ12の『思想の最前線で――文学は予兆する』（一九九〇年刊）の執筆を担当してお世話になった社会評論社の松田健二社長の目に拙稿が留まり、刊行の運びとなったのだが、もし松田社長と再会しなかったら、本書はどうなっていたのかなと考えると、人との出会いは大切だな、と改めて思わざるを得なかった。なお、最後に、刊行に際して社会評論社の編集者新孝一氏には的確なご指摘やアドバイスをいただき、松田社長ともども氏には心から感謝の意を伝えたいと思う。ありがとうございました。

後は、多くの人が本書を手に取って、原発の在り様と私たちとの関係について考えていただければ、と思うばかりである。

若葉が爽やかな赤城山麓の寓居にて　著者

二〇一八年五月

[著者紹介]

黒古一夫（くろこ・かずお）

1945年12月　群馬県安中市生まれ。
1969年3月　群馬大学教育学部卒業。
1982年3月　法政大学大学院（日本文学専攻）博士課程満期退学。
2011年3月　筑波大学図書館情報メディア研究科教授定年退職。
現在、文芸評論家・筑波大学名誉教授。

著書（「核」関連の著書は「あとがき」に記す）
『北村透谷論——天空への渇望』（1979年　冬樹社）
『小熊秀雄論——たたかう詩人』（1982年　土曜美術社）
『祝祭と修羅——全共闘文学論』（1985年　彩流社）
『大江健三郎論——森の思想と生き方の原理』（1989年　同）
『三浦綾子論——「愛」と「生きる」ことの意味』（1994年　小学館）
『小田実——「タダの人」の思想と文学』（2002年　勉誠出版）
『作家はこのようにして生まれ、大きくなった——大江健三郎伝説』（2003年　河出書房新社）
『灰谷健次郎——その「文学」と「優しさ」の陥穽』（2004年　同）
『村上龍——「危機」に抗する想像力』（2009年　勉誠出版）
『辻井喬論——修羅を生きる』（2011年　論創社）
『井伏鱒二と戦争——『花の街』から『黒い雨』まで』（2014年　彩流社）
『立松和平の文学』（2016年　アーツアンドクラフツ）他

現住所
〒371-0214　群馬県前橋市粕川町女渕577-34

原発文学史・論
絶望的な「核（原発）」状況に抗して

---

2018年6月15日　初版第1刷発行

著　者＊黒古一夫
発行人＊松田健二
装　幀＊後藤トシノブ
発行所＊株式会社社会評論社
東京都文京区本郷2-3-10　tel.03-3814-3861/fax.03-3818-2808
http://www.shahyo.com/
印刷・製本＊倉敷印刷株式会社

Printed in Japan